KB123552

조선후기 통신사 필담창화집 번역총서 28

朝鮮人筆談 · 朝鮮筆談

조선인필담 · 조선필담

조선후기 통신사 필담창화집 번역총서 28

朝鮮人筆談・朝鮮筆談

조선인필담・조선필담

김형태 역주

보고사

이 역서는 2008년도 정부재원(교육과학기술부 학술연구조성사업비)으로 한국연구재단의 지원을 받아 연구되었음(KRF-2008-322-A00073)

이 번역총서는 2012년도 연세대학교 정책연구비(2012-1-0332) 지원을 받아 편집되었음.

일러두기

1. 통신사 필담창화집 번역총서는 제1차 사행(1607)부터 제12차 사행(1811) 까지, 시대순으로 편집하였다.

2. 각권은 번역문, 원문, 영인자료(우철)의 순서로 편집하였다.

3. 300페이지 내외의 분량을 한 권으로 편집하였으며, 분량이 적은 필담 창화집은 두 권을 합해서 편집하고, 방대한 분량의 필담창화집은 권을 나누어 편집하였다.

4. 번역문에서 일본 인명과 지명은 한국 한자음 그대로 표기하고, 처음 나오는 부분의 각주에 일본어 발음을 표기하였다. 그러나 번역자의 견 해에 따라 본문에서 일본어 발음대로 표기를 한 경우도 있다.

5. 번역문에서 책명은 『 』, 작품명은 「 」로 표기하였다.

6. 원문은 표점 입력하였는데, 번역자의 의견에 따라 표기하는 것을 원칙 으로 하였지만, 가능하면 한국고전번역원에서 정한 지침을 권장하였 다. 이 경우에는 인명, 지명, 국명 같은 고유명사에 밑줄을 그어 독자 들이 읽기 쉽게 하였다.

7. 각권은 1차 번역자의 이름으로 출판되었는데, 최종연구성과물에 책임 연구원과 공동연구원의 이름이 반드시 들어가야 한다는 한국연구재단 의 원칙에 따라 최종 교열책임자의 이름으로 출판되는 책도 있다.

8. 제1차 통신사부터 제12차 통신사에 이르기까지 필담 창화의 특성이 달라지므로, 각 시기 필담 창화의 특성을 밝힌 논문을 대표적인 필담 창화집 뒤에 편집하였다.

차례

◇ 조선필담 朝鮮筆談

◇ 영인자료 [우철]

조선인필담
朝鮮人筆談

조중일(朝中日) 3국의 약초(藥草) 및 약재(藥材) 비교가 자세한 『조선인필담(朝鮮人筆談)』

1748년에 조선 사신이 일본을 방문했을 때 도호토(東都)의 의관(醫官) 노로 지쓰오(野呂實夫)가 조선의 제술관(製述官) 박경행(朴敬行), 삼서기(三書記) 이봉환(李鳳煥)·유후(柳逅)·이명계(李命啓), 양의(良醫) 조숭수(趙崇壽), 의원 김덕륜(金德倫)·조덕조(趙德祚), 선비 김계승(金啓升) 등과 주고받은 필담을 정리한 것이다.

이 책은 2권 1책의 필사본인데, 앞부분의 표제는 '조선필담(朝鮮筆談)'이고, 뒷부분의 표제는 '조선인필담(朝鮮人筆談)' 하(下)이다. 앞뒤의 필체가 동일하고, 문맥이 자연스럽게 이어지며, 저자는 모두 노로 지쓰오라는 점에서 앞 권이 '조선인필담' 상권(上卷)에 해당하는 합본(合本)이다. 이 번역서에 합본되어 출판되는 '조선필담'과 구분하기 위해, 상·하권 제목을 '조선인필담'으로 통일한다.

상권은 1748년 5월 28일에 아사쿠사(淺艸)의 혼간지(本願寺)에서 나눈 필담을 정리한 것으로 주요 내용은 다음과 같다. ① 노로 지쓰오가 조선의 차상통사(次上通事) 황대중(黃大中) 및 명무군관(名武軍官) 조동

진(趙東晉)을 만나 서로 소개했다. 노로 지쓰오는 자(字)를 따라 노로 겐죠(野呂元丈)로도 알려져 있는데, 본초학(本草學)에 조예가 깊은 의관이다.

② 노로 지쓰오가 재추(梓楸)·가오(假梧)·오동(梧桐)의 분별에 대해 조동진에게 물었으나, 조동진은 식물에 관한 것은 의술을 전공하는 사람들이 알 수 있는 것이라 잘 모르겠고, 지리와 풍토에 따라 다르게 불릴 수 있을 뿐이라고 대답했다.

③ 노로 지쓰오가 조동진의 안경과 패물(佩物)의 재료에 대해 묻자 조동진은 그 재료가 중국산 밀아(蜜牙)와 호박(琥珀)이라고 대답했다.

④ 노로 지쓰오는 동행한 토자와(戶澤) 지역의 제후(諸侯)를 조동진에게 소개했고, 조동진은 일본의 관제(官制)에 대해 질문했으며, 이에 대해 노로 지쓰오가 답변했다.

⑤ 노로 지쓰오와 박경행, 삼서기 이봉환·유후·이명계, 양의 조숭수, 의원 김덕륜·조덕조가 통자(通刺)했고, 이들이 서로 주고받은 7언시 26수가 실려 있다.

⑥ 노로 지쓰오가 조숭수에게 적아백(赤芽栢)과 재추(梓楸)의 정체성에 대해 물었고, 조숭수는 가오동(假梧桐)이라고 대답했다. 노로 지쓰오가 다시 『동의보감(東醫寶鑑)』을 인용하며 의혹을 제기하자 조숭수는 재(梓)와 추(楸)를 분별하여 설명했고, 조덕조가 의원은 병을 치료할 뿐이라며 그 정체성을 파악하는 것은 소임과 멀다고 답변했다. 이에 대해 노로 지쓰오는 약을 캐는 것도 의원의 소임이라며 항변했다.

⑦ 김덕륜이 일본의 질병 치료 방식에 대해 질문했고, 노로 지쓰오는 탕약(湯藥)과 침구(鍼灸)는 「소문(素問)」이나 당대(唐代)의 방법을 쓰지만,

외과(外科)적 치료 분야는 서양(西洋)의 방법을 많이 쓴다고 답변했다.

⑧ 김덕륜이 조선에서는 침술이 성행한다고 하면서 일본의 경우를 묻자, 노로 지쓰오가 일본도 마찬가지라며 호침(毫針)을 보여주었고, 다시 김덕륜이 삼릉침(三稜針)과 원침(圓針) 등의 사용법에 대해 물었고, 자침법(刺針法) 등 사용하는 침의 차이에 대해서 논의했다.

⑨ 노로 지쓰오가 패모(貝母)·황금(黃芩)·백부자(白附子) 등의 실물을 가져와 그 정체성에 대해 물었고, 조숭수는 약을 캐는 사람은 따로 있어서 잘 모르겠으니, 의약(醫藥)에 대해서만 논의하자고 제의했다.

⑩ 노로 지쓰오가 17세로서 막 의원이 된 자신의 아들 노로 지쓰와(野呂實和)를 조숭수에게 소개했고, 김계승(金啓升)의 초서(草書)를 보고 칭송했으며, 김계승으로부터 글을 얻었다.

⑪ 노로 지쓰오가 촉초(蜀椒)와 진초(秦椒)의 분별 및 길경(桔梗)·제니(薺苨)·사삼(沙參)의 사용 여부 등에 대해 조숭수에게 물으면서 실물을 보여달라고 요청했고, 조숭수는 이를 허락하며 다음날을 기약했다.

⑫ 노로 지쓰오가 김계승과 서로 소개했고, 동석한 조선 사람에게 담배와 식사로 나온 도미어(道未魚)와 수어(秀魚)의 조선 물명(物名)을 물었고, 배석한 쓰시마부(對馬島府) 난암(蘭菴)의 권유에 따라 향어(香魚)와 치어(鯔魚)를 맛보았다. 또한 조선 사람이 평소 비만(肥滿)하고 본래 담습(痰濕)이 많으며, 여름철이라 팔다리가 마비(麻痺)되는 병증이 있다고 하자 노로 지쓰오가 진맥을 권유했다. 이어서 노로 지쓰오는 몸이 지나치게 비만해 담(痰)이 많기 때문이라고 진단하고, 이진탕(二陳湯)에 기(氣)를 순조롭게 하는 약을 더해 먹으면 나을 것이라는 처방을 내렸다. 아울러 김계승의 관직과 쓰고 있는 두건(頭巾) 등에 대해

물었고, 조선 사람은 관직은 없으며, 정자건(程子巾)이라고 답변했다.

⑬ 노로 지쓰오는 사카키바라 겐보(榊原元甫)가 두보(杜甫)의 20운(二十韻)을 해서(楷書)로 정리한 책을 김덕륜에게 보여주었고, 일본 담배를 선물했다. 조숭수와는 서로의 문장과 필체에 대해 칭송했다.

⑭ 조숭수가 일본 태의원(太醫院)의 인원에 대해 물었고, 노로 지쓰오는 3백 명 남짓이라고 답변했다.

⑮ 노로 지쓰오가 노송나무와 측백나무의 정체성, 조류(藻類), 압록강과 백제 등의 지명에 대한 일본어를 조동진에게 알려주고 조선의 사정을 물어보았다.

⑯ 노로 지쓰오가 조선의 수행원 중 누가 명필(名筆)인지를 조선 사람에게 물었고, 조선 사람은 김계승 등 몇 사람을 지목했다.

⑰ 노로 지쓰오가 생채(生菜)의 정체성에 대해 김계승과 문답을 나누었고, 『본초』에서 해강감(海江柑)이라고 한 과일의 정체성에 대해 조숭수와 문답을 나누었으며, 조숭수의 병증에 대해 시기(時氣)·감모(感冒)의 진단을 내렸다.

⑱ 노로 지쓰오가 조선 의서(醫書)에 인용된 옛 책을 적은 목록을 가져와서 지금도 존재하는 것에 점을 찍어 적어달라고 청했고, 조숭수는 청심환 1개와 소합환 2개를 선물했으며, 불환금정기산(不換金正氣散) 1첩(貼)과 곽향정기산(藿香正氣散) 1첩을 보여주어 노로 지쓰오가 그 분량을 비교해보았다.

⑲ 조숭수가 곽향(藿香)·빈랑피(檳榔皮)·귤피(橘皮)·감초(甘草)·백출(白朮) 등 조선 약재를 보여주자 노로 지쓰오는 이를 일본 약재들과 비교하여 항목별로 간략하게 정리했고, 동석한 칸 도우하쿠(菅道伯)와

함께 조숭수의 건강을 염려하며 술을 선물했다.

하권은 다음날인 1748년 5월 29일에 나눈 필담을 정리한 것으로, 1748년에 조선의 의원들과 필담을 나누었던 카와무라(河村) 및 도우하쿠(道伯)도 배석했다. 그 주요 내용은 다음과 같다. ① 조숭수는 노로 지쓰오가 어제 맡겼던 부채에 글을 써서 선물했고, 노로 지쓰오가 비파(枇杷)·감과(甘瓜)·임금(林檎)·체(棣)·당(棠) 등의 과일과 담죽(淡竹)·고죽(苦竹)·전죽(箭竹) 세 종류를 대통으로 만들어, 풀과 꽃 몇 종류를 꽂아 조숭수에게 보여주면서 두 나라의 그 공통점과 차이점에 대해 논의 했다.

② 노로 지쓰오가 시초(蓍艸)를 보여주고, 조선에서 시행되는 점(占)의 종류에 대해 묻자, 동전(銅錢) 점과 절초점(折艸占)이 유행한다고 답변했다.

③ 조덕조가 일본에도 사과(絲果)가 있는지를 물었고, 노로 지쓰오는『본초강목』에도 없는 것이 일본에 있겠느냐고 하여 조덕조와 논쟁하였다. 노로 지쓰오는 조덕조의 화를 풀기 위해 글씨를 부탁했으나 조덕조가 거절했다. 다시 노로 지쓰오가 밀아(蜜牙)와 조선의 토산물(土産物)인 청서피(靑黍皮)에 대해 물었고, 조덕조는 화가 덜 풀린 듯 안절부절하는 모습을 보였다.

④ 노로 지쓰오는 조숭수에게 부탁했던 의서(醫書) 목록을 돌려받았고, 답례로 네덜란드 사람에게서 받은 포도주를 선물했다.

⑤ 조숭수는 어제 약속했던 조선의 약재들을 꺼내 보여주었고, 노로 지쓰오는 이를 일본 약재들과 비교하여 항목별로 간략하게 정리했다.

⑥ 노로 지쓰오가 조덕조를 만나 안부 인사를 했고, 김덕륜의 병세를 물었다. 또한 노로 지쓰오는 김덕륜에게 부탁한 글의 완성 여부를 물었고, 자신의 아들이 김덕륜에게 쓴 시(詩)의 전달을 부탁했다.

⑦ 조숭수가 노로 지쓰오에게 인삼양위탕(人參養胃湯) 1첩을 보여주고, 그 탕제법을 알려주었으며, 이를 선물하자 노로 지쓰오는 그 분량과 도량형에 대해 물었다.

⑧ 조숭수가 일본 가곡(歌曲)에 대해 묻자 노로 지쓰오가 텐치(天智) 임금이 직접 지은 노래 가사를 조숭수에게 알려주었다.

⑨ 노로 지쓰오가 조숭수에게 부채 3개를 주면서 글을 청했고, 2개를 조숭수와 조덕조에게 선물했다. 또한 자녀에 대해 묻자 조숭수는 1녀, 조덕조는 2남 4녀라고 대답했다.

⑩ 노로 지쓰오가 백강잠(白殭蠶)·강활(羌活)·빈랑(梹榔)·당귀(當歸)·작설초(雀舌艸) 등의 산지와 약효에 대해 물었고, 조덕조가 이에 대해 답변했다.

⑪ 노로 지쓰오가 부모의 비명(碑銘)을 써준 김계승에게 감사하며, 재차 글을 부탁했다. 또한 조숭수가 노로 지쓰오에게 묵 1개와 붓 1자루를 선물했고, 노로 지쓰오는 조숭수에게 연명(硯銘)을 부탁했다.

⑫ 노로 지쓰오가 김덕륜을 만나 병세를 물었고, 부채 5자루에 글씨를 요청했다.

⑬ 노로 지쓰오가 1잔(盞)의 무게 등 도량형에 대해 조숭수에게 물었고, 조숭수는 이에 대해 답변하면서 조선의 약재 등을 보여주었으며, 노로 지쓰오는 이를 일본 약재들과 비교하여 항목별로 간략하게 정리했다.

⑭ 노로 지쓰오가 허난설헌(許蘭雪軒)을 칭송하며, 허씨 집안의 근황을 물었고,『고매원묵보(古梅園墨譜)』두 책갑(冊匣)을 조숭수에게 선물하면서 서문(序文)을 부탁했고, 조숭수는 적임자로 박경행을 추천했다. 이어서 조숭수와 노로 지쓰오의 화답시 2수 및 조숭수가 노로 지쓰오에게 써준 연명(硯銘)이 실려 있다.

⑮ 조숭수가 노로 지쓰오에게 창출(蒼朮) 등 약재 14종을 보여주었고, 노로 지쓰오는 이를 일본 약재들과 비교하여 항목별로 간략하게 정리했다.

⑯ 김덕륜은 노로 지쓰오가 부탁한 글을 써주기로 약속하면서 청심환(淸心丸)·자금정(紫金錠)·옥추단(玉樞丹) 등을 선물했고, 노로 지쓰오는 에치젠(越前)의 관지(官紙) 100장을 선물했다.

⑰ 노로 지쓰오가 김덕륜에게『구황촬요(救荒撮要)』와『우마역병방(牛馬疫病方)』등에 실린 천금목(千金木)에 대해 물었으나 김덕륜은 대답하지 못했다.

⑱ 조숭수가 노로 지쓰오에게 석창포(石菖蒲) 등 약재 14종을 보여주었고, 노로 지쓰오는 이를 일본 약재들과 비교하여 항목별로 간략하게 정리했다.

⑲ 조덕조가 노로 지쓰오에게 소합환(蘇合丸)·청심환(淸心丸)·옥추단(玉樞丹) 등을 선물했고, 노로 지쓰오가 조숭수, 조덕조와 주고받은 7언시 2수와 5언시 4수가 실려 있다.

조선인필담 상

연향(延享)[1] 무진(戊辰)년(1748) 여름에 조선(朝鮮)이 예(禮)를 갖추어 찾아왔고, 나는 벼슬을 받아 그 빈객(賓客)을 초대한 곳에 도착해 학사(學士)·서기(書記)·의관(醫官) 등 몇 사람을 만나 저 나라 안의 생산되는 물품에 대해 물었다. 그러나 아는 것이 적어 매우 많이 얻지는 못한 듯하다. 오직 양의(良醫)[2]에게 요청해, 지닌 약재(藥材)를 보았고, 널리 살펴보았을 뿐이다.

5월 28일, 아사쿠사[淺艸][3]의 혼간지[本願寺][4]에 가서, 먼저 쓰시마쥬[對州] 가신(家臣)[5]을 따라 그 서기(書記) 난암(蘭菴)[6]이란 사람에게 명함을 내보이고 면회를 청했으

---

1 연향(延享): 일본 제116대 고모모조노[桃園] 천황의 연호. 재위 1747~1762.
2 양의(良醫): 사절단의 주치의이자 의학 분야 교류 담당자.
3 아사쿠사[淺艸]: 일본 도쿄[東京]에 속한 지명(地名).
4 혼간지[本願寺]: 교토[京都]시에 있는 정토진종(淨土眞宗) 혼간지파(派)의 본산(本山) 사원. 분리된 히가시혼간지[東本願寺]와 구별하기 위해 니시혼간지[西本願寺]라 부르기도 했음.
5 가신(家臣): 경대부(卿大夫)의 신하. 또는 제후(諸侯)나 왕공(王公)의 사신(使臣).
6 난암(蘭菴): 키노쿠니 주이[紀國瑞]의 호(號). 아메노모리 호슈[雨森東]의 문인이고, 당시 쓰시마[對馬島] 번주의 가신(家臣)이자 서기(書記)로, 조선통신사 일행을 안내했음.

며, 이끌려 본존(本尊)을 모시는 법당(法堂)에 도착해 자리를 갖추고 오래 기다린 듯하
다. 그때 조선(朝鮮) 사람으로서 내 앞에 온 사람이 있었는데, 품속에서 명함(名銜)을
꺼내 보여주었다.

써서 말함 원장(元丈)[7]
물음: "그대의 성명(姓名)과 자호(字號)는?"

답해 말함 창애(蒼崖)[8]: "제 성은 황(黃)이고, 자는 정숙(正叔)이며, 별
호(別號)는 창애입니다."

물음 원장: "관직(官職)은 어떻게 됩니까?"

대답 창애: "벼슬은 주부(主簿)[9]인데, 지금에 와서는 부족하나마 차
상판사(次上判事)[10]를 맡고 있습니다."

창애는 일본말에 매우 막힘없이 통했고, 구화(口話)[11]도 했다. 얼마 되지 않아 또 어
떤 조선(朝鮮) 사람 한명이 곁에 와 있었다.

---

7 원장(元丈): 노로 지쓰오[野呂實夫]의 자(字). 호는 연산(連山). 노로 겐죠[野呂元丈]
로도 알려져 있음. 도호토[東都]의 의관(醫官). 1748년 5월에 조숭수(趙崇壽) 등과 만나
나눈 필담을 정리한 『조선필담(朝鮮筆談)』과 『조선인필담(朝鮮人筆談)』을 남겼음.
8 창애(蒼崖): 황대중(黃大中). '창애'는 별호(別號). 자는 정숙(正叔). 1748년 제10차 통
신사 때 34세로, 차상통사(次上通事)였음.
9 주부(主簿): 한(漢)대 중앙 관서 및 군현(郡縣)에 두어 문서(文書)를 관장하고 사무를
처리하게 한 벼슬.
10 차상판사(次上判事): 차상통사(次上通事). 통역을 담당하는 관리.
11 구화(口話): 입으로 말함. 또는 귀머거리나 벙어리가 특수한 교육을 받아 상대가 말하
는 입술 모양 등으로 그 뜻을 알아듣고, 자기도 그렇게 소리 내어 말함.

물음 원장: "그대의 성(姓)과 자(字)와 관직(官職)은 어떻게 됩니까?"

대답 완재(完齋)[12]: "제 성은 조(趙)이고, 호는 완재(完齋)입니다. 일찍이 방어사(防禦使)[13]를 지냈는데, 2품(品)의 벼슬입니다. 다른 나라의 손님을 만나봄에 접대(接待)의 예(禮)가 스스로 다른데, 그대의 성과 호는 말하지 않고, 손님의 성을 먼저 물으니, 또한 예가 아님을 아마도 모르시는군요. 그대의 의견은 어떠하십니까?"

대답 원장: "드러내신 뜻을 빠짐없이 상세히 알겠습니다. 두 나라의 예는 본래 스스로 다를 것이니, 앉거나 서서 공경함이 다르고, 옷과 관(冠)의 제도도 다릅니다. 지금 저희들처럼 맨 머리를 드러내고 손님을 대함은 풍속이 그러한 것이니, 허물하지 마시기를 바라고, 자리 위에서 먼저 이미 명함(名銜)을 보여드렸기 때문에 그대의 호를 물었을 뿐입니다."

대답 완재: "보이신 것은 그대의 명함이고, 저희들을 위해 써둔 것은 아니기 때문에 우연히 이러한 말에 이르렀는데, 나라에 무슨 상관입니까? 생각을 끼워 맞추지 않으신다면 다행이겠습니다. 여러분께서는 무슨 일 때문에 어떤 사람을 만나보고자 청했고, 명함을 쓰고자했는지 모르십니까?"

---

12 완재(完齋): 조동진(趙東晉)의 호(號). 전 부사(府使)였고, 1748년 제10차 통신사 때 42세로, 사행단을 호위하고 군사를 지휘하던 명무군관(名武軍官)이었음.

13 방어사(防禦使): 조선시대에 군사 요지에 파견했던 관직의 하나로, 종2품의 벼슬.

대답 원장: "저는 의관(醫官)인데, 본초학(本草學)을 배웠기 때문에 풀과 나무의 가지와 잎을 가져와 여러분에게 묻고자하니, 가르침을 받는다면 매우 다행이겠습니다."

물음: 오래된 나무의 꽃과 잎을 그에게 보여주었다. "이 나무는 그대 나라에서 무엇이라 이름합니까?"

대답 완재: "저희들은 의술(醫術)을 업(業)으로 삼는 사람이 아니라서, 대체로 여러 약(藥)의 종류는 본래 모두 자세히 알지 못하는데, 양의(良醫)와 여러 의관(醫官)에게 어찌 아니 물으십니까? 만일 물을 것이 있다면, 본래 아는 사람이 또한 어찌 우러러 대답하기 어렵겠습니까? 이 나무는 그대 나라에도 본래 이름이 없기 때문에 묻는 것입니까? 그렇지 않다면 그것이 있는데, 우리나라에서 일컫는 이름을 알고자해서 묻습니까? 이것이 바로 약초(藥草)이기 때문에 묻습니까? 자세히 가르침을 보여주신다면 다행이겠습니다."

말함 원장: "대체로 약품(藥品)과 관련된 것은 여러 의관(醫官)에게 물어 그것을 바르게 하고자 할 수 있지만, 이것은 바로 평범한 잡스러운 나무인데, 오직 이 나라에는 이 나라 명칭(名稱)만 있고, 중국 이름을 모르기 때문에 물을 뿐입니다. 혹시 재추(梓楸)[14]의 종류는 아닙니까?"

---

14 재추(梓楸): '재'는 호두나무과의 낙엽 교목인 '가래나무'로, 재질이 가볍고 결이 좋아 악기나 건축·가구의 재료로 쓰임. 일설에는 '오동나무'의 일종. '추'는 능소화과의 낙엽 교목인 '개오동나무'로, 재목은 가구나 바둑판 등을 만드는 데 쓰임.

　　말함 완재: "이것이 비록 그대 나라에 있고, 추재(楸梓)라 한다는데, 우리나라에도 있지만 그렇지 않은 듯합니다. 뿌리가 떨어지고 말라죽어 그 모양을 분별하기 어려우나, 싹은 오동나무[15] 종류와 비슷한데, 바로 오동나무는 아닙니다. 우리나라에 가오(假梧)[16]가 있는데, 차라리 이것일까요? 대체로 풀과 나무는 땅의 품질을 따르니, 나서 자람이 비록 이와 같이 한 종류라도 그것을 심으면, 남(南)과 북(北)에서 뿌리와 잎이 각각 다릅니다. 그대 나라는 우리나라에서 산과 바다로 멀리 떨어졌으니, 종류는 같지만 모양이 다르다고 기이할 것이 없습니다. 지금의 추재와 오동(梧桐)[17]도 비슷하지 않습니까? 이것도 그러합니다."

　　말함 원장: "우연히 지미(芝眉)[18]와 사귀고, 글로 쓴 이야기와 서로 지어 주고받은 시문(詩文)으로 성대(盛大)한 가르침을 많이 받아, 감사

---

15 오동나무: 오동나무과의 낙엽 교목. 목재는 나뭇결이 아름답고 재질이 부드러우며, 습기와 불에 잘 견디고 가벼우며 마찰에 강해 책상·장롱 등 가구를 만드는 좋은 재료임. 붉동나무. 오동.

16 가오(假梧): 가오동(假梧桐). 홍만선(洪萬選, 1643~1715)의 『산림경제(山林經濟)』에 '음경(陰莖)에 창(瘡)이 나타나고, 그것이 자흑색(紫黑色)으로 변하면서 그 경(莖)을 침식하면, 석채(石菜)를 짓이겨 바르거나 가오동을 우린 물에 담아 씻는다.'고 해서 성병(性病)의 치료약으로 사용되었음.

17 오동(梧桐): 벽오동과의 낙엽 교목인 '벽오동(碧梧桐)나무'. 아시아가 원산지인데, 오동나무처럼 잎이 크고 줄기 색이 푸르기 때문에 벽오동이라고 부름. 옛날에는 벽오동나무를 그냥 '오동나무' 또는 '오(梧)'로, 오동나무는 '동(桐)'이라고 불렀음. 익기 전에 5조각으로 갈라지는 씨방 안의 완두콩 같은 씨는 '오동자(梧桐子)'라고 부르고, 볶아서 커피 대신 쓰기도 하며 구워 먹기도 하는데, 폐·간·심장을 튼튼하게 해주며 소화를 도와주는 효과가 있음. 꽃은 잘 말려 가루로 만들어 화상 입은 곳에 바름.

18 지미(芝眉): 지초(芝草)같은 눈썹. 고대에 귀상(貴相)으로 여김. 상대방의 얼굴을 높여 일컫는 말.

드리고 감사드립니다."

　말함 완재: "한가한 틈을 타 우연히 맑은 모습과 사귐을 얻음에 이르렀고, 이어서 몇 마디 말을 다시 주고받아, 어리석음에 대해 갑자기 깨우침을 많이 받고 많이 받았습니다."

　말함 완재: "그대 눈가의 안경(眼鏡)은 좋습니까? 나쁩니까? 보여주시기 바랍니다."

　나는 곧 벗어서 보여주었다.

　말함 원장: "그대의 옥으로 만든 패물(佩物)은 바탕을 무슨 물건으로 만들었습니까?"

　말함 완재: "큰 구슬은 바로 밀아(蜜牙)[19]이고, 작은 구슬은 바로 호박(琥珀)[20]입니다."

　호박은 빛깔이 홍황(紅黃)인데, 세상에서 이른 바 금박(金珀)[21]이란 것과 비슷했고, 밀아는 빛깔이 조금 엷은데, 납박(臘珀)[22]과 비슷하고 무늬가 있었다.

---

19 밀아(蜜牙): 소나무 등의 진액(津液)이 오랜 세월 엉겨 굳어진 것.
20 호박(琥珀): 지질시대(地質時代)에 수지(樹脂)가 땅속에 파묻혀 수소·산소·탄소 등과 화합해 돌처럼 굳어진 광물. 빛은 대개 누렇고 광택이 있으며, 여러 가지 장식품으로 쓰임.
21 금박(金珀): 금황색(金黃色) 광택이 나는 호박(琥珀). 금패(錦珮).
22 납박(臘珀): 색이 누렇고 약간 밝은 호박. 밀랍주(蜜蠟珠)인 밀화(蜜花)의 종류.

말함 원장: "밀아는 어떤 이빨로 만들었습니까?"

말함 완재: "동물의 이빨이 아니라, 소나무 진액(津液)이 여러 백년 엉겨서 비로소 모양이 만들어진 것을 말합니다."

말함 원장: "호박은 고려(高麗)에서 나오고, 『본초(本艸)』²³를 보면 '이것은 두 종류이다.'라 했는데, 모두 그대 나라에서 생산됩니까?"

말함 완재: "모두 우리나라 물건은 아니고, 중원(中原)²⁴에서 생산됩니다."

밀아는 이 나라 명칭(名稱)이 비래(美羅), 범은 이 나라 명칭이 호라이[保良以], 곰은 이 나라 명칭이 코무[古莫]. 창애(蒼崖)가 일본말로 풀었는데, 구화(口話)를 따라 그것을 물었고, 그가 대답한 것이다. 일찍이 쓰시마주[對州]의 호슈[芳洲]²⁵가 '대머리는 곧 골마(骨麻)²⁶이다.' 등 일본 지역 명칭은 본래 조선 지역 명칭을 이어받았다고 말함을 들

23 『본초(本艸)』: 『본초강목(本草綱目)』. 중국 명(明)대 이시진(李時珍)이 전대 제가(諸家)의 본초학을 총괄하여 보충·삭제하고 바로잡아 저술한 책.
24 중원(中原): 한족(漢族)의 발상지인 황하(黃河) 유역. 하북(河北)·하남(河南)·산동(山東)·섬서성(陝西省) 지방.
25 호슈[芳洲]: 아메노모리 호슈[雨森芳洲, 1668~1755]. 에도[江戶] 시대 일본의 의사이자 주자학 계열의 유학자. 한문·조선어·중국어에 능통했고, 조선 무역의 중개 역할을 하던 쓰시마 번(藩)에서 외교 담당 문관으로 활약했음. 일본 최초로 조선어 교과서인 『교린수지(交隣須知)』를 집필했고, 전문 통역관으로서 통역양성학교도 설립했음. 그는 대등한 외교관계를 강조했으며, 양국 우호에 기여한 인물로 평가받고 있음.
26 골마(骨麻): 목골려(木骨閭). 4세기 말부터 6세기 말까지 중국 북방에 존재했던 유목민족 국가인 유연(柔然)의 시조(始祖). 목골려의 의미는 '대머리'이고, 그 왕족은 욱구려(郁久閭)씨라고 불렸음. 유연은 5세기부터 6세기에 걸쳐 몽골고원을 지배했던 몽골계 유목민의 국가에 대한 중국식 통칭이고, 일설에 '모코리[木骨閭]'를 '몽골'의 어원으로 보기도 함.

었기 때문에 지금 그것을 물었을 뿐이다.

　물음 원장: "그대 나이는 얼마입니까?"

　대답 완재: "나이는 지금 42세입니다."

　물음 완재: "이는 어떤 사람입니까?"

　그때 토자와[戶澤] 제후(諸侯)가 방안으로 들어와, 나는 자리에서 일어나 그에게 읍(揖)했고, 제후도 그 신하 및 이토위[伊東] 제후와 서로 읍했다. 신하로서 곁방에 곧게 늘어섰던 사람들이 모두 고개를 숙이고 엎드리자, 조(趙)가 의아한 얼굴빛을 띠고 그것에 대해 물었다.

　대답 원장: "관반(館伴)[27]인 토자와[戶澤] 제후입니다."

　말함 완재: "관직(官職)은 어떻게 됩니까?"

　말함 원장: "벼슬은 조산태부(朝散太夫)[28]이고, 우슈[羽州] 신조우[新庄][29]가 식봉(食封)[30]인데, 대개 제후입니다."

　말함 완재: "그대들에게 주는 지위(地位)는 어떻게 됩니까?"

----

27 관반(館伴): 외국 사신(使臣)을 접대하기 위해 임시로 임명하는 벼슬. 관반사(館伴使).
28 조산태부(朝散太夫): 조산대부(朝散大夫). 왕실(王室) 종친(宗親) 문관(文官)의 벼슬.
29 우슈[羽州] 신조우[新庄]: '우슈'는 옛 일본 데와노쿠니[出羽國]의 다른 이름. 현재 야마가타[山形]현과 아키타[秋田]현에 해당함. '신조우'는 야마가타현 신조우시(市).
30 식봉(食封): 공신(功臣)에게 논공행상(論功行賞)으로 주는 영지(領地). 그 조세를 받아 먹게 함. 식읍(食邑). 채읍(采邑).

말함 원장: "비록 단계는 있지만, 등급과 같게 조정(朝廷)에서 벼슬합니다. 배신(陪臣)[31]이 아닌 사람은 한 줄로 고르게 합니다."

말함 완재: "중국(中國) 관제(官制)[32]의 벼슬차례에 9등급이 있는데, 우리나라도 그러합니다. 그대 나라도 그러합니까? 조산대부(朝散大夫)는 벼슬의 품계(品階)가 얼마입니까?"

말함 원장: "우리나라 관제는 대개 삼대(三代)[33]의 봉건제(封建制)[34]와 같아서, 후세(後世)의 군현(郡縣)[35]과 견줄 수 없을 것입니다."

오후에 학사(學士)·서기(書記)·양의(良醫)·의원(醫員)을 만났다.

명함(名銜)

제 성은 노로[野呂]이고, 이름은 지쓰오[實夫]이며, 자는 원장(元丈)이고, 호는 연산(連山)이며, 도호토[東都]의 의관(醫官)입니다.

제 성은 노로이고, 이름은 지쓰와[實和]이며, 자는 원순(元順)이고, 의

---

31 배신(陪臣): 신하의 신하. 곧, 천자의 신하인 제후의 신하.
32 관제(官制): 관청(官廳)의 조직(組織)·권한(權限) 및 관리(官吏)의 직무(職務) 등을 규정한 법칙.
33 삼대(三代): 하(夏)·은(殷)·주(周)의 세 왕조(王朝).
34 봉건제(封建制): 한 군주(君主) 아래에서 귀족들이 봉강(封疆)을 세습(世襲)으로 받아 제후가 되어 그 관내의 정치를 전제(專制)하는 제도.
35 군현(郡縣): 제후를 폐하고 영토를 군과 현으로 나누어 중앙 정부에서 관리를 임명·파견해 정치상 일체의 권력을 중앙 정부에 집중시키는 제도.

관 원장의 아들입니다.

제술관(製述官) 성은 박(朴), 이름은 경행(敬行), 자는 인칙(仁則), 호는 구헌(矩軒). 나이는 39세.

서기(書記) 성은 이(李), 이름은 봉환(鳳煥), 자는 성장(聖章), 호는 제암(濟菴). 나이는 30세.

서기 성은 유(柳), 이름은 후(逅), 자는 자상(子相), 호는 취설(醉雪). 나이는 59세.

서기 성은 이(李), 이름은 명계(命啓), 자는 자문(子文), 호는 해고(海皐). 나이는 39세.

양의(良醫) 성은 조(趙), 이름은 숭수(崇壽), 자는 경로(敬老), 호는 활암(活菴). 나이는 35세.

의원(醫員) 성은 조(趙) 이름은 덕조(德祚), 자는 성재(聖哉), 호는 송재(松齋). 나이는 39세.

의원 성은 김(金) 이름은 덕륜(德崙), 자는 자윤(子潤), 호는 탐현(探玄).

구헌 박학사(朴學士)에게 줌

원장(元丈)

성사[36]는 멀리 텅 빈 하늘로 떠왔고 　　　　　星槎萬里泛遙空

---

36 성사(星槎): 한(漢)대 사람 장건(張騫)이 황하(黃河)의 근원을 탐사하려고 뗏목에 탔다가 자기도 모르는 사이에 하늘로 올라가 견우(牽牛)·직녀(織女)의 두 별을 보았다는 고사(故事). 여기에서는 '사신의 배'를 의미함.

옥절[37]이 동쪽 일본으로 와 계시네　　　　　　　王節來臨日本東

시와 부는 일찍이 성당[38]의 격조임을 알겠고　　詩賦曾知盛唐調

옷과 관은 대명의 풍격임을 볼 수 있네　　　　　衣冠都見大明風

연산의 은혜로운 시를 받들어 화답함

구헌(矩軒)

돛대 밖 하늘과 땅 허공에 모두 맡겼는데　　　　帆外乾坤一任空

동문[39]은 서와 동에 바다로 이어졌네　　　　　同文化接海西東

절간에서 한번 웃으니 강산이 말끔해지고　　　　禪樓一笑江山淨

비갠 뒤 서늘한 기운은 푸른 대자리 바람일세　　霽後新凉碧簟風

구헌의 시에 다시 화답함

원장

흰 눈은 읊조리니 푸른 하늘에 비치고　　　　　白雪吟來映碧空

홀연히 보이는 차가운 빛 강동에 가득 찼네[40]　忽看寒色滿江東

---

37 옥절(玉節): 옥으로 만든 부신(符信). 여기에서는 '통신사'를 의미함.

38 성당(盛唐): 시학상(詩學上) 현종(玄宗)의 개원(開元) 연간(年間)부터 대종(代宗)의 대
　력(大曆) 무렵까지의 사이. 당대(唐代)를 넷으로 구분한 것의 둘째 시기. 곧, 이백(李
　白)·두보(杜甫) 등 유명한 시인(詩人)을 배출해 시풍(詩風)이 가장 성하던 때임.

39 동문(同文): 사용하는 글자가 같음. 같은 정령(政令)이 시행됨.

40 강동(江東)에 가득 찼네: 진(晉)대 오중(吳中) 사람 장한(張翰)이 일찍이 낙양(洛陽)에

황매 비[41]는 홍려[42]의 마음을 쉬게 하니　　　　　　　黃梅雨歇鴻臚裡
맑은 흥취에 돌아가길 잊고 저녁 바람 대하네　　　　清興忘歸對晚風

연산(連山)의 시에 거듭 화답함

구헌

누대는 춤추듯 날아 까마득한 공중에 떠있고　　　樓臺飛舞逈浮空
머나먼 곳 외로운 배는 적안[43]의 동쪽이네　　　　萬里孤舟赤岸東
온갖 일은 돌아가는 즐거움만 못하니　　　　　　　萬事無如歸去樂
희황[44]도 원래 북창 바람에 살았다네[45]　　　　　羲皇元在北囪風

들어가 동조연(東曹掾)으로 있다가, 어느 날 갑자기 가을바람이 일어나는 것을 보고, 자기 고향 오중의 순챗국[蓴羹]과 농어회[鱸鱠]가 생각나서 말하기를 '인생은 뜻에 맞게 사는 것이 중요한데, 어찌 수천 리 밖에서 벼슬에 얽매여 명작(名爵)을 구할 필요가 있겠는가.' 하고, 마침내 벼슬을 버리고 돌아갔던 고사에서 온 말. 『진서(晉書)』 권92 「장한열전(張翰列傳)」.

41 황매(黃梅) 비: 매실이 노랗게 익는 늦은 봄이나 초여름에 내리는 비.

42 홍려(鴻臚): 관명(官名)으로 '홍려시(鴻臚寺)'를 이름. 외국에 관계된 사항, 즉 조공(朝貢)·내빙(來聘)·흉의(凶儀)·사묘(祠廟)를 관장했음.

43 적안(赤岸): 중국 양주(揚州) 강도현(江都縣)에 있는 산 이름.

44 희황(羲皇): 복희(伏羲). 상고시대(上古時代)의 제왕. 3황(三皇) 중의 한사람으로서 백성에게 어렵(漁獵)·농경·목축을 가르쳤으며, 처음으로 8괘(八卦)와 문자를 만들었다고 함.

45 희황도 원래 북창 바람에 살았다네: 진(晉) 도연명(陶淵明)이 여름이면 늘 북창(北窓) 서늘한 바람 밑에 누워서 스스로 희황상인(羲皇上人)이라 일컬었다는 고사(故事).

세 서기(書記)에게 줌

원장

훨훨 나는 서기의 재주 불현듯 알겠으니	知是翩翩書記才
멀리 사신 따라 일본으로 왔네	遙從星使日邊來
천 길 바라보니 연꽃 빛이고	望中千仞芙蓉色
부 지어 강 위 대에 응해 오르리	作賦應登江上臺

연산의 아름다운 시를 받들어 화답함

해고(海皐)

헌기[46]의 옛 의술(醫術)은 시 재주를 회복하고	軒岐舊術復詩才
눈썹 위 경치도 찾아오길 잘했구나	眉上煙霞好帶來
채색 붓과 고운 종이는 호저[47]로 마땅한데	彩筆華牋當縞紵
노을빛만 누대에 가득 차는지 모르겠구나	不知斜日滿樓臺

연산을 받들어 화답함

제암(濟菴)

하늘 동쪽에서 위빈[48]의 재주를 우연히 만났는데	天東邂逅渭濱才

---

46 헌기(軒岐): 헌원씨(軒轅氏)와 기백(岐伯). 모두 전설적인 의술의 개조(開祖). 인신해 뛰어난 의술.

47 호저(縞紵): 친구 사이에 주고받는 선물. 오(吳)나라의 계찰(季札)이 정(鄭)나라의 자산 (子産)에게 호대(縞帶)를 보내니, 자산이 계찰에게 저의(紵衣)를 보낸 고사에서 유래함.

화폭 가득 구름과 노을이 온통 펼쳐지네 　　　　滿幅雲霞一展來

연산에게 옛 소식을 묻고자하니 　　　　欲問連山舊消息

금처럼 빛나는 풀빛만 은대⁴⁹에 비추네 　　　金光草色映銀臺

연산(連山)의 아름다운 시를 받들어 화답함

취설(醉雪)

늘그막 시와 부는 재주 없어 부끄럽고 　　　　暮年詩賦愧非才

멀리서 찾아온 여러분이 몹시도 감사하네 　　　多感諸君遠訪來

바다 위 단방⁵⁰에 자연스레 응했더니 　　　海上單方應自有

마땅히 일본으로 옮겨와 춘대⁵¹를 따르네 　　須移日域化春臺

서기(書記)의 시에 다시 화답함

원장

시와 부는 맑고 고와 대부⁵²의 재주이니 　　　詩賦淸麗大夫才

5색 구름과 노을이 한눈에 들어오네 　　　　五色雲霞望裡來

---

48 위빈(渭濱): 위수(渭水) 가에서 낚시질하던 강태공(姜太公)을 주문왕(周文王)이 맞아
　 온 고사(故事).

49 은대(銀臺): 신선(神仙)이 사는 곳.

50 단방(單方): 여러 가지 약재를 섞지 않고, 단 한 가지 약만을 쓰는 방문(方文).

51 춘대(春臺): 밝은 봄 경치를 조망(眺望)하는 돈대(墩臺).

52 대부(大夫): 주(周)대의 벼슬 지위. 사(士)의 위이고, 경(卿)의 아래임. 벼슬자리에 있
　 는 사람.

여름날 제천[53]의 풍경을 좋아하니   夏日諸天好風景
서로 만나 우화대[54]에 함께 앉으리   相逢共坐雨花臺

거듭 화답함

해고

풍속이 서로 달라 삼재[55]를 보고   風殊俗別見三才
우연히 회오리바람 빌어 물결 헤치며 왔네   偶借長飆破浪來
홀로 바다 위에서 다른 날과 달 머무르니   獨留海上他時月
머나먼 길나선 마음만 명경대[56]와 같구나   萬里心如明鏡臺

다시 화답함

제암

구름 깊은 데서 약을 캐며 시 재주를 보고   雲深採藥見詩才
경개[57]해 정 깊어지니 먹물은 흥건해지네   傾盖情濃洒墨來

---

53 제천(諸天): 모든 천상계(天上界). 또는 그곳에 사는 부처.

54 우화대(雨花臺): 승려가 불경(佛經)을 강설(講說)하는 곳. 양무제(梁武帝) 때에 한 법
사(法師)가 어느 대(臺)에서 불경을 강설하는데, 강설이 하늘을 감동시켜 꽃이 비처럼
쏟아져 내렸으므로 그 대를 '우화대'라 명명했던 데서 온 말. 우화단(雨花壇).

55 삼재(三才): 하늘과 땅과 사람. 천지(天地)간의 만물.

56 명경대(明鏡臺): 저승의 입구에 있다는 거울. 지나는 사람의 생전 행실을 그대로 비춘
다고 함.

57 경개(傾盖): 수레의 일산을 마주 댐. 길에서 우연히 만나 수레를 가까이 대고 이야기

다른 날 푸른 바다 밖에서 서로 그리워지면 　　他日相思滄海外

매미 울음 솔 그림자를 대에 올라 적으리 　　蟬聲松影記登臺

조(趙) 활암(活菴)에게 줌

원장

진인[58]이 와서 절간에 숨어 머무는데 　　眞人來駐梵宮隱

문득 기원[59]을 보니 행림[60]으로 변했구나 　　忽見祇園轉杏林

서로 만나 삼세[61]의 일을 함께 논의하고 　　相遇共論三世業

교분(交分) 맺고 평생의 마음 담았네 　　結交偏許百年心

연산(連山)이 준 시를 받들어 화답함

활암

바다색과 산 빛은 5월이라 짙고 　　海色山光五月陰

나눔을 이르는 말. 또는 처음 만나거나 우의 맺음을 이름.

58 진인(眞人): 도교(道敎)의 깊은 진리를 깨달은 사람. 전해 도사(道士)의 최고급 칭호.

59 기원(祇園): 옛날 인도(印度) 기타태자(祇陀太子) 소유의 원림(園林)을 수달급고독(須達給孤獨) 장자(長子)가 매입해 석가(釋迦)에게 바쳤던 승원(僧院)으로써 불교를 가리킴. 기수급고독원(祇樹給孤獨園). 급고독원(給孤獨園).

60 행림(杏林): 살구나무 숲. 의사(醫士)의 미칭(美稱). 옛날 뛰어난 의원 동봉(董奉)이 보수(報酬)를 받지 않고, 중병자(重病者)가 나으면 살구나무 다섯 그루, 경환자(輕患者)가 나으면 한 그루씩 심게 해 수년 후에는 살구나무 숲을 이루었다는 『신선전(神仙傳)』의 고사에서 유래함.

61 삼세(三世): 과거·현재·미래. 또는 전세(前世)·현세(現世)·내세(來世).

매미 울음과 새소리는 동산 숲에 가득하네　　　蟬聲鳥語滿園林
깊고 깊은 여관은 서로 만나는 곳이고　　　　　深深旅館相逢處
써서 나눈 이야기는 두 마음을 분명히 비추네　　筆語分明兩照心

구헌(矩軒)에게 줌

원순(元順)

관문의 자줏빛 서기(瑞氣)는 용 그린 깃발 비추고　　關門紫氣映龍旌
수레와 말은 구름같이 이 날을 맞이하네　　　　　車馬如雲此日迎
거리 위 관현악기 소리는 그치지 아니하고　　　　街上管絃鳴不止
맑은 바람 불어와 에도[江戶] 성에 가득하네　　　清風吹散滿江城

노로[野呂] 원순이 베풀어준 시를 받들어 답함

구헌

하늘가 연꽃은 채색 깃발 비추고　　　　　　　　天際芙蓉映彩旌
맑은 시로 머나먼 곳에서 마중 접대 기쁘게 하네　清詩萬里喜逢迎
매미 울음과 사죽[62]은 높은 누각에 흩어지고　　鳴蟬絲竹高樓畔
비는 해맑게 개어 화려한 비단 성과 같구나　　　若雨新晴錦繡城

---

62 사죽(絲竹): 거문고와 퉁소. 현악기와 관악기. 전해 음악(音樂).

구헌에게 다시 화답함

원순

강 머리 손님 숙소에 깃발이 머무르며	江頭賓館駐旗旌
날마다 시인(詩人) 대해 맞이하고 보내기 수고롭네	日對騷人勞送迎
많은 새로운 시는 뜻도 끝없는데	多少新詩無限意
밝은 달만 무창성[63]에 우뚝 솟았네	亭亭明月武昌城

원순 사백(詞伯)[64]의 다시 거듭된 시를 받들어 화답함

구헌

해묵은 나그네 회포 깃발에 매달아 둔 듯하고	經年客思若縣旌
연꽃이 말머리를 맞이하니 조금은 기쁘구나	稍喜芙蓉馬首迎
아득하고 아득한 푸른 파도에 돌아갈 길은 멀고	渺渺滄濤歸路遠
황매 빗속에서 외로운 성에 남아있네	黃梅雨裡滯孤城

세 서기(書記)에게 줌

원순

옥절이 큰 바닷가로 멀리 왔으며	玉節遙來大海濱
무늬 깃발은 다른 나라 사람 굽어보네	文旗抑見異邦人

---

63 무창성(武昌城): 중국 호북성(湖北省) 무한시(武漢市)에 있는 성.
64 사백(詞伯): 걸출한 사객(詞客). 시문의 대가.

일본의 아름다운 경치는 부를 지을만하고	扶桑勝景能裁賦
머나먼 곳 산과 강은 기색도 새롭구나	萬里山川氣色新

원순에게 받들어 화답함

제암

꽃비 막 갠 푸른 물가	花雨初晴綠水濱
용의 저택에서 벼루로 시인을 대하네	龍堂畫硯對詩人
청낭65의 「소문」66은 말할 것이 있으랴	靑囊素問何須說
교금67과 여주68는 가지각색 새롭구나	鮫錦驪珠色色新

노로[野呂] 원순이 부친 시를 받들어 답함

해고

은하 건넌 붉은 절부(節符)69 큰 바닷가에 머무르고	銀河絳節滯瀛濱

---

65 청낭(靑囊): 진(晉)나라 곽박(郭璞)이 곽공(郭公)에게서 청색(靑色) 주머니에 넣은 책
   을 받아 천문(天文)·복서(卜筮)·의술(醫術)에 정통했다는 고사(故事). 전해 약주머니.
   또는 의생(醫生)이 의서(醫書)를 넣는 주머니. 인신해 의생, 의술.

66 「소문(素問)」:『황제내경(黃帝內經)』의 전반 9권으로, 천인합일설(天人合一說)·음양
   오행설(陰陽五行說) 등 자연학에 입각한 병리학설을 주로 다루었음.

67 교금(鮫錦): 교인(鮫人)이 짰다는 비단. 인신해 정교하고 아름다운 직물. 교초(鮫綃).
   '교인'은 바다 밑에 산다는 인어(人魚). 흐르는 눈물이 구슬이 되고 늘 길쌈을 한다고 함.

68 여주(驪珠): 여룡지주(驪龍之珠). 검은 용의 턱 밑에 있는 귀중한 구슬. 백낙천(白樂
   天)·유우석(劉禹錫) 등 여러 사람이 모여 〈금릉회고시(金陵懷古詩)〉를 짓다가 유우석이
   먼저 아름다운 시를 지으니, 다른 이들이 '벌써 동자(童子)가 용의 여의주[驪龍珠]를 얻었
   는데, 나머지 조개껍질을 무엇에 쓰랴.'라 하고 붓을 놓았다는 고사(故事).

큰 바다 부평초는 남과 북의 사람일세   積水浮萍南北人

여주를 얻어 지녀 빛이 소매에 가득하니   携得驪珠光滿袖

먼지 쌓인 상자는 다른 날 눈에 더욱 새롭겠네   塵篋他時眼更新

원순이 베풀어준 시를 받들어 화답함

취설

조각배로 바다 건너니 너른 물가도 없고   輕舟涉海浩無濱

절간에서 좋은 사람 대하니 얼마나 다행인가   何幸禪樓對好人

아름다운 시구(詩句) 주고받으며 긴 해를 보내니   佳句迭酬移永日

신선 사는 산 빼어난 빛은 비온 뒤 새롭구나   仙岑秀色雨餘新

조(趙) 활암(活菴)에게 줌

원순

아득한 관문에 자줏빛 서기(瑞氣) 떠있고   一望關門紫氣浮

서쪽에서 신선의 짝 강 머리에 이르렀네   西方仙侶到江頭

삼산[70]인 쿠마노[熊野]에는 영초[71]도 많은데   三山熊野多靈艸

---

69 붉은 절부(節符): 옛날에 사신이 지니고 갔던 신표(信標).

70 삼산(三山): 삼신산(三神山). 신선이 살고 있다는 세 산. 삼구(三丘). 중국 전설에 나오는 봉래산(蓬萊山)·방장산(方丈山)·영주산(瀛洲山). 일본에서는 이세[伊勢]의 '아츠타[熱田]'와 키이[紀伊]의 '쿠마노[熊野]'와 '후지산[富士山]'을 삼신산(三神山)이라고도 함.

71 영초(靈草): 영묘(靈妙)한 풀. 불사(不死)의 약초(藥草).

손에 지니고 어떻게 좋은 놀이 보낼 수 있으리오　携手何能陪勝遊

원순이 준 대단히 고상한 시를 받들어 화답함

활암

사신의 배 머나먼 곳에 객성[72]처럼 떠있으니　　乘槎萬里客星浮
길은 동쪽 큰 바다에서 끝나고 땅도 끝나는 곳　路盡東溟地盡頭
서불[73]이 약 캘 수 있었다 함을 듣지 못했으니　徐市未聞能採藥
나는 지금 장차 젊을 때 놀고자 하네　　儂今欲將少年遊

세 서기(書記)에게 다시 화답함

원순

사신의 수레 큰 강 물가에 머무르고　　使軺留滯大江濱
다른 나라 사람 서로 만나보고 친해졌네　相見相親異域人
자리 위 큰 노래 소리에 흰 구름 날고　坐上高歌飛白雪
빗속의 꽃나무 새롭게 정원에 가득하네　雨中芳樹滿園新

---

72 객성(客星): 항성(恒星)이 아닌 별로서 일시적으로 나타났다가 사라지는 별. 신성(新星)·초신성(超新星) 등.
73 서불(徐市): 진(秦) 때의 방사(方士). 진시황(秦始皇)에게 바다 속에 삼신산(三神山)과 신선이 있다고 상서해, 진시황의 명령으로 어린 남녀 수천 명을 데리고 불사약을 구하러 바다로 떠난 뒤 돌아오지 않음.

거듭 화답함

해고

나그네 시름 조금은 위로되는 적막한 물가   稍慰羈愁寂寞濱
다른 날 함께 꿈속의 사람 되겠지   他時俱作夢中人
귤나무 숲에서 빗소리 들으며 저물녘 누각에 오르니   橘林聞雨登樓暮
삼도[74]의 구름과 노을 새롭게 붓을 휘감네   三島雲霞繞筆新

거듭 보인 시를 받들어 답함

제암

손님 숙소는 비갠 적막한 물가   賓館陰晴寂寞濱
매미 울음만 멀리 가는 사람 일어나길 깨우쳐주네   蟬聲解起遠征人
뜬 구름처럼 우연한 만남 좋은 시에 머무르니   浮雲邂逅留佳什
맑은 물 연꽃처럼 새로운 뜻이 가득하네   淸水芙蓉滿意新

여러분 책상 아래에 드림

원장

바다와 뭍 머나먼 길에 배와 수레 탈 없으셨고, 이곳 도읍에 장엄하게 이르심을 삼가 축하드립니다.

---

74 삼도(三島): 신선(神仙)이 산다는 봉래(蓬萊)·방장(方丈)·영주(瀛洲)의 세 섬. 삼신산(三神山).

대패(大旆)[75]가 동쪽으로 일본을 가리킨다 함을 일단 들었던 때로부터 쳐다보게 되기를 간절히 생각했는데, 지금 다행히 맑은 모습을 접하니, 감패(感佩)[76]함을 어찌 다하겠습니까?

저는 어려서부터 본초서를 읽고, 새와 길짐승과 풀과 나무의 이름을 조금 알게 되었습니다. 드디어 의원에 임용되었고, 아울러 약재를 분별해 검사하게 되었으며, 일찍이 조정(朝廷)의 명을 받아 나라 안의 여러 이름난 산에서 약을 캐게 되었습니다. 그러나 온 나라는 제한적이고 나라의 땅이 서로 같지 않아, 본초서에 실려 있는 약품에 빠진 것들이 많은 듯합니다. 한번 바다를 건너 찾아 살펴보고자 했지만, 나라 법이란 것이 존재하고 있고 다른 나라에 나아감을 허락받게 매어 있어서, 늘 한스럽게 생각했습니다. 또 이 나라에 생산되지 않는 약초는 다른 나라에서 옮겨 심었는데, 그 가운데 진짜와 가짜도 의심할만한 것들이 적지 않습니다. 이제 다행히 큰 나라의 군자(君子)들을 만나 우러러 뛰어난 식견을 번거롭게 합니다. 보잘 것 없는 뜻 살펴주시기를 엎드려 바라니, 가르침 보여주시기를 지극히 정성스럽게 빕니다.

말함 활암(活菴): "풀과 나무의 실제 사정과 형편은 약을 캐는 사람이 아니면 풀어서 분별할 수 없을 것입니다. 저는 경락(京洛)[77]의 사람이고, 다만 앉아서 논의할 수 있을 뿐이니, 아마도 자세히 알기는 어

---

75 대패(大旆): 해와 달이 그려진 천자(天子)의 기(旗).
76 감패(感佩): 마음에 깊이 감동해 잊지 않음. 감명(感銘).
77 경락(京洛): 낙양(洛陽)의 별칭. 주평왕(周平王)이 이곳에 도읍을 정한 것을 비롯해 후한(後漢) 때도 도읍지로 정한 데서, 도읍을 두루 일컬음.

렵겠습니다."

오래된 나무와 적아백(赤芽栢)[78]의 가지와 잎을 보여주었다.

물음 원장(元丈): "그대 나라에도 이러한 두 나무가 있습니까? 그 이름은 어떻게 부릅니까?"

대답 활암: "하나는 틀림없이 가오동(假梧桐)인데, 하나는 알 수 없습니다."

말함 원장: "『동의보감(東醫寶鑑)』[79]을 조사해보니, 그대 나라에 '재추(梓楸)가 모두 있다.'고 말했던데, 지금도 여기저기 그것이 많이 있습니까? 이른바 가오동(假梧桐)이란 것도 마땅히 사투리입니다. 이 나무는 꽃이 시들어 떨어지면, 뿔이 생기는데 가늘고 길어 마치 젓가락과 같으며 길이는 1자쯤입니다. 겨울 뒤에 잎은 떨어지지만 뿔은 오히려 나무에 붙어있습니다. 본초서에서 설명한 재(梓)란 것과 얼마나 가깝습니까?"

말함 활암: "추(楸)의 성질은 단단하고, 재(梓)는 결이 무릅니다. 우리나라에 가끔 있기는 한데, 가오동이란 명칭도 사투리입니다. 대체로

---

78 적아백(赤芽栢): 대극과(大戟科)의 낙엽중고목(落葉中高木)으로, 암수 그루가 구별되어 있음. 일본에서는 위궤양(胃潰瘍) 등에 민간약으로 사용했음.

79 『동의보감(東醫寶鑑)』: 조선 중기의 태의(太醫) 허준(許浚)이 지은 의서(醫書). 중국과 우리나라의 고전 의방서들을 인용해 만든 것으로, 1613년(광해군5)에 간행되었음. 25권 25책.

약을 캐는 사람들에게 있어 마땅히 알 것이니, 앉아서 논의하고 말로
논의하는 사람들이 감히 알 바가 아닙니다."

말함 송재(松齋): "우리나라의 제도에 의술을 업으로 삼은 사람은 다
만 그 약의 성질을 알고, 약을 만들며 병을 치료할 뿐입니다. 그 약재
의 이름과 좋음이나 좋지 않음은 스스로 약을 캐는 사람들에게 있고,
우리들은 풀이름을 모르기 때문에 우러러 답할 수 없습니다.

말함 원장: "옛날 양의(良醫)는 스스로 약을 캤다고 선철(先哲)[80]이 말
했습니다. 그대 나라의 제도는 이것과 다른 듯하니, 한탄할 만합니다."

말함 탐현(探玄): "「소문(素問)」에 '이 세상의 병을 치료함은 각각 같
지 않다.'고 했는데, 그대 나라의 치료는 어째서 그렇게 합니까?"

말함 원장: "「소문」의 이법방의지론(異法方宜之論)[81]은 바로 자기 나
라 9주(九州)[82]의 방토(方土)[83]에 나아가 말했을 뿐이고, 이 세상 온갖
나라의 제도에 두루 행해질 수는 없습니다. 대체로 세계 온갖 나라의

---

80 선철(先哲): 옛날의 현철(賢哲). 선현(先賢). 선정(先正).
81 이법방의지론(異法方宜之論): 『황제내경소문(黃帝內經素問)』 제4권 제12편. 각각의
　지역 특성에 따른 환경·체질·발병의 특징에 따라 그에 알맞은 처방을 논했음. '이법'은
　다른 치료 방법을 말하고, '방의'는 각각의 지방에 알맞은 치료 방법을 말함.
82 9주(九州): 고대에 중국의 전토(全土)를 아홉으로 나눈 명칭. 요(堯)·순(舜)·우(禹)
　임금 때는 기(冀)·연(兗)·청(靑)·서(徐)·양(揚)·형(荊)·예(豫)·양(梁)·옹(雍). 은
　(殷) 때는 기(冀)·연(兗)·서(徐)·양(揚)·형(荊)·예(豫)·옹(雍)·유(幽)·영(營), 주
　(周) 때는 기(冀)·연(兗)·청(靑)·양(揚)·형(荊)·예(豫)·옹(雍)·유(幽)·병(幷). 전해
　중국의 전토. 천하(天下). 구위(九圍). 구토(九土).
83 방토(方土): 각 지방의 풍속·인정·산물(産物) 따위.

광대함으로부터 그것을 자세히 살핀다면, 중국도 탄알 한 개와 같은 땅일 뿐입니다. 그 나라로부터 그것을 자세히 살피면, 우리나라도 스스로 이 세상의 다스림과 같지 않은 것이 있어, 실제로 근거해 본보기로 삼을 수 없을 것입니다. 우선 그러한 설명에 의지해 말하자면, 우리 '동쪽은 생선과 소금의 땅으로 그 백성들은 모두 마땅히 옹양(癰瘍)[84]이 되고, 그 치료는 돌침이 마땅하다.'고 했는데, 이 나라의 사람들은 참으로 생선과 소금을 즐겨 먹지만, 그러나 다른 나라 사람들에 비해서 옹양의 병이 적고, 또한 돌침도 쓰지 않으니, 이것은 「소문(素問)」의 설명과 더불어 다를 것입니다. 이 나라의 치료는 우리에게 오랜 옛날부터 전해지는 방법이 있고, 당대(唐代)의 방법에 의지하는 것도 있는데, 탕약(湯藥)과 침구(鍼灸)는 마땅히 그것을 따라 행할 뿐입니다. 옹종(癰腫)[85]과 금창(金瘡)[86]의 외과(外科)적 치료 분야 같은 데에는 서양(西洋)의 방법을 많이 쓰는데, 당대(唐代)의 방법보다 몹시 뛰어난 듯합니다."

말함 탐현: "우리나라는 침(鍼)과 약(藥)을 아울러 많이 쓰는데, 그대 나라는 침도 많이 쓰는지 모르겠습니다. 그대 나라의 침을 볼 수 있었는데, 침 모양이 매우 가늘고 길어서 우리나라의 침과 조금 다릅니다. 5푼이나 8푼이 남아돌게 찌를 수 있고, 보사(補瀉)[87]할 수 있습니까?"

---

84 옹양(癰瘍): 옹저(癰疽). '옹'은 몸의 겉 층과 장부 등이 곪는 병증. '저'는 옹저의 하나로, 창면이 깊고 잘 낫지 않는 것.
85 옹종(癰腫): 옹저(癰疽) 때 부어오른 것. 뾰루지와 물림이 포함됨.
86 금창(金瘡): 쇠붙이에 상한 창상(創傷).

말함 원장: "우리나라에도 침 치료가 널리 유행합니다. 침의 모양은
참으로 보여주신 것과 같으니, 대개 「영추(靈樞)」[88]에서 이른바 호침(毫
針)[89]입니다. 끝이 모기나 등에 주둥이만한데, 찌르면 1-2푼이나 2-3푼
사이로 들어가지만 보사가 됩니다. 묘한 효과는 손안에 달려있을 뿐
입니다."

말함 탐현: "그렇다면 봄에는 정(井), 여름에는 형(滎), 가을에는 경
(經), 겨울에는 합(合)을 찌른다[90]는 묘법은 어째서 그렇게 합니까? 삼
릉침(三稜針)[91]과 원침(圓針)[92]은 어떻게 나누어 씁니까?"

---

87 보사(補瀉): 침을 놓을 때, 보하고 사하는 방법. 허증에는 보하는 방법을, 실증에는
사하는 방법을 씀.

88 「영추(靈樞)」: 원래 18권인 『황제내경(黃帝內經)』의 후반 9권으로, 침구(鍼灸)와 도인
(導引) 등 물리요법을 상술하고 있음.

89 호침(毫鍼): 옛날에 쓰던 구침(九針)의 하나. 침대가 가늘며 침 끝도 머리칼처럼 가늚.
현재 가장 많이 쓰이는 것으로 탄력성이 좋은 금속으로 만든 가는 침을 말하는데, 인체의
혈위(穴位)에 꽂아서 치료 목적에 도달함. 직경은 보통 0.1~0.5mm이고, 길이는 5푼(分,
약 1.5cm)에서 4~5치(寸, 약 13~17cm)인 것을 씀. 호침(毫針). '구침'은 고대의 형상과
용법이 다른 9가지의 침을 말하며, 참침(鑱針)·원침(員針)·시침(鍉針)·봉침(鋒針)·피
침(鈹針)·원리침(員利針)·호침·장침(長針)·대침(大針)임.

90 봄에는 정(井), 여름에는 형(滎), 가을에는 경(經), 겨울에는 합(合)을 찌른다: 『난경(難
經)』 제74난 「취혈법(取穴法)」 '정'은 5수혈(五腧穴)의 하나로, 모두 손가락이나 발가락
의 끝에 위치하는 '정혈(井穴)'. '형'은 5수혈의 하나로, 모두 손·발의 원단(遠端)에 위치
하는 '형혈(滎穴)'. '경'은 5수혈의 하나로, 모두 완관절(腕關節)이나 과관절(踝關節) 부
근에 있는 '경혈(經穴)'. '합'은 5수혈의 하나로, 모두 팔꿈치나 무릎의 관절 부위에 있는
'합혈(合穴)'임.

91 삼릉침(三稜針): 봉침(鋒針). 9침(九針)의 일종. 침 끝이 세모꼴이고 날이 있음. 주로
피하정맥(皮下靜脈)과 소혈관(小血管)을 찔러 옹종(癰腫)·열병(熱病)·급성위장염(急
性胃腸炎) 등을 치료함.

92 원침(圓鍼): 옛날에 쓰던 9가지 침의 하나. 길이가 1치 6푼이고, 침 끝이 둥실하게 뭉툭

말함 원장: "진실로 네 계절을 따르는 자침법(刺針法)의 지극함은 그 묘함이 붓끝으로 다할 수 있는 것이 아닐 것입니다. 삼릉침과 원침이 있음은 만들 때부터 다른데, 저는 본래 침술은 모르고, 따로 전문 분야가 있을 따름입니다."

말함 탐현: "저는 그대 나라에 와서 그대와 같은 총명하고 지혜로운 선비를 만나지 못했습니다. 진실로 간절히 존경해 마음으로 따르니, 조용히 의사(醫師)의 도(道)를 말씀해주시기를 바라는데, 그대의 의견은 어떠한지 모르겠습니다."

말함 원장: "칭찬해 치켜세우심을 지나치게 받아 제가 감당하지 못하겠고, 다만 부끄러워 얼굴이 붉어짐을 더할 뿐입니다. 대체로 의사의 도를 말함은 참으로 어렵습니다. 예로부터 세상에 이름난 의원이라 일컬어진 사람들은 그 학설이 사람마다 같지 않고 치료 방법도 크게 다를 것입니다. 그 옳고 그름이나 얻고 잃음을 논의해 정함도 짧은 시간에 다 할 수 있는 것은 아닙니다. 비록 종이 위의 서로 다툰 토론 중 한때에 뛰어났던 것이라도 끝내 헛된 이론일 뿐입니다. 제가 지금 다른 나라의 이름난 스승을 만나 의술의 이치란 것을 묻지 않는 까닭도 이 때문입니다. 오직 약품 같은 것은 다만 물건을 가지고 보여드리면서 하나씩 묻고 답함이 모두 실속 있고 유익한 일입니다. 여러분을 억지로 번거롭게 하니, 용서하시기 바랍니다."

해 살갗을 뚫고 들어가지 않게 되어 있음. 사기(邪氣)가 근육 사이에 있는 비증(痺証)에 씀. 침을 혈 위에 대고 비비며 살갗 면만 자극함. 돌개침.

패모(貝母)[93]·황금(黃芩)[94]·백부자(白附子)[95] 등의 줄기와 잎, 꽃과 열매를 보여주고 물었다.

원장: "이 몇 종류의 풀을 아시겠습니까?"

대답 활암: "이 풀들도 모르겠습니다. 비록 당귀(當歸)[96]·감초(甘艸)[97]의 무리라 하더라도 그 나는 곳이 자세할 수 없는데, 하물며 다른 것이겠습니까? 우리나라와 그대 나라에 의원(醫員)이 다르게 존재하고, 다만 의약(醫藥)을 앉아서 논의할 뿐입니다. 따로 약을 캐는 사람이 있으니, 만일 배우지 않고도 스스로 깨달아 아는 성인(聖人)이 아니라면 어찌 할 수 있겠습니까?"

말함 원장: "보여 깨우쳐주셔서 빠짐없이 상세히 알겠는데, 이 풀이 바로 황금(黃芩)입니다. 그 종류는 본래 그대 나라에서 나왔고, 일찍이 이 나라에 옮겨 심었는데, 지금은 많이 번식했습니다. 다만 뿌리 모양이 작고 중국 약의 뛰어남만 못합니다. 그대 나라에서 쓰는 황금(黃芩)

---

93 패모(貝母): 나리과의 여러해살이풀인 조선패모와 부전패모, 기타 패모속 식물의 비늘줄기를 말린 것. 열을 내리고 담을 삭이며, 폐를 보하고 심열을 없앰.

94 황금(黃芩): 속서근풀·속썩은풀. 꿀풀과의 여러해살이풀인 황금의 뿌리를 말린 것. 폐열로 기침이 나는 데, 열이 나고 가슴이 답답하며 갈증이 나는 데, 설사, 이질, 황달, 임증, 결막염, 태동불안, 혈열로 인한 출혈 등에 씀.

95 백부자(白附子): 바구지과의 여러해살이풀인 노랑돌쩌귀의 덩이뿌리를 말린 것. 독이 있으므로 법제해 쓰는데, 풍담을 없애고 습을 내보내며, 경련을 멈춤.

96 당귀(當歸): 미나리과에 속하는 여러해살이풀인 당귀의 뿌리를 말린 것. 보혈(補血)·활혈(活血)에 쓰이는 약재. 승검초 뿌리.

97 감초(甘草): 콩과의 여러해살이풀. 또는 그 뿌리를 말린 것. 비기(脾氣)와 폐기(肺氣)를 보하고 기침을 멈추며, 열을 내리고 독을 풀며, 새살이 잘 살아나게 함.

도 이것입니까? 혹시 중국 약을 씁니까?"

말함 활암: "오사카[大坂]에 머무를 때, 황금을 볼 수 있었는데, 끝내 중국에서 생산되는 것만 못합니다. 우리나라에도 그것이 있지만 중국의 종류만 못합니다."

이상의 여러 풀에 대한 건(件)을 학사(學士)와 서기(書記)에게 물었다.

원장: "여러분은 아시겠습니까?"

대답 구헌: "이것은 바로 약초들이니, 양의(良醫)가 마땅히 알아야하고, 저희들은 의술을 업으로 삼은 사람이 아닌데, 어떻게 그것을 알 수 있겠습니까? 그대는 잘못 물으셨습니다."

패모(貝母)를 가져다 보여주었다. 원장

"약초에 관계된 것은 양의에게 의지해 묻고자했는데, 『시경(詩經)』[98]의 이름난 식물이니, 그대들도 그것을 알 수 있을 것입니다. 이것은 바로 패모입니다. 『시경』의 「용풍(鄘風)」에 '그 맹(蝱)을 캐도다.'라 말했는데, 설명에 맹(蝱)은 패모입니다. 새와 길짐승과 풀과 나무의 이름을 앎은 성인(聖人)께서 가르치신 사물의 이치를 궁구하는 학문이고,

---

98 『시경(詩經)』: 주(周) 초부터 춘추(春秋) 중기까지의 민가(民歌)와 조정에서 쓴 악장(樂章) 등 311편을 수록한 책. 이 중에는 제목만 남아 있는 시 6편이 있어 실제로는 305편이며, 전체를 풍(風)·대아(大雅)·소아(小雅)·송(頌)의 네 가지로 분류함. 진(秦) 이전에는 시라고만 일컬었으나, 한(漢)대에 경전(經典)으로 높여 비로소 '시경'이라 이름함. 한 대의 시를 전한 사가(四家: 齊·魯·韓·毛) 중에 모공(毛公)의 것만 전해지므로 '모시(毛詩)'라고도 함.

정주(程朱)[99]도 귀하게 여기는 것입니다. 여러분도 사물에 대해 널리 아시겠지만, 혹시 그것을 좋아하시는 분이 있을까 해서 받들어 보여 드릴 뿐입니다."

말함 구헌: "『시경』에 풀과 나무의 이름이 있지만, 저는 일찍이 풀과 관련된 학문에 뜻을 둔 사람이 아닙니다. 다만 그 이름만 듣고 그 모양이 어떻게 되는가는 알지 못합니다. 여러 번 물으셨는데, 갑자기 대답할 수 없으니, 몹시 부끄럽습니다."

말함 취설(醉雪): "저는 늙고 피로해 감히 오래 앉아있지 못합니다. 작별을 고하고 떠나가니, 살펴주십시오."

말함 원장: "비로소 광제(光霽)[100]와 인사하고, 수청(垂青)[101]으로 깊이 적셔주시니, 감사함을 어찌 다하겠습니까? 다른 날 와서 뵙겠습니다."

어린아이를 가리켜 보였다. 원장

"재주와 지혜가 특출한 네 성(姓)과 이름은 무엇이냐?"

말함 어린아이: "성은 카[河]이고, 이름은 오우운[應運]입니다."

말함 활암: "이 어린아이는 누구입니까? 또한 태의(太醫)[102]입니까?"

---

99 정주(程朱): 송(宋)대 정호(程顥)·정이(程頤) 형제와 주희(朱熹).

100 광제(光霽): 광풍제월(光風霽月). 비 갠 뒤의 시원한 바람과 밝은 달. 인품이 고결하고 흉금이 탁 트임의 비유.

101 수청(垂青): '청'은 청안(青眼)이고, 청안으로 본다는 뜻. 우대(優待)하거나 중시(重視)함의 형용. '청안'은 백안(白眼)에 대한 일컬음.

말함 원장: "지난번 명함(名銜)을 드렸던 노로 지쓰와[野呂實和]로, 제자식입니다."

말함 활암: "맨 끝자리의 사람이 맞습니까?"

말함 원장: "맞습니다. 나이는 이제 막 17세이고, 작년 겨울에 조현(朝見)[103]을 거쳐 외람되이 의원(醫員)에 끼었습니다."

여러분에게 드림

비로소 용광(龍光)[104]을 우러러 뜻을 이룰 수 있었기에, 참으로 손뼉을 칠만큼 매우 기쁩니다. 해가 이미 저물녘을 향하니 작별을 고하고 떠나가고자 하며, 가르침을 얻을 수 있도록 이어서 뵙기를 엎드려 바랍니다. 없애버리지 않으신다면 다행이겠습니다.

말함 진광(眞狂)[105]이 화원(畵員)[106] 자리에 있었는데, 초서(草書)를 썼고, 나도 곧

---

102 태의(太醫): 궁중(宮中)에서 의약(醫藥)의 일을 맡은 관원.

103 조현(朝見): 신하가 입궐해 임금을 알현(謁見)함.

104 용광(龍光): 비범한 풍채. 빛나는 재주. 또는 뛰어난 재능.

105 진광(眞狂): 김계승(金啓升)의 별호(別號). 자는 군일(君日), 산당호(山堂号)는 완의재(玩義齋). 1748년 제10차 통신사 때 별서사(別書寫)였고, 73세였음. 그와 절친했던 화가 최북(崔北)이 일본에 남긴 〈수노인도(壽老人圖)〉에 '수복(壽福)'이란 유묵(遺墨)이 남아있고, 일본 시즈오카(靜岡)시 시미즈 구의 세이켄지(淸見寺) 경내(境內)에 그가 남긴 '잠룡실(潛龍室)' 편액(扁額)과 망호당(望湖堂) 편액이 현존(現存)함. 이덕무(李德懋)의 『청장관전서(靑莊館全書)』 권49「이목구심서(耳目口心書)」2에 그에 관해 '무진(戊辰)년 통신사의 별서사로 따라갔다가 일본 정전(正殿)의 전액(殿額)을 썼었는데, 일본 산동거사(山東居士)로부터 왕우군(王右軍)이 썼는지 진광(眞狂)이 썼는지 모를 정도라는 평을 받았다. 김계승은 필법이 특이하고 뛰어났으며 사람됨이 활달했다.'는 기록이 있음.

106 화원(畵員): 조선 때 도화서(圖畵署)에서 그림 그리는 일을 맡은 잡직.

써서 보여주었다. 원장: "그대의 글씨는 미남궁(米南宮)[107]의 글씨 쓰는 법처럼 엄연(嚴然)[108]하여, 귀하다 할 만하고, 공경할 만합니다."

말함 진광(眞狂): "그대의 필적(筆跡)은 당송(唐宋)대와 매우 비슷해 우러러 축하드림을 그만두지 못하겠습니다."

말함 종이를 꺼내 글씨를 간절히 청하니, 곧 썼다. : "서투른 글씨를 지나치게 칭찬하시니, 몹시 부끄러움을 깨닫지도 못하겠습니다."

말함 종이를 꺼내 대여섯 장에 초서(草書)와 행서(行書)로 글씨를 썼다. 원장: "종이 몇 장에 휘쇄(揮灑)[109]를 수고스럽게 하시니, 매우 감사하고 감사합니다."

말함 원장: "지난번 지미(芝眉)와 인사하고, 함부로 치언(巵言)[110]을 받들었으니, 감사해 형용(形容)하기 어렵습니다. 오늘 다시 왔고, 여기에서 맑은 말씀을 많이 받겠습니다. 가르침을 아끼지 않으신다면 다행이겠습니다.

---

107 미남궁(米南宮): 중국 북송(北宋)의 서화가(書畫家)인 미불(米芾, 1051~1107)의 다른 이름. 자는 원장(元章). 호는 녹문거사(鹿門居士)·양양만사(襄陽漫士)·해악외사(海岳外史). 양양(襄陽) 사람. 글씨는 왕희지에게 배웠고, 그림에서는 새로운 화법인 '미법산수(米法山水)'를 완성했으며, 만년에 서화학박사(書畫學博士)가 되었음. 채양(蔡襄)·소식(蘇軾)·황정견(黃庭堅)과 함께 송의 4대서가라 일컬음. 대표작에 〈촉소첩(蜀素帖)〉, 〈진적삼첩(眞跡三帖)〉 등이 있고, 저서에 『보진영광집(寶晉榮光集)』, 『서사(書史)』, 『화사(畫史)』, 『해악명언(海岳明言)』 등이 있음.
108 엄연(嚴然): 위엄이 있어 범할 수 없는 모양. 엄연(儼然).
109 휘쇄(揮灑): 마음 내키는 대로 붓을 휘둘러 구애됨이 없음. 운필(運筆)을 자유자재로 함의 형용.
110 치언(巵言): 지리멸렬(支離滅裂)해 종잡을 수 없는 말. 일설에는 주견(主見)이 없는 말.

　어제 통신사(通信使)의 예를 이미 마치신 듯합니다. 실제로 두 나라
에게 다행이니, 삼가 축하드립니다."

　대답 활암: "지난번 갑자기 받들어, 쌓아둔 많은 지식을 들을 수 없
었기에 깊이 한스럽게 생각했습니다. 다행히 다시 인사드릴 수 있어
서, 이처럼 손뼉을 칠만큼 매우 기쁘니, 어찌 헤아리겠습니까?
　명령을 전달하는 예(禮)는 순조롭게 이루어져, 저도 두 나라에 매우
큰 다행이라고 생각합니다."

　물음 아사쿠래[朝倉][111] 산초(山椒)[112]의 줄기와 잎에 열매가 달라붙은 것을 가져와
보여주었다. 원장: "초(椒)에는 촉초(蜀椒)[113]와 진초(秦椒)[114]의 구별이 있
는데, 이 종류는 어떻습니까?"

　대답 활암: "이 식물은 우리나라에도 있는데, 다른 이름은 산초이니,
곧 촉초입니다."

　물음 겨울 산초의 열매와 아울러 줄기를 가져와 보여주었다. 원장: "이 식물은
무엇이라 합니까?"

　대답 활암: "이 식물은 일찍이 보지 못했을 따름입니다."

---

111 아사쿠라[朝倉]: 일본 후쿠오카현[福岡縣] 아사쿠라시[朝倉市]. 아사쿠라산[朝倉山].
112 산초(山椒): 조피열매. 운향(蕓香)과의 낙엽 관목인 조피나무와 왕조피나무의 열매를
　　말린 것. 약으로는 주로 열매껍질을 씀. 비위를 덥혀주고 한습을 없애며, 아픔을 멈추고
　　벌레를 죽임. 양기를 도와주고 허리와 무릎을 덥혀 줌.
113 촉초(蜀椒): 조피열매의 다른 이름.
114 진초(秦椒): 진(秦) 지역에서 생산되는 조피열매인 화초(花椒).

물음 원장: "그대 나라에도 진초(秦椒)가 있습니까?"

대답 활암: "이와 같은 식물은 볼 수 없었습니다."

물음 원장: "길경(桔梗)[115]·제니(薺苨)[116]·사삼(沙參)[117]은 그대 나라에 서도 네 계절 심고 캐서 쓴다고 『동의보감(東醫寶鑑)』에서 보았는데, 지금도 그렇습니까?"

대답 활암: "제니·길경·사삼 세 종류는 다만 약으로 쓸 뿐만 아니라, 식품으로도 좋은 맛이 되기 때문에 우리나라 사람들이 지나치게 좋아합니다."

말함 원장: "손님의 숙소가 앙장(鞅掌)[118]한 중에도 자주 와서 풀과 나무의 이름을 묻습니다. 본래 그대는 좋아하지 않는데, 억지로 가르침을 구해 청하니, 참으로 공경하는 도리가 아닙니다만, 그러나 제게는 이로움을 많이 얻을 수 있을 듯합니다. 큰 도량으로 너그럽게 받아들여주시기를 엎드려 빕니다.

----

115 길경(桔梗): 도라지. 초롱꽃과의 다년초인 도라지의 뿌리를 말린 것. 담을 삭이고 기침을 멈추며, 폐기를 잘 통하게 하고 고름을 빼냄.
116 제니(薺苨): 모시대. 게루기. 초롱꽃과의 다년초인 게루기, 잔대, 기타 잔대 속 식물의 뿌리를 말린 것. 뿌리와 줄기 모두 인삼과 비슷하고, 뿌리는 단맛이 나는데, 담을 삭이고 기침과 갈증을 멈추며, 독을 풂.
117 사삼(沙參): 더덕. 초롱꽃과의 다년생 만초(蔓草)인 더덕의 뿌리를 말린 것. 음(陰)을 보하고 열을 내리며, 폐를 눅혀 시침을 멈추고 위(胃)를 보하며, 진액을 불궈주기도 하고 고름을 빼내며, 독을 풂. 사삼은 '잔대'라는 설도 있음.
118 앙장(鞅掌): 일이 바빠 의용(儀容)을 가다듬을 겨를이 없음. 직무에 분주함을 이름.

　여행 중에 지니고 오신 약재(藥材)를 볼 수 있도록 허락해주신다면 무엇이 그와 같은 다행이겠습니까?"

　대답: "제가 약에 대해 아는 것을 어찌 자세히 말하지 않겠습니까? 다만 일찍이 몸소 스스로 채취하는 일이 없었기 때문에 익숙하게 아는 것이 대부분 없을 뿐입니다.

　여행 중이라 가진 것은 긴요한 약에 지나지 않을 뿐이니, 비록 그대로 하여금 보도록 하더라도 이로움은 없을 것입니다."

　말함 원장: "날마다 쓰는 약으로, 비록 진피(陳皮)[119]·백출(白朮)[120]의 무리라도 그것을 살펴본다면, 모두 제가 조사해서 받아 쓸 일이 될 뿐입니다. 받아들여주실 수 있다면 매우 다행이겠습니다."

　말함 활암: "힘써 볼 수 있도록 하고자 하신다면, 이것 또한 어렵지 않습니다."

　말함 원장: "매우 감사드리고 다행스럽습니다. 만약 볼 수 있도록 허락하신다면, 그대의 방에 들어가 그것을 봄이 어떻겠습니까?"

　말함 활암: "오늘은 이미 늦었으니, 내일이나 모레 사이에 그대가 찾아와주셔서, 제가 머무르는 데서 살펴보고 조사함이 어떻겠습니까?"

　말함 원장: "가르침과 같이 함이 마땅할 것입니다. 내일 반드시 오

---

119 진피(陳皮): 말린 귤껍질. 건위(健胃)나 땀을 내는 약재로 씀.
120 백출(白朮): 삽주의 연한 뿌리. 소화제로 널리 쓰임.

겠습니다."

말함 원장: "제 성은 노로[野呂]이고, 이름은 지쓰오[實夫]이며, 자는 원장(元丈)이고, 호는 연산(連山)입니다. 마땅히 날마다 바로 즐거운 만남을 얻을 수 있고, 뛰어난 필적의 종이 몇 장을 받아 기쁘고 부러운 지극함을 견지지 못하겠습니다. 오늘 다시 와서 묵묘(墨妙)[121]를 간절히 바라니, 다행히 그것을 아끼지 않으신다면, 두 손을 맞잡고 기다리겠습니다."

대답 진광(眞狂): "제 글씨가 비록 매우 지나치게 서투르지만, 이처럼 힘써 높게 봐주시니, 가르침과 같이 하지 않겠습니까?"

말함: "매우 감사드리고 다행스럽습니다. 곧 종이와 먹을 가져와 글을 내려주시기 바랍니다. 그대의 성과 이름에 대해 자세히 듣기를 원합니다."

대답 진광: "제 성은 김(金)이고, 이름은 계승(啓升)이며, 자는 군일(君日)이고, 호는 진광(眞狂)이며, 재호(齋號)는 완의재(玩義齋)이고, 용문산인(龍門山人)입니다. 저 양반(兩斑)도 그 집에 삽니다." 화원(畵員) 거기재(居其齋)[122]와 함께 한 집에서 같이 산다.

---

121 묵묘(墨妙): 정묘(精妙)한 문장(文章)이나 서법(書法). 또는 회화(繪畵).
122 거기재(居其齋): 최북(崔北, 1712~1760)의 호. 조선 숙종·영조 때의 화가. 본관은 무주. 초명은 식(埴). 자는 성기(聖器)·유용(有用)·칠칠(七七). 호는 월성(月城)·성재(星齋)·기암(箕庵)·삼기재(三奇齋)·호생관(毫生館). 이름인 북(北)자를 반으로 쪼개서 자를 칠칠(七七)로 짓고, 호는 '붓[毫] 하나로 먹고 산다[生].'고 하여 호생관(毫生館)이라

말함 원장: "이것은 바로 제 부모 묘비(墓碑)의 제자(題字)[123]인데, 지금 다행히 큰 나라의 글씨 잘 쓰는 분을 만났으니, 삼가 바른 글씨를 청합니다. 남는 종이 몇 장은 초서(草書)와 행서(行書)의 글씨로 뜻에 따라 다 없애시기를 기쁘게 바랍니다."

대답 진광: "가르침과 같이 할 것입니다."

써서 말함 어떤 조선 사람이 내 옆에 있다가 담배를 보여주었다. 뜻하지 않게 그 성과 이름은 기록하지 못했다. 원장: "그대는 담배를 피우십니까? 이 나라의 담배는 좋습니까? 나쁩니까?"

대답 조선 사람: "그대 나라의 담배는 맛이 싱거워 사람을 상할 염려가 없고, 우리나라 담배보다 뛰어난 것 같습니다. 지금 밥을 먹은 뒤라 마땅히 담배를 피우고 있을 뿐입니다."

말함 이때 반찬을 꺼내 왔다. 조선 사람: "마침 생선 회(膾)가 있는데, 그 대도 드셔보심이 마땅할 듯합니다."

했음. 특히 산수와 메추리를 잘 그려 최산수(崔山水), 혹은 최순(崔鶉)이란 별칭을 얻었음. 필법이 대담하고 솔직해 구애(拘碍)받은 곳이 없었으며, 남화(南畵)의 거장인 심사정(沈師正, 1707~1769)에 비견됨. 눈 한쪽이 멀어서 항상 반 안경을 끼고 그림을 그렸고, 성질이 괴팍해 기행(奇行)이 많았으며, 폭주가이고 여행을 즐겼음. 칠칠거사(七七居士)로 알려진 많은 일화(逸話)를 남겼는데, 일설에는 자신이 49세 때 죽을 것을 알고 자를 칠칠(7×7=49)로 정했다고 함. 덕수궁 미술관 소장의 〈미법산수도〉와 〈송음관폭도(松陰觀瀑圖)〉, 개인 소장의 〈수하담소도(樹下談笑圖)〉·〈설산조치도(雪山朝雉圖)〉·〈의룡도(醫龍圖)〉 등을 남겼음. 남공철(南公轍, 1760~1840)이 최북의 전기인 〈최칠칠전(崔七七傳)〉을 지었음.

123 제자(題字): 기념으로 남기기 위해 글자를 씀. 또는 그 글자.

말함 도미 회였다. 원장: "마땅히 가르침을 따를 것입니다. 이 생선은 그대 나라에 있는데, 이름은 무엇입니까?"

말함 조선 사람: "도미어(道未魚)입니다."

말함 가까이 다가가 유래를 가리켜 물었다. 원장: "이 생선은 무엇이라 합니까?"

말함 조선 사람: "조선에서는 수어(秀魚)[124]라 이름하는데, 그대 나라에서 어떤 물고기가 되는지 모르겠습니다."

말함 쓰시마부[對馬島府]의 난암(蘭菴)[125]이 곁에 있다가 '조선 사람이 국을 조리하고 자른 고깃덩이를 굽는 것이 매우 기이하니, 그대가 시험 삼아 그것을 먹어보라.'고 했고, 나는 곧 그것을 시험 삼아 먹었다. 원장: "작은 것은 향어(香魚)[126]라 하고, 큰 것은 치어(鯔魚)[127]라 하는데, 모두 중국 이름입니다. 비록 이것은 이 나라의 수산물이지만, 삶거나 굽는 방법을 얻어 이와 같이 향이 좋으니, 매우 귀하다 할 만합니다. 우연히 서로 모이신 것을 보게 되었는데, 후의(厚意)에 깊이 받아 감사함을 이기지 못하겠습니다."

---

124 수어(秀魚): 숭어. 숭어과의 민물고기. 민물과 바닷물에서 생활함. 수어(水魚).
125 난암(蘭菴): 키노쿠니 주이[紀國瑞]의 호. 아메노모리 호슈[雨森東]의 문인이고, 당시 쓰시마[對馬島] 번주의 가신(家臣)이자 서기(書記)로, 조선통신사 일행을 안내했음.
126 향어(香魚): 은어(銀魚). 은어과의 물고기. 은광어(銀光魚), 은구어(銀口魚), 면조어(魪條魚), 치리, 열광어. 중국에서는 살에 향기가 있다고 향어(香魚) 또는 유향어(油香魚)로 부르고, 일본에서는 '희고 작은 물고기'란 의미의 아유[小白], 점(點), 향어, 연어(年魚), 세린어(細鱗魚)라 부름.
127 치어(鯔魚): 숭어. 숭어과의 민물고기. 민물과 바닷물에서 생활함. 수어(水魚).

말함 조선 사람: "무슨 감사할 것까지 있겠습니까? 도리어 간절히 마음이 편하지 않은 듯합니다."

말함 조선 사람: "제가 가만히 듣자하니, 그대의 의술과 기예가 매우 뛰어나다고 합니다. 제가 평소에 비만(肥滿)해 본래 담습(痰濕)[128]이 많은데, 마침 이제 여름철이라 팔다리가 마비(麻痺)됩니다. 어떻게 하면 병 없음을 얻을 수 있겠습니까? 밝은 가르침 내려주시기를 간절히 바랍니다." 내가 '목(目)' 자를 가리키고, "'목(木)'자인 듯합니다."라고 써서 말하니, 곧 붓을 잡고 '목(木)'자로 고쳤다.

말함 원장: "그대 나이는 얼마입니까?"

말함 조선 사람: "올해 28세입니다."

말함 원장: "진맥(診脉)한 뒤에 처방하는 것이 마땅할 것입니다."

말함 조선 사람: "한낮인 듯한데, 해로움은 없을지 모르겠습니다."

물음 원장: "진광(眞狂) 선생의 관직(官職)은 어떻습니까?"

대답 조선 사람: "공명(功名)[129]을 구하지 않고, 자연 사이에서 한가

128 담습(痰濕): 습탁(濕濁)이 체내에 오래 정체되어 생기는 담(痰). 병의 원인은 비허(脾虛)해 수습(水濕)을 운화(運化)할 수 없고, 진액(津液)을 정상적으로 수송하지 못해, 정체되어 내습(內濕)이 되고 적체되어 담음(痰飮)이 됨. 임상적으로 가래가 많고 희며, 가슴이 답답하거나 헛구역질이 나는 증상이 나타나며, 혀가 붓고 설태(舌苔)에 기름기가 돌고 기침이 심한 천해(喘咳) 등의 증상이 보임. 습담(濕痰). 담탁(痰濁).
129 공명(功名): 공적(功績)과 명성(名聲). 공훈(功勳)과 명예(名譽). 공예(功譽). 과거(科

롭게 지내는 사람일 뿐입니다."

말함 원장: "그렇다면 글씨로 생애(生涯)를 삼고, 그것을 즐기겠군요. 혹시 따로 좋아하는 것이 있습니까?"

말함 조선 사람: "어찌 글씨로 생애를 삼겠습니까? 비록 공명을 구하지는 않지만, 스스로 조상이 남기신 일이 있어 생애를 글씨로 뜻 삼지는 않습니다. 조동모서(朝東暮西)[130]라도 오직 마음만은 참된 것이 진광(眞狂)입니다."

말함 원장: "풍류(風流)[131]의 선비이니, 몹시 좋고도 부럽습니다."

말함 원장: "진광(眞狂)이 쓴 두건(頭巾)의 이름은 무엇입니까?"

말함 조선 사람: "저 두건은 정자(程子)가 일찍이 썼던 것으로, 세상 사람들은 정자건(程子巾)[132]이라 일컫는데, 『삼재도회(三才圖會)』[133]에

挙)에 급제함.

130 조동모서(朝東暮西): 아침에는 동쪽에 있다가 저녁에는 서쪽에 머문다는 뜻으로, 일정(一定)한 거처(居處) 없이 여기저기 옮겨 다님을 이르는 말.

131 풍류(風流): 범속(凡俗)을 초월해 고상하고 멋스러움.

132 정자건(程子巾): 내부에 사각형의 높은 내관이 있고, 외부에 산(山)자 모양으로 2단 혹은 3단을 덧붙인 형태의 두건. 중국 북송의 유학자인 정자(程子)가 처음 쓰기 시작한 데서 유래했고, 우리나라에서는 조선 중종 때부터 구한말에 이르기까지 주로 양반들 사이에 애용되었음. 정자관(程子冠).

133 『삼재도회(三才圖會)』: 명(明)대 왕기(王圻) 지음. 천문(天文)·지리(地理)·인물(人物)·궁실(宮室)·의복(衣服) 등을 그림으로 설명한 일종의 백과사전. 106권. 『삼재도설(三才圖說)』.

남겨진 모양도 있을 따름입니다."

말함 원장: "저는 일찍이 동파건(東坡巾)[134]을 얻었는데, 이것과 더불어 같이 만든 듯 비슷합니다. 이 두건은 비록 벼슬이 없는 사람이더라도 뜻에 따라 씁니까?"

말함 조선 사람: "동파건과 더불어 비슷하거나 같더라도, 벼슬의 높고 낮음에 따라 조금씩 다른데, 참으로 여기에는 없을 따름입니다."

말함 진맥을 마치고 알려주었다. 원장: "그대는 나이가 30에 차지도 않았는데, 이러한 병이 있음은 다름 아니라 몸이 지나치게 비만해 담(痰)[135]이 많기 때문입니다. 늘 이진탕(二陳湯)[136]에 목향(木香)[137]·오약(烏藥)[138] 등 기(氣)를 순조롭게 하는 약을 더해 먹으면, 때를 따라 변화하다가 반드시 영원히 나을 것입니다. 습담(濕痰)으로 인한 비색(痞塞)[139]

---

134 동파건(東坡巾): 두건의 한 가지. 소동파(蘇東坡)가 사용한 데서 생긴 말. 동파관(東坡冠).

135 담(痰): 호흡기관에서 분비되는 병리적 산물을 말하며, 어떤 병이 발생된 기관이나 조직 내부에 고인 점액물질을 포괄함. 이들은 진액(津液)에서 변화되어 생성됨.

136 이진탕(二陳湯): 약재는 법제한 끼무릇, 귤껍질, 붉은솔풍령, 구감초, 생강. 담음으로 가슴과 명치 밑이 그득하고 붏어나며, 기침을 하고 가래가 많으며, 메스껍고 때로 토하며, 어지럽고 가슴이 두근거리는 데 씀.

137 목향(木香): 국화과의 여러해살이 풀인 목향의 뿌리를 말린 것. 헛배가 부르면서 아픈 데, 옆구리 아픔, 입맛이 없고 소화가 안 되며 설사하는 데, 이질로 뒤가 무직한 데, 경련성 기침, 피부 가려움증, 옴, 습진 등에 씀.

138 오약(烏藥): 녹나무과의 상록 관목인 오약의 뿌리를 말린 것. 기를 잘 돌게 하고 위를 덥혀주며, 한사를 없애고 통증을 멈춤.

139 비색(痞塞): '비'는 가슴과 배 사이에 기기(氣機)가 막혀 답답함을 느끼는 일종의 자각 증상. 사열(邪熱)에 의해 막히는 경우가 있고, 기허(氣虛)해 순조롭게 소통되지 못하고

은 기(氣)가 흘러 통하지 못하는 것이니, 늘 담백한 음식을 먹는 데 힘
씀이 좋겠습니다. 술 마시기를 좋아하십니까?"

말함: "이와 같은 가르침을 보여주셔서 매우 다행이고 감사합니다.
우리나라 의원들도 보여주신 것과 같습니다. 귀국하면 마땅히 따라서,
이들 약으로 치료하고자 할 뿐입니다. 술은 본래 마시지 않는데, 일찍
이 중원(中原)에 다녀왔고 이제 이곳에 오다보니, 기후와 풍토에 오래
오래 마음을 썩였습니다."

물음 원장: "진광(眞狂)의 도장에 '신라왕손 8대 평장(平章)'이라 했던
데, 평장의 뜻은 무엇입니까?"

대답 조선 사람: "평장은 곧 평장사(平章事)140이니, 그대 나라의 집
정(執政)141과 같을 뿐입니다."

물음 진광은 '저 양반(兩班)도 그 집에 산다.'고 써서 말했는데, 내가 이유를 풀지
못해서 그것에 대해 물었다. 원장: "거기재(居其齋)는 화원(畫員)이 아닙니까?"

대답 조선 사람: "이번 길에는 스스로 사자관(寫字官)142과 화원이 있

막혀서 나타나는 경우도 있음. '색'은 막힌다는 뜻.

140 평장사(平章事): 당(唐)대에 상서성(尙書省)·중서성(中書省)·문하성(門下省)의 장
관(長官)을 재상(宰相)이라 했는데, 상설하지 않고 기타 관원으로 하여금 그 직무를 대행
하게 하면서 동중서문하평장사(同中書門下平章事)라 했고, 명초(明初)까지 답습함. 고
려 때는 중서문하성(中書門下省)의 정2품 벼슬.

141 집정(執政): 나라의 정무(政務)를 맡아보는 관직(官職). 집정관(執政官).

142 사자관(寫字官): 글씨를 잘 써서 문서를 정확하게 필사하는 역할을 담당하는 관리.

고, 글씨를 잘 쓸 수 있는 벼슬아치와 별도로 화원도 있을 뿐입니다."

말함 사카키바라 겐보[榊原元甫]의 해서(楷書)로, 두보(杜甫)[143]의 20운(二十韻)이다. 원장: "여기 책 한 권은 우리나라의 서법(書法)인데, 진실로 마땅히 살펴보시기에 충분치 않지만, 그러나 제가 몸소 일단 귀하게 여겨 집에 보관해 두던 것입니다. 지금 오신 여러분을 만났기에 제가 맡겨 발문(跋文)을 구하며, 그대들이 몇 자 적어주시기를 엎드려 청하니, 은혜를 베풀어주신다면 매우 다행이겠습니다."

대답 탐현(探玄): "그대 나라의 필적(筆跡)을 보니, 매우 귀하다 할 만합니다. 저는 본래 문장(文章)에 재주 있는 사람이 아니지만, 그대가 이와 같이 여러 번 청하니, 어찌 뜻을 받들지 않겠습니까? 얼마 뒤에 거칠게 짓더라도 받들어 드리도록 계획함이 어떻겠습니까?"

말함 원장: "매우 감사드리고 다행스럽습니다. 다른 날 그것을 받음이 마땅할 뿐입니다. 이 나라의 담배인데, 시험 삼아 피워보심이 마땅하겠습니다. 그대 나라의 담배를 청하니, 작은 은혜를 베풀어주십시오."

대답 탐현: "지금은 마침 모자라니, 뒷날 찾아 얻어 받들어드리겠습니다."

---

143 두보(杜甫): 712~770. 성당(盛唐) 때의 시인. 자는 자미(子美). 호는 두릉(杜陵)·소릉(少陵). 이백(李白)과 함께 당(唐)대 시인의 쌍벽을 이루어 이두(李杜)라 병칭됨. 두목(杜牧)과 구별해 노두(老杜)라 하며, 그가 몸담았던 관직의 이름을 붙여 두습유(杜拾遺)·두공부(杜工部)라고도 함. 저서에 『두공부집(杜工部集)』 20권이 있음.

말함 원장: "제가 지난번에 의문스러운 몇 항목을 적어 난암(蘭菴)에게 맡겨서 부쳐드렸는데, 이미 여러분에게 이르렀습니까?"

대답 활암: "그대가 말씀하신 글 한 편은 책상에 머무른 것이 이미 여러 날인데, 먼저 카와무라[河村][144] 선생이 의문스러운 몇 항목을 보냈고, 좁은 소견으로 논의해 구별했기 때문에 아직도 보지 못했습니다. 저는 깊이 부끄럽게 여깁니다. 며칠 뒤에 어리석은 소견이나마 그것을 논의함이 마땅하겠으나, 다만 약의 성질이 많아 자세히 구별할 수 없습니다. 그대가 맡긴 것을 떠맡았으니 용서하십시오."

말함 원장: "자세히 그대가 보신 것을 받겠습니다. 오직 바람은 한가한 때 조용히 살펴보시기를 마치시고, 밝은 가르침으로 깨우쳐주실 수 있는 것입니다. 이것이 감사드리고 바라는 것입니다."

말함 원장: "그대의 시문(詩文)은 맑고 아름다우며, 필적(筆跡)은 정밀하고 오묘해 지극한 우러름을 견디지 못할 듯합니다. 오늘 옛 필적(筆跡) 두루마리 하나를 가져왔는데, 함께 살펴보시겠습니까?"

대답 활암: "제가 시의 율격에는 일찍이 솜씨를 쓴 적이 없었습니다. 지난번에 따라서 보여드린 작품도 거칠고 볼품없어서 말할 수도 없습니다. 옛 사람의 필적을 따라왔지만, 만일 살펴볼 수 있도록 내려

---

144 카와무라[河村]: 카와무라 슌코[河村春恒]. 자는 자승(子升)·장인(長因). 호는 원동(元東). 도호토[東都]의 의관(醫官). 1748년 6월 1일부터 12일까지 조숭수(趙崇壽) 등과 만나 나눈 필담을 정리한 『상한의문답(桑韓醫問答)』을 남겼음.

주신다면, 그와 같음은 얼마나 다행이겠습니까?"

말함 원장: "이것은 바로 산곡(山谷)[145]의 글씨라 이르는데, 그대에게 감상하시기를 청합니다. 제가 오랫동안 간직했는데, 그대가 다행히 발문(跋文) 몇 자를 내려주시면, 길이 보물로 여기겠습니다. 기원의 지극함을 견디지 못할 듯합니다."

말함 활암: "산곡의 필적(筆跡)을 지금 그대에게 얻어 보니, 참으로 다행이고 참으로 다행입니다. 가르치신 바의 발문은 제가 글재주가 없고, 좋은 글씨도 아니니 어찌 감히 귀중한 보물을 더럽히겠습니까? 다만 어설프게 한번 보는 것이니, 진실로 애석하게 여길만합니다. 만약 하룻밤 머물러두도록 내려주신다면, 소상하게 살펴 익숙해지겠지만, 그대의 중요한 보물이 머무르도록 청함은 어렵겠습니다. 그대의 뜻은 어떠하신지 모르겠습니다."

말함 원장: "굳이 청하시니, 허락합니다."

말함 활암: "저는 문장(文章)에 재주 있는 사람이 아니고, 글씨에 능하지도 못하지만, 수행원(隨行員) 가운데 이미 학사(學士)와 서기(書記)처럼 문장을 잘하는 사람들이 있고, 글씨는 진광(眞狂), 동암(東岩)[146],

---

145 산곡(山谷): 황정견(黃庭堅, 1045~1105)의 호. 송(宋)대 분녕(分寧) 사람. 자는 노직(魯直). 호는 산곡도인(山谷道人)·부옹(涪翁). 강서시파(江西詩派)의 조(祖). 처음에는 소식(蘇軾)의 문하에서 진관(秦觀)·장뢰(張耒)·조보지(晁補之) 등과 함께 소문4학사(蘇門四學士)로 일컬어졌는데, 만년에 명성이 높아져 스승과 함께 소황(蘇黃)으로 병칭됨. 글씨는 해서를 특히 잘 썼음.

자봉(紫峰)[147] 같은 사람들이 있으니, 그들과 왕래함이 이롭습니다. 저는 감히 마땅하지 않고 마땅하지 않습니다. 다만 하루 동안 빌어 익숙해지고자 할 뿐입니다."

말함 원장: "그대는 어찌 겸양(謙讓)이 지나치십니까? 저는 진실로 글과 글씨를 말씀드린 것이 아니라, 단지 교의(交誼)[148]가 있어 잊기 어렵다는 것입니다. 따라서 뛰어난 글씨를 굽혀 내려주시기를 힘써 청하니, 다른 날이라도 그대 얼굴처럼 삼을 따름입니다."

말함 활암: "그대의 말은 비록 이와 같으나, 제가 굽혀 베풀기를 결정하기는 어렵습니다. 저는 문장이 서툴고 글씨도 보잘 것 없는데, 장차 무엇에 쓰시겠습니까? 오직 그대가 용서하십시오."

말함 원장: "해가 이미 저물녘을 향하니, 작별을 고하고 떠나갑니다. 내일 와서 뵙는 것은 어떻겠습니까?"

말함 활암: "제가 만약 끝내 그대가 굽히는 정성을 저버린다면, 이것은 서로 공경하는 도리가 아니니, 형편을 살펴보고 우러러 돕는 것이 마땅하겠습니다. 옛날 필적은 잠시 머무르게 하심이 어떻겠습니까?"

---

146 동암(東巖): 현문구(玄文龜)의 호. 자는 기숙(耆叔). 1748년 제10차 통신사 때 38세로, 사자관(寫字官) 상호군(上護軍)이었음.
147 자봉(紫峰): 김천수(金天秀)의 호. 자는 군실(君實). 1748년 제10차 통신사 때 40세로, 사자관(寫字官) 가선(嘉善)이었음.
148 교의(交誼): 친구 사이의 정의(情誼). 교분(交分). 교계(交契).

말함 원장: "매우 감사하고 감사합니다. 그것을 남겨 두겠습니다."

말함 활암: "그대는 요즈음 겐타쿠[元卓] 선생을 뵈었습니까? 그가 청한 서문(序文)은, 거칠고 서투른 글씨지만 초고(草稿)를 만들어 둔 것이 여러 날일 것입니다. 오히려 소식이 없어 그것을 전할 수 없습니다. 그대는 저를 위해 이러한 뜻을 전해주십시오."

말함 원장: "저도 요즈음 겐타쿠를 만나지 못했습니다. 그러나 그대가 서문을 만약 저에게 부탁하신다면, 빨리 전함이 마땅하겠습니다."

말함 활암: "난암(蘭菴)이 '소식이 없어 전하지 못했다.'고 말했으니, 난암에게 다시 물은 그런 뒤에 그대에게 부칠 따름입니다."

말함 활암: "태의원(太醫院)[149] 안에 그대와 같은 사람은 몇 사람입니까?"

말함 원장: "대체로 의관(醫官)인 사람은 3백 사람 남짓이 됩니다."

노송나무[150]와 측백나무[151]의 따위 몇 종류를 가지고 객관(客館) 안에 이르러 여러 조선 손님들에게 보여주고, 그 나라의 명칭을 물었는데, 모두 '모르겠다.'고 했다. 또

---

[149] 태의원(太醫院): 궁중(宮中)에서 의약(醫藥)의 일을 맡은 관청. 원래 당(唐)대 지배층을 위해 봉사하던 의료보건기구로 태의서(太醫署)라 했음. 이 기구 내에는 의학의 각 과(科)가 설치되어 의료보건을 담당하는 이외에도 의학교육을 겸했음. 송(宋)대에 태의국(太醫局)이라 개칭했다가 명(明)·청(淸)대에 태의원이라 고쳤음.

[150] 노송나무: 소나무과의 상록 교목. 편백(扁柏).

[151] 측백나무: 측백나무과의 상록 침엽 교목. 정원수나 울타리용으로 심으며 잎과 열매는 약용함.

바다에서 나는 조류(藻類)를 보여주면서 물었다.

곤포(昆布)[152]는 하이타이[ハイタイ]라 이르니, 해대(海帶)[153]이다.
아라소[アラソ]는 콘푸우[コンブウ]라 이르니, 곤포이다.

조(趙)와 창애(蒼崖)가 써서 말함: 해대는 다사마(多士麻), 곤포는 아량토(阿良免).

창애는 일본말을 통했기 때문에 입으로 이러한 이름을 말할 수 있었다. 따라서 또 땅이름의 사투리까지 물었는데, 아래와 같다.

압록강(鴨綠江) 아시노칸[アツノカン], 백제(百濟) 바이야[バイヤ]

이것은 우리 옛 역사에서 압록강은 아레나레개アレナレガ, 백제는 쿠타래クタラキ라 말했고, 뜻으로는 아루위アルコ라 했는데, 지금 그 지방의 뜻을 시험 삼아 물은 것이다.

물음 원장: "수행원(隨行員) 중 사자관(寫字官) 외에 글씨에 능한 사람이 또 있습니까?"

대답 조선 사람: "글씨를 잘 쓰는 사람은 사자관 외에도 그러한 사람이 많을 것입니다."

말함 원장: "그 중에서 특별히 누가 가장 잘 씁니까?"

152 곤포(昆布): 갈색조(褐色藻) 곤포속(昆布屬)의 총칭. 뿌리는 바다 밑 바위에 달라붙고, 잎은 좁으며 긴 띠와 같음. 식용(食用)함. 다시마.
153 해대(海帶): 곤포(昆布)의 다른 이름. 다시마.

말함 조선 사람: "사관(寫官)은 현(玄) 호군(護軍)[154] 동암(東巖)이라 불리는 사람이 잘 쓰고, 그밖에 김(金) 진광(眞狂)이란 사람이 가장 잘 쓸 것입니다. 군관(軍官)[155]으로 추천한 이방일(李邦一)[156] 오호당(五好堂)이란 사람도 잘 쓰는 듯합니다."

말함 원장: "종사(從事)[157]가 서로 잘 쓴다고 이르던데, 정말 그렇습니까?

말함 조선 사람: "그러할 것입니다."

말함 지좌(知佐)의 줄기와 잎, 꽃 이삭을 보여주었다. 원장: "이 나물은 그대 나라에서 무엇이라 합니까?"

말함 많은 사람들 중 대답하는 사람이 없어서 내가 또 써서 말했다. '와거(萵苣)[158]라 하지 않습니까? 고채(苦菜)[159]라 하지 않습니까?' 거기재(居其齋): "생채(生菜)[160]라 이름하는데, 맛이 매우 산뜻하고 쓰지 않아 밥을 싸서 먹습니다."

---

154 호군(護軍): 조선시대 정4품의 무관 벼슬.
155 군관(軍官): 사행단을 호위하거나 군사를 지휘하는 사람.
156 이방일(李邦一): 1748년 제10차 통신사 때, 명무군관(名武軍官) 선전관(宣傳官)이었음.
157 종사(從事): 종사관(從事官). 매일 일어나는 일을 기록해 돌아온 뒤 국왕에게 보고하고, 사신 일행의 불법행위를 단속하는 사람.
158 와거(萵苣): 상추. 엉거시과의 2년초.
159 고채(苦菜): 씀바귀. 국화과의 다년생초.
160 생채(生菜): 상추. 부루. 방귀아리. 백거(白苣). 석거(石苣).

말함 원장:"그대의 교묘한 그림에 대해 우러름을 감당하지 못하겠습니다. 붓을 휘둘러 1장 그리시기를 감히 간절히 바라고, 그것을 내려주신다면 감사하고 다행이겠습니다."

말함 거기재: "비록 서투른 그림이지만, 종이에 그리기를 좋아하지 않습니다. 만약 비단을 가지고 오신다면, 가르침을 도울 따름입니다."

말함 원장:"다른 날 와서 청하겠으니, 그대는 반드시 약속을 지켜주십시오."

말함 활암: "그대는 어제의 약속을 잊지 않았으니, 미더운 선비라 이를만할 것입니다. 밤사이 평안하셨습니까?

저는 마침 작은 병이 있습니다. 두통(頭痛)은 없지만, 몇 분이 영광스럽게 찾아와주시니, 이제 병이 있다는 것도 잊고자 합니다. 참으로 매우 다행입니다."

말함 원장:"제가 날마다 와서 몹시 바쁘신 중에도 자주 높은 가르침을 번거롭게 합니다. 그러나 밝으신 그대가 물리치지 않으시고, 다시 많은 사랑을 받으니, 정말 두터운 행운입니다. 귀하신 몸을 받들어 뵙는데, 오늘 몸은 가뿐하지 않으시나 두통은 없으시다니, 매우 축하드릴만합니다. 비록 그대가 두풍(頭風)[161]으로 고생하시지만, 내게는

---

161 두풍(頭風): 두통이 오래도록 치유되지 않고, 수시로 발작하거나 멎는 것. 풍한(風寒)이 머리의 경락(經絡)에 침입하거나 담연(痰涎)이 경락을 막아 기혈(氣血)이 통하지 못하므로 나타남.

공장(孔璋)[162]의 글이 없으니, 무엇으로 낫도록 할 수 있겠습니까? 그 고통이 없다는 것만으로도 다행 아니겠습니까?"

물음 활암이 구년모(九年母)[163]를 먹었기 때문에 말했다. 원장: "그대가 드시는 것은 홍귤입니까? 귤입니까? 가르쳐 보여주시기를 청합니다."

대답 활암: "그것은 바로 그대 나라에서 생산되는 것이니, 오직 그대만 알 따름입니다."

말함 원장: "이것은 진실로 우리나라의 산물(産物)이고, 스스로 이 나라의 이름도 있는데, 『본초』에서 해강감(海江柑)이라 일컬은 것입니다. 그것과 비슷하기에 오직 그대 나라의 명칭을 물었을 뿐입니다."

말함 원장: "어제 약재에 대해 허락하심을 입었고, 오늘 살펴보도록 은혜를 내려주시니, 감사드리고 다행입니다. 그대의 병에 대해 생각해 보니, 이것은 시기(時氣)[164] 감모(感冒)[165]가 마땅한데, 음식을 꺼리지는

---

162 공장(孔璋): 진림(陳琳)의 자. 후한(後漢)대 광릉(廣陵) 사람. 처음에 하진(何進)의 주부(主簿)로 있다가 원소(袁紹)에게 가서 조조(曹操)의 죄상을 열거하는 격문을 썼는데, 원소가 패한 뒤, 조조가 그의 재능을 아껴 기실(記室)로 삼았음. 저서에 명(明)대에 편집된 『진공장집(陳孔璋集)』이 있음.
163 구년모(九年母): 감(柑). 홍귤. 크기가 주먹만 한 품종인데, 구년모라 불린 어떤 노파가 제일 처음 그 나무를 심었기 때문에 이러한 이름을 얻었음.
164 시기(時氣): 시행(時行). 시행려기(時行沴氣). 계절과 관련되어 유행중인 전염성이 강한 병사(病邪).
165 감모(感冒): 외감병의 일종. 풍한사나 풍열사를 받아서 생김. 흔히 풍사가 겨울에는 한사, 여름에는 열사와 함께 몸에 침입해 생김. 머리가 아프고 재채기가 나며, 코가 막히거나 콧물을 흘리고 오슬오슬 추우며, 열이 남. 일반적 치료 원칙은 땀을 내 표(表)에

않으십니까?"

대답 활암: "약 재료는 지금 가져오려고 하고, 제 병은 대단함에 이르지는 않았고, 오히려 먹고 마시는 것도 그만두지 않았으니, 다행이라 할 만합니다."

말함 조선 의서(醫書)에 인용된 옛 책 몇 십 종류를 적어서, 지금도 그 나라에 존재하는 것에 점을 찍어 적어달라고 청하고, 그것을 보여주었다.

원장: "이 쪽지를 귀한 겨를에 살펴보시고 은혜를 내려주십시오."

말함 활암: "한가한 때 살펴봄이 마땅할 따름입니다."

말함 활암: "청심환[166] 1개, 소합환[167] 2개로 오직 보잘것없는 성의(誠意)를 표시합니다. 두 종류는 모두 바로 사행(使行) 길에 쓰는 약입니다."

있는 사기를 없애는 방법을 씀.

166 청심환(清心丸): 경락에 열이 있어서 생기는 몽설(夢泄)과 심(心)에 열이 있어서 정신이 얼떨떨한 것을 치료함. 두터운 황백(黃柏) 1냥(兩)을 가루 낸 것에 용뇌(龍腦) 1전(錢)을 넣고 봉밀로 반죽한 다음 벽오동 씨 만하게 알약을 만듦. 한번에 15알씩 맥문동 달인 물로 빈속에 복용함.

167 소합환(蘇合丸): 소합향환(蘇合香丸). 약재는 백출, 주사(朱砂), 사려륵피(詞黎勒皮), 사향(麝香), 향부자, 정향(丁香), 침향(沈香), 필발(畢撥), 단향(檀香), 청목향(青木香), 안식향(安息香), 서각설(犀角屑), 훈륙향(薰陸香), 소합향, 용뇌(龍腦). 중풍·중악으로 갑자기 정신을 잃고 넘어져 이를 악물면서 가슴과 배가 불어나고 아프며, 목에서 가래 끓는 소리가 나는 데, 갑자기 토하고 설사하는 데, 중기·기역·기울·기통 등 기로 생긴 여러 가지 증상에, 어린이 경풍이나 간질 등에 씀.

말함 원장: "정말 마음으로 내려주셔서 감사합니다. 매우 감사합니다."

불환금정기산(不換金正氣散)[168] 1첩(貼), 곽향정기산(藿香正氣散)[169] 1첩을 꺼내서 보여주었는데, 무게를 달아보니 모두 7돈쭝(錢)[170] 남짓 있었다. 활암: "이것들은 여행 중에 긴요하게 필요한 약입니다. 그대 나라에서 짓는 약의 첩도 이와 같습니까?"

말함 원장: "우리나라 약의 첩은 재료가 작고, 이것과 조금 다를 뿐입니다.

이 약들 중에 곽향(藿香)[171], 빈랑피(檳榔皮)[172]는 마땅히 틀림없이 중국 약이고, 귤피(橘皮)같은 것은 우리나라에서 생산되는 것과 매우 비슷한데, 감초(甘草)는 어떻습니까? 그대 나라에서 생산되는 것입니까? 혹시 중국 약입니까?"

---

168 불환금정기산(不換金正氣散): 약재는 창출, 귤피, 반하국, 후박, 곽향, 감초. 상한, 온역, 시기감창, 곽란토사, 한열왕래, 담허식적, 두통상열, 요배구급, 비위불화, 장부허한 허열, 하리적백, 산람장기, 창저 등에 씀. 『태평혜민화제국방(太平惠民和劑局方)』 처방.
169 곽향정기산(藿香正氣散): 약재는 곽향, 차조기잎, 구릿대, 빈랑껍질, 흰솔풍령, 후박, 흰삽주, 귤껍질, 끼무릇, 도라지, 구감초, 생강, 대추. 풍한에 상한데다 음식을 잘못 먹고 체해 오슬오슬 춥다가 열이 나면서 머리가 아프고 명치 아래가 그득하며 배가 아프고 토하며, 배에서 소리가 나고 설사하는 데 씀.
170 돈쭝(錢): 1냥(兩)의 10분의 1.
171 곽향(藿香): 꿀풀과에 속하는 방아풀과 광곽향(廣藿香)의 옹근풀을 말린 것. 서습증 (暑濕症), 여름감기, 입맛이 없는데, 소화 장애, 메스꺼움, 구토, 설사 등에 씀.
172 빈랑피(檳榔皮): 종려과의 교목인 빈랑의 익은 열매 껍질을 말린 것. 기를 잘 돌게 하고 소변을 잘 보게 함.

말함 활암: "이 약들 속에 빈랑만 없을 뿐입니다. 감초는 가끔 생산되는 곳이 있는데, 매우 많지는 않기 때문에 늘 중원(中原)에서 얻어 쓸 뿐입니다.

두 첩의 약은 그대가 소매에 넣어 가져가실 수 있습니다."

말함 원장: "매우 감사하고 감사합니다."

사내종에게 명령해 약재를 꺼내왔다. 활암: "이것은 날마다 쓰는 중요한 재료이고, 다른 약도 모두 이와 같을 따름입니다."

황기(黃芪)[173] 요즈음 청(淸)에서 들여오는 것과 같았다.

승마(升麻)[174] 요즈음 청(淸)에서 들여오는 것과 같았다.

복령(茯苓)[175] 일본에서 생산되는 것과 같았는데, 다만 조각으로 썰지 않았을 뿐이었다.

황백(黃栢)[176] 일본에서 생산되는 것과 조금 달랐지만, 관청 동산에 심는 것과 서로 비슷했다.

---

173 황기(黃芪): 단너삼. 콩과의 여러해살이풀. 약초의 이름. 또는 그 말린 뿌리를 약재로 이르는 말. 기(氣)를 보하고 땀나는 것을 멈추며, 오줌을 잘 누게 하고 고름을 없애며, 새살이 잘 살아나게 하고 강장제로도 쓰임. 황기(黃耆).

174 승마(升麻): 바구지과의 여러해살이풀인 끼멸가리와 눈빛승마·황새승마·촛대승마의 뿌리줄기를 말린 것. 풍열을 없애고 발진을 순조롭게 하며, 기(氣)를 끌어올리고 독을 품.

175 복령(茯苓): 솔풍령. 구멍버섯과의 복령균의 균핵을 말린 것. 소나무를 벤 뒤 5~6년이 지나서 흙 속에 있는 솔뿌리에 생기는 버섯의 일종인데, 재배도 함. 백복령과 적복령이 있으며, 진정제·이뇨제 등의 약재로 씀.

176 황백(黃栢): 황경피. 산초과의 낙엽 교목인 황경피나무의 껍질을 말린 것. 열을 내리고 습을 없애며 독을 품.

황련(黃連)[177] 일본에서 생산되는 것과 같았는데, 중간 품질이었다.

대황(大黃)[178] 이 나라에서 심는 것과 같은 종류였다.

용담(龍膽)[179] 일본에서 생산되는 것과 같았다.

방풍(防風)[180] 일본에서 생산되는 빈방풍(濱防風)[181]과 같았는데, 다만 모양이 가늘고 길 뿐이었다.

백작약(白芍藥)[182] 일본 우대宇田[183]에서 생산되는 것과 같았는데, 다만 뛰어나게 잘 만들었고, 깨끗한 흰색이었다.

백출(白朮) 일본에서 생산되는 것과 같았는데, 새로 나온 뿌리였다.

시호(柴胡)[184] 일본 가마쿠라鎌倉[185]에서 생산되는 것과 같았는데, 다만 모양이 가늘고 길며, 색은 검은 자줏빛이고 카와라河原[186]의 시호와 비슷

---

177 황련(黃連): 매자나무과에 속하는 여러해살이풀인 '산련풀(깽깽이풀)'의 뿌리줄기를 말린 것.

178 대황(大黃): 여뀌과에 속하는 여러해살이풀인 대황의 뿌리와 뿌리줄기를 말린 것.

179 용담(龍膽): 용담과의 다년생초. 가을철 그늘에 말린 뿌리는 한방에서 식욕부진이나 소화불량에 사용하고, 건위제·이뇨제로 쓰기도 함. 용(龍)의 쓸개처럼 맛이 쓰다고 하여 용담이라고 부름.

180 방풍(防風): 산형과의 다년생풀. 한방에서 두해살이뿌리를 감기와 두통, 발한과 거담에 약으로 씀. 감기로 전신에 통증이 있고, 특히 관절과 근육에 동통이 심할 때 사용하면 열을 내려 주고 땀을 나게 하면서 통증을 없앰.

181 빈방풍(濱防風): 갯방풍. 미나리과의 여러해살이풀인 갯방풍의 뿌리를 말린 것. 방풍 대용으로 쓰는데, 기침·가래를 멈추고, 보음약으로도 씀.

182 백작약(白芍藥): 집함박꽃뿌리. 바구지과의 다년초인 집함박꽃, 산함박꽃의 뿌리를 말린 것. 혈을 보하고 통증과 땀, 출혈 등을 멈추며, 간화를 내리고 소변을 잘 보게 함.

183 우다[宇田]: 일본 혼슈[本州] 야마구치현[山口縣]에 속하는 지역.

184 시호(柴胡): 미나리과의 다년초인 시호와 참시호의 뿌리를 말린 약재. 간담(肝膽)의 열을 내리고 반표반리(半表半裏)증을 낫게 하며, 간기(肝氣)를 잘 통하게 하고 기(氣)를 끌어올림.

185 가마쿠라[鎌倉]: 일본 혼슈[本州] 가나가와현[神奈川縣] 가마쿠라시[鎌倉市].

할 뿐이었다.

원장: "이들 모두 그대 나라에서 생산됩니까?"

말함 활암: "그러할 것입니다."

말함 원장: "백출(白朮)에 다른 종류가 있습니까?"

말함 활암: "별도로 창출(蒼朮)[187]이 있을 뿐입니다."

말함 원장: "이것이 바로 백작약인데, 별도로 붉은 것도 있습니까?"

말함 활암: "별도로 적작약(赤芍藥)[188]이 있습니다."

말함 원장: "시호가 가늘고 말랐는데, 달리 살지고 짧은 것도 있습니까?"

말함 활암: "본래부터 말랐고, 짧으며 가늡니다."

말함 활암: "여기 몇 종류의 약들도 마땅히 소매에 넣어 가져가실 수 있습니다."

---

186 카와라[河原]: 일본 혼슈[本州] 교토부[京都府]에 속하는 지역.
187 창출(蒼朮): 삽주 및 같은 속(屬) 식물의 뿌리줄기를 말린 것. 이뇨(利尿)·발한(發汗) 등에 약재로 씀.
188 적작약(赤芍藥): 미나리아재비과의 다년생풀인 적작약과 천작약의 괴근. 혈의 열을 제거하고 어혈을 없애줌. 어혈로 인한 월경통, 옆구리 통증, 배에 덩어리가 있으면서 아픈 것, 타박상 등을 다스리며, 기타 반진이나 혈열로 인한 코피나 피를 토하는 것도 다스림.

말함 원장: "후의(厚意)에 감사드립니다. 어찌 그와 같이 내려주십니까?"

말함 원장: "몇 시간 말씀을 받들어, 그대가 피로함에 이르실까 두렵습니다. 저희들은 작별을 고하고 떠나갈까요?"

말함 활암: "그대가 만약 일이 있다면 그만두겠지만, 만일 사정이 없다면 어찌 제 병으로 인해 곧 작별을 고하고 떠나가려 합니까? 오직 그대의 뜻은 저에게 있습니다. 감히 병 때문에 피로하지는 않습니다."

말함 원장: "오직 그대는 병에 힘쓰셔야 하는데, 손님을 대하느라 피로함을 견디지 못하실까 걱정할 뿐입니다. 만약 다행스럽게 오히려 잠시 머무르려 함을 거리끼지 않으신다면, 더욱 청할 뿐입니다."

마에다 도우하쿠[前田道伯][189]가 한쪽 자리에 있다가 써서 보여주었다.

"노로[野呂] 선생은 '그대가 병중에 억지로 앉아 있어 기력(氣力)을 잃을까 두렵다.'고 말했는데, 지금 술 한 병이 있어 여러분에게 드리니, 그대도 기력을 도우십시오."

말함: "저는 본래 술을 마시지 않고, 지금은 병도 있어 진실로 어려

---

189 마에다 도우하쿠[前田道伯]: 자는 이장(夷長), 자호(自號)는 순양(純陽). 에도[江戶] 출신 의원. 칸 도우하쿠[菅道伯]로도 알려져 있음. 1748년 6월 3일부터 7일까지 조숭수(趙崇壽) 등과 만나 나눈 필담을 정리한 『대려필어(對麗筆語)』를 남겼음. '마에다[前田]' 가문은 향보(享保)6년(1721)이후 바쿠후[幕府]말기까지 후쿠이번[福井藩]의 유관(儒官) 직을 세습하고 중요한 역할을 했던 유학자의 일족으로, 주요 인물로 마에다 요안[前田葉庵]과 그 자손들이 있음.

운 듯하지만, 그대의 가르침이고 도리에 어그러질 수 없으니, 조금이
라도 마심이 마땅할 따름입니다."

말함 원장: "지내시는 숙소가 작고 좁으며 바람이 통하지 않아, 비
록 저희들이라도 가혹한 더위의 고통을 견디지 못하겠습니다. 하물며
그대는 병이 있잖습니까? 지금 제멋대로 낯선 고장의 맛없는 술을 권
하는데도, 다행히 다시 한 잔을 비우시니, 마땅히 하삭음(河朔飮)[190]으
로 더위를 피하심이 어떻겠습니까?"

말함 활암: "숙소는 이미 해가 진 듯합니다. 지금 맛좋은 술을 얻었
으니, 만약 병이 없다면 다시 마실 수 있지만, 다만 그것이 병에 해로
움이 있을까 감히 많이 마시지 못함이 한스럽습니다."

말함 활암: "그대가 맡긴 옛 필적(筆跡)의 서문(序文)은 제가 거듭 그
대가 힘쓰신 부탁을 피하다가 억지로 받아들인 듯합니다. 정사(正
使)[191]께서 저에게 명령을 내려 '필가(筆家)[192]의 서문은 의원이 할 일로
마땅하지 않으니, 행함을 허락할 수 없다.'고 말씀하셨습니다. 여러 가
지를 말씀하시고 명령을 내리셨는데, 진실로 격언(格言)[193]이었습니다.
저 또한 뜻을 끊을 수 없어 감히 돌려드리니, 오직 그대가 용서하시기
를 바랍니다."

---

190 하삭음(河朔飮): 하삭지음(河朔之飮). 피서(避暑)의 주연(酒宴).
191 정사(正使): 사신(使臣)의 수석(首席). 상사(上使).
192 필가(筆家): 글씨를 잘 쓰는 사람. 또는 그 일을 업(業)으로 삼는 사람.
193 격언(格言): 사리에 적당해 본보기가 될 만한 묘하게 된 짧은 말.

말함 원장: "가르침을 받들겠지만, 지난번 청했던 옛 필적의 발문(跋文)도 허락을 베풀어주실 수 없었는데, 개인적 바람이 이처럼 어긋나니, 원망과 한스러움이 끝도 없습니다. 정사(正使)께서 명령을 내리셔서 감히 다시 구하기 어렵겠습니다. 따라서 학사(學士), 서기(書記), 사백(詞伯) 중에 그것을 맡겨 청하고자 하는데, 어떻겠습니까? 오직 바람은 그대가 저를 위해 그것을 의논해주시는 것이니, 매우 감사드리고 감사드리겠습니다."

말함 활암: "그대가 학사와 서기에게 청하신다면, 저도 마땅히 권할 뿐입니다."

조선인필담 하

말함 쟁반의 비파(枇杷)[1]를 가리켜 보여주었다. 원장(元丈): "『동의보감(東醫寶鑑)』에 그대 나라에는 '비파가 없다.'고 했는데, 지금도 오히려 그렇습니까? 이 나라에서는 금방 이와 같이 잘 익습니다. 이 씨를 거둬다 귀국해 심으면 반드시 생겨날 것입니다. 이것은 땅의 기운이나 추위와 더위에 얽매이지 않고, 번식이 쉬운 식물입니다. '귤이 회수(淮水)[2]를 넘으면, 탱자가 된다.'고 함에 비유할 수 없을 것입니다."

말함 활암(活菴): "마땅히 가르침과 같을 것입니다."

말함 어제 활암에게 맡겼던 부채 앞면에 시를 써서 돌려주었다. "두 부채의 글은 글씨 쓰는 법이 정밀하고 교묘한데, '포(布)'자(字)는 고상하고 우아합니다. 몹시 기쁘고 부럽습니다. 길이 진기한 노리개로 주시니, 고맙게 여겨 감사의 뜻을 표합니다."

---

1 비파(枇杷): 장미과의 아열대산 교목. 잎은 폐와 위의 열을 내리고 구토를 멈추며, 담을 삭이는 데 쓰고, 열매는 식용함.
2 회수(淮水): 하남성(河南省) 동백산(桐柏山)에서 발원(發源)해 안휘성(安徽省)·강소성(江蘇省)을 거쳐 황하로 흘러들어가는 전장 약 1,000km의 큰 강.

　말함 활암: "마침 생각한 것이 있어서 서투름도 잊었는데, 한정(汗呈)[3]입니다."

　말함 원장: "그대의 정묘(精妙)한 문장(文章)에 대해 공경하고 사모함을 이길 수 없습니다. 산곡(山谷)의 발문(跋文)도 개인적으로 허락하시겠습니까?"

　말함 활암: "어찌 감히 그대의 말을 감당하겠습니까?"

　말함 그때 나는 카와무라[河村] 및 도우하쿠[道伯]와 함께 가만히 말하고 있었는데, 활암에게 이상한 얼굴빛이 있었기 때문에 써서 보여주었다. 원장: "그대의 훌륭한 도덕규범은 정말 어른의 풍격(風格)임에 틀림없습니다. 자리에 가득찬 모두가 맛좋고 진한 술을 마시는 것처럼 그것을 서로 함께 칭찬하고 감탄하느라 가만히 말했을 뿐입니다."

　도우하쿠[道伯]가 써서 보여주었다. "여러분께 작별을 고하고 떠나가고자 합니다. 저에게 가르쳐 전해주신 말씀은 영원히 스스로 아끼겠습니다."

　활암 말함: "다른 날 서로 만나보기를 바랍니다. 카와무라[河村] 선생이 보내 준 시(詩)는 뒷날 화답해 드림이 마땅할 따름입니다."

　말함 원장: "대광주리에 과일을 가져와 받들어 드립니다. 부족하나마 손님 숙소에 고상한 물건을 바칠 뿐입니다."

---

3 한정(汗呈): 금품(金品)이 적어서 부끄러워 몸(등골)에 땀이 난다는 의미.

말함 활암: "과일을 주신 은혜에 감사드림을 감당하지 못하겠습니다. 감과(甘瓜)[4]·임금(林檎)[5]·체(棣)[6]·당(棠)[7]은 우리나라의 과일과 매우 비슷하니, 더욱 귀하다 할 만합니다."

말함 원장: "첨과(甛瓜)·임금(林檎)은 충분히 익는 데 이르지 못해 맛이 온전하지 못합니다. 체(棣)·행(杏)[8]은 때를 얻어 점점 맛이 좋은 시기로 들어가니, 완상(玩賞)해 밝히신 것을 내려주시기 바랍니다. 그대 나라에도 내(柰)[9]와 임금이 있다고 말하던데, 이 과일을 임금이라고 합니까?"

말함 활암: "이것은 임금(林檎)이고, 별도로 내(柰)가 있습니다."

담죽(淡竹)[10]·고죽(苦竹)[11]·전죽(箭竹)[12] 세 종류를 대통으로 만들어, 풀과 꽃 몇 종류를 꽂아 활암에게 보여주고 물었다. 원장: "이 대가 그대 나라에도 있고, 담죽이라 합니까?"

말함 활암: "큰 것에서는 흰 가루가 생겨나고, 맛이 묽은 것은 담죽

---

4 감과(甘瓜): 참외. 박과의 일년생 만초(蔓草). 첨과(甛瓜). 진과(眞瓜).
5 임금(林檎): 능금나무과의 낙엽교목. 또는 그 열매인 '능금'.
6 체(棣): 앵두과의 낙엽 활엽 교목인 산앵두나무. 또는 그 열매인 '산앵두'.
7 당(棠): 장미과의 낙엽 활엽 교목인 팥배나무. 또는 그 열매인 '팥배'.
8 행(杏): 앵두과의 낙엽 활엽 교목인 살구나무. 또는 그 열매인 '살구'.
9 내(柰): 능금나무의 일종.
10 담죽(淡竹): 대의 일종. 감죽(甘竹).
11 고죽(苦竹): 대의 일종. 참죽.
12 전죽(箭竹): 대의 일종. 화살의 몸을 만드는 대. 이대. 전소(箭篠).

(淡竹)이라 합니다."

대통 안에 꽂힌 꽃을 가리키며 물었다. 원장: "여기 붉은 꽃이 핀 것은 시초
(蓍艸)[13]인데, 그대는 일찍이 보신 적 없으십니까?"

말함 활암: "다만 시초만이 아니라, 대체로 풀과 나무를 모두 일찍
이 많이 보지 못했습니다."

말함 원장: "그대 나라에서 점치는 데 어떤 물건을 씁니까?"

말함 활암: "대체로 점치는 사람들은 모두 동전(銅錢)을 던져 길흉을
점치고, 길 위에서 마침내 일을 묻고자 하면, 모든 풀을 다 쓸 수 있습
니다. 평소에 절초점(折艸占)[14]을 늘 쓰지는 않습니다."

말함 원장: "지난번 식형(識荊)[15]을 얻어 손뼉을 칠만큼 매우 기뻤는데,
뵌 뒤로 며칠 간 서로 떨어져 원망스러움이 끝없었습니다. 때는 점점
삼복(三伏)을 향하고 가혹한 더위는 사람을 위협합니다. 지금 생활이
고요하시어 건강하신 모습에 인사드리며 감히 축하드립니다."

말함 송재(松齋): "지난번 우연히 청아(淸雅)한 이야기를 받들고, 그
새 며칠간 서로 사이가 멀어 바야흐로 평소 마음이 편치 않았었는데,

---

13 시초(蓍草): 가새풀. 엉거시과의 다년초.
14 절초점(折艸占): 풀을 꺾어 길흉을 헤아렸던 점. 주로 질병의 치료방법을 알아보는 데
   쓰였음.
15 식형(識荊): 훌륭한 인사(人士)를 면회(面會)하여 이름이 알려짐의 비유(比喩). 식한
   (識韓). 한(韓)은 형주(荊州)의 태수(太守) 한조종(韓朝宗)을 이름.

갑자기 이렇게 다시 지미(芝眉)를 받듭니다. 여름의 더운 열기에도 무사하고 편안한 모습을 살피니, 서로 축하할만합니다."

말함 송재: "그대 나라에도 사과(絲果)가 있습니까? 이 과일 모양은 임금(林檎)과 같은데, 크기는 배나무 열매와 같을 따름입니다."

말함 원장: "이 나라에 이러한 과일은 없습니다. 우리나라 배나무 열매의 큰 것은 구기[16]와 같습니다. 이른바 사과(絲果)란 것은 그대 나라의 사투리임을 알 수 있겠는데, 중원(中原)에도 있다면, 무엇이라 합니까?"

말함 송재: "『본초강목(本草綱目)』 중에 사과(絲果)란 것이니, 곧 이 과일인데, 중원(中原)과 우리나라에는 매우 많아 흔한 과일이기 때문에 감히 물었을 뿐입니다."

말함 원장: "『본초강목』은 명(明)의 이(李) 동벽(東壁)[17]이 지은 것으로, 약(藥) 1,870종 남짓을 실었습니다. 그 가운데 사과(絲果)란 이름은 없는데, 어째서입니까?"

말함 송재: "어째서 그것이 없겠습니까? 다시 조사하고 살펴보십시오."

---

16 구기: 술 등을 푸는 데 쓰는 자루가 긴 기구.

17 이(李) 동벽(東壁): 이시진(李時珍, 1518~1593). 자는 동벽(東壁). 호는 빈호(瀕湖). 명(明)대 기주(蘄州) 사람. 35세에 약물의 기준서(基準書)를 집대성하는 일에 착수하여 생전에 탈고하였지만, 그가 죽은 후인 1596년에 『본초강목』 52권이 간행됨. 저서에 『기경팔맥고(奇經八脈考)』·『빈호맥학(瀕湖脈學)』 등이 있음.

송재에게 발끈 화를 내는 얼굴빛이 있어, 나는 쥐고 있던 부채를 보여주고 써서 말했다. 원장: "이 부채 앞면에 시(詩) 1수를 써서 내려주십시오. 시험 삼아 화답해 드립니다."

말함 송재: "제가 어찌 감히 장난삼아 시를 짓겠습니까? 제술관(製述官)이나 학사(學士) 앞에 청해 받음이 어떻겠습니까?"

말함 원장: "옛 시를 쓰심은 어떻겠습니까?"

말함 송재: "만약 글을 베끼고자 한다면, 사자관(寫字官) 앞에 청함이 좋을 듯합니다. 제 휘쇄(揮灑)는 안정되지 못했기 때문에 가르침을 받들 수 없으니, 정녕 부끄러울 뿐입니다."

물음 원장: "그대의 귀경(貴庚)[18]은 얼마이고, 활암 선생의 나이는 얼마입니까?"

대답 송재: "제 나이는 39세이고, 활암의 나이는 34세입니다."

물음 원장: "여러 손님들이 차고 있는 밀아(蜜牙)란 것은 이름의 뜻이 어떻게 됩니까? 그대 나라 토산물(土産物)인 청서피(靑黍皮)[19]란 것은 어떤 짐승의 가죽입니까? 지적해 가르침 내려주시기를 청합니다."

대답 송재: "밀라(蜜羅)[20]이지 아(牙)가 아니니, 서촉(西蜀)[21]에서 생산

---

18 귀경(貴庚): 청장년에게 나이를 물을 때의 높임말.
19 청서피(靑黍皮): 말가죽. 또는 만주 일대에 서식하는 회색 빛깔 족제비 류의 모피.
20 밀라(蜜羅): 호박(琥珀)의 일종. 벌꿀의 밀과 비슷한 누른색이 남. 밀화(蜜花). 밀랍

되는데, 금패(錦珮)[22]는 천년 뒤에 밀라로 만들어지고, 밀라는 천년 뒤에 호박(琥珀)으로 만들어진다고 해서 말할 뿐입니다. 청서피는 말가죽입니다."

말함 원장: "그대 나라에서 만듭니까?"

말함 송재: "우리나라에서 만드는 것입니다."

말함 원장: "서(黍) 자의 뜻은 어떻게 됩니까? 무엇으로 물들여 만듭니까?" 때때로 송재는 일어섰다 앉았다 했고, 여기에 대한 대답이 없었다.

말함 활암: "저는 풀과 나무나 벌레와 물고기가 나는 곳에 대해 어둡습니다. 그대가 뜻을 물음은 많지만, 자세히 풀어드릴 수 없으니 기쁜 일과 나쁜 일을 한탄할만합니다. 의서(醫書) 중 보고 들었던 책의 위쪽에 권점(圈點)[23]할 뿐입니다."

지난번 활암에게 맡겼던 의문을 정리한 책 한권과 아울러 의서(醫書) 목록(目錄) 쪽지 하나를 이날 돌려받았다.

말함 원장: "의문 나는 몇 항목에 대해 지적과 가르침을 입어 감사드립니다. 의서(醫書) 목록에도 권점(圈點)해 내려주시니, 매우 다행임을 어찌 다하겠습니까? 그 책 수의 자세함을 얻어 들을 수 있겠습니까?

(蜜蠟).

21 서촉(西蜀): 사천(四川) 지방. 고대에 촉(蜀)에 속했고, 서쪽에 위치하므로 이름.
22 금패(錦珮): 금황색(金黃色) 광택이 나는 호박(琥珀). 금박(金珀).
23 권점(圈點): 시문(詩文)의 묘소(妙所)·요처 등의 옆에 찍는 둥근 점.

어제 약물(藥物)²⁴ 몇 가지를 은혜롭게 베풀어 주셔서, 자세히 살펴
보고 조사해 학식과 견문이 크고 넓어졌습니다. 덕을 받듦이 끝없어
몹시 감격스럽습니다. 대체로 사행(使行) 중에 가져오신 약품을 다 모
두 살펴보도록 내려주신다면, 어떤 다행스러움이 그와 같겠습니까?
오늘은 어수선하고 바쁘시며 날도 장차 저물려고 하니, 작별을 고하
고 떠나갔다가 내일 옴이 마땅하겠습니다. 금낙(金諾)²⁵ 허락하시기를
간절히 청합니다.

부채 세 자루 앞면에 맑은 시 써주시기를 간절히 바라고, 다른 날
왔을 때 그것을 받음이 어떻겠습니까?"

말함 활암: "그대가 만약 내일 찾아와주신다면, 약 종류는 가르침을
받아들여 따름이 마땅하겠고, 보여드리겠습니다. 부채 앞면에 글씨를
쓰는 일은 내일 가르침과 같이함이 마땅할 뿐입니다. 의서(醫書)의 책
수는 매우 많아 우선 자세히 알지 못합니다."

말함 원장: "이 옥호(玉壺)²⁶ 한 병은 아란(阿蘭)²⁷ 사람들이 해마다
와서 도도토[東都]에 바치는 포도주(葡萄酒)입니다. 저는 늘 그 손님들
의 숙소에서 만나 서양의 생산물에 대해 토론하는데, 드디어 얻은 것
입니다. 몇 국자만 남은 술이라 진실로 맑은 정취를 돕는 데는 부족하

---

24 약물(藥物): 병을 치료하고 해충을 구제하는 물질의 통칭.
25 금낙(金諾): 금처럼 귀중한 승낙의 말. 약속을 지킴의 비유.
26 옥호(玉壺): 옥으로 만든 호리병. 또는 고결한 뜻의 비유. 술병의 미칭.
27 아란(阿蘭): 네덜란드. 또는 중국 한(漢)대 역사서에 보이는 서쪽의 나라 이름. 지금의
   아랄해 북쪽에 있다가 흑해 북쪽으로 이동(移動)한 것으로 알려져 있음. 엄채(奄蔡).

지만, 그러나 그것이 먼 지방의 물건이라 가져와서 권해드립니다. '야광배(夜光杯)에 담긴 좋은 포도주'[28]이니, 한잔 마음껏 드신다면 큰 다행이겠습니다."

말함 활암: "먼 지방의 술이라니 매우 귀하다 할 만합니다. 저는 마시지 않고 그 맑은 냄새만 사랑하겠습니다. 한 병을 마음껏 마시고 질그릇 바다의 술에 빠져도 상지수(上池水)[29]와 다를 바 없습니다. 그대는 혹시 장상군(長桑君)[30]처럼 오셔서 진월인(秦越人)[31]에게 마시게 하시는 것 아닙니까?"

말함: "어제 약재에 대해 허락하심을 받드는데, 옆 사람들에게 명(命)해 꺼내 오셔서 살펴보도록 내려주심을 얻으니, 감사하고 다행입니다."

꺼낸 약품을 보여주었다.

---

28 야광배(夜光杯)에 담긴 좋은 포도주: 중국 당(唐)대 시인 왕한(王翰, 687~726)이 지은 〈양주사(涼州詞)〉의 첫 시구. '야광배'는 야광주(夜光珠)로 만든 술잔. 또는 훌륭한 술잔을 비유적으로 이르는 말.

29 상지수(上池水): 아직 땅에 떨어지지 않은 이슬. 좋은 물을 이름. 대 따위에 고인 이슬을 약으로 마시기도 함.

30 장상군(長桑君): 전국 시대 신화적 의술(醫術)의 달인(達人)이자 명의(名醫). 편작(扁鵲)이 범상치 않음을 보고, 신약(神藥)을 먹인 뒤 금방(禁方)을 모두 전해 주고 나서 홀연히 사라졌다고 함. 『사기(史記)』 권105.

31 진월인(秦越人): 편작(扁鵲)의 원명(原名). 발해군(渤海郡) 사람으로서 춘추(春秋) 때 명의. 장상군(長桑君)에게서 금방(禁方)의 구전(口傳)과 의서(醫書)를 물려받아 명의가 되었다고 함. 제(齊)·조(趙)를 거쳐 진(秦)으로 들어갔는데, 진의 태의(太醫) 이혜(李醯)의 시기로 자객에게 피살당했음.

빈랑(梹榔)[32] 모양이 작고 뾰족했는데,『본초원시(本草原始)』[33]에 이른바 계심(雞心)[34]이란 것이다.

강활(羌活)[35] 길이는 두세 치이고 채찍마디가 있으며, 모양은 둥글고 납작해 천마(天麻)[36]와 비슷하며, 냄새와 맛은 청(淸)에서 들여오는 것과 거의 비슷하다.

오매(烏梅)[37] 이 나라에서 만든 것과 같았는데, 다만 모양이 크고 살이 많았다.

맥문동(麥門冬)[38] 모양이 크고 짧았는데, 품질이 좋았다.

백강잠(白殭蠶)[39] 청(淸)으로부터 들여오는 것과 같았다.

박하(薄荷)[40] 일본에서 생산되는 것과 같았다.

위령선(威靈仙)[41] 일본 사츠매[薩摩][42]에서 생산되는 것과 같았다.

---

32 빈랑(梹榔): 종려과의 상록교목인 빈랑나무의 익은 씨를 말린 것. 벌레를 죽이고 대소변을 잘 통하게 함.

33 『본초원시(本草原始)』: 청(淸)대 이중립(李中立) 지음. 12권.

34 계심(雞心): 빈랑(檳榔). 또는 대추의 일종.

35 강활(羌活): 미나리과의 여러해살이풀의 뿌리를 말린 것. 땀이 나게 하고 풍습을 없애며 통증을 멈춤. 풍한표증·머리 아픔·풍한습비 등에 씀. 강활(羌活). 강호리.

36 천마(天麻): 난과의 여러해살이 기생풀인 천마의 뿌리줄기를 말린 것. 경련을 멈추고 간양을 내리며 풍습을 없앰.

37 오매(烏梅): 매화열매. 벗나무과의 낙엽관목인 매화나무의 선열매를 가공한 것. 회충을 없애고 구토, 기침, 설사를 멈춤.

38 맥문동(麥門冬): 백합과의 맥문동과 좁은잎맥문동의 덩이뿌리를 말린 것. 음(陰)을 보하고 폐를 눅혀주며, 심열을 내리고 진액을 불쿼주며, 소변을 잘 보게 함. 오구, 양구, 우구.

39 백강잠(白殭蠶): 누에나비과에 속하는 누에나비의 새끼벌레가 흰가루병에 걸려 죽은 것을 말린 것. 경련을 멈추고 담을 삭임.

40 박하(薄荷): 꿀풀과의 다년초. 줄기와 잎에 독특한 향기가 있어 약재·향료·음료 등으로 쓰임. 풍열을 없애고 통증을 멈추며, 발진을 순조롭게 하고 간기(肝氣)를 잘 통하게 함.

조협(皂莢)⁴³ 일본에서 생산되는 것과 같았다.

산약(山藥)⁴⁴ 일본에서 생산되는 것과 같았다.

길경(桔梗) 일본에서 생산되는 것과 같았는데, 다만 채취할 때를 잘 맞췄는지 냄새와 맛이 온전히 갖추어졌다.

세신(細辛)⁴⁵ 일본 사도[佐渡]⁴⁶에서 생산되는 것과 같았다.

당귀(當歸) 일본에서 생산되는 산당귀(山當歸)와 같았다.

송재에게 써서 보여줌 원장: "어제 찾아왔을 때, 그대가 뜻하지 않게 계시지 않아 섭섭함이 끝없었습니다. 제 자식도 와서 그대에게 작은 시(詩)를 드렸는데, 지금 살펴보심을 더럽힐 따름입니다."

대답 송재: "어제 더위를 심하게 느꼈기 때문에 비록 찾아오셨다는 소리를 들을 수 있었지만, 와서 뵐 수 없어서 마음이 스스로 불안하고 한스러웠는데, 또 안부 물어주심을 얻으니, 매우 감사하고 감사합니

---

41 위령선(威靈仙): 으아리. 미나리아재비과의 여러해살이 덩굴풀인 으아리와 외대으아리의 뿌리를 말린 것. 풍습(風濕)을 없애고, 담(痰)을 삭이며, 기를 잘 돌게 하고, 통증을 멈춤. 허리와 무릎 아픈데, 팔다리마비, 배 속이 차고 아픈데, 각기(脚氣), 징가(癥瘕), 현벽(痃癖), 류마티스성 관절염, 신경통 등에 씀.

42 사츠마[薩摩]: 일본 규슈[九州] 가고시마현[鹿兒島縣] 지역.

43 조협(皂莢): 주염나무열매. 차풀과의 낙엽교목인 주염나무의 익은 열매를 말린 것. 담을 삭이고 기침을 멈추며, 풍을 없앰.

44 산약(山藥): 마. 마과의 덩굴 다년초인 마 또는 참마의 덩이뿌리를 말린 것. 기와 비위를 보하고 설사를 멈추며, 진액을 불퀴줌. 폐와 신(腎)을 보하고 귀와 눈을 밝게 함.

45 세신(細辛): 족두리풀뿌리. 방울풀과의 여러해살이풀인 민족두리풀과 족두리풀의 뿌리를 말린 것. 풍한을 내보내고 소음경의 한사를 없애며, 담을 삭이고 통증을 멈춤.

46 사도[佐渡]: 일본 혼슈[本州] 니가타항[新瀉港] 맞은편의 섬 지역.

다. 지금 곧 아름다운 작품에 화답해 드림이 마땅할 뿐입니다."

말함 원장: "김(金) 선생[47]은 탈이 없으십니까?"

말함 송재: "김 선생은 발꿈치 아래 종기 때문에 지금 아픔을 호소하고 있는 중입니다."

말함 원장: "객지에 있는 동안 앓고 누워계시니, 근심과 고통이 어떻겠습니까? 제 안부를 전해주시기 바랍니다."

말함 송재: "가르침과 같이할 뿐입니다."

말함 원장: "제가 지난번에 두루마리 한권을 가지고 김 선생에게 맡기면서 발문(跋文)을 청했는데, 만들지 못하셨습니까? 그대도 혹시 그것을 알고계신지 감히 물을 따름입니다."

말함 송재: "이 서문(序文)은 며칠 전에 이미 만들었는데, 그 병 때문에 깨끗하게 쓸 수 없었다고 말했을 뿐입니다. 그대가 와서 앉아 있는 뜻을 김 선생에게 전해 알릴까요?"

말함 원장: "이것이 바로 제 변변치 못한 자식이 김 선생에게 부친 시(詩)인데, 그대가 번거롭더라도 전달해주시면 큰 다행이겠습니다."

활암이 인삼양위탕(人參養胃湯)[48] 한 첩(貼)을 꺼내 보여주었다. 원장: "이 한 첩

---

47 김(金) 선생: 김덕륜(金德崙, 1703~?). 자는 자윤(子潤). 호는 탐현(探玄). 전(前) 주부(主簿)였음. 1748년 제10차 통신사 때 의원이었음.

에 물 1종(鍾)⁴⁹ 반(半)을 넣고, 1종(鍾)이 될 때까지 달입니까?"

말함 활암: "그러할 것입니다."

말함 원장: "1종(鍾)의 양은 얼마입니까?"

말함 활암: "5홉(合)⁵⁰입니다. 그대 나라의 되(升)⁵¹와 서로 환산(換算)하기 어렵습니다."

말함 활암: "그대가 가지고 가시겠습니까?"

말함 원장: "지난번에 이미 정기산(正氣散)⁵²을 받았는데, 지금 다시 이것을 받게 되니, 은혜를 주심이 많고 빈번해 편치 않은 듯합니다. 이 안에 인삼(人參)도 있습니까?"

말함 활암: "인삼은 달일 때 넣습니다."

말함 원장: "그대 나라 인삼은 조선(朝鮮)에서 물건을 살 때, 높은 등급의 인삼 1냥(兩)⁵³ 값이 은(銀)으로 얼마입니까?"

---

48 인삼양위탕(人蔘養胃湯): 약재는 삽주, 귤껍질, 후박, 법제한 끼무릇, 흰솔풍령, 곽향, 인삼, 초과, 구감초, 대추, 매화열매. 풍한에 상한데다 식체를 겸해 오한이 나고 열이 몹시 나며, 머리와 온몸이 아프고 입맛이 없으며, 때로 토하고 설사하는 데 씀.

49 종(鍾): 용량을 나타내는 단위. 6곡(斛) 4두(斗), 8곡(斛), 10곡(斛) 등 여러 설이 있음.

50 홉(合): 1승(升)의 10분의 1.

51 되(升): 말(斗)의 10분의 1.

52 정기산(正氣散): 『증치준승(證治準繩)』 처방에 따른 약재는 감초, 진피, 곽향, 백출, 후박, 반하, 생강, 대추. 『심씨존생서(沈氏尊生書)』 처방에 따른 약재는 곽향, 자소, 백지, 복령, 백출, 진피, 후박, 길경, 감초, 반하국, 대복피, 생강, 대추.

말함 활암: "인삼 1냥은 은(銀)으로 30냥(兩) 또는 35냥입니다."

말함 활암: "그대 나라의 사람들은 늘 시(詩)를 지어 외우고 읊습니까? 어떤 사람은 따로 가곡(歌曲)⁵⁴이 있다고 말하던데, 옛글로 써서 보여주시기를 청합니다."

말함 원장: "가을 논밭의 초막은 뜸⁵⁵이 성기기 때문에, 나의 소맷자락은 밤이슬에 계속 젖어만 가네.⁵⁶

가을밭에서 벼를 거두고, 초막(草幕) 엮기 지켜보네. 어찌하여 성기게 바치랴. 내 저고리 흠뻑 젖네.

중국 사람들은 이와 같이 풀었는데, 이 노래는 우리의 오랜 옛날 텐치[天智]⁵⁷ 임금이 직접 지은 노래입니다. 백성을 불쌍히 여긴 뜻이 스스로 말하지 않은 데 있어서, 우리들은 한번 들으면 처량하고 슬픈 느낌이 있는데, 저 사람들은 이러한 뜻을 풀 수 없고 나라 말도 다르니 진실로 탄식할만합니다.

수행원(隨行員) 가운데 우리 언어(言語)에 통하는 사람들이 많던데,

---

53 냥(兩): 무게의 단위. 1냥은 24수(銖).
54 가곡(歌曲): 와카[和歌]. 노래로 부를 수 있도록 가사(歌詞)와 곡조(曲調)가 결합된 작품. 시(詩)에 곡을 붙인 성악곡.
55 뜸: 풀로 엮어 만든, 지붕을 덮는 이엉.
56 텐치텐노[天智天皇]가 지은 와카[和歌]. 〈소창백인일수(小倉百人一首)〉의 첫 번째 작품으로 수록되어있음. 현재 일본어로는 "秋の田の かりほの庵の 苦をあらみ わが衣手は 露にぬれつつ"로 수록되어 있음. 『シグマ新國語便覽』, 文英堂, 140쪽.
57 텐치[天智]: 텐치 천황. 재위 기간은 661~671. '백제대궁'을 짓고 살았던 죠메이[舒明] 천황의 차남(次男).

그대도 그것을 풀어보겠습니까? 이 나라의 사람들은 늘 통용하는 문
자로 써서 통하고 일을 분별하기 때문에, 간독(簡牘)⁵⁸ 문자를 익히지
않아, 써서 이야기를 나누거나 시문(詩文)을 지어 서로 주고받아도 풀
이를 어려워하는 사람들이 마땅히 있으니, 몹시 부끄럽습니다."

말함 활암: "그대 나라 가곡(歌曲)은 우리들이 어떻게 뜻을 깨달아
알겠습니까? 써서 나누는 이야기는 서로 통함이 스스로 많더라도, 풀
이를 어려워하는 사람들도 있음은 원래 그렇게 흔히 있는 일이니, 말
로 다할 수 없습니다."

말함 활암: "부채 세 개를 내려주셔서 매우 감사드리고 감사드립니다."

말함 원장: "이 나라의 작은 부채가 이것인데, 그것을 선물하지도
않고, 오직 부채 앞면에 글씨만 청했을 따름입니다. 글씨를 써서 내려
주시기를 바랍니다. 이 나라의 부채를 만약 구하시는 데 뜻을 두셨다
면, 별도로 지금 그것을 만들어드림이 어떻겠습니까?"

말함 활암: "이 또한 써서 드릴 것입니다."

말함 원장: "우리나라 부채를 그대 나라에서도 씁니까?"

말함 송재(松齋): "여자와 어린아이들이 또한 쥐기를 매우 좋아합니다."

---

58 간독(簡牘): 책. 문서. 또는 편지. 종이가 없었을 때 대쪽에 글 적던 것을 '간', 나무쪽에
  적던 것을 '독'이라 했음. 간찰(簡札).

말함 원장: "여기 부채 두 개를 두 분께 바칩니다."

말함 활암: "먼저 선사하신 것이 있어서, 그대가 다시 다른 사람에게까지 선물하실 필요 없으니, 감히 사양하겠습니다."

말함 원장: "이것은 원래 다른 사람에게 선물하고자 함이 아니라, 스스로 감상하는 데 중요한 것인데, 단지 글씨를 간절히 바라고 가져 왔을 뿐입니다. 여자와 어린아이들이 쥐기를 좋아한다는 송재(松齋) 선생의 말씀을 우연히 들었는데, 이 부채는 금(金)종이로 사랑할만하기 때문에 드립니다. 사양하지 않으시면 다행이겠습니다."

말함 송재(松齋): "그 어찌 내려주시는 물건이 많습니까? 마음이 매우 편치 않습니다."

말함 원장: "활암(活菴) 선생에게 아드님이 있습니까?"

말함 활암: "단지 딸 한명이 있습니다."

말함 원장: "송재 선생은 아드님이나 따님이 있습니까?"

말함 송재: "2남 4녀인데, 2남은 그런대로 괜찮은 듯하지만, 4녀는 중요하지 않고 스스로 부끄럽습니다."

말함 원장: "활암 선생의 관직 이름에 유학(幼學)[59]이라 일컫는 것은

---

59 유학(幼學): 벼슬하지 않은 선비.

원래 유과(幼科)[60] 전문이기 때문에 과거에 급제(及第)함인지, 그 자세함은 어떻습니까?"

말함 송재: "늘 벼슬하지 않았기 때문에 유(幼)란 이름으로 일컫습니다."

말함 원장: "이번 사행(使行)에는 학식(學識)있는 선비이기 때문에 뽑혀 응했습니까?"

말함 송재: "한가롭게 놀며 시(詩)를 짓고, 벼슬길에 나가지 않으니, 유학(幼學)이라 일컫었습니다."

물음 먼저 약품을 보여주었기 때문에 물었다. 원장: "그대 나라 여러 도(道)에서 누에[61]를 많이 기릅니까? 백강잠(白殭蠶)도 그곳에서 나오는 것이 있습니까?"

대답 송재: "원래 우리나라의 누에가 아니라 중원(中原)의 물건입니다. 우리나라는 비록 누에를 기르기는 하지만, 그 말라죽음을 불쌍히 여기기 때문에 쓰지 않습니다."

물음 원장: "강활(羌活)은 그대 나라에서 생산됩니까?"

---

60 유과(幼科): 중국 고대 의학분과의 일종으로, 소아(小兒)의 질병을 전문으로 치료한 것이며, 현재의 소아과에 해당함. 소방맥(小方脈). 소소(少小).
61 누에: 누에나방의 유충. 네 번에 걸쳐 잠잘 때마다 꺼풀을 벗고, 다 크면 실을 토해서 고치를 만들며, 그 안에서 탈피해 번데기가 됨. 그 고치에서 견사(絹絲)를 얻음.

대답 송재: "그러할 것입니다."

물음 원장: "빈랑(梹榔)도 당연히 중원(中原)에서 생산되는 것이 마땅할 텐데, 대복[62]이란 것도 있습니까?"

대답 송재: "이곳에 3배(倍)입니다."

물음 원장: "그대 나라에서 당귀(當歸)는 모두 사용합니까?"

대답 송재: "이러한 종류의 품질은 좋지 않습니다."

말함 원장: "이것은 바로 쑥 종류인데 무엇이라고 합니까?"

말함 송재: "잎이 없기 때문에 그 이름은 모르겠습니다."

약재 가운데 작설[63]이란 것이 있었는데, 내가 갑자기 지나쳐 보고 무슨 식물이라 하는지 분별하지 못했기 때문에 물었다. 원장: "『본초(本草)』에 작설초(雀舌艸)[64]가 있는데, 나물 종류이지, 약물(藥物)은 아닙니다. 이것은 어떤 병을 치료하는 데 씁니까?"

말함 송재: "작설은 기미(氣味)가 맵고 더워, 발표(發表)[65]하고, 막힌

---

62 대복(大腹): 빈랑(檳榔).
63 작설(雀舌): 차나무의 어린 새싹을 따서 만든 것. 찻잎이 참새의 혓바닥 크기만 할 때 따서 만든다는 데서 붙은 이름임.
64 작설초(雀舌草): 석죽과의 한해살이풀. 한방 및 민간에서는 '천봉초(天蓬草)'라 하여 꽃필 무렵 채취해 그늘에 말린 후 상풍감모(傷風感冒), 간염, 이질, 부스럼, 타박상, 치루, 독사교상, 벌레물림 등에 약재로 사용함.

것을 삭여 내려가게 하며, 울체(鬱滯)된 기(氣)를 통하게 할 수 있습니다."

말함 원장: "지난번 뛰어난 글재주를 수고롭게 해서 부모 묘비(墓碑)의 제자(題字)를 받았으니, 살든 죽든 똑같이 감사드리겠습니다. 거듭 사례함을 서두르지 못해 겸연쩍고 부끄럽기 끝없습니다. 작은 예물 한 봉투는 우연히 품속에 있던 것인데, 약소함도 잊고 드리니, 어찌 사례 한다 말하겠습니까? 잠시 작은 정성을 드러낼 뿐이니, 꾸짖고 간직하시면 큰 다행이겠습니다."

말함 진광(眞狂): "부모를 높여 비명(碑銘)[66]을 받아가셨는데, 예로써 높여 주시는 선물을 제가 받도록 주시니, 받더라도 제 마음이 부끄러워 편치 않습니다."

말함 원장: "작고 보잘것없는 물건을 크게 칭찬하시니, 제 보답에 적당하지 않아 부끄럽습니다. 오직 웃으며 받아주시기를 바랍니다."

말함 진광: "그대가 이처럼 가르치시니, 그것을 받아두겠습니다."

말함 원장: "오늘 그대에게 묻고자 했으나, 관청 건물에 들어옴이 허락되지 않아 마음속으로 초조하고 불안했습니다. 지금 다행히 받듦을 얻었고, 어찌할 도리 없이 날이 이미 저물녘을 향하니, 내일 와서 휘쇄(揮灑)를 간절히 바람이 마땅하겠습니다."

---

65 발표(發表): 치료법의 일종. 땀을 내서 표에 있는 사기(邪氣)를 없애는 방법.
66 비명(碑銘): 비문과 명문(銘文). 비문 중 운문(韻文)을 '명'이라 함.

말함 진광: "가르침을 따름이 마땅할 뿐입니다."

말함 원장: "삼사(三使)⁶⁷는 거처로 돌아가셨습니까?" 이날 삼사가 관청
건물에 나와 있었다.

말함 진광: "삼사는 돌아가셨다고 들었으니, 뒤에 누추한 곳을 찾아
와주심이 좋을 듯합니다."

말함 원장: "글씨를 내려주신다고 허락하셔서 매우 감사하고 감사
합니다. 종이와 먹을 남겨두고 떠나감이 마땅하겠습니다. 오직 한가
한 때 휘쇄(揮灑)하시기를 간절히 바라고, 쓰시마부[對馬島府]의 난암
(蘭菴)에게 맡기시고, 줘서 보내시면 묻히지 않을 따름입니다."

말함 화원(畫員)이 곁에 있다가 써서 말했다. 거기재(居其齋): "진광(眞狂)은
본래 집체(執滯)⁶⁸하는 병이 많아, 만약 다른 사람을 시켜서 둘 사이에
끼어들면 반드시 뜻하지 않게 될 것입니다."

말함 원장: "가르침을 따름이 마땅하겠으니, 몸소 스스로 와서 그것
을 받겠습니다."

말함 활암: "묵 1개와 붓 1자루는 우리나라에서 만든 것인데, 마음
에 부족하나마 그런대로 받들어 드립니다."

---

67 삼사(三使): 통신사 사행단의 정사(正使)·부사(副使)·종사관(從事官).
68 집체(執滯): 자신의 주장을 꺾지 않고 정체되어 바꾸려 들지 않는 고집.

말함 원장: "서재(書齋)에 필요한 물건을 은혜롭게 베풀어주셨는데, 그대 나라의 이름난 산물(産物)이니 더욱 귀하다 할 만합니다. 매우 감격해 잊지 못하겠습니다."

말함 원장: "이 석거각(石渠閣)[69] 벼루 끄트머리에 동파(東坡)[70]의 새긴 글이 있습니다. 훌륭하신 명성으로 상자 위에 한 말씀 적어주시기를 엎드려 간절히 빕니다. 지금 남겨두고 떠나감이 마땅하겠고, 사양하지 않으시면 다행일 것입니다."

말함 활암: "그대는 연명(硯銘)[71]을 청하십니까?"

말함 원장: "그러할 것입니다."

말함 활암: "저는 연명(硯銘)을 잘 짓지 못할 따름이니, 비록 남겨두시더라도 어찌겠습니까?"

말함 원장: "허락하시기를 굳이 청합니다.

종이 1다발과 먹물 1병을 남겨두고, 내일 와서 받음이 마땅하겠습니다. 진광(眞狂) 선비에게도 글씨를 청합니다. 날이 이미 저물려고 하

---

69 석거각(石渠閣): 한(漢)대의 장서각(藏書閣). 소하(蕭何)가 세웠으며, 그 아래에 돌을 쌓아 도랑을 만들고 물을 흐르게 했음.

70 동파(東坡): 소식(蘇軾, 1036~1101)의 호. 송(宋)의 미산(眉山) 사람. 자는 자첨(子瞻). 순(洵)의 아들로 당송8대가(唐宋八大家)의 한 사람. 저서에 『역전(易傳)』·『서전(書傳)』·『논어설(論語說)』·『구지필기(仇池筆記)』·『동파지림(東坡志林)』 등이 있음.

71 연명(硯銘): 벼루 소유자가 벼루에 대한 애정의 글을 새겨 넣은 것. 주로 자신을 경계하기 위해서나 죽은 사람의 공덕을 기리기 위해 금석(金石)이나 기물(器物)에 새기는 글.

니 분주하게 작별을 고하고 떠나갑니다. 주변이 번잡해 뜻만 머무르기를 청합니다."

말함 활암: "종이와 먹병으로 김(金) 선비에게 글씨를 청하십시오. 차례로 이 방안에 남겨 두신 것은 벼루도 두셨고, 부채도 두셨습니다."

말함 활암: "그대가 비를 무릅쓰고 오셔서 매우 감사드리고 다행입니다. 어제 옥 술병과 옥 술잔을 남겨두셨으니, 후의(厚意)에 깊이 감사드립니다."

말함 원장: "매우(梅雨)[72]가 날로 이어지고 무더위와 눅눅함이 사람을 상하게 합니다. 오늘도 와서 안부를 묻고 복이 많으신 모습을 받드니, 몹시 기쁘고 위로가 됩니다. 어제 남겨둔 술잔과 술병을 칭찬하고 북돋아주시니 적당치 않아 도리어 부끄러워 땀이 흐릅니다. 비록 이것은 작은 물건이지만, 멀리 서양(西洋)의 산물이니, 마음에 부족하나마 그런대로 드릴 뿐입니다.

어제 약속하셨던 약재를 옆에 명하시어 내오시고 살펴보도록 내려주시니, 이것은 원하던 바입니다. 어제 진광(眞狂)씨와 함께 오늘 서로 만나보기로 약속했었는데, 삼사(三使)가 서로 고당(高堂)[73]에 계셔서, 사자관(寫字官)의 방에 통할 수 없으니, 몹시 섭섭하고 한스럽기가 끝없습니다. 그대가 진광씨에게 이러한 뜻을 전해 알려, 이곳에 와서 만

---

72 매우(梅雨): 초여름의 장마. 매실(梅實)이 누렇게 익을 무렵에 지므로 황매천(黃梅天)이라고도 함.
73 고당(高堂): 높다랗게 지은 개인의 주택. 조정(朝廷), 남의 집의 높임말.

나게 된다면 매우 다행일 것입니다."

말함 활암: "약 재료는 모두 꺼내다 보여드림이 마땅하고, 김(金) 선생께도 전해 알려드림이 마땅할 따름입니다."

말함 원장: "수행원(隨行員)의 어린아이 가운데 글씨를 잘 쓰는 사람이 있다고 말하던데, 그대의 도움에 의지해 서로 만나볼 수 있겠습니까?"

말함 활암: "글씨 잘 쓰는 사람은 병이 있다고 합니다."

말함 원장: "니와[丹羽][74]씨와 두 선비는 학사(學士)·서기(書記) 여러 분을 보고자해서 그 방에 갔는데, 가능합니까? 개인적으로 그대에게 의논할 뿐입니다." 두 선비는 타다츠귀忠次와 겐죄元恕]이다.

말함 활암: "가서 뵈면 매우 좋겠습니다."

말함 원장: "학사(學士)와 서기(書記) 세 분은 계신 곳이 다릅니까? 자리를 함께해 서로 만나볼 수 있겠습니까? 저도 가서 만나보고 돌아올 텐데, 잠깐 동안이 아닐 테니, 용서하시기를 간절히 바랍니다."

---

74 니와[丹羽]: 니와 테이키[丹羽貞機, 1691~1756]. 자는 정백(正伯). 호는 양봉(良峯). 니와 세이하쿠[丹羽正伯]로도 알려져 있음. 8대 쇼군[將軍] 도쿠가와 요시무네[德川吉宗]의 명을 받아, 1721년 요절(夭折)한 의사 하야시 료키[林良喜]의 뒤를 이어 의관 고노 쇼앙[河野松庵]과 함께 30년간 조선의 약재(藥材) 조사를 실시했던 의관이자 에도[江湖] 시대 중기 대표적 본초학자. 저서에 『서물류찬(庶物類纂)』·『제국산물장(諸國産物帳)』 등이 있음. 1748년 6월 5일부터 12일까지 조숭수(趙崇壽) 등과 만나 나눈 필담을 정리한 『양동필어(兩東筆語)』 3책을 남겼음.

말함 활암: "이미 같은 곳에 계시니, 함께 만나 봐도 무방(無妨)합니다."

나는 7언 율시를 지어서 학사(學士)에게 드렸다.

말함 구헌(矩軒): "맑은 시가 매우 아름답지만, 오늘은 까닭이 있어서 붙여 화답할 수 없으니, 한탄할 만합니다."

말함 탐현(探玄): "며칠 사이 지내신 형편은 어떠셨습니까? 저는 앓는 종기가 매우 심한데, 개인적 고민을 어찌 말씀드릴 수 있겠습니까? 지난날 서문(序文)은 그대가 만약 잠시 남겨두신다면, 오늘 올려드림이 마땅할 뿐입니다. 사행(使行) 기한(期限)이 바싹 다가왔기 때문에 정이 넘치는 따뜻한 마음을 서로 이야기할 수 없으니, 한탄할 만합니다."

말함 원장: "서로 헤어진 며칠, 마음이 매우 부끄러웠던 듯합니다. 어제 송재(松齋) 형(兄)을 만나 그대가 지내는 형편을 물어서 병을 안고 계심을 알았습니다. 그러나 그대의 방을 몰랐기 때문에 안부를 물을 수 없었고, 한갓 송재 형에게 의지해 안부를 물었을 뿐입니다. 다행히 그곳을 자세히 살펴보고, 받들어 앓고 계신 종기를 보니 매우 심합니다. 그러나 얼굴빛을 바라보니, 여위고 파리한 모습은 보지 못하겠습니다. 생각하건대, 이것은 가벼운 증세이니, 치료하고 관리하는 데 힘써 더하시면 며칠 안에 마땅히 나을 것이니, 슬프게 생각해 애쓰지 마십시오. 또 받들어 청해드렸던 서문(序文)이 이미 이루어졌다니, 매우 감사드리고 다행입니다. 저는 포시(哺時)[75]에 도착해 객관(客館)

---

75 포시(哺時): 신시(申時). 오후 3시부터 5시 사이.

안에 머물러 있었습니다. 오늘 만약 그대의 병에 거리끼지 않는다면, 깨끗하게 베껴 써서 내려주십시오. 이것이 바라는 바입니다. 떠나가실 때가 가까이 있어 좋은 만남을 가질 날이 적습니다. 어찌 깊이 한탄할만하지 않겠습니까?"

물음: "식사하시는 데 방해되지 않습니까?"

말함 탐현: "혼자 밥을 먹으니 편안치 않습니다. 얼마나 몹시 두려워 떨리겠습니까? 병상(病床) 중에 자연히 일이 있어도 할 수 없고, 우선 뜻을 받들지 못하니, 탄식할만합니다. 나중에 받들어 드림이 어떻겠습니까?"

말함 원장: "초고(草稿)만이라도 받으면 어떻겠습니까?"

겐뵈[元甫]의 글씨 두루마리의 발문(跋文) 초고를 보여주었고, 나는 받아서 한번 읽었을 뿐이다. 원장: "틀림없는 승낙을 정하지 않았지만, 뛰어난 글을 내려주셔서 대단히 감사드리고 감사드립니다. 지난날 부탁드렸을 때, 종오위(從五位)[76] 겐[彦]씨의 발문과 서로 들어맞았는데, 성쇠(盛衰)가 어떠한지 그대는 적어두지 않았습니까?"

말함 탐현: "우연히 잊고 있었는데, 지금 돌려드리겠습니다."

---

76 종오위(從五位): 교토[京都]의 제도로, 북면(北面)하는 육위(六位) 이하의 지하인(地下人)이라도 의사(醫師), 화사(畵師)는 단지 오위(五位)의 전상인(殿上人)으로 했고 위계에 정종(正從)이 없었음. 이것은 의가(醫家) 배진의 용도였기 때문이고, 무로마치 바쿠후 초대 쇼군인 아시카가우지[足利氏] 때부터 이와 같았으며, 토쿠가와[德川] 바쿠후도 이것을 본받았음.

　말함 원장: "이 부채 앞면에 그대의 휘쇄(揮灑)를 청합니다. 다섯 자루를 남겨두고 내일 와서 받겠습니다."

　말함 탐현: "가르침과 같이 할 것입니다."

　말함 원장: "어제의 논의를 이어, 물 5홉(合)의 양은 무게가 대체로 몇 돈쭝(錢)입니까? 그대 나라 되(升)의 양은 물 1되를 담으면, 무게가 얼마쯤입니까? 『의학정전(醫學正傳)』[77]에 '물 1잔(盞)을 대략 계산하면 반근(半斤)[78]의 수량이다.'라고 했는데, 여기에 가깝습니까? 생강(生薑) 1조각의 무게는 대체로 얼마쯤입니까? 『기효의술(奇效醫述)』[79]에 '생강 3조각은 대략 무게가 2돈쭝이다.'라 했고, 여기에 기준 한다면 1조각마다 무게는 6푼(分)[80]인데, 억지로 이것을 좋다고 여깁니까? '종(鍾)'은 그대 나라의 발음이 어떻게 됩니까?"

　말함 활암: "1잔(盞)의 무게는 7냥(兩) 또는 6냥입니다. 『정전(正傳)』의 반근(半斤)이란 수량은 요즈음과 차이가 지나칠 것입니다. 생강(生薑)은 대체로 발산약(發散藥)[81] 속에 많이 쓰기 때문에 분수(分數)[82]의

----

77 『의학정전(醫學正傳)』: 1515년 명(明)대 우단(虞摶)의 저작. 문(門)으로 나눠 증(證)을 논증한 것으로, 주진형(朱震亨)의 학설을 위주로 하고, 장중경(張仲景)·손사막(孫思邈)·이고(李杲)의 학설을 참고하는 동시에 자신의 견해를 결합했음. 8권.

78 근(斤): 무게의 단위. 1근은 16냥(兩)이 원칙이나, 10냥(375g)으로 하기도 함.

79 『기효의술(奇效醫述)』: 청(淸)대 강구오(江久吾)와 섭상항(聶尙恒)이 만치(萬治) 4년인 1661년에 지은 책.

80 푼(分): 무게의 단위. 돈쭝(錢)의 10분의 1.

81 발산약(發散藥): 해표약(解表藥). 주로 땀을 내 표에 침입한 사기(邪氣)를 없애고, 표증(表證)을 낫게 하는 약. 신온해표약(풍한표증약)과 신량해표약(풍열표증약)이 있음.

많거나 적음을 논하지 않는데, 대략 2돈쭝(錢)의 무게나 또는 1돈쭝 5
푼(分)의 무게를 좋다고 여깁니다. 만약 가끔 급히 풀어야 한다면 비록
큰 조각을 만들어 넣어도 무방합니다.

　우리나라에서 '작은 그릇(鍾子)'은 한글로 쓴 책에도 그렇게 말하니,
'죵ᄌ'입니다.

　그대가 가져온 작은 그릇은 우리나라의 작은 그릇과 비교하면, 물
4홉(合)을 담는데 지나지 않습니다."

　나는 쿄요[京窯][83]에서 구워 만든 자루가 있는 약 주발을 보여주었는데, 이 주발에
물 1홉(合) 2작(勺)[84]이 들어간다. 『정전(正傳)』에서 '1잔(盞)은 반근(半斤)의 수량'이라
말한 것이 이 나라의 1홉 6작에 마땅하다면, 이 주발은 물 4홉을 담는데 지나지 않는
것이니, 적당할 따름이다.

　나는 무게가 8푼(分) 정도 되는 생강(生姜) 한 조각을 보여주었다.

　말함 활암: "이것이 1조각으로 마땅할 수 있습니다."

　보여준 약재
　용리갑(龍鯉甲)[85] 당약(唐藥)이다.

----

82 분수(分數): 어떠한 수효나 분량을 몇 등분(等分)해 가를 때에 두 수(數)의 관계를 표시
　하는 수.
83 쿄요[京窯]: 쿄토[京都]에 있던 가마터.
84 작(勺): 1홉(合)의 10분의 1. 우리나라에서는 '夕'과 통용하고 '샤'로도 읽었음.
85 용리갑(龍鯉甲): 천산갑(穿山甲). 천산갑과의 산짐승인 천산갑의 비늘. 혈을 잘 돌게
　하고 어혈을 없애며, 부은 것을 내리고 고름을 빼내며, 젖이 잘 나게 하고 백혈구 수를

향유(香薷)[86] 일본에서 생산되는 것과 같았는데, 다만 줄기와 이삭만 있고 잎은
　　　　　　없을 뿐이었다.

행인(杏仁)[87] 일본에서 생산되는 것과 같았다.

모과(木瓜)[88] 모양이 크고 명사(榠楂)[89]와 비슷한데, 껍질을 벗겨버렸기 때문에 자
　　　　　　세히 분별해 알 수 없었다.

신국(神麴)[90] 일본에서 만든 것에 비해 가볍고 물렀다.

천남성(天南星)[91] 일본에서 생산되는 것과 같았다.

박하(薄荷) 이 나라에 있는 것과 같았다.

목통(木通)[92] 일본에서 생산되는 것과 같았는데, 다만 가늘고 작으며 품질이 낮았다.

적작약(赤芍藥) 이 나라 집안 정원에서 기르는 종류와 같았다.

여기 몇 종류가 여행 짐 속에 있는지 없는지 보여주기를 청했다.

늘림.

86 향유(香薷): 꿀풀과의 일년초. 열매는 곽란(癨亂)·배앓이 등에 약재로 씀.

87 행인(杏仁): 살구씨. 벚나무과의 낙엽 교목인 살구나무와 산살구나무의 씨를 말린 것.
기침을 멈추고 숨찬 것을 낫게 하며, 대변을 잘 나오게 하고 땀이 나게 하며, 독을 풂.

88 모과(木瓜): 배나무과의 명자나무와 모과나무의 익은 열매를 말린 것. 풍습(風濕)을
없애고, 위 기능을 좋게 하며, 경련을 멈추고 염증을 없앰.

89 명사(榠楂): 능금나무과의 낙엽교목. 모과(木瓜)나무와 비슷함. 타원형의 장과(漿果)
는 떫고, 약용(藥用)하며, 꽃은 분홍색임.

90 신국(神麴): 신곡(神麯). 약누룩. 밀가루에 살구씨, 팥, 제비쑥, 도꼬마리, 여뀌잎 등을
섞어 발효시켜 말린 것. 음식을 소화시키고 입맛을 돋우며, 비(脾)를 든든하게 함. 음식에
체한 데, 헛배가 부르면서 소화가 안 되고, 입맛이 없으며, 설사하는 데 씀.

91 천남성(天南星): 천남성과의 여러해살이풀인 천남성과 같은 속인 식물의 덩이줄기를
말린 것. 습(濕)을 없애고 담을 삭이며, 경련을 멈추고 어혈을 없앰.

92 목통(木通): 으름덩굴줄기. 으름덩굴과의 만목(蔓木)인 으름덩굴의 줄기를 말린 것.
열을 내리고 소변을 잘 보게 하며, 달거리를 통하게 하고 젖이 잘 나게 함.

독활(獨活)[93] 정력(葶藶)[94] 방기(防己)[95] <u>남등근(藍藤根)</u>[96] 절명(蒟蒻)[97]
<u>암려(菴藺)</u>[98] 비해(萆薢)[99] 대청(大靑)[100] <u>낭아(狼牙)</u>[101] 백부자(白附子) <u>호장</u>
<u>(虎杖)</u>[102] <u>낭탕(莨蓉)</u>[103] 하고초(夏枯草)[104] <u>식수유(食茱萸)</u>[105] 고본(藁本)[106]

---

93 독활(獨活): 따두릅. 오갈피나무과의 여러해살이풀인 따두릅의 뿌리를 말린 것. 풍습
(風濕)을 없애고 통증을 멈춤.

94 정력(葶藶): 정력자(葶藶子). 꽃다지씨. 배추과의 한해살이풀인 꽃다지와 다닥냉이의
여문 씨를 말린 것. 담음(痰飮)으로 가슴이 그득하고 기침이 나며 숨이 찬 데, 폐옹(肺癰),
붓는 데, 복수(腹水), 소변불리(小便不利) 등에 씀.

95 방기(防己): 새모래덩굴과의 분방기와 댕댕이덩굴의 뿌리를 말린 것. 소변을 잘 보게
하고 하초의 습열과 풍(風)을 없애며, 통증을 멈춤.

96 남등근(藍藤根): 가스새. 어느 곳에나 다 있고, 뿌리는 세신(細辛, 족두리풀)과 같으며,
지금의 남칠(藍漆)임. 기(氣)가 치밀어 오르고 냉(冷)으로 기침하는 것을 치료하는 데
달여서 복용하거나 가루를 내서 꿀에 섞어 볶아먹기도 함.

97 절명(蒟蒻): 멧대추나무 가시. 옹종(癰腫), 심복통(心腹痛), 혈뇨(血尿), 후비(喉痺),
음위(陰痿), 정자출(精自出, 남성의 정력 감퇴), 발기불능(勃起不能), 유정(遺精), 요통
(腰痛)을 치료함.

98 암려(菴藺): 맑은대쑥. 엉거시과의 다년초. 쑥과 같은 향기가 있고 어린잎은 식용함.
개제비쑥.

99 비해(萆薢): 마과의 여러해살이 덩굴풀인 큰마의 뿌리줄기를 말린 것. 풍습(風濕)을
없애고 소변을 잘 보게 함.

100 대청(大靑): 대청잎. 배추과의 두해살이풀인 대청의 잎을 말린 것. 열을 내리고 독을
풀며, 혈열(血熱)·심열(心熱)·위열(胃熱)을 없앰.

101 낭아(狼牙): 짚신나물의 뿌리. 장미과의 여러해살이풀인 짚신나물의 싹이 붙은 어린
뿌리줄기를 말린 것. 벌레를 죽이고 간열(肝熱)을 없앰. 낭자(狼子).

102 호장(虎杖): 범싱아뿌리. 여뀌과의 범싱아(구렁싱아)의 뿌리를 말린 것. 혈(血)을 잘
돌게 하고 어혈을 없애며, 달거리를 고르게 하고 소변을 잘 보게 함. 감제풀.

103 낭탕(莨蓉): 미치광이풀. 가지과의 다년생초. 잎과 뿌리 및 줄기는 약재로 씀. 땅속줄
기는 가을에 캐서 말린 다음 진경제·진통제로 쓰는데, 조금 쓴맛이 나고 자극적임. 강한
독을 지닌 식물로 널리 알려져 있는데, 특히 땅속줄기의 알칼로이드 계통 물질인 아트로
핀(atropine)은 부교감신경의 말초신경을 마비시키고 부신의 아드레날린 분비를 억제하
며, 스코폴라민(scopolamin)은 중추신경을 마비시키고 잠이 오게 하거나 눈동자를 크게

대조(大棗)¹⁰⁷ 지실(枳實)¹⁰⁸ 지각(枳殼)¹⁰⁹ 활석(滑石)¹¹⁰ <u>석남</u>(石南)¹¹¹

"점을 더해 찍은 것은 모두 없고, 그 나머지도 어느 대상자 속에 있는지 모르겠습니다."

말함 원장:"그 중에 있는 것은 살펴보도록 내려주시기를 청합니다."

말함 활암:"떠들썩하고 소란스러운 중이라 찾아 얻기 어렵습니다."

말함 원장:"다른 날 왔을 때 청하겠습니다."

하는 작용을 함. 독을 지녀 잘못 먹으면 미치광이가 된다고 해 '미치광이' 또는 '미치광이풀'로 알려져 있음.

104 하고초(夏枯草): 꿀풀. 꿀풀과의 여러해살이풀인 꿀풀의 옹근 풀을 말린 것. 열을 내리고 독을 풀며, 눈을 밝게 함.

105 식수유(食茱萸): 머귀나무열매. 산초과의 낙엽 교목인 머귀나무의 익은 열매를 말린 것. 비위를 덥혀주고 습(濕)을 없애며, 벌레를 죽이고 통증을 멈춤.

106 고본(藁本): 산형과의 여러해살이풀인 고본의 뿌리를 말린 것. 풍한(風寒)을 없애고 통증을 멈추며, 새살이 잘 돋아나게 함. 고발(藁茇).

107 대조(大棗): 대추. 갈매나무과의 낙엽 교목인 대추나무의 익은 열매를 말린 것. 비위(脾胃)·심폐(心肺)를 보하고 진액을 불궈주며, 완화작용을 하고 생강과 같이 쓰여 영위를 조화시킴.

108 지실(枳實): 산초과의 낙엽 총목(叢木)인 탱자나무의 선열매를 말린 것. 몰린 기(氣)를 흩어지게 하고 소화를 도우며, 담(痰)을 삭임.

109 지각(枳殼): 탱자열매의 껍질을 말린 것인데, 건위제·이뇨제·관장제(寬腸劑) 등으로 사용함.

110 활석(滑石): 곱돌. 단사정계의 규산마그네슘을 주성분으로 하는 천연 광석. 소변을 잘 보게 하고 습열(濕熱)과 서사(暑邪)를 없앰.

111 석남(石南): 석남엽(石南葉). 석남과의 상록 총목(叢木) 또는 소교목(小喬木)인 석남의 잎을 말린 것. 풍(風)을 없애고 경락을 통하게 하며, 신(腎)을 보함.

말함 활암: "마땅히 가르침을 따를 것입니다."

말함 원장: "여러 손님들로 떠들썩하고 소란스러워 조용히 청할 수 없으니, 더욱 한탄하고 한탄할만합니다.

그대 나라 허(許)씨 여성 난설재(蘭雪齋)¹¹²의 시집(詩集)은 만력(萬曆)¹¹³ 중에 명(明)의 양유년(梁有年)¹¹⁴이란 사람이 서문(序文)을 쓰고 새겨서 세상에 유행했을 것입니다. 저는 일찍이 그것을 얻어 살펴보았는데, 여자로서 시를 잘하고 뛰어났습니다. 지금도 허씨의 가문에 시로 이름난 사람이 있습니까? 이 나라 시인들로 그대 나라에 전해진 사람이 있습니까?"

말함 활암: "비록 매우 떠들썩하고 소란스럽더라도 피하기 어려우니 어쩌겠습니까? 허씨 가문에 다시 이어나간 사람은 없습니다. 그대 나라 시 작품은 가끔 있었는데, 저는 낱낱이 외워 전하는 데 미치지 못하니, 한탄할만합니다."

<hr />

112 난설재(蘭雪齋): 난설헌(蘭雪軒). 허초희(許楚姬, 1563~1589)의 호. 본관은 양천(陽川). 자는 경번(景樊). 조선 중기의 시인. 허균(許筠)의 누나이자 문한가(文翰家)로 유명한 명문 집안 출신으로, 집안과 교분이 있던 이달(李達)에게서 시를 배웠음. 15세에 김성립(金誠立)과 혼인했으나 결혼생활은 순탄하지 못했고, 27세로 요절했음. 시 213수가 전하며, 그중 신선시가 128수임. 그녀의 시는 봉건적 현실을 초월한 도가사상의 신선시와 삶의 고민을 그대로 드러낸 작품으로 대별됨. 후에 허균이 명나라 시인 주지번(朱之蕃)에게 시를 보여주어 중국에서 『난설헌집(蘭雪軒集)』이 발간되었음.
113 만력(萬曆): 중국 명(明)대 신종 때의 연호(年號). 1573년부터 1619년까지임.
114 양유년(梁有年): 명(明)대 문인. 명나라 시인 주지번(朱之蕃)이 조선에 사신으로 왔을 때, 부사(副使)로 함께 왔고, 1608년 중국에서 펴낸 『난설헌집(蘭雪軒集)』에 〈제사(題辭)〉를 남겼음.

말함 원장: "여기 두 책갑(冊匣)은 『고매원묵보(古梅園墨譜)』[115]입니다. 이 나라 먹 장인이 지은 것인데, 진실로 큰 나라에서 살펴보기에는 마땅히 부족하지만, 그러나 제게 맡겨서 그것을 바칩니다. 책갑 하나는 학사(學士) 박군(朴君)에게 드리고자 하는데, 그대가 그것을 전해 주시도록 번거롭게 하니, 두 분께서 뛰어난 서문(序文) 내려주시기를 엎드려 청합니다. 크게 영광스러운 행운일 뿐 아니라 저도 원하며 만족할 것입니다."

말함 활암: "마땅히 가르침대로 할 것입니다."

말함 원장: "종사관(從事官)의 필적(筆跡)을 청한 사람이 있어, 그대의 도움에 의지하니, 1장이라도 얻는다면 매우 다행이겠습니다."

---

115 『고매원묵보(古梅園墨譜)』: 일본 '고매원(古梅園)'의 6대 주인 마쓰이 갠타이지[松井元泰, 1689~1743]가 지은 책. 그는 1739년 막부의 허가를 받아 규슈[九州]의 나가사키[長崎]로 내려가 청나라 시인인 정단목(程丹木)・왕군기(王君奇) 등과 교류하면서 청나라의 먹 만드는 법을 새로 배워 일본에 근대적 먹을 탄생시켰음. 그들은 먹 제조법 외에도 글씨와 그림, 대화록 등을 남겼는데, 그것이 바로 『고매원묵담(古梅園墨談)』・『묵화(墨話)』 등으로 알려진 『고매원묵보(古梅園墨譜)』임. '고매원'은 나라[奈良]시대인 1577년에 창업해 먹을 만들어 팔던 상점인데, 교토[京都]의 데라마치[東山寺町] 거리에 있으며, 본점과 공장은 나라시[奈良市] 쓰바키마치에 있음. 1대 조상 마쓰이 도진[松井道眞, 1528~1590]은 일본 최초로 먹을 조정에 헌납하면서 '토좌연'이란 벼슬을 받았고, 국가에 먹을 납품하는 최초의 어용상인이 되었음. 7대 마쓰이 갠키[松井元彙, 1716~1782]는 부친의 명으로 홍화의 그을음을 받아 '홍화먹(紅花墨)'을 일본 최초로 만들었음. 또한 '죽림칠현(竹林七賢)'・'음중팔선(飮中八仙)'・'현지우현(玄之又玄)' 등 오늘날에도 제조법 그대로 제조되는 신품종의 먹을 만들었음. 이때부터 '먹=고매원'이라 인식되며 그 이름을 떨치게 되었음. 1868년 메이지 유신 이후에도 고매원은 여전히 궁내성의 어용상인으로 지정되었고, 11대 마쓰이 갠순[松井元淳, 1862~1931]은 나라시의 명예시장이 되어 활동하기도 했으며, 현재는 15대 마쓰이 순지(松井純次, 60세) 사장이 가게를 이끌어 가고 있음. 일본의 유형문화재로 등록되어 있음.

말함 활암: "매우 어렵고 매우 어렵습니다. 그러나 이러한 뜻은 마땅히 알리겠습니다."

말함 진광에게 보여주었다. 원장: "어제 뛰어난 글씨를 허락받았고, 오늘 휘쇄(揮灑)해 내려주시니, 매우 다행입니다. 지금 일이 있어 학사(學士)분들의 방에 갔었고, 어제도 돌아갔으니, 용서하시기를 청합니다.

초라한 종이에 큰 글씨를 써주신 듯하니, 종이를 파손(破損)할까 두렵습니다. 두세 줄 작은 글자 써주시기를 바랄 뿐입니다.

하루 종일 이끌어주신 가르침을 받아, 덕(德)에 감격함은 다함이 없습니다. 해가 이미 저물녘을 향하니 작별을 고하고 돌아가고자 합니다. 내일 와서 뵙고서 약품을 보고, 살펴봄도 내일 끝냄이 마땅할 뿐입니다."

말함 활암: "이별을 알리고 돌아가신다니 서운합니다. 내일 찾아주셔서 굳세고 바르게 가르쳐주십시오."

말함 활암: "그대가 오늘 뒤늦게나마 찾아주셨으니, 그 인연은 진실로 우연이 아닙니다. 어제 부채 세 개와 벼루 한 개는 어째서 잊어버리고 돌아가셨습니까? 떠들썩하고 소란스러운 가운데 기억하지 못하셨습니까? 제가 깊이 간직해 지켰을 따름입니다."

나는 이날 이케다[池田] 제후(諸侯)[116]의 부름에 응했다가, 오후에 객관(客館)에 도착했는데, 허둥지둥 읽기를 잘못해서 '다시 오겠다.'는 풀이를 '뒤에 오겠다.'고 함으로

---

116 이케다[池田] 제후(諸侯): 일본 오카야마[岡山] 지역의 번주(藩主).

여겼기 때문에 이러한 답이 있었다. 원장: "저는 오늘 아침 길 떠날 준비를 하고 문을 나섰다가, 갑자기 어떤 제후를 위한 부름을 받고 병을 살펴주었기 때문에 뒤늦게 왔을 뿐입니다. 허물하지 않으시니 다행입니다. 전에 어느 날 남겨두었던 부채 세 개와 벼루 한 개가 이것들인데, 이 부채는 시를 지어 달라 청했었고, 벼루는 연명(硯銘)을 지어 달라 청했었습니다. 제 뜻을 그대가 이미 허락한다고 말씀하셔서, 어제 왔을 때 가만히 살펴보니 오히려 완성하지 못하셨기 때문에 남겨두었을 뿐입니다. 귀한 겨를에 읽고 내려주신다면 매우 다행일 것입니다."

말함 활암: "연명(硯銘)은 상자 위에 씁니까?"

말함 원장: "그러할 것입니다. 내일 또는 모레 사이에 와서 받겠습니다.

어제 은혜롭게 받은 약재를 가지고 돌아가 자세히 살펴 지식이 크게 넓어졌습니다. 덕에 감격함이 매우 커서

글로 감사드릴 수 없습니다. 오늘도 보도록 허락을 받는다면, 참으로 다행이겠습니다.

지난번 청했던 『고매원묵보(古梅園墨譜)』의 서문(序文)은 허락하셨습니까?"

말함 활암: "그대의 청을 감히 사양하지 못해서 이미 구헌(矩軒)의 승낙이 있었으니, 저도 꼭 쓸데없지는 않습니다."

말함 원장: "학사(學士)께 책갑(冊匣) 하나를 드렸는데, 그대는 이미

전했습니까?"

말함 활암: "이미 전한 듯합니다."

말함 원장: "박군(朴君)의 서문(序文)은 그대가 의논해주시기 바랍니다."

말함 활암: "그대도 굳이 청하십시오. 저도 말할 것입니다."

『고매원묵보(古梅園墨譜)』의 제시(題詩)[117]를 청하며, 절구(絶句) 한 수를 지음

원장

일본의 뛰어난 경치는 고매원	日東奇勝古梅園
집안이 나라[奈良][118]에 살며 몇 세대 있었다네	家住南都數世存
꽃 피었다고 통역하는 벼슬아치 힘쓰게 할 것 있겠나?	花發何須勞驛使
먹에 새긴 꽃다운 향기 하늘땅에 가득 차리	芳香入墨滿乾坤

연산군(連山君)의 『묵보(墨譜)』 시를 차운(次韻)함

활암

정식[119]한 그대의 집은 고한원[120]	鼎食 君家古翰園

---

117 제시(題詩): 기둥·벽·서화(書畵)·기명(器皿) 등에 시구(詩句)를 씀.

118 나라[奈良]: 일본 나라시[奈良市]. 일본의 중앙부에 위치하고, 사방이 오사카부[大阪府]·교토부[京都府]·와카야마현[和歌山縣]·미에현[三重縣]으로 둘러싸인 내륙 현임.

깊이 간직한 『묵보』는 오랜 세월 남아 있네　深藏墨譜百年存
짙게 갈고 붓을 적셔 맑은 시편 얻으니　濃磨濡筆淸篇得
호기[121]는 하늘에 가득 차고 다시 땅에도 가득 차네　豪氣彌天復滿坤

연명(硯銘)

활암

부드러우며 굳세고, 하늘빛이며 땅 빛이로다. 빛깔은 음양(陰陽)을 타고 났고, 광택은 문장(文章)을 시끄럽게 하는구나. 너를 군자의 곁에 남겨둠이 마땅하도다.

어제 활암에게 청했던 대조(大棗)와 독활(獨活) 두 종류를 오늘 받았다. 원장: "대조와 독활을 주신 은혜에 감사드리고, 연명(硯銘)과 부채 앞면의 글자도 감사드립니다."

약품을 꺼내 보여주었다.
창출(蒼朮) 일본에서 생산되는 것과 같았는데, 다만 묵은 뿌리였다.
산사자(山査子)[122] 이 나라에 있는 것과 같았다.

---

119 정식(鼎食): 솥을 벌여놓고 먹음. 귀족의 호사한 생활을 이름. 종명전식(鐘鳴鼎食). 끼니 때에 종을 쳐서 식구를 모으고, 솥을 늘어놓고 먹음. 부귀하고 호사스럽게 생활함의 형용. 격종정식(擊鐘鼎食).
120 고한원(古翰園): 고한원(古翰苑). 옛 문단(文壇)·문원(文苑). 문인들의 사회. 또는 한림원(翰林院).
121 호기(豪氣): 씩씩하고 장한 의기. 호방한 기상.

오미자(五味子)[123] 북쪽에서 생산된 것인데, 품질이 좋았다.

지골피(地骨皮)[124] 이 나라의 약 가게에서 파는 것에 비해, 모양이 크고 거친 껍
질이 없으며, 냄새와 맛을 온전히 갖추었다.

맥아(麥芽)[125] 일본에서 만든 것과 같았다.

구맥(瞿麥)[126] 줄기와 잎이 모두 석죽(石竹)[127]에서 얻은 것과 비슷했다.

생지황(生地黃)[128] 이 나라에 있는 것과 같았다.

마황(麻黃)[129] 두 품종이었는데, 나는 곳이 다르다고 말했다. 다만 줄기에 길고 짧
음이 있을 뿐이었다. 청(淸)에서 들여오는 것과 비슷했는데 색이 더
욱 짙었다.

맥문동(麥門冬) 일본에서 생산되는 것과 같았다.

---

122 산사자(山査子): 찔광이. 배나무과의 낙엽 소교목(小喬木)인 찔광이나무(아가위나
무·산사나무·아그배나무·찔구배나무·찔배나무)의 익은 열매를 말린 것. 음식을 소화
시키고 기혈을 잘 통하게 하며, 비(脾)를 보하고 이질(痢疾)을 낫게 함.

123 오미자(五味子): 오미자나무의 열매. 기침·갈증·설사 등에 약재로 쓰임.

124 지골피(地骨皮): 가지과의 여러해살이 총목(叢木)인 구기자나무의 뿌리껍질을 말린
것. 폐열(肺熱)을 내리고 혈열(血熱)을 없애며, 골증(骨蒸)을 낫게 함.

125 맥아(麥芽): 벼과에 속하는 보리의 여문 씨를 싹틔워 말린 것. 음식을 소화시키고 비위
(脾胃)를 덥혀주며, 입맛을 돋우기 때문에 입맛이 없고 소화가 잘 안 되는 데나 식체(食
滯)에 씀.

126 구맥(瞿麥): 패랭이꽃. 패랭이꽃과의 여러해살이풀인 패랭이꽃과 술패랭이꽃의 옹근
풀을 말린 것. 열을 내리고 소변을 잘 나오게 하며, 혈(血)을 잘 돌게 하고 달거리를 통하
게 함.

127 석죽(石竹): 석죽화(石竹花). 패랭이꽃.

128 생지황(生地黃): 현삼과의 여러해살이풀인 지황의 뿌리. 열을 내리고 혈열(血熱)을
없애며, 진액을 불쿼주고 어혈(瘀血)을 흩어지게 함.

129 마황(麻黃): 마황과의 상록 관목인 풀마황, 쇠뜨기마황, 중마황의 줄기를 말린 것. 발
한(發汗)·이뇨(利尿)·숨찬 것을 멈추는 등에 씀.

우슬(牛膝)¹³⁰ 일본에서 생산되는 것과 같았다.

진교(秦艽)¹³¹ 관청 동산에 심는 것과 같았다.

만형자(蔓荊子)¹³² 일본에서 생산되는 것과 같았다.

독활(獨活) 일본 오토쿼鳥頭에서 생산되는 것과 같았다.

대조(大棗) 이 나라에 있는 것에 비해, 살이 많고 품질이 뛰어났다.

탐현(探玄)의 방에 가서 벽 위에 오현금(五絃琴)¹³³이 걸려 있음을 보고, 써서 보여
주었다. 원장: "머나먼 여행에 거문고를 지니고, 흥을 돋우어 울적함을
푸시니, 풍류(風流)의 취미가 몹시 좋고도 부럽습니다."

말함 탐현(探玄): "의사(醫師)의 책임이 오로지 생명을 구하는 길에
있어, 밤낮으로 많은 사람들의 근심과 고통을 모두 마음으로 감당하
느라, 즐거운 일이 없었기 때문에 병을 돌보는 나머지에 겨를을 얻어,
거문고를 즐기며 근심을 없애는 일로 삼는 것입니다.

저는 여기에 온 뒤로, 이와 같이 몸에 병이 있기 때문에, 마음으로
조금도 한가하게 있지 못했고, 그대 나라의 널리 이름이 알려진 의사

---

130 우슬(牛膝): 쇠무릎지기. 쇠무릎풀. 비름과의 다년초인 쇠무릎풀의 뿌리를 말린 것.
마디 모양이 소의 무릎과 비슷하며, 줄기와 잎은 약재로 쓰임. 혈을 잘 돌게 하고 어혈을
없애며 달거리를 통하게 하고 뼈마디의 운동을 순조롭게 하며 낙태(落胎)시킴.

131 진교(秦艽): 바구지과의 여러해살이풀인 진교와 흰진교의 뿌리를 말린 것. 풍습으로
팔다리가 아픈 데, 황달, 오후에 미열이 나는 데, 고혈압, 장출혈 등에 씀. 민간에서는
미친개에 물린 데도 씀.

132 만형자(蔓荊子): 순비기나무열매. 말초리풀과의 낙엽 소총목(小叢木)인 순비기나무
의 익은 열매를 말린 것. 풍열(風熱)을 없애고 눈을 밝게 하며, 기생충을 내보냄.

133 오현금(五絃琴): 다섯줄로 된 옛날 거문고의 하나. 중국 순(舜)임금이 만들었다고 하
며, 칠현금의 전신임.

(醫士)들과 평온한 논의를 받들어 이야기할 수 없었습니다. 어찌 안타깝다 할 만하지 않겠습니까? 이렇게 서로 헤어진 뒤에는 서로 만날 날이 없을 테니, 오늘 조용히 의서(醫書)에 대한 이야기와 논의를 서로 말함이 어떻겠습니까?"

말함 원장: "가르침을 자세히 모두 보이셨지만, 저는 오늘 양의(良醫)의 방에 있어야 하고, 학사(學士)·서기(書記) 여러분도 만나야 해서 그대와 함께 한가히 이야기할 수 없으니, 한탄할만합니다."

말함 탐현: "양의(良醫)를 만나본 뒤에 다시 오시겠습니까?"

말함 원장: "다시 와서 뵐 것입니다. 어제 청했던 부채 앞면의 글씨는 오늘 받았습니다. 묵묘(墨妙)를 몇 번이나 수고롭게 했습니다. 매우 감사드리고 감사드립니다. 어제 뛰어난 글씨를 청하기 위해 종이를 남겨두고 떠나갔었는데, 그대는 기억하지 못하십니까?"

말함 탐현: "쓸 종이 몇 장을 이곳에 남겨두셨습니까? 마땅히 써드릴 따름입니다."

말함 원장: "지난번에 뛰어난 글을 빌어서 받았었는데, 오늘은 깨끗하게 써서 내려주시겠습니까?"

말함 탐현: "오늘 가르침과 같이 할 따름입니다."

말함 원장: "이 발문(跋文)의 끝을 이 글로 다시 쓰셔서, 내일 난암(蘭菴)에게 맡기셔서 전해 받는다면, 매우 다행이겠습니다."

말함 탐현: "그대는 난암과 친분(親分)이 있습니까?

물건이 없지만 마음을 드러내, 몇 종류의 환약(丸藥)을 받들어 드리니, 받아두심이 어떻겠습니까?"

나는 에치젠[越前][134]의 관지(官紙) 100장을 주었고, 따라서 청심환(淸心丸)·자금정(紫金錠)[135]·옥추단(玉樞丹)[136] 세 종류로 보답했다. 원장: "모과(木瓜)를 드리고, 이처럼 아름다운 패옥(佩玉)으로 보답 받은 듯해, 감사하기도 하고 부끄럽기도 합니다."

물음 원장: "그대 나라에서 지은 『구황촬요(救荒撮要)』[137]와 『우마역병방(牛馬疫病方)』[138] 등의 책에 '천금목(千金木)'[139]이란 것이 실려 있고,

---

134 에치젠[越前]: 일본 옛 지명의 하나. 현재 후쿠이현[福井] 북동부 지역. 닥나무를 원료로 만들어진 튼튼하고 품질 좋은 봉서지(奉書紙)를 생산했던 곳으로 유명함. 이는 주로 17세기에서 20세기 초, 에도 시대에 성립된 풍속화인 우키요에(浮世繪)에 쓰였음.

135 자금정(紫金錠): 약재는 붉나무벌레집, 까치무릇뿌리, 버들옻, 속수자, 사향. 독버섯 중독, 복 중독, 약물 중독, 새·짐승고기 중독 등에 씀.

136 옥추단(玉樞丹): 단오에 국왕이 재상(宰相)이나 시종(侍從)들에게 하사하던 일종의 구급약. 가운데 구멍을 뚫어 오색(五色)실로 꿰어 패용(佩用)하고 다니다가 곽란(癨亂)이나 서체(暑滯)가 생기면 물에 개어 마셨음. 여기에는 무병장수(無病長壽)를 기원하는 벽사(辟邪)의 뜻도 있었음. 내복(內服)과 외용(外用)에 함께 사용했음. 자금정(紫金錠).

137 『구황촬요(救荒撮要)』: 본래 『구황촬요』는 1554년에 승지(承旨) 이택차(李澤次)의 진언에 따라 왕명으로 세종이 편찬했다는 『구황벽곡방(救荒辟穀方)』 중에서 중요 부분을 가려 뽑아 한글로 번역, 원문과 함께 진휼청(賑恤廳)에서 간행한 것인데, 이 책은 일반적으로 『구황촬요언해(救荒撮要諺解)』라고 함. 이후 서원현감으로 있던 신속(申洬, 1600~1661)은 자신이 엮은 『구황보유방(救荒補遺方)』과 본래의 『구황촬요』를 합본해, 1660년에 구황식품에 관한 1권 1책의 목판본인 『신간구황촬요(新刊救荒撮要)』를 지었음. 이 책의 농정사적 의의는 농민진휼의 한 방편으로서, 백성들이 산야(山野)에서 손쉽게 구할 수 있는 재료를 이용해 농민의 실생활에 직접 도움이 되고, 동시에 한글번역을 덧붙여 누구나 쉽게 이해할 수 있게 했다는 점임.

'그 효과가 많다.'고 설명하고 있는데, 대대로 이어 내려온 본초서(本草書)들에서 이러한 이름이 있는지 보지 못했습니다. 그 모양의 자세함을 얻어 들을 수 있겠습니까? 가르쳐 주신다면 매우 다행이겠습니다."

대답 탐현: "이와 같은 것은 모르겠으니, 한탄할만합니다."

말함 원장: "오늘 다시 와서 맑은 웃음을 받드니, 매우 기쁘고 다행입니다. 어제 약속했던 약재를 살펴보도록 내려주시기를 청하며, 몹시 바랍니다. 지난번 청했던 종사관(從事官)의 필적(筆跡)은 손에 들어오지 않았습니까?"

말함 활암: "약재는 끝내 마땅히 찾아 얻었는데, 종사관의 글씨는 얻기가 몹시 어렵습니다."

약품을 꺼내 보여주었다.

석창포(石菖蒲)[140] 일본에서 생산되는 것과 같았다.

원지(遠志)[141] 가늘고 말랐는데, 일본에서 생산되는 것과 같았다.

---

138 『우마역병방(牛馬疫病方)』: 『우마양저염역병치료방(牛馬羊猪染疫病治療方)』. 1541년에 출간된 가축의 전염병 전문서적.

139 천금목(千金木): 붉나무. 오배자나무. 옻나무과의 낙엽 소교목(小喬木). 붉나무란 이름은 잎이 불과 같이 붉게 단풍든다는 데서 유래함. 붉나무에 기생하며 자라는 붉나무진 딧물은 주머니처럼 생긴 벌레집을 만드는데, 이를 '오배자(五培子)'라 하고, 말려서 이질(痢疾)이나 설사 치료에 씀.

140 석창포(石菖蒲): 천남성과의 여러해살이풀인 석창포의 뿌리줄기를 말린 것. 정신을 맑게 하고 혈(血)을 잘 돌게 하며, 풍(風)과 습(濕)과 담(痰)을 없앰.

141 원지(遠志): 원지과의 여러해살이풀인 원지의 뿌리를 말린 것. 정신을 안정시키고 가래를 삭임. 애기풀. 영신초(靈神草).

마두령(馬兜鈴)[142] 청(淸)으로부터 들여오는 것과 같았다.

과루근(瓜蔞根)[143] 일본에서 생산되는 것과 같았다.

과루인(瓜蔞仁)[144] 일본에서 생산되는 열매를 잘라낸 모양과 같았다.

욱리인(郁李仁)[145] 부산(釜山)에서 얻었다고 말했는데, 청(淸)에서 들여오는 것과
　　　　　　　　같았다.

사삼(沙參) 일본에서 생산되는 것과 같았다.

백렴(白蘞)[146] 이 나라에 있는 것과 같았다.

촉초(蜀椒)[147] 일본에서 생산되는 것과 같았는데, 품질은 낮았다.

상산(常山)[148] 청(淸)에서 들여온 것과 비슷했는데, 품질은 낮았다.

송재(松齋)가 소합환(蘇合丸)·청심환(淸心丸)·옥추단(玉樞丹) 몇 종류를 주었다.

---

142 마두령(馬兜鈴): 방울풀열매. 방울풀과에 속하는 방울풀의 익은 열매를 말린 것. 폐열
　　(肺熱)을 내리고 담(痰)을 삭이며, 기침을 멈추고 숨찬 것을 낫게 함.
143 과루근(瓜蔞根): 하늘타리뿌리. 박과의 여러해살이 덩굴풀인 하늘타리의 뿌리를 말린
　　것. 열을 내리고 갈증을 멈추며, 담(痰)을 삭이고 독을 풀며, 부스럼을 낫게 하고 고름을
　　빼내며, 달거리를 통하게 하고 황달을 낫게 함.
144 과루인(瓜蔞仁): 하늘타리씨. 박과의 여러해살이 덩굴풀인 하늘타리의 여문 씨를 말
　　린 것. 열을 내리고 담(痰)을 삭이며, 폐(肺)를 녹혀주고 대변을 잘 통하게 함.
145 욱리인(郁李仁): 이스라지씨. 벚나무과의 낙엽 총목(叢木)인 이스라지나무(산앵두나
　　무)의 여문 씨를 말린 것. 대소변을 잘 보게 하고 기(氣)를 내림.
146 백렴(白蘞): 가위톱. 포도과에 속하는 가위톱의 뿌리를 말린 것. 열을 내리고 독을
　　풀며, 새살이 잘 돋아나게 하고 통증을 멈춤.
147 촉초(蜀椒): 조피열매. 산초과의 낙엽 총목(叢木)인 조피나무(초피나무·선채나무)와
　　왕조피나무의 열매를 말린 것. 비위(脾胃)를 덥혀주고 한습(寒濕)을 없애며, 통증을 멈추
　　고 벌레를 죽이며, 양기를 도와주고 허리와 무릎을 덥혀줌.
148 상산(常山): 범의귀풀과의 상록 소교목(小喬木)인 상산의 뿌리를 말린 것. 담(痰)을
　　삭이고 학질(瘧疾)을 낫게 함.

원장: "바다 밖의 묘(妙)한 약 몇 가지를 은혜롭게 받았고, 정말 마음에 서 꺼내주시니 매우 감사드립니다."

말함 송재(松齋): "이것은 틀림없이 작은 물건인데, 어찌 사례할 이 치가 있겠습니까? 도리어 거절하실까 몹시 부끄럽습니다."

노로[野呂] 선생에게 드림

머나먼 이곳에 와서 누구와 함께 이야기하겠습니까? 오직 다행히 여러 군자(君子)들께 버림받지 않음을 입어, 여러 번 상대해 뜻이 잘 맞고 마음이 합해서 막 친밀해지려는 즈음에 곁으로 나뉘어 헤어지게 되니, 밤이 다시 슬픈 것도 깨닫지 못하겠습니다. 남자의 헤어짐은 비록 멀리 나뉘더라도 혹은 서로 만날 방법이 있을 수 있다지만, 이러한 헤어짐에 이르면 그렇지 않습니다. 살고 죽는 영원한 헤어짐은 꿈에서도 통하기 어려울 것이니, 어찌 슬프고 원망스럽지 않겠습니까? 다행히 존귀하신 그대께 바라는 것은 더욱 건강하셔서 오랜 세월 아무 탈 없으시면 매우 다행이겠습니다. 이 글은 비록 보잘 것 없지만, 그대가 평생 잊지 않고 의지하시라고 말씀드릴 뿐입니다.

무진(戊辰)년 음력 6월 조선(朝鮮) 태의(太醫)를 맡은 조덕조(趙德祚)
송재(松齋) 사례함

말함 원장: "황공하게 뛰어난 글을 내려주시니, 영원히 전해 용모와

얼굴빛으로 삼겠습니다. 매우 감사드립니다. 오직 두려움은 헤어진 뒤에 늘 이 글을 읽는다면, 그리워 잊지 못하는 정을 이기지 못하리라는 것뿐입니다."

　말함 송재: "여기 이 필담은 우연히 만들어졌는데, 어찌 지나친 칭찬을 받겠습니까? 지은 것들에 대한 큰 부끄러움을 더욱 이기지 못하겠습니다."

활암이 카와무라[河村]에게 준 시에 화답하며 헤어지는 마음을 함께 풀어 봄

원장

아득히 먼 푸른 바다에 비단 돛 매다니	迢迢滄海錦帆懸
헤어진 뒤 편지는 어느 곳에 전할까?	別後音書何處傳
맑은 바람 끝이 없는 달 밝은 밤에	無限淸風明月夜
그리운 마음 마땅히 백운편[149]을 외겠지	相思宜誦白雲篇

---

149 백운편(白雲篇): 고향의 어버이를 생각하며 그리워하는 시편. 남조(南朝) 제(齊)의 시인 사조(謝朓)의 〈배중군기실사수왕전(拜中軍記室辭隨王箋)〉 시에 "흰 구름은 하늘에 떠 있건만, 용문 땅은 보이지 않네. (白雲在天 龍門不見)"라는 구절에서 유래한 것임.

노로[野呂] 선생이 준 시를 받들어 답함

활암

한잔 신선 술에 두 마음을 매달고	一杯仙酒兩情懸
노자[150]의 신단[151] 바다로 대를 이어 전하네	老子神丹海相傳
나그네들 서로 보고 드릴 물건 없으니	相看客中無贈物
늘 붓 휘둘러 새로운 시 베끼네	尋常揮筆寫新篇

노로 선생에게 드림

활암

험한 길 다시 먼 바다	千山復萬水
일본 하늘 아래 이리저리 거니네	俳徊日域天
신선도 만나지 못한 것 같으니	神仙如不得
단술[152]은 전하기 가장 어렵다네	丹術最難傳

---

150 노자(老子): 춘추(春秋) 때의 사상가. 초(楚)의 고현(苦縣) 사람으로 성은 이(李), 이
　　름은 이(耳). 자는 담(聃). 주(周)의 장서실(藏書室) 사관(史官)을 지냈음. 도교(道敎)의
　　창시자.

151 신단(神丹): 도가(道家)에서 만드는 영약(靈藥). 먹으면 신선이 될 수 있다고 함.

152 단술(丹術): '단'은 도사가 제조하는 불로불사약. 양생법(養生法)을 말함.

활암의 은혜로운 시에 화답함

원장

여름날 고당에 모였는데	夏日高堂會
두견[153]은 울고 해질 무렵이네	杜鵑啼暮天
이별하는 그대는 말이 없으니	別離君莫道
한잔 술만 길이 전하고자 하네	盃酒欲長傳

노로[野呂] 선생에게 드림

송재

머나먼 일본의 나그네	東華萬里客
사신 따라온 바다 가운데 하늘	隨使海中天
이 날이 좋았음을 잊지 않으려	莫忘此日好
시 가지고 다시 서로 전하네	詩以更相傳

송재가 준 시에 화답함

원장

오늘 밤은 정말 슬프다 할 만하고	今宵眞可惜
내일이면 각각 다른 하늘이겠지	明日一方天

---

153 두견(杜鵑): 두견이과의 새. 뻐꾸기와 같으나 몸이 작음. 촉망제(蜀望帝)의 죽은 넋이
화해 이 새가 되었다는 전설이 있음. 두견새. 두우(杜宇). 두백(杜魄). 자규(子規). 촉백
(蜀魄).

헤어진 뒤 소식 없어도　　　　　　　　　　別後無音信

시만은 영원히 대를 이어 전하리　　　　　　詩篇永世傳

　말함 원장: "오늘도 떠들썩하고 소란스러워 조용히 이야기를 받들 수 없으니, 서운하고 한스러움이 끝없습니다. 해가 이미 저물녘을 향하니 작별을 고하고 떠나갑니다. 내일 지나는 길에 찾아뵙겠습니다. 헤어지는 마음을 천천히 쓸 따름입니다."

　다음날은 일이 있어서 객관(客館)에 갈 수 없었다.

朝鮮人筆談 上

延享戊辰夏, 朝鮮來聘, 予稟 官, 到其客館, 會學士·書記·醫官等數人, 問彼中物産. 然識之者, 少而得益不多矣. 唯請良醫, 見其所齎藥材, 以博覽而已.

五月廿八日, 往淺艸本願寺, 先因對州家臣, 以通刺其書記蘭菴者, 引至本堂, 爲設座待之久矣. 時有韓人來予前者, 乃出懷中名刺視之.

書曰 元丈
問 公姓名字號?

答曰 蒼崖 僕姓黃, 字正叔, 別號蒼崖.

問 元丈 官職如何?

答 蒼崖 職主簿[1], 今來乏任, 次上判事.

---

1 원문에는 '薄'이지만, '簿'의 오기(誤記)이므로 바로잡았음.

蒼崖頗通和語, 爲口話. 少時, 又有一韓人, 來在傍.

問 元丈 公姓字官職如何?

答 完齋 僕姓趙, 號完齋. 曾經防禦使, 乃二品職也. 於見異邦之客, 接待之禮自別, 不道　貴姓號, 先問客姓, 亦恐非禮未知.　尊意如何?

答 元丈 示意詳悉.　兩邦之禮, 本自別矣, 座立殊敬, 衣冠異制. 今如僕輩, 露頂對客, 風俗所然, 請勿咎焉, 而坐上, 先已視名刺, 故問　貴號耳.

答 完齋 所示,　貴刺帖, 非爲僕輩, 所書置, 故偶及此語, 何相關邦? 幸勿介念也. 僉尊未知, 以何事, 欲請見誰人, 而書　名刺耶?

問 元丈 僕醫官也, 而學本草, 故持來艸木枝葉, 欲問諸君, 見　教幸甚.

問 以久木花葉視之. 此樹　貴邦名何?

答 完齋 僕等非業醫者. 凡諸藥種, 素未諳詳, 盍問于良醫及諸醫官耶? 如有所問, 素知者, 亦何難仰答也? 此樹　貴邦本無名, 故問之耶? 抑有之, 而欲知我國之名稱, 而問之乎? 此是藥草, 故問之耶? 幸詳示敎也.

曰 元丈 凡係藥品者, 欲問諸醫官, 以正之, 此是尋常雜樹, 唯此邦有

方名, 而未知漢名, 故問之耳. 或非梓楸之類耶?

曰 完齋 此雖在　貴邦, 爲楸梓, 而在我國, 亦不然矣. 離根乾枯, 難
辨其狀, 而弟似桐類, 而非正桐也. 我邦有假梧, 無乃是耶? 凡艸木隨
土品, 而生長, 雖同是一種, 種之於南北, 根葉各異.　貴邦之於我國,
山海隔遠, 無怪種同, 而狀殊. 今之梓楸·梧桐, 亦非類乎? 此卽然耶?

曰 元丈 偶接　芝眉, 筆語唱酬多荷　盛敎, 感謝感謝.

曰 完齋 乘閑, 偶到得接　淸儀, 仍復酬酢數語, 頓開第塞, 瀰荷瀰荷.

曰 完齋 貴所眉眼鏡, 是好否耶? 願見之.

予卽脫視之.

曰 元丈 公之玉佩, 質爲何物耶?

曰 完齋 大珠是蜜牙, 小珠是琥珀.

琥珀, 色紅黃, 似世所謂金珀者, 蜜牙, 色稍淺, 似臘珀, 而有文理.

曰 元丈 蜜牙爲何牙乎?

曰 完齋 非物之牙, 乃松精凝成屢百年, 始成形者云.

日 元丈 琥珀出高麗, 見本艸, 此二種, 共産　貴邦耶?

日 完齋 共非弊邦物, 産于中原.

蜜牙方名美羅,　虎方名保良以,　熊方名古莫. 蒼崖鮮和語, 因以口話問之, 其所答也. 嘗聞對州芳洲云, 禿卽骨麻等, 倭名本襲朝鮮方名者, 故今問之耳.

問 元丈 公春秋幾?

答 完齋 年今四十二矣.

問 完齋 此是何人耶?

時戶澤侯, 入來於堂上, 予起座揖之, 侯亦相揖其臣及伊東侯. 臣直列於堂廡者, 皆俯伏, 趙怪色, 問之.

答 元丈 館伴, 戶澤侯也.

日 完齋 官職如何?

日 元丈 官朝散太夫, 食封於羽州新庄, 盖諸侯也.

日 完齋 與　公, 等位如何?

日 元丈 雖分位有, 等同仕於朝焉. 非陪臣者, 準一列矣.

日 <u>完齋</u> 中州官制品, 有九等, 我邦亦然.　貴邦亦然否? 朝散大夫, 是幾品職耶?

日 <u>元丈</u> 吾邦官制, 概如三代封建制, 不可以後世郡縣, 比視矣.

午後會學士・書記・良醫・醫員.

名刺

僕 姓<u>野呂</u>, 名實夫, 字<u>元丈</u>, 號<u>連山</u>,　<u>東都</u>醫官也.

僕 姓<u>野呂</u>, 名實和, 字元順, 醫官元丈之男也.

製述官 姓<u>朴</u>, 名<u>敬行</u>, 字仁則, 號<u>矩軒</u>. 年三十九.

書記 姓<u>李</u>, 名<u>鳳煥</u>, 字聖章, 號<u>濟菴</u>. 年三十.

書記 姓<u>柳</u>, 名<u>逅</u>, 字子相, 號<u>醉雪</u>. 年五十九.

書記 姓<u>李</u>, 名<u>命啓</u>, 字子文, 號<u>海皐</u>. 年三十九.

良醫 姓<u>趙</u>, 名崇壽, 字敬老, 號<u>活菴</u>. 年三十五.

醫員 姓<u>趙</u>, 名<u>德祚</u>, 字聖哉, 號<u>松齋</u>. 年三十九.

醫員 姓<u>金</u>, 名<u>德崙</u>, 字子潤, 號<u>探玄</u>.

贈<u>矩軒朴</u>學士　　<u>元丈</u>

星槎萬里泛遙空, 王節來臨<u>日本</u>東, 詩賦曾知盛唐調, 衣冠都見大明風.

奉和<u>連山</u>惠韻　　<u>矩軒</u>

帆外乾坤一任空, 同文化接海西東, 禪樓一笑江山淨, 霽後新凉碧簟風.

　　再和矩軒韻　　元丈
　白雪吟來映碧空，忽看寒色滿江東，黃梅雨歇鴻臚裡，清興忘歸對晚風.

　　疊和連山韻　　矩軒
　樓臺飛舞迥浮空，萬里孤舟赤岸東，萬事無如歸去樂，羲皇元在北囪風.

　　贈三書記　　元丈
　知是翩翩書記才，遙從星使日邊來，望中千仞芙蓉色，作賦應登江上臺.

　　奉和連山瓊韻　　海皐
　軒岐舊術復詩才，眉上煙霞好帶來，彩筆華牋當縞紵，不知斜日滿樓臺.

　　奉和連山　　濟菴
　天東邂逅渭濱才，滿幅雲霞一展來，欲問連山舊消息，金光草色映銀臺.

　　奉和連山瓊韻　　醉雪
　暮年詩賦愧非才，多感諸君遠訪來，海上單方應自有，須移日域化春臺.

再和書記韻　　元丈

詩賦淸麗大夫才，五色雲霞望裡來，夏日諸天好風景，相逢共坐雨花臺.

疊和　　海皐

風殊俗別見三才，偶借長飆破浪來，獨留海上他時月，萬里心如明鏡臺.

再和　　濟菴

雲深採藥見詩才，傾盖情濃洒墨來，他日相思滄海外，蟬聲松影記登臺.

贈趙活菴　　元丈

眞人來駐梵宮隱，忽見祇園轉杏林，相遇共論三世業，結交偏許百年心.

奉和連山贈韻　　活菴

海色山光五月陰，蟬聲鳥語滿園林，深深旅館相逢處，筆語分明兩照心.

贈矩軒　　元順

關門紫氣映龍旌，車馬如雲此日迎，街上管絃鳴不止，淸風吹散滿江城.

奉酬呂元順惠贈韻　　矩軒

天際芙蓉映彩旌，清詩萬里喜逢迎，鳴蟬絲竹高樓畔，若雨新晴錦繡城．

再和矩軒　　元順

江頭賓館駐旗旌，日對騷人勞送迎，多少新詩無限意，亭亭明月武昌城．

奉和元順詞伯再疊韻　　矩軒

經年客思若縣旌，稍喜芙蓉馬首迎，渺渺滄濤歸路遠，黃梅雨裡滯孤城．

贈三書記　　元順

玉節遙來大海濱，文旗抑見異邦人，扶桑勝景能裁賦，萬里山川氣色新．

奉和元順　　濟菴

花雨初晴綠水濱，龍堂畫硯對詩人，青囊素問何須說，鮫錦驪珠色色新．

奉酬呂元順寄韻　　海皋

銀河絳節滯瀛濱，積水浮萍南北人，携得驪珠光滿袖，塵篋他時眼更新．

奉和元順惠韻　　醉雪

輕舟涉海浩無濱, 何幸禪樓對好人, 佳句送酬移永日, 仙岑秀色雨
餘新.

贈趙活菴　　元順

一望關門紫氣浮, 西方仙侶到江頭, 三山熊野多靈艸, 携手何能陪
勝遊.

奉和元順大雅贈韻　　活菴

乘槎萬里客星浮, 路盡東溟地盡頭, 徐巿未聞能採藥, 儂今欲將少
年遊.

再和三書記　　元順

使輶留滯大江濱, 相見相親異域人, 坐上高歌飛白雪, 雨中芳樹滿
園新.

疊和　　海皐

稍慰羈愁寂寞濱, 他時俱作夢中人, 橘林聞雨登樓暮, 三島雲霞繞
筆新.

奉酬疊示韻　　濟菴

賓館陰晴寂莫濱, 蟬聲解起遠征人, 浮雲邂逅留佳什, 清水芙蓉滿
意新.

　　　呈　　　諸君案下　　元丈
海陸萬里, 舟車無恙　　嚴臨,　　此都, 謹賀.

一自聞,　大旆指東日, 切瞻仰, 今幸接　　清儀, 感佩何極?
　僕自少, 好讀本艸, 稍識鳥獸草木之名. 遂補醫員, 而兼辨檢藥材, 嘗
乘　朝命, 採藥於海內諸名山. 然方域所限, 邦土不同, 本艸所載藥品,
闕焉者多矣. 欲一涉海, 以究觀, 而有國法存者, 系許適異邦, 常以爲
憾. 又　此邦不産藥艸, 自他邦移植之, 其中眞僞可疑者, 亦不少. 今
幸逢　大邦君子, 仰煩　高聽. 伏冀察區區意, 見　教至感至禱.

曰 活菴 草木之情狀, 非採藥者, 解能辨矣. 僕以京洛之人, 只得坐
論而已, 恐難以詳知也.

　　視久木赤芽栢枝葉.

問 元丈 貴邦在此二樹耶? 其名稱如何?

答 活菴 一是假梧桐, 一未能知也.

曰 元丈 按東醫寶鑑云,　貴邦梓楸共在, 今所在多有之耶? 所謂假
梧桐者, 亦富方名. 此樹花謝, 生角細長如箸長一尺許. 冬後葉落, 角猶
在樹, 本艸所說梓者, 近之如何?

曰 活菴 楸之性堅, 梓之理軟. 弊邦或在之, 而假梧桐之稱, 亦方名
也. 大抵在採藥者, 所當知, 非坐論, 而論道者, 所敢知也.

曰 <u>松齋</u> 弊邦之法, 爲其醫業者, 徒知其藥性製藥, 而治病而已. 知其藥材之名目, 與好不好者, 自有採者, 僕等不知艸名, 故不能仰答.

曰 <u>元丈</u> 古良醫, 自採藥, 先哲之言也. 貴國之法, 異於此矣, 可歎哉!

曰 <u>探玄</u> 素問云, 四方之病治, 各不同, 貴國之治, 何以爲之耶?

曰 <u>元丈</u> 素問異法方宜之論, 是就本國九州方土, 以爲說耳, 非可遍行於天下萬國之法也. 自夫世界萬國之廣大視之, 則支那, 亦一彈丸地而已. 自其國視之, 則 吾邦亦自有四方之治不同者, 實不可據, 以爲法矣. 姑依其說言之, 則吾東方, 魚鹽之地, 其民皆當爲癰瘍, 其治宜砭石, 而 此邦之人, 固食魚嗜鹹, 然比外國人, 則癰瘍之病少, 亦不用砭石, 是與素問說異矣. 此邦醫治, 在吾古昔傳之法, 又有依<u>唐</u>法者, 湯藥·鍼灸, 從宜行之耳. 若癰腫·金瘡, 外治之科, 多用大西之法, 勝於<u>唐</u>法遠矣.

曰 <u>探玄</u> 弊邦鍼藥並爲盛行, 而未知 貴國鍼, 亦盛行耶. 且得見 貴國之針, 形極細而長, 與弊邦間異. 能刺五分與八分之亢, 亦能補瀉乎?

曰 <u>元丈</u>
吾邦亦針治盛行. 針之形, 誠如所 示, 盖靈樞所謂毫針. 尖如蚊虻喙者也, 刺入一二分, 二三分之間, 而爲補瀉. 所效妙, 存於手裡耳.

曰 <u>探玄</u> 然則春刺井, 夏刺滎, 秋刺經, 冬刺合之妙, 何以爲之? 三稜

針與圓針, 亦何以分用耶?

曰 <u>元丈</u> 固順四時, 刺之至, 其妙所非筆頭, 所能盡矣. 有三稜針, 有
圓針, 自異製, 僕本不知鍼術, 別有專科耳.

曰 <u>探玄</u> 僕來　貴國, 未逢如　公高明士. 誠切敬服, 願從容論醫道,
未知　尊意如何?

曰 <u>元丈</u> 過承揄揚, 僕不敢當, 徒增慙報耳. 夫論醫之道, 誠難哉. 古
來世稱名醫者, 其說人人不同, 治方亦大異矣. 論定其是非得失, 非一
朝一夕之可能盡焉. 縱紙上爭論, 所勝於一時, 終是空理耳. 僕今逢異
邦名師, 所以不問醫理者, 爲是故也. 唯如藥品, 直以物示之, 一問一
答, 皆實事也. 强煩　諸君, 請怒之.

以貝母·黃芩·白附子等, 莖葉花實, 視之問　　<u>元丈</u>

此數種草知之耶?

答 <u>活菴</u> 此艸亦未知也. 雖當歸·甘艸之屬, 不能詳其所生處, 況其
他乎? 弊邦與　貴國, 有異甃者, 只坐論醫藥而已. 別有採藥者, 如非
生知之聖, 其何能也?

曰 <u>元丈</u> 示諭詳悉, 而此艸是黃芩也. 其種本出　貴邦, 嘗移植　此
邦, 今多繁殖. 但根形小, 而不如唐藥之佳.　貴邦所用黃芩是耶? 或用
唐藥耶?

曰　活菴　留大坂時, 得見黃芩, 而終不如中國所產. 弊邦亦有之, 而又不如唐種.

以右件諸草, 問學士・書記.　　元丈

諸公知之耶?

答　矩軒　此是藥艸, 良醫當知, 僕等非業醫者, 何能知之? 公失問乎.

取貝母示之.　　元丈

係藥草者, 欲依良毉, 以問之, 如詩經名物,　公等亦能識之. 此是貝母也. 詩鄘風曰, 言采其蝱, 傳蝱貝母也. 識鳥獸草木之名, 聖人之教格物之學, 程朱所貴.　諸君博物, 或有好之, 故供　賢耳.

曰　矩軒　詩經有草木之名, 而僕非有意於嘗艸之術者. 只聞其名, 未譜其狀之爲何如. 屢問而茫無可對, 甚愧.

曰　醉雪　僕老倦, 不堪久坐. 辭去,　諒之.

曰　元丈　始把　光霽, 深沐垂靑, 感謝何盡? 他日來謁.

示小童.　　元丈

神童姓字如何?

曰 小童　姓河, 名應運.

曰 活菴　此少年誰也? 亦太豎否?

曰 元丈　向呈名刺, 呂實和, 僕之兒也.

曰 活菴　末座者, 是耶?

曰 元丈　是也. 年甫十七, 客冬經　朝見, 忝列豎員.

呈　　諸君
始仰　龍光, 得遂披雲, 良極欣抃. 日已向暮, 乃欲辭去, 伏希繼見
得承　清誨. 幸勿屏棄.

曰 眞狂 在畫員席, 作草書, 予乃書示.　元丈
足下之書, 米南宮筆法, 嚴然, 可貴, 可敬.

曰 眞狂　足下之筆, 頗似唐宋, 仰賀不已.

曰 出紙乞字卽書.
拙筆過奘, 不覺慙愧.

曰 出紙五六葉, 書草行字. 元丈
數紙勞　揮灑, 多謝多謝.

曰 元丈 向挹　芝眉, 叩奉　卮言, 感戢難名. 今日復來, 此承　淸唊.
幸勿吝　敎焉.

昨日　信使之禮已畢矣. 實　二國之幸也, 敬賀.

答 活菴 頃日乍　奉, 不得聞所蘊蓄, 深以爲恨. 幸得更拜, 此乃欣
挹, 何量?

傳　命之禮順成, 僕亦以爲　兩國, 莫大之幸.

問 以朝倉山椒, 莖葉著實者, 示之. 元丈
椒有蜀·秦之別, 此種如何?

答 活菴 此物, 弊邦亦在之, 一名山椒, 卽蜀椒也.

問 以冬山椒, 實幷莖莖, 示之.　元丈
此物爲何耶?

答 活菴 此物曾未見之耳.

問 元丈 貴邦有秦椒耶?

答 活菴 不得見如此之物.

問 元丈 桔梗·薺苨·沙參　貴邦四時蒔, 以爲菜, 見東醫寶鑑, 至今
然耶?

答 <u>活菴</u> 薺·桔·沙, 三種非但藥用, 爲饌品之上味, 故弊邦之人, 偏嗜之.

曰 <u>元丈</u> 賓館鞅掌之中, 數來問艸木之名. 本是　足下所不好, 而强扣請之, 誠非恭敬之道, 然於僕, 得益多矣. 伏冀海涵.
行中齎來藥材, 見　許覽, 何幸如之?

答 僕之所知之藥, 豈不詳論? 而但未嘗有躬自採取之事, 故未諳者居多耳.
行中所齎, 不過緊要之藥而已, 雖使　公見之, 亦無益矣.

曰 <u>元丈</u> 日用之藥, 雖陳皮·白木輩, 視之察之, 則皆爲僕之工案受用而已. 得見　容幸甚.

曰 <u>活菴</u> 勉欲得見, 則是亦不難.

曰 <u>元丈</u> 感幸感行. 若得見許, 入　公之室, 所視之, 如何?

曰 <u>活菴</u> 今日已晚, 明日再明日間,　公枉臨僕處, 看閱之地, 如何?

曰 <u>元丈</u> 當如　敎矣. 明日必來.

曰 <u>元丈</u> 僕姓<u>呂</u>, 名<u>實夫</u>, 字<u>元丈</u>, 號<u>連山</u>. 須日乍得　良覯, 且領高筆數紙, 不堪欣羨之至. 今日復來, 乞墨妙, 幸勿惜之, 拱候.

答 眞狂 鄙書, 雖甚極劣,　尊示此勤, 敢不如　敎?

曰 感幸感幸. 卽持紙墨來, 書賜是望. 願聞　公姓字之詳.

答 眞狂 僕姓金, 名啓升, 字君日, 號眞狂, 齋號玩義齋, 而龍門山人.　彼兩斑, 居其齋. 畵員居其齋同室.

曰 元丈 此是僕考妣墓碑題字也, 今幸逢　大邦名筆, 恭請正楷. 餘紙數張, 草行之字, 隨意掃盡, 所欣願焉.

答 眞狂 如　敎矣.

書曰 有一韓人, 在傍予, 以煙示之. 偶不記其姓名. 元丈 公喫煙乎? 此邦之煙, 可否?

答 韓人 貴國之煙味淡, 無傷人之慮, 似勝於吾邦煙耳. 今有飯飯后, 當喫耳.

曰 時出膳來. 韓人 適有魚膾, 公須喫矣.

曰 鯛魚鱠也. 元丈 當依　敎矣. 此魚在　貴邦, 名稱如何?

曰 韓人 道未魚也.

曰 指挨由問. 元丈 此魚爲何耶?

曰 韓人 朝鮮則秀魚爲名, 而未知　貴邦, 爲何魚也.

曰 對府蘭菴在傍云, 朝鮮人, 調羹炙脯, 甚奇也, 公試喫之. 予乃試之. 元丈 小爲
香魚, 大爲鯔魚, 共唐名也. 雖是此邦之物, 烹炙得法, 則香美如此, 可
貴之至也. 偶示相會, 深荷　厚意, 不堪感謝.

曰 韓人 何感之有? 還切不安於心矣.

曰 韓人 僕竊聞,　尊術業之高明. 僕素肥滿, 本多痰濕, 當此夏節,
四肢麻目. 何以則可得無病否? 乞賜明敎也. 予指目字, 書曰, 木字歟, 卽把
筆, 改木字.

曰 元丈 貴庚幾耶?

曰 韓人 今年, 二十八歲矣.

曰 元丈 診脉後, 當所方矣.

曰 韓人 日午矣, 未知無妨否.

問 元丈 眞狂子, 官職如何?

答 韓人 不求功名, 逍遙於山水間者耳.

曰 元丈 然則以書爲生涯樂之也. 或別有所好耶?

曰 韓人 豈以書生涯哉? 雖不爲功名, 自在父祖餘業, 不以生涯爲意. 朝東暮西, 唯意所之眞, 直狂也.

曰 元丈 風流之士, 欣羨欣羨.

曰 元丈 眞狂所戴之巾, 名何乎?

曰 韓人 彼巾子, 程子之所嘗戴者, 世人稱之以程子巾, 而三才圖會, 遺像亦有之耳.

曰 元丈 僕嘗得東坡巾, 似與此同製. 此巾雖無官人, 隨意着之耶?

曰 韓人 與東坡巾似同, 而稍異官之高下, 固不在於此耳.

曰 診[2]脉了告. 元丈 公歲未滿三十, 而在此疾, 無他體過肥滿, 多痰故也. 常服二陳湯, 加木香·烏藥等, 順氣之藥, 順時消息, 則必永愈矣. 濕痰痞塞, 氣不流通, 而所致常食淡味可也. 好飮酒否?

曰 如此見 教, 幸甚且感. 吾邦醫人, 亦如所 示. 從當歸國, 欲以此等藥治耳. 酒本不飮, 而曾赴中原, 今又來此, 積傷於水土也.

問 元丈 眞狂印章, 新羅王孫八代平章云, 平章義, 如何?

---

2 원문에는 '胗'이지만, '診'의 오기(誤記)이므로 바로잡았음.

答 韓人 平章卽平章事, 如 貴國之執政耳.

問 眞狂書曰, 彼兩班, 居其齋, 予不鮮故, 問之. 元丈 居其齋, 非畵員耶?

答 韓人 今行自有寫字官·畵員, 又有能書官, 別畵員耳.

曰 榊原元甫, 揩書, 杜甫二十韻也. 元丈 此一卷, 吾邦之書, 誠不足當 觀,
然予所親一貴, 家藏之. 今逢 諸君來, 托僕, 求跋語, 伏請 公, 題數
字惠之, 幸甚.

答 探玄 貴國之筆蹟見之, 甚可貴也. 僕本非文士, 公如此累請, 豈
不奉 意? 以追後粗述, 封呈爲計, 如何?

曰 元丈 感幸感幸. 他日當領之耳. 此邦之煙, 須試喫之. 貴邦之
煙, 請少惠.

答 探玄 卽今適乏, 後日搜得封呈.

曰 元丈 僕向錄疑問數條, 托蘭菴以寄呈, 已達左右否?

答 活菴 足下所論一篇, 留案者, 已多日, 而先有河公, 所送疑問數
條, 亦以淺見論別, 故尙未看焉. 僕深以爲愧焉. 數日後, 當以愚見論
之, 而第藥性多, 不能詳別焉. 恐負 公所托也.

曰 元丈 詳領 尊示. 唯冀暇時從容終 覽, 得蒙 明敎. 是感,

是祈.

曰 元丈 足下之詩文淸麗, 筆跡精妙, 不堪仰景之至矣. 今日携古筆一軸來, 供　覽否?

答 活菴 僕於詩律, 未嘗有所用工焉. 頃者率示之作, 荒陋不足言. 隨來古人筆跡, 如賜得覽, 則何幸如之?

曰 元丈 此是山谷書云, 請　公嘗鑑. 僕久藏之,　足下幸賜跋語數字, 永以爲寶. 不堪願祈之至矣.

曰 活菴 山谷筆蹟, 今於　公得見, 良幸良幸. 所　敎跋語, 僕無文, 又非善筆, 何敢汚重寶也? 第一見艸艸, 誠爲可惜. 若賜留置一宵, 則可以熟玩, 而　公之重寶, 亦難請留也. 未知　公意如何?

曰 元丈 堅請,　許可.

曰 活菴 僕非文士, 又非能筆, 行中旣有學士·書記, 善文章者, 筆則有如眞狂, 東岩·紫峰者, 益往來之. 僕則不敢當敢當. 只欲一日借玩耳.

曰 元丈 公何謙讓之甚耶? 僕固無論文與筆, 只有交誼, 難忘者. 因以勉請枉賜巨筆, 爲他日容顔耳.

曰 活菴 公之言雖若此, 僕決難俯施也. 僕之拙文陋筆, 將何用哉?

唯　公怒之也.

曰 元丈 日已向晚, 辭去. 明日來見, 如何?

曰 活菴 僕若終負　公之俯素, 是非相敬之道, 當觀勢仰副. 古筆暫爲留之, 如何?

曰 元丈 至感至感. 卽留置之.

曰 活菴 公近見元卓公否? 其所請序文, 以荒拙文字構草, 以置者累日矣. 尙無便, 不得傳之.　公爲僕, 傳此意也.

曰 元丈 僕近不逢元卓. 然　公序文, 若附托僕, 當速傳焉.

曰 活菴 蘭菴云, 無便不傳, 更問蘭菴然後, 以付　公耳.

曰 活菴 太醫院中, 如　公者, 幾人?

曰 元丈 凡爲官醫者, 三百余人.

持檜・栢之類數種, 到館中, 示諸韓客, 問彼方名稱, 僉曰, 不知不知. 又示海漢類, 問之.

昆布ヲ ハイタイ ト云, 海帶也.
アラソヲ コンプウ ト云, 昆布也.

趙·蒼崖書曰　海帯　多士麻,　　昆布　阿良免.

蒼崖通和語, 故口能言此名. 因又問及地名之方言, 如在.

鴨綠江　アシノカン,　　百濟　バイセ.

是ハ 吾古史, 鴨綠江ヲ アレナレガ, ハ百濟ヲ クタラ ト云, 訓 アルユヘ, 今彼方ノ訓
ヲ 試ニ問ナリ.

問　元丈　行中寫字官外, 亦有能書人耶?

答　韓人　善書者, 寫官外, 多其人矣.

曰　元丈　就中, 最爲誰?

曰　韓人　寫官, 則玄護軍, 號東巖者, 好書, 其外, 金眞狂者, 最好書
矣. 軍官引, 李邦一　五好堂者, 亦好書矣.

曰　元丈　從事, 相善書云, 信然耶?

曰　韓人　然矣.

曰　以知佐莖葉花穗, 示之. 此菜　　貴邦爲何耶?

曰　衆人無答者, 予又書曰, 不爲萬苣乎? 不焉苦葉乎? 居其齋　名生菜, 味甚淸

爽不苦包飯而吞

　曰 元丈　足下妙畫, 不堪仰景. 敢乞揮寫一紙, 賜之感幸.

　曰 居其齋　雖拙筆, 不好以紙寫. 若持絹來, 副　敎耳.

　曰 元丈　他日來請, 　公必踐約.

　曰 活菴　公不失昨日之約, 可謂信士矣. 夜回　平康耶?
僕適有小疾. 不有頭痛, 而數公, 賁然來臨, 今欲忘病之所在. 良幸
良幸.

　曰 元丈　僕日日來, 忽冗之中, 數煩　高聽. 然不爲　明公所屛, 更
荷　盛眷, 實爲厚幸焉. 承示　貴體, 今日不快, 而不有頭痛, 可賀可
賀. 縱　公苦頭風, 吾無孔璋文, 何以能愈? 其無苦之, 不亦幸乎?

　問 活菴喫九年母, 故云. 元丈　公所喫柑耶? 橘耶? 請見　敎焉.

　答 活菴　其是　貴邦所産, 惟　公知之耳.

　曰 元丈　此固吾邦之産, 自有方名, 而本艸稱, 海江柑者. 似之, 唯問
貴邦之稱耳.

　曰 元丈　昨蒙允諾藥村, 今日賜覽, 感幸.　貴恙想, 應是時氣感昌,
不妨飮食耶?

答 <u>活菴</u> 藥料方欲持來, 而僕之疾, 不至於大端, 猶不廢食飮, 可幸.

曰 _{錄朝鮮醫書, 所引用古書數十部, 請今彼方存在者, 加點記, 以示之.} <u>元丈</u> 此
帖 　貴暇賜覽.

曰 <u>活菴</u> 暇時當閱看耳.

曰 <u>活菴</u> 淸心九一, 蘇合九二, 聊表寸誠. 二種, 皆正使道, 所用藥也.

曰 <u>元丈</u> 實拜心貺. 感謝感謝.

_{出不換金正氣散一貼, 藿香正氣散一貼, 示之, 稱皆有七錢余.} <u>活菴</u> 此卽行中緊
要所需也. 　貴國製藥貼, 亦如此耶?

曰 <u>元丈</u> 吾邦藥貼, 小料稍異此耳.
此藥中, 藿香·梹椰皮, 當是<u>唐藥</u>, 如橘皮, 甚似吾邦所産, 如何甘
草? 　貴國所産耶? 或<u>唐藥</u>耶?

曰 <u>活菴</u> 此藥中, 無檳椰耳. 甘草, 或在産處, 而不甚盛, 故每取用於
<u>中原</u>耳.
二貼藥, 　公可袖去也.

曰 <u>元丈</u> 感極感極.

_{命奴子, 出藥材.} <u>活菴</u> 皆曰用緊材, 他藥皆如是耳.

黃芪 與今自清來者同.　　　　升麻 與今自清來者同.

茯苓 與和産者同, 但不爲削片耳.　黃栢 與和産稍異, 與官園植者相似.

黃連 與和産同, 中品.　　　　　　大黃 與此邦所植者同種.

龍膽 與和産同.　　　　　　　　　防風 與和産濱防風同, 但形細長耳.

白芍藥 與和産宇田者同, 但製精好色潔白. 白朮 與和産同, 新根也.

紫胡 與和産鎌倉者同, 但形細長色紫黑, 稍似河原紫胡耳. 元丈

是皆　　貴邦産耶?

曰 活菴　然矣.

曰 元丈　白朮有別種耶?

曰 活菴　別有蒼朮耳.

曰 元丈　此是白芍藥也, 別有赤者耶?

曰 活菴　別有赤芍藥也.

曰 元丈　紫胡細瘦, 更有肥矮者耶?

曰 活菴　本瘦, 而短細.

曰 活菴　此數種藥, 亦當　　袖去也.

曰 元丈 深感　厚意. 何賜如之?

曰 元丈 奉話數刻, 恐　公致勞倦. 僕等辭去否?

曰 活菴 公若有事則已, 如無事故, 豈因僕之病, 而便辭去也? 唯公意之所在僕. 不敢以病爲勞也.

曰 元丈 唯慮　公勉疾, 對客不堪　勞耳. 若幸不妨尙當暫留, 以請益耳.

前田道伯在一席, 書示.

野呂公曰　公病中强座, 恐損氣力, 今有一壼酒, 呈之左右, 佐　公氣力.

曰 僕素不飮酒, 今且有疾, 誠難矣, 而　公之敎, 又不可怫怫, 當小飮之耳.

曰 元丈 寓館矮狹, 且不通風, 雖僕輩, 亦爲不堪炎熱之苦. 況　公有疾耶? 今漫勸異鄕薄酒, 幸更盡一杯, 當河朔飮, 以避暑, 如何?

曰 活菴 館所已極弊矣. 今得美酒, 若無病, 可以更飮, 而獨恨其有害於病, 不敢多飮也.

曰 活菴 公所托古筆序文, 僕重違　公勤托, 勉强應之矣.　正使道, 下敎於僕曰, 筆家序文, 非醫者之所當爲者, 不可許施. 云云下敎, 誠格

言也. 僕亦不得斷　意, 敢以奉還, 惟望　公怒之.

　曰 元丈 承　敎, 向所請古筆跋文, 不可許施, 私願茲違, 悵恨無極.
正使相, 下命云, 難敢復求. 因欲請於學士·書記·詞伯之中托之, 如
何? 惟希　足下爲僕謀之, 至感至感.

　曰 活菴 公請於學士及書記, 則僕亦當功之耳

朝鮮人筆談 下

曰 指盤中枇杷示之. <u>元丈</u> 東醫寶鑑, 貴國無枇杷云, 今尙然耶? 此邦盛熟, 今方如此. 收核歸國植之, 則必生矣. 是不拘地氣寒熱, 易繁殖之物也. 非橘踰淮, 爲枳之比矣.

曰 <u>活菴</u> 當如 敎矣.

曰 昨所托於<u>活菴</u>, 扇面書詩, 還之. 二扇之書, 筆法精妙, 布字高雅, 俶羨俶羨. 長供奇玩, 感矣謝矣.

曰 <u>活菴</u> 適有所思, 忘拙, 汗呈.

曰 <u>元丈</u> 公之墨妙, 不勝欽仰. <u>山谷</u>跋語, 私 許否?

曰 <u>活菴</u> 豈敢當 公言也?

曰 時予與<u>河氏</u>及<u>道伯</u>私語, <u>活菴</u>有怪色, 因書示. <u>元丈</u> 公之懿範, 實是長者之風. 滿坐皆如飮醇醪, 相共私語, 稱嘆之耳.

道伯書示. 諸公欲辭去. 教僕傳語, 萬萬自愛.

活菴云 以冀他日相見.　　河公贈韻, 後日當和呈耳.

曰 元丈 菓品一籃携來奉呈. 聊供客舍清賞耳.

曰 活菴 果品之惠, 不堪感謝. 甘瓜·林檎·棣·棠, 酷似弊邦之物,
尤可貴也.

曰 元丈 甜瓜·林檎, 未及盛熟, 風味不全. 棣·杏得時, 漸入佳境,
希賜剖賞.　　貴邦有奈有林檎云, 以此果, 爲林檎耶?

曰 活菴 此則林檎, 而別有奈.

以淡竹·苦竹·箭竹三種, 爲筒, 挿草花數種, 視活菴, 問之. 元丈 此竹在　　貴
邦, 爲淡竹耶?

曰 活菴 大者生白粉, 味淡者, 爲淡竹.

指筒中所挿花曰. 元丈 此着紅花者, 薯莀也,　　公未曾見耶?

曰 活菴 非但薯莀, 凡草木, 皆不曾經見.

曰 元丈 貴邦爲籃者, 用何物耶?

曰　活菴　凡筮者皆擲錢, 而於路上, 卒欲問事, 則凡草皆可用. 平時不爲常用折艸占.

曰　元丈　向得識荊欣抃, 無極示後數日, 睽違悵悵. 時漸向伏, 酷暑逼人. 今拜　興居淸勝狀, 敢賀.

曰　松齋　向也偶承　淸話, 其間數日相阻, 方庸耿耿, 忽此更奉　芝眉. 審夏炎　安穩狀, 相賀.

曰　松齋　貴邦亦有絲果否? 此果形, 如林檎, 而大如梨子耳.

曰　元丈　此邦無此果. 吾邦梨子, 大者如斗. 所謂絲果者, 貴國方名可知, 在中原爲何耶?

曰　松齋　綱目本草中, 絲果者, 卽此果也, 而中原與弊邦, 至賤之物, 故敢問耳.

曰　元丈　本草綱目, 明李東壁所撰, 載藥千八百七十余種. 其中無絲果名, 奈何?

曰　松齋　豈所無之. 更考見之.

松齋有怫然色, 予以所把扇示之, 書云. 元丈　此扇面, 書一詩賜之. 試和呈焉.

曰　松齋　僕何敢弄作詩乎? 製述官·學士前請受, 如何?

曰 元丈 書古詩, 如何?

曰 松齋 若欲寫書, 則寫官前亦請似好, 而僕之揮灑, 亦爲不安, 故不得 奉教, 叮愧耳.

問 元丈 公貴庚幾, 活菴公年幾?

答 松齋 僕年三十九, 活菴年三十四.

問 元丈 諸客所佩曰, 蜜牙者, 名義如何? 貴國方物, 青黍皮者, 何獸之皮耶? 請賜 指教.

答 松齋 蜜羅非牙, 而乃西蜀所産, 而錦珮, 千年後, 作蜜羅, 蜜羅, 千年後, 作琥珀云耳. 青黍皮, 卽馬皮也.

曰 元丈 貴邦製耶?

曰 松齋 弊邦所作.

曰 元丈 黍字義, 如何? 以何染成耶? 時松齋起坐, 無此答.

曰 活菴 僕昧於草木·虫魚之所産. 公之問意多, 不詳解, 可歎休咎焉. 醫書, 聞見之冊於上頭, 圈點耳.

向所托活菴, 疑問一冊, 幷醫書目錄一帖, 此日還之.

曰 元丈 疑問數條, 得蒙　指敎, 感謝. 何盡醫書目錄, 亦賜圈點幸甚? 其卷數之詳, 可得聞哉?

昨日承惠藥物數品, 熟視詳考, 大廣識見. 戴德無涯, 感極感極. 凡行中, 所賫藥品, 盡皆　賜覽, 則何幸如之? 今日紛冗, 天又將暮, 辭去, 明日當來. 伏請許　金諾.

扇面三柄, 乞書淸詩, 他日來時, 領之如何?

曰 活菴 公若明日　枉臨, 則藥料當依　敎入,　覽也. 扇面書字, 明日當如　敎耳.　醫書冊數多少, 姑未詳知.

曰 元丈 此一玉壺, 阿蘭人, 年來貢於　東都, 葡萄酒也. 僕每會於其客舍, 討論西洋産物, 而逐所得也. 數勺殘酒, 誠不足助　淸興, 然其以遠方之物, 携來勤之. 葡萄美酒夜光杯, 快飮一杯, 幸孔.

曰 活菴 遠方之酒, 極可貴也. 僕不飮, 愛其淸香. 快飮一鍾, 陶海酒落, 不啻上池水.　公莫非<u>長桑君</u>來, 飮<u>秦越人</u>者乎?

曰 昨承　諸藥材,　命左右出來, 得賜看閱, 感幸.
出藥品示.

梹榔 形小而尖, 本草原始, 所謂雞心者也. 羌活 長二三寸, 有鞭節, 形圓扁, 似天麻, 氣味與<u>淸</u>來者, 稍同.

烏梅 與此邦製同, 但形大, 而肉多.　麥門冬 形大而短, 品好.

白彊蠶 與自<u>淸</u>來者同.　薄荷 與<u>和</u>産同.

威靈仙 與<u>和</u>産<u>薩摩</u>者同.　皂莢 與<u>和</u>産同.

山藥 與和産同.

桔梗 與和産同, 但採收得時, 氣味全備.

細辛 與和産佐渡者同.

當歸 與和産山當歸同.

書示松齋 元丈 昨來訪時, 公偶不在, 悵恨無涯. 僕兒亦來, 呈公於小詩, 乃今瀆[1] 覽耳.

答 松齋 昨得暑感, 故雖得聞 枉駕之音, 不得來謁, 心自耿悵, 又獲 顧問, 多感多感. 今卽佳作, 當和呈耳.

曰 元丈 金公無恙否?

曰 松齋 金公, 以踝下腫, 方在叫痛中.

曰 元丈 客裡臥病, 憂苦如何? 乞爲僕致意.

曰 松齋 如 敎耳.

曰 元丈 僕向以一卷軸, 托於金公, 請跋語, 未成耶? 公或有知之, 敢問耳.

曰 松齋 此序文, 數日前已成, 而因其病, 故不得精書云耳. 足下來坐之意, 傳告金公否?

---

1 원문에는 '瀆'이지만, '瀆'의 오기(誤記)이므로 바로잡았음.

曰 <u>元丈</u> 此是豚兒寄<u>金公</u>之詩, 煩　足下傳達之, 厚幸.

<u>活菴</u>出示, 人參養胃湯一貼. <u>元丈</u> 此一貼, 入水一鍾半, 煎一鍾耶?

曰 <u>活菴</u> 然矣.

曰 <u>元丈</u> 一鍾量幾?

曰 <u>活菴</u> 五合也. 貴邦升, 難以相准.

曰 <u>活菴</u> 公欲持去耶?

曰 <u>元丈</u> 向已領正氣散, 今亦受之, 贈惠稠疊, 心不安矣. 此中, 有人
參耶?

曰 <u>活菴</u> 人參, 臨煎時入之.

曰 <u>元丈</u> 貴邦人參, 本國貨買, 上等之參, 一兩價銀, 幾耶?

曰 <u>活菴</u> 人參一兩, 銀三十兩, 或三十五兩.

曰 <u>活菴</u> 貴邦之人, 每賦詩, 以諷詠耶? 或別有歌曲云, 請以諺文書示.

曰 <u>元丈</u> 秋の田のかりほの庵乃苫をあらみ.
わ衣てハ露小ぬれつつ.

秋田收稻, 結舍看守. 盖薦稀踈, 我衣濕透.

漢人所釋如此, 此歌, 吾古昔,

天智帝, 御製也. 憐憫下民之意, 自在言外, 吾人一聞之, 則悽然有感, 而彼人不能解此意, 方音不同, 誠可歎哉.

行中多通, 吾言語人, 公亦解之耶? 此邦之人, 常以國字, 通用辨事, 故不習簡牘文字, 筆語唱酬, 當有難解者, 懇恧懇恧.

曰 活菴 貴國歌曲, 僕等何以解得也? 筆話相通自多, 有難解者, 自是常事, 不足言也.

曰 活菴 所賜三筵, 多感多感.

曰 元丈 此邦小扇是, 非贈之, 唯請扇面字耳. 冀書而賜之. 此邦之扇, 若有意於　求, 則別今作呈之, 如何?

曰 活菴 此亦書呈矣.

曰 元丈 吾國扇,　貴邦亦用之耶?

曰 松齋 婦女・小兒輩, 亦甚好把.

曰 元丈 此二扇, 呈上　兩位.

曰 活菴 先有贈遺者,　公不必更贈他人, 敢辭.

曰 元丈 是元非欲贈他人, 要自玩者也, 只爲乞書携來耳. 偶聞於松公之言, 女子小兒好把, 此扇以金紙可愛, 故呈似之. 幸勿辭焉.

曰 松齋 其何所賜之物多耶? 心甚不安.

曰 元丈 活公有令子耶?

曰 活菴 只有一女.

曰 元丈 松公有令子孃耶?

曰 松齋 二男四女, 二男則可矣, 四女不緊自愧.

曰 元丈 活菴公官名, 以幼學稱者, 元以幼科專門, 登第也, 其詳如何?

曰 松齋 常未出仕, 故以幼稱名.

曰 元丈 此行, 以文學, 中選耶?

曰 松齋 閑遊作詩, 未出仕路, 則以幼學稱.

問 先所示藥品, 故問之. 元丈 貴邦諸道, 多養蠶耶? 白彊蚕, 亦所在出之耶?

答 松齋 元非弊邦之蚕, 乃中原之物. 弊邦雖養蠶, 憐憫其枯死, 以

是不作.

問 元丈 羌活　貴邦產耶?

答 松齋 然矣.

問 元丈 梹榔亦當中原產, 有大腹者乎?

答 松齋 三倍於此.

問 元丈 貴邦當歸, 凡用之耶?

答 松齋 此種品不好.

曰 元丈 此是艾類, 爲何耶?

曰 松齋 無葉, 故不知其名.

藥材中, 有雀舌者, 予倉卒見過, 不辨爲何物, 故問之. 元丈 本草有雀舌艸, 卽菜類, 而非藥物. 此主治如何?

曰 松齋 雀舌, 味辛熱, 能發表·消滯·開鬱.

曰 元丈 向勞　高筆, 受親碑字, 存沒均感. 未遑申謝, 歉愧無涯. 微儀一封, 偶在懷中, 忘略呈似, 豈謝云哉? 暫表寸誠耳, 叱存幸孔.

曰 <u>眞狂</u> 尊　親, 碑銘受去, 而以禮幣, 與吾受, 則受, 而僕心愧, 不安.

曰 <u>元丈</u> 區區菲儀, 奬譽, 過當僕還, 愧赧. 唯希莞留.

曰 <u>眞狂</u> 公示如此, 置之.

曰 <u>元丈</u> 今日欲問　公, 而不許入堂廳, 心中耿耿. 今幸得　奉, 無奈日已向暮, 當明日來, 乞揮灑.

曰 <u>眞狂</u> 當依　敎耳.

曰 <u>元丈</u> 三使道, 歸室否? <small>此日三使, 出在堂廳.</small>

曰 <u>眞狂</u> 聞三使道歸, 後　枉臨鄙所, 似好.

曰 <u>元丈</u> 賜字之諾, 多謝多謝. 當置去紙墨. 惟乞閑時揮灑, 托<u>對府蘭菴</u>贈來, 無浮沈耳.

曰 <small>畵員在傍, 書云.</small> <u>居其齋</u> <u>眞狂</u>本多執滯之病, 若使他人居間, 則必不旨爲矣.

曰 <u>元丈</u> 當依　敎, 躬自來領之.

曰 <u>活菴</u> 墨一挺, 筆一枝, 弊邦所作, 聊奉呈之.

曰 元丈 所惠文房要品, 貴邦名産, 尤以可貴. 銘感銘感.

曰 元丈 此硯石渠閣, 尾有東坡銘. 伏乞 高明題一語於箱上. 今當置去, 幸勿辭矣.

曰 活菴 公請硯銘耶?

曰 元丈 然矣.

曰 活菴 僕不善作硯銘耳, 雖置之, 奈何?

曰 元丈 堅請 許可.
紙一把・墨汁一壺置之, 當明日來領. 爲請書於眞狂生也. 日已欲暮, 匆匆辭去. 左右旁午, 請爲留 意.

曰 活菴 紙與墨壺, 請書於金生員. 次置此房中, 硯亦置, 扇亦置.

曰 活菴 公衡雨來, 感幸感幸. 昨日留置碧壺・玉盃, 深謝厚意.

曰 元丈 梅雨連日, 蒸濕傷人. 今日亦來, 奉 道侯萬福狀, 欣慰欣慰. 昨所留置杯壺襃奬, 過當却以愧汗. 雖是細物, 西洋遠産, 聊呈之耳.
昨所 允約藥材, 命左右出之, 賜看閱, 是願. 昨與眞狂氏, 約今日相見, 而 三使相在高堂, 不得通於字官之室, 悵恨無已. 公傳告此意於眞狂氏, 來會此處, 則幸甚矣.

日 活菴 藥料, 徐當出　示, 而金公, 亦當傳告耳.

日 元丈 行中有小童, 善書人云, 依　公之靈, 可得相見耶?

日 活菴 善書者, 有病云.

日 元丈 丹羽氏及二生, 欲見學士·書記諸公, 往其室, 可耶? 私謀
於　公耳. 二生忠次·元怒也.

日 活菴 往見, 極好.

日 元丈 學士·三書記, 異室耶? 同席相見, 可得耶? 僕亦往見歸, 不
移時, 乞怒之.

日 活菴 旣在一室, 同見無妨.

予裁七律, 贈學士.

日 矩軒 淸詩佳甚, 今日有故, 不能拼和, 可歎.

日 探玄 數日間,　起居如何? 僕腫病甚劇, 私悶何達? 前日序文,
公若蹔留, 則今日當以騰呈耳. 行期迫近, 故不得情論相話, 可歎可歎.

日 元丈 睽違數日, 情甚歉矣. 昨逢松齋兄, 問　公起居, 乃知抱貴
恙. 然不知　公室所, 故不得奉候, 徒憑松兄, 致意耳. 其幸諒之, 承

示腫病甚劇. 然望　顏色, 不見憔悴之狀. 想是輕症, 勉加調攝, 不日當愈, 勿勞軫念.　又承所請, 序文已成, 感幸感幸. 僕到晡時, 留在館中. 今日若　貴恙不妨, 則淨寫賜之. 是所願也.　發邁在邇, 高會日少. 豈不深可歎哉?

問 不妨食耶?

曰 探玄　獨食未安. 何之恐悚恐悚?　病床中, 自然有事, 不得, 姑未奉　意, 可嘆. 追後封呈, 如何?

曰 元丈　以草稿領之, 如何?

元甫書軸跋文, 以艸稿, 示之, 予受讀一過耳. 元丈 不貞　金諾, 賜高文, 多謝多謝.　前日托之時, 以從五位彦氏, 跋語相附焉, 浮沈如何,　公不記乎?

曰 探玄　偶遺忘, 今還之.

曰 元丈　此扇面, 請　公揮灑. 五柄置之, 明日來領.

曰 探玄　如敎矣.

曰 元丈 昨承　諭, 水五合量, 重凡幾錢?　貴邦升量, 容水一升, 重幾許? 醫學正傳, 水一盞, 約計, 半斤之數, 此爲近耶?　生姜一片重, 凡幾許? 奇效醫述, 生姜三片, 約重二錢, 以此準之, 則每一斤, 重六分, 强是爲好耶?　鍾　貴邦音, 如何?

曰 活菴 一盞之重, 七兩或六兩. 正傳半斤之數, 今世差過矣.　生姜
大抵多用於發散藥中, 故分數多寡不倫也, 大略爲二錢重, 或一錢五分
重爲好. 若或急解, 則雖作大片入之, 無妨.

弊邦鍾子, 以諺書言之, 則죵ᄌ.

公持來鍾子, 比弊邦鍾子, 則不過容水四合也

予以京窯藥碗有柄者, 示之, 此碗受水壹合二勺. 正傳一盞半斤之數云者, 當此邦一
合六勺, 則此碗不過容水四合者, 的當耳.

予以生姜, 重八分, 爲一片, 示之.

曰 活菴 此一片得宜也.

所示藥材

龍鯉甲 唐藥.　　　　香薷 與和産同, 但有莖穗, 無葉耳.

杏仁 與和産同.　　　木瓜 形大, 而似榠樝, 以剝去皮, 故不可詳辨識.

神麴 比和製者, 更輕脆.　天南星 與和産同.

薄荷 與此邦所有者同.　木通 與和産同, 但細小, 而品劣.

赤芍藥 與此邦家園種者同.

此數種, 行裝中有否, 請示之.

獨活 葶藶 防己 藍藤根 菥蓂 菴䕡 萆蘚 大靑 狼牙 白附子 虎杖 茛
若 夏枯草 食茱萸 藁本 大棗[2] 枳實 枳殼 滑石 石南

2 원문에는 ‘束束’이지만, ‘棗’의 오기(誤記)이므로 바로잡았음.

加點者, 皆無之, 其餘, 亦不知何籠中.

曰 元丈 其有之者, 請賜覽.

曰 活菴 紛擾中, 難搜得.

曰 元丈 他日來時, 請之.

曰 活菴 當依教矣.

曰 元丈 雜客紛擾, 不能從容請, 益可歎可歎.
貴邦許氏女, 蘭雪齋詩集, 萬曆中, 明梁有年者序之, 刻行於世矣. 予嘗得閱之, 女子而善詩奇哉. 今亦許氏之門, 名詩者有之耶? 此邦人詩, 貴邦傳者, 有否?

曰 活菴 雖甚紛擾, 亦所難避, 奈何? 許門, 更無繼之者也. 貴國詩作, 或有之, 而僕未及一一誦傳, 可歎.

曰 元丈 此二帙, 古梅園墨譜也. 此邦墨工所著, 誠不足, 當大方之觀, 然依僕獻之. 一帙欲贈學士朴君, 煩　公傳之, 伏請　兩位賜高序. 不啻渠之榮幸, 僕願亦足矣.

曰 活菴 當如　教矣.

曰 元丈 從事相之筆蹟, 有請之者, 依　公之靈, 得一紙, 幸孔.

曰　活菴　極難極難. 然當告此意.

曰 示眞狂　元丈　昨所承　諾高筆, 今日揮灑賜之, 幸甚. 今有事, 往學
士道室, 乍又歸來, 請怒之.
　薄紙若大書, 則恐破損紙. 希兩三行, 寫細字耳.
　終日領　提誨, 感德無旣. 日已向暮辭歸. 明日來謁, 所　示藥品,
亦當明日終覽耳.

曰　活菴　告歸悵仰. 明日惠臨, 之敎, 剛正剛正.

曰　活菴　公今日後來　訪, 其綠誠非偶然也. 昨日三扇一硯, 何忘却
而歸也? 紛擾中, 失記耶? 僕深藏守之耳.

　予此日應池田侯招[3], 午後到館, 倉卒讀過誤, 解復來, 以爲後來, 故有此答. 元丈
僕今朝命駕, 欲出門, 俄爲一諸侯, 見招看疾, 故後來耳. 幸勿罪之. 前
一日, 所置三扇一硯此, 是扇請題詩, 硯請題銘. 僕意謂　公已許諾, 昨
來時, 竊窺之, 尙未成, 故置耳.　貴暇書, 而賜之, 則萬幸矣.

曰　活菴　硯銘, 書於櫃上乎?

曰　元丈　然矣. 明日或再明日間, 來領之.
　昨承　惠藥材, 持歸熟察, 大廣聞見. 感德多多,
不可以筆謝. 今日, 亦見　許覽, 良幸.

---

3 원문에는 '拓'이지만, '招'의 오기(誤記)이므로 바로잡았음.

向所請, 古梅園墨譜序,　許之否?

曰 活菴 公之請, 不敢辭, 而旣有矩軒之諾, 則僕不必贅.

曰 元丈 贈學士一帙,　公已傳之耶?

曰 活菴 已傳之矣.

曰 元丈 朴君之序, 願　公謀之.

曰 活菴 公亦堅請. 僕言及矣.

　　賦一絶求古梅園墨譜題詩　元丈
日東奇勝古梅園, 家住南都數世存, 花發何須勞驛使, 芳香入墨滿乾坤.

　　次連山君墨譜韻　活菴
鼎食　君家古翰園, 深藏墨譜百年存, 濃磨濡筆淸篇得, 豪氣彌天復滿坤.

　　硯銘　活菴
柔而剛, 玄而黃. 氣稟陰陽, 色玌文章. 宜爾置之, 君子之傍.

昨所請於活菴, 大棗·獨活二種, 今日贈之. 元丈 大棗·獨活之惠, 感謝, 硯銘扇面字, 亦謝.

出示藥品.

蒼木 _{與和産者同, 但舊根也.}　　山查子 _{與此邦所在者同.}

五味子 _{北産, 上品.}　　地骨皮 _{比此邦藥肆所貨者, 形大無麤皮, 氣味全備.}

麥芽 _{與和製者同.}　　瞿麥 _{併莖葉, 收似石竹.}

生地黃 _{與此邦有者同.}　　麻黃 _{二種, 出處不同云. 只莖有長短耳. 似淸來者, 色更靑.}

天門冬 _{與和産同.}　　牛膝 _{與和産同.}

秦艽 _{與官園所植者同.}　　蔓荊子 _{與和産同.}

獨活 _{與和産烏秃同.}　　大棗 _{比此邦所有者, 肉多品勝.}

往探玄室, 見壁上掛五絃琴, 因書示. 元丈 萬里之行, 携琴遣興, 風流之趣, 欣羨欣羨.

曰 探玄 司命之責, 專在於濟生之道, 而晝夜衆人之憂若, 皆當心, 無樂事, 故看病之餘, 得暇, 則樂琴, 消憂爲事者.
僕來此之後, 身病如此, 故心不在閑一, 未得　貴國高名醫士, 奉話穩議. 豈不可惜哉? 如此相別之後, 則無相會之日, 今日從容相話, 談論醫書, 如何?

曰 元丈 示敎詳悉, 僕今日在良醫室, 又會於學士 · 書記諸公, 不得與　公閑話, 可歎.

曰 探玄 見良醫後, 更來耶?

曰 元丈 再來謁矣. 昨所請扇面字, 今日領之. 數勞 墨妙. 多感多感. 昨爲請 高筆, 置紙去, 公不記乎?

曰 探玄 書紙幾張, 留置此處耶? 當書呈耳.

曰 元丈 向所乞受 高文, 今日清書賜之耶?

曰 探玄 今日如教耳.

曰 元丈 此跋文之末, 更書此文, 明日托蘭菴, 見傳之, 幸甚.

曰 探玄 公與蘭菴, 有親耶?
無物表情, 數種丸封呈, 領受如何?

予贈越前官紙百張, 因報清心九·紫金錠·玉樞丹 三種. 元丈 投以木瓜, 兹受瓊琚之報, 感矣, 愧矣.

問 元丈 貴國所撰, 救荒撮要, 及牛馬疫病方等書, 載千金木者, 盛稱其功, 歷代本艸, 未見有此名. 其形狀之詳可得聞乎? 所 教幸甚.

答 探玄 未如如此者, 可歎.

曰 元丈 今日復來, 奉 清咳, 欣幸欣幸. 昨所約藥材, 請賜覽, 望之望之. 向所請, 從事相筆蹟, 未落手耶?

曰 活菴 藥材終當搜得, 而從事相筆, 難得難得.

出示藥品.

石菖蒲 與和産者同.	遠志 細瘦, 與和産者同.
馬兜鈴 自淸來者同.	瓜蔞根 與和産者同.
瓜蔞仁 與和産, 折實樣者同.	郁李仁 釜山收云, 與淸來者同.
沙參 與和産同.	白蘞 與此邦所有者同.
蜀椒 與和産同, 下品.	常山 似淸來者, 下品.

松齋贈, 蘇合九・淸心九・王樞丹數種. 元丈 見惠海外妙劑數品, 實出心貺,
感謝感謝.

曰 松齋 此是小物, 豈有謝禮之理哉? 還切, 愧難愧難.

　　呈野呂公

萬里來此, 誰與論? 惟幸蒙　諸君子不棄, 屢屢相對, 情投心合, 方
欲親密之際, 離離傍, 宵更不覺潸然者也. 男子之別, 雖分萬里, 或可有
相逢之道, 而至於此別, 不然. 生死永別, 魂夢亦難通矣, 豈不悲且怨
哉? 幸冀　尊公, 益加康健, 百歲無恙, 千萬幸甚. 此書雖微, 足下爲永
世, 不忘資云耳.

　歲戊辰流月　朝鮮任太醫 趙德祚松齋 拜

曰 元丈 辱賜　高文, 永傳以爲容顔. 感謝感謝. 唯恐, 別後每讀此
文, 則不勝相思戀戀之情耳.

曰 松齋 此是筆談, 偶然之作, 豈過蒙獎? 撰尤不勝愧難愧難.

和活菴贈河氏韻兼述別意　　元丈

迢迢滄海錦帆懸, 別後音書何處傳, 無限清風明月夜, 相思宜誦白雲篇.

奉酬呂公寄韻　　活菴

一杯仙酒兩情懸, 老子神丹海相傳, 相看客中無贈物, 尋常揮筆寫新篇.

呈野呂公　　活菴

千山復萬水, 俳徊日域天, 神仙如不得, 丹術最難傳.

和活菴惠韻　　元丈

夏日高堂會, 杜鵑啼暮天, 別離君莫道, 盃酒欲長傳.

呈野呂公　　松齋

東華萬里客, 隨使海中天, 莫忘此日好, 詩以更相傳.

和松齋贈韻　　元丈

今宵眞可惜, 明日一方天, 別後無音信, 詩篇永世傳.

曰 元丈 今日紛擾, 不能從容奉話, 悵恨無已. 日已向暮, 辭去. 明日過訪. 徐敍離情耳.

翌日有事, 不得到舘.

조선필담 건·곤

朝鮮筆談　乾·坤

문인(文人)필담과 의원(醫員)필담의 분화(分化)를 극명하게 보여주는 『조선필담(朝鮮筆談)』

　　1748년 5월말부터 6월에 걸쳐 조선 사신 일행이 에도(江戶)의 객관(客館)에 머물고 있을 때, 도호토(東都)의 의관(醫官) 카와무라 슌코(河村春恒)가 5월 28일, 6월 2일, 3일, 5일, 7일, 8일, 10일, 12일 총 8일간 조선의 수행원들을 방문하여 서로 나눈 필담을 일자별로 정리한 것이다.

　　『조선필담』은 전체 2권 2책으로 구성되어 있는데, 두 번째 책인 곤권(坤卷)은 내용상 같은 시기의 필담집인 『상한의문답(桑韓醫問答)』과 내용이 동일하다. 건권(乾卷)의 표제는 '조선필담(朝鮮筆談) 건(乾)'이고, 1748년에 작성된 것임을 나타내는 '관연(寬延) 원년(元年)'이라는 간기(刊記)가 있다. 부제는 없고, 서문도 없다. 5월 28일부터 서두에 월(月)과 일(日)을 표기하고, 일자별로 필담을 정리했는데, 6월 2일과 8일은 월과 일 표기가 없지만, 전후 문맥을 통해 해당 일에 필담이 이루어졌음을 확인할 수 있다.

　　곤권의 표제는 "朝鮮筆談 坤"이고, 매면(每面) 12행 매행(每行) 20자가 필사되어 있으며, 전체 49면이다. 그 내용을 『상한의문답』과 비교해볼 때, 문답 내용이 착종(錯綜)되어 있으며, 발문(跋文) 등 마지막 부

분이 누락되었다. 다만 이 책에는 『상한의문답』에 없는 "거듭 답함 카와 장인[河長因]: 높은 깨우침은 삼가 알겠습니다. 그대의 말과 같다면, 이른바 '전신의 기기(氣機)를 조절한다.'는 것은 무엇 때문입니까? 폐금(肺金)이 전신의 기기를 조절한다는 설명은 가르쳐 보여주시기를 청합니다.(再答 河長因: 高諭謹悉. 若公之言, 則所謂, 治節出者, 因何乎? 肺金出治節之說, 請示敎.) / 대답 조숭수(趙崇壽): 치절(治節)이란 것은 여러 기(氣)가 흩어져서 퍼져 있음을 이르는 말입니다.(答 趙崇壽: 治節者, 言分布諸氣之謂也.)"라는 구절이 13번째 문답으로 포함되어 있다.

일자별로 살펴본 건권(乾卷)의 주요 필담 내용은 다음과 같다. 5월 28일에는 ① 카와무라 슌코와 조선의 수행원들이 통자(通刺)했다. 카와무라 슌코의 자(字)는 자승(子升), 다른 자(字)는 장인(長因), 호(號)는 원동(元東)이다. 대대로 조정(朝廷)에서 벼슬한 세업의(世業醫)이다. 필담에 참여한 조선 측 수행원은 삼서기(三書記)인 이봉환(李鳳煥), 이명계(李命啓), 유후(柳逅), 양의(良醫) 조숭수(趙崇壽), 의원(醫員)인 김덕륜(金德崙)과 조덕조(趙德祚), 명무군관(名武軍官) 중 도총도사(都摠都事)인 이백령(李栢齡) 등이다.

② 카와무라 슌코와 삼서기가 주고받은 5언시 8수 및 조숭수와 주고받은 7언시 2수가 인사글과 함께 실려 있다.

③ 카와무라 슌코가 위통(委痛)을 앓고 있는 조숭수를 위로하고, 요시 겐타쿠(吉元卓)가 조숭수에게 부탁했던 서문과 답변을 얻은 데 대해서 대신 감사의 뜻을 전했다. 조숭수는 같이 만나보았던 일본 의원이자 『조선인필담』 상하(上下)를 남긴 노로 지쓰오(野呂實夫)와 『한객

필담(韓客筆譚)』을 남긴 타치바나 겐쿤(橘元勳)의 안부를 묻는다.

④ 카와무라 슌코가 조숭수에게 준 7언시 한 수가 인사글과 함께 실려 있으며, 두 사람은 다음번 만남을 기약하고 헤어졌다.

6월 2일에는 ① 카와무라 슌코가 조선에서 공부하는 의서(醫書)들에 대해 질문했고, 조숭수는 내상(內傷)에는 동원(東垣)의 방법을 쓰고, 외감(外感)에는 중경(仲景)의 방법을 쓴다고 답했다.

② 조숭수가 카와무라 슌코에게 그의 신상과 부친에 대해서 물었고, 카와무라 슌코는 자신이 27세이며, 부친은 공주(公主)의 시의(侍醫)였고, 법안(法眼)의 지위를 맡았었다고 내력을 소개했다.

6월 3일에는 ① 조숭수가 1711년에 일본에 왔던 기두문(奇斗文)의 필담 열람을 요청했으나, 카와무라 슌코는 아직 정리가 미진하다고 답변했다.

② 카와무라 슌코가 부친의 제자인 오카 겐류[岡元立]와 소대암(蘇岱菴)을 조숭수에게 소개하고 글을 전달했는데, 소대암의 증조(曾祖)인 소무(蘇茂)가 조선 사람임에 흥미를 느낀 조숭수가 직접 만나기를 청했으나, 카와무라 슌코는 국법으로 금지해서 직접 만날 수 없다고 답변했다.

③ 카와무라 슌코가 설저(舌疽)의 치료법에 대한 처방을 물었고, 조숭수가 답변했다.

④ 카와무라 슌코가 일본에서 생산되는 인삼의 형태와 제법 등에 대해 조숭수에게 질문했고, 조숭수는 조선에서는 신고(新藁)를 졸인 국

물을 가지고 가마솥 안을 채워서 한번 쪄낼 뿐, 불에 볶는 제법은 없다고 답변했다.

⑤ 카와무라 슌코가 일본의 토제(吐劑)와 조선의 차이점에 대해 질문했고, 조숭수는 과체(瓜蒂)·여로(藜芦), 소금을 넣어서 끓인 물 등을 사용한다고 답변했다.

⑥ 조숭수가 일본 태의원(太醫院)의 구성원 등에 대해 설명했고, 카와무라 슌코가 그 구성원에 대해 답변했다.

⑦ 카와무라 슌코가 이백령에게 에도(江戶)에 대한 감상 등을 물었고, 이백령은 중국 못지않은 장관이라고 역설하고, 에도 내의 건물 규모 등에 대해 물었다.

⑧ 조숭수가 여행길에 생긴 협통(脇痛)의 처방에 대해 물었고, 카와무라 슌코가 오수유(吳茱萸)와 법제(法製)한 황련(黃連)에 소시호탕(小柴胡湯)을 곁들여 쓰면 효험이 있다고 답변하여 조숭수와 약재 구성에 대해 토론했다.

⑨ 카와무라 슌코와 조숭수가 주고받은 7언시 2수와 인사글이 실려 있다.

6월 5일에는 ① 조숭수와 카와무라 슌코가 주고받은 5언시 3수가 실려 있다.

② 조숭수가 일본 의원의 삭발 풍습에 대해 물었고, 카와무라 슌코는 환자 치료에 신속한 대비를 위함이라고 답변했다.

③ 조숭수는 함께 오지 않은 노로 지쓰오의 안부를 물었고, 카와무라 슌코의 부친인 카와무라 슌타츠(河村春辰)의 저서『창주소언(滄洲小言)』

의 서문을 부탁드린 의원 김덕륜과 조덕조를 만나보라고 권유했다.

④ 카와무라 슌코가 조숭수에게 소대암의 내력을 글로 전달했고, 조숭수는 다시 만나보기를 청했으나, 카와무라 슌코는 일본의 사정을 들어 불가능하다고 답변했다.

⑤ 카와무라 슌코가 두풍(頭風)의 치료법에 대한 처방을 물었고, 조숭수가 치료법인 침법과 뜸법에 대해 답변했다.

⑥ 카와무라 슌코가 조덕조에게 조선의 침을 보여 달라고 요청하며, 양창(瘍瘡)·적취(積聚)·비괴(痞塊) 등을 치료하는 침법에 대해 질문했고, 조덕조는 침을 보여주고, 이에 대해 답변했다.

6월 7일에는 ① 카와무라 슌코가 조숭수에게 자신의 의문에 대한 답을 요구하며, 소대암과 오카 겐류의 화답을 전달했고, 조숭수는 조선의 종이를 선물했다.

② 카와무라 슌코가 치루(痔漏)에 대해 조숭수에게 질문했고, 조숭수가 치료법인 뜸법 등에 대해 답변했다.

6월 8일에는 ① 카와무라 슌코가 전날 질문했던 치해(痔痎)의 치료 처방에 대해 조숭수가 답변했고, 시역(時疫) 등의 처방에 대해 문답을 주고받았다.

② 조덕조가 카와무라 슌코에게 청심환(淸心丸), 소합원(蘇合元), 자금정(紫金錠), 옥추단(玉樞丹) 등을 선물했고, 카와무라 슌코에게 지어서 전달한『창주소언』서문이 실려 있다.

6월 10일에는 ① 카와무라 슌코가 전간(癲癎)의 치료법 등에 대해 조숭수에게 질문했고, 조숭수가 치료법에 대해 답변했다.

② 카와무라 슌코가 조숭수와 조덕조 등에게 전달한 인사글과 7언시 1수, 5언시 2수가 실려 있다.

6월 12일에는 ① 카와무라 슌코가 제자인 타 핫큐[田伯求]를 통해 조숭수에게 전달해서 주고받은 인사글과 7언시 1수, 5언시 2수가 실려 있다.

② 의원 김덕륜이 카와무라 슌코에게 지어서 전달한 『창주소언』 서문과 조덕조의 7언시 1수가 실려 있다.

③ 카와무라 슌코가 정사(正使) 홍계희(洪啓禧), 부사(副使) 남태기(南泰耆), 종사관 조명채(曹命采)에게 각각 보낸 계(啓)와 7언시 3수가 실려 있다.

말미에는 6월 10일에 통역(通譯)에게 부탁해 계(啓)와 시를 드렸는데, 돌아갈 기한이 임박했기 때문에 답장은 없었고 말만 전해 들었으며, 억지로 답장을 구하지 않았다는 부기(附記)가 실려 있다.

조선필담 건

무진(戊辰·1748) 필어(筆語) 창수(唱酬) 5월 28일 처음 빈관(賓館)에 이르렀다.

명자(名刺)[1]

도호토[東都] 의관(醫官) 성(姓)은 카와무라[河村], 이름은 슌코[春恒], 자(字)는 자승(子升), 다른 자(字)는 장인(長因), 대대로 조정(朝廷)에서 벼슬했음.

제암(濟菴)[2] 해고(海皐)[3] 취설(醉雪)[4] 삼서기(三書記)께 필어(筆語)로 아룀

----

1 명자(名刺): 상대방에게 자신을 알리기 위해 성명이나 주소, 근무처, 신분 등을 적은 종이쪽. 명함(名銜)
2 제암(濟菴): 이봉환(李鳳煥, ?~1770)의 호. 조선 후기의 문신. 자는 성장(聖章). 호는 우념재(雨念齋). 본관은 전주(全州). 영조 때 사마시(司馬試)에 합격했고, 영의정 홍봉한(洪鳳漢)의 천거로 관직에 나가 양지현감(陽智縣監)에 이르렀음. 문장으로 이름이 높았고, 1770년 경인옥(庚寅獄)에 연루되어 고문을 받던 중 옥사함. 시문집으로 『우념재시고(雨念齋詩稿)』 1책이 있음. 1748년 제10차 통신사 때 빙고별검(氷庫別檢)이자 서기(書記)였음.
3 해고(海皐): 이명계(李命啓, 1714~?)의 호. 자는 자문(子文). 본관은 연안(延安). 1754년 증광시(增廣試)에 병과(丙科)로 합격했고, 사포별제(司圃別提)와 현감(縣監)을 지냈음. 1748년 제10차 통신사 때 서기(書記)였음.
4 취설(醉雪): 유후(柳逅, 1690~?)의 호. 자는 자상(子相). 전(前) 봉사(奉事)였음.

"여러분께서 이 머나먼 곳에 도착하셨는데, 아무 탈 없이 매우 몸조심하셨고, 저는 다행히 편안하고 태평한 세상을 만나 오늘 여러분을 만나 뵈니, 어찌 기쁨과 즐거움을 다하지 못하겠습니까?"

대답   취설

"황공하게도 정성스럽고 간절한 마음을 내려주시니, 감사함을 감당하지 못하겠습니다."

제암 취설 해고 삼서기께 아룀   카와 장인[河長因]

"오늘 가까이서 마주 대하니, 묵은 바람의 뜻을 이루었습니다. 따라서 속된 말로 시 한 수를 지어서 먼 길의 수고와 고생을 위로합니다."

제암 취설 해고 삼서기 책상 아래에 받들어 드림

머나먼 부상 밖에서	萬里扶桑外
사신 깃발 하늘 끝으로 오네	節旄來日邊
돛은 삼도[5] 길에 펄럭이고	帆懸三島路
뗏목은 십주[6] 하늘을 향하네	槎向十州天

1748년 제10차 통신사 때 서기(書記)였음.

5 삼도(三島): 신선(神仙)이 산다는 봉래(蓬萊)·방장(方丈)·영주(瀛洲)의 세 산. 삼신산(三神山).

6 십주(十洲): 신선(神仙)이 산다는 10개의 섬. 조주(祖洲)·영주(瀛洲)·현주(玄洲)·염주(炎洲)·장주(長洲)·원주(元洲)·유주(流洲)·생주(生洲)·봉린주(鳳麟洲)·취굴주(聚窟洲).

방죽 물 푸른 물결 세차고	堰水蒼波漲
깊은 관문 자줏빛 서기(瑞氣) 치우쳤네	幽關紫氣偏
이번 행차 옛 정을 닦으리니	此行修旧好
〈녹명〉[7] 편을 흉내 내고자 한다네	欲擬鹿鳴篇

일본 카와 장인[河長因] 사례함

원동(元東)께 받들어 화답함

제암

아름다운 풀은 깊은 산가에 푸르고	瑤艸青岑畔
반도[8]는 물가에 붉네	蟠桃赤水邊
매미소리 들으며 성곽에 있었는데	聞蟬有城郭
말에서 내리니 다만 하늘가일 뿐일세	下馬只雲天
고운 모시옷에 인정은 친숙해지나	紵縞人情熟
누대와 땅 형세는 외지도다	樓臺地勢偏
헌기[9]는 유서[10]를 찾고	軒岐訪遺緒
여사[11]도 아름다운 시편일세	餘事又瓊篇

---

7 〈녹명(鹿鳴)〉:『시경(詩經)』,「소아(小雅)」의 편 이름. 군신과 빈객을 연향하는 시.

8 반도(蟠桃): 전설상 선경(仙境)에서 3천년 만에 한번 열매를 맺는다는 복숭아나무. 또는 그 열매.

9 헌기(軒岐): 헌원씨(軒轅氏)와 기백(岐伯). 모두 전설적인 의술의 개조(開祖). 인신해 뛰어난 의술.

10 유서(遺緒): 전인(前人)이 남긴 공업(功業).

11 여사(餘事): 그리 중요하지 않은 일. 또는 본업 이외의 일. 다른 일. 타사(他事).

받들어 드림

해고(海皐) 이자문(李子文)

차와 술은 유평[12]의 뒤에	茶酒流萍後
숲과 못은 적우[13]의 가에	林塘積雨邊
아름다운 풀 향기롭게 해를 비추고	瑤草香浮日
금빛 자라[14]는 모두 하늘에 있네	金鰲皆有天
화려한 문장 특히 기뻐할만하고	文華殊可喜
풍격은 일찍이 치우치지 않네	風氣不曾偏
머나먼 곳으로 일단 헤어지게 된다면	萬里一爲別
호저[15] 편만 서로 그리워하리	相思縞紵篇

원동의 은혜로운 시를 받들어 화답함

취설(醉雪)

구름 해는 봉래산(蓬萊山) 밖에서	雲日蓬山外
푸른 바다 끝까지 가득 담겼네	總懷滄海邊

---

12 유평(流萍): 떠다니는 부평초. 정처 없이 떠돌아다니는 인생의 비유.

13 적우(積雨): 오랫동안 계속해 오는 비.

14 금빛 자라[金鰲]: 육오(六鰲). 바다 속에 있고 신선이 산다는 삼신산(三神山)을 머리로 이고 있다는 여섯 마리의 자라. 용백(龍伯)의 나라에 거인이 있는데, 한 번의 낚시로 이 자라 여섯 마리를 한꺼번에 낚았다고 하였음. 『열자(列子)』, 「탕문(湯問)」 이백(李白)의 시 〈등고구이망원해(登高邱而望遠海)〉에 "육오의 죽은 뼈엔 이미 서리가 내렸으니, 삼산은 흘러가서 어디에 있는고.[六鰲骨已霜, 三山流安在.]"라는 구절이 있음.

15 호저(縞紵): 생사(生絲)로 만든 띠와 모시옷. 우정이 매우 깊음의 비유. 오(吳)의 계찰(季札)과 정(鄭)의 자산(子產)이 흰 비단 띠와 모시옷을 주고받은 고사.

요즈음 결하[16]인 곳에서   日來結夏地

우화[17]의 하늘을 함께 이야기하네   共語雨花天

부끄러운 내 시는 어디에 있나?   媿我詩何有

여러 번 그대의 기예는 치우치지 않네   多君術不偏

서로 쳐다보며 마음으로 뜻이 통하니   相看情默契

조심스럽고 또 아름다운 시문이라네   珍重又華篇

학사(學士) 구헌(矩軒)께 필어(筆語)로 아룀

카와 장인[河長因]

"비단 돛이 동쪽으로 온다고 함을 처음 듣고, 태산북두(泰山北斗)[18]를 오랫동안 생각하게 된 듯합니다. 다행히 여러분을 만나 뵈었으니, 오늘의 만남은 오랜 세월 기이한 만남입니다. 민간의 노래 한 수를 지어 드립니다."

그대 틀림없이 계림의 나그네   君是鷄林客

온 나라 으뜸으로 뽑힌 현재(賢才)라네   一邦元選賢

하늘가까지 푸른 하늘을 뛰어넘었고   天涯凌碧落

바다 밖으로 바람과 안개를 접했다네   海外接風煙

---

16 결하(結夏): 음력 4월 15일부터 여름 장마인 90일 동안 승려가 외출하지 않고 조용히 한 곳에 모여 도(道)를 닦는 하안거(夏安居)의 첫날. 결제(結制).

17 우화(雨花): 빗속에 핀 꽃. 부처가 설법(說法)할 때 하늘에서 꽃이 무수히 떨어졌다는 고사. 우화(雨華).

18 태산북두(泰山北斗): 태산과 북두칠성. 사람들의 존경을 받는 훌륭한 인물의 비유.

몸은 뜬 구름 곁까지 이르렀고	身傍浮雲到
명성은 먼 곳까지 아울러 전해지네	名兼絕城傳
우리들 모두 비단 자리 짝해 따르나	吾曹陪綺席
시부는 뛰어나게 좋은 글에 부끄럽구나	詩賦愧雄篇

원동(元東)의 은혜로운 시를 받들어 화답함

구헌

바다와 산으로 천 겹의 길에	溟嶽千重路
시로 이름난 현재(賢才) 몇이나 될까?	詩名幾箇賢
여주[19]의 빛은 달빛과 같고	驪珠光似月
교인(鮫人)[20]의 비단 천 불빛을 이루었네	鮫錦織成炯
가랑비는 이끼에 흔적 남기고	小雨蒼苔印
서늘한 기운 얇은 대에 전하네	新涼細竹傳
모여 앉아 이야기는 즐겁기만 하니	坐邊談笑興
모두들 〈원유편〉[21]으로 들어가누나	都入遠遊篇

---

19 여주(驪珠): 여룡지주(驪龍之珠). 검은 용의 턱 밑에 있다는 귀중한 진주. 귀중한 인물
   이나 사물의 비유.
20 교인(鮫人): 바다 밑에 산다는 인어(人魚). 흘리는 눈물이 구슬이 되고 늘 길쌈을 한다
   고 함.
21 〈원유편(遠遊篇)〉: 중국 전국시대 시인 굴원(屈原)이 지은 작품. 굴원이 선인(仙人)들
   과 함께 노닐면서 천지를 유람하고자 하는 뜻을 피력한 내용.

황공하게도 훌륭한 화답시를 내려주신 자리 위에서 앞의 운(韻)을 다시 써서 제암(濟菴) 해고(海皐) 취설(醉雪) 삼서기께 받들어 사례함

카와 장인

비단 돛배 큰 바다 무릅쓰고	錦帆凌大海
뗏목은 무성[22]가에 이르렀네	槎至武城邊
말 들으니 주나라 풍속의 땅이요	聞說周風地
일찍이 요일천[23]임을 알겠네	嘗知堯日天
등용[24]의 속된 바람 간절하니	登龍鄙望切
어이[25]의 옛 생각에 치우치네	御李夙思偏
비단 자리에서 시인과 짝해 따르니	綺席陪詞客
빈번히 〈백설편〉[26]을 보겠네	頻看白雪篇

---

22 무성(武城): 훌륭한 수령의 고을을 뜻함. 공자(孔子)의 제자인 자유(子游)가 무성(武城)이란 고을의 읍재(邑宰)로 있으면서 현가로 백성을 교화하는 것을 보고 공자가 흐뭇하게 생각했다는 고사가 있음. 『논어(論語)』, 「양화(陽貨)」.

23 요일천(堯日天): 임금의 성덕(盛德)과 태평성세(太平盛世)를 칭송하는 말.

24 등용(登龍): 등용문(登龍門). 용문에 오름. 용문은 황하(黃河)의 상류에 있는 여울로, 잉어가 이곳을 오르면 용이 된다는 전설이 있음. 입신출세(立身出世)함의 비유. 또는 그 관문(關門). 명사(名士)를 만나서 자기의 명성을 높이거나 영달함의 비유.

25 어이(御李): 훌륭한 인물을 존경하고 흠모함. 또는 훌륭한 인물을 가까이에서 모심을 이르는 말. 후한(後漢)의 순상(荀爽)이 당시에 명성이 높던 이응(李膺)을 만나 그를 위해 수레를 몰고는, 사람들에게 '오늘 내가 이군을 모셨다.[今日乃得御李君矣.]'라고 자랑했다는 고사.

26 〈백설편(白雪篇)〉: 옛날에 고상하기로 유명했던 초(楚) 나라의 가곡인 〈양춘백설곡(陽春白雪曲)〉에서 온 말로, 전하여 훌륭한 시문(詩文)을 비유함.

황공하게도 화답시를 내려주시니 앞의 운(韻)을 다시 써서 구헌(矩軒) 학사(學士)께 사례함

카와 장인

합잠[27]해 오늘 모이니	盍簪今日會
집안 가득 모두 후세의 현인	滿堂都後賢
하늘가에서 북두를 저울질하고	天邊衡北斗
붓 아래로 구름과 안개를 토해내네	筆下吐雲烟
예악은 기자(箕子)의 나라에 있으니	禮樂箕邦在
문장이 일본에 전해지네	文章桑城傳
아름다운 구슬은 밝은 달빛이고	美珠明月色
청영[28]은 아름다운 시편으로 들어가네	清影入佳篇

조숭수(趙崇壽)께 아룀   카와 장인

"그대께서 머나먼 산과 바다를 넘고 건너 이곳에 오셨고, 아무 탈 없으시기에 매우 지극한 축하를 드립니다. 그러나 먼 길의 수고로움에 중선(仲宣)[29]의 고향 생각이 없을 수 없으니, 삼가 위로 드립니다. 저는 조정의 명령을 받들어 오늘 여러분을 만나 뵙는데, 진실로 오랜

---

27 합잠(盍簪): 벗들이 발걸음을 재촉해 모여듦. 인신해, 선비의 회합.

28 청영(清影): 소나무나 대나무 따위의 그림자를 운치 있게 이르는 말.

29 중선(仲宣): 왕찬(王粲)의 자(字). 중국 삼국시대 건안칠자(建安七子)의 한 사람. 그가 형주자사(荊州刺史)인 유표(劉表)의 식객으로 있을 때, 성루(城樓) 위에 올라가 울적한 마음으로 고향을 생각하며 지은 〈등루부(登樓賦)〉에 "참으로 아름답지만 나의 땅이 아니니, 어찌 잠시인들 머물 수 있으리오.[雖信美而非吾土兮, 曾何足以少留.]"라는 구절이 있음.

세월의 기이한 만남이니, 기뻐 뛸듯함을 감당하지 못하겠습니다."

대답   조숭수(趙崇壽)

"저는 산을 넘고 물을 건너는 사이에 다행히 큰 병을 면했고, 일을
받아 국경을 나선 사람이 장차 어찌 생각이 고향을 생각하는 데 미치
겠습니까? 위문(慰問)이 여기에 이르니, 참으로 감사하고 감사합니다."

아룀   카와 장인

"저는 손님을 대접하는 예(禮)에 여러 번 빠졌으니, 차마 높으신 덕
(德)을 침범해 욕되게 하지 못합니다. 그러나 제게는 평생의 의심스러
운 점이 있습니다. 구름과 함께 신선(神仙) 산을 돌았고, 해외의 아름
다운 경치와 자웅(雌雄)을 다투었으나, 신비한 처방이 진작(秦鵲)[30]에게
전해져 채필(彩筆)[31]은 언제나 하충(夏虫)[32]을 부끄럽게 합니다. 매우
적은 영서(靈犀)[33]의 마음이나마 스스로 살펴 반성한다면, 어찌 다른
나라의 말이라고 풍속을 같이하지 못하겠습니까?"

---

30 진작(秦鵲): 원래 성명(姓名)은 진월인(秦越人). 편작(扁鵲). 춘추전국(春秋戰國) 때의
   명의(名醫). 장상군(長桑君)에게서 금방(禁方)의 구전(口傳)과 의서(醫書)를 물려받아
   명의가 되었음. 제(齊)조(趙)를 거쳐 진(秦)으로 들어갔는데, 진의 태의(太醫) 이혜(李醯)
   의 시기로 자객(刺客)에게 피살당했음.

31 채필(彩筆): 오색의 그림붓. 수식(修飾)이 풍부한 아름다운 문장. 강엄(江淹)이 꿈에서
   오색 붓을 받은 후에 글이 크게 진보(進步)했는데, 만년의 꿈에서 붓을 돌려주자 그 후로
   는 좋은 글을 지을 수 없었다는 고사.

32 하충(夏虫): 견문(見聞)이 좁고 지식이 모자란 사람의 비유.

33 영서(靈犀): 무소의 뿔. 무소뿔의 흰 줄무늬는 밑에서부터 끝까지 통해 감응(感應)이
   예민함. 인신해 피차의 마음과 마음이 통합의 비유.

　　　대답　　카와 장인

"지난번에 받들어 드렸던 난잡한 말씀에 황공하게도 높으신 화답을 내려주셨습니다. 공경하는 마음으로 글월을 여러 번 읽었는데, 진실로 하늘의 비밀스럽고 보배로운 은혜입니다."

황공하게도 화답시를 내려주신 자리 위에서 앞의 운(韻)을 다시 써서 받들어 사례함

옛 절에서 가까이 서로 만나보니	咫尺相逢古梵宮
흰 구름 속 아름다운 신선이로다	翩翩羽客白雲中
이슬과 신비한 물로 장 씻음이 오묘하고	上池神水滌腸妙
행원34과 깊은 숲의 사물 앎이 뛰어나네	杏苑深林知物雄
그대는 틀림없이 방란35한 천리마이고	君是芳蘭千里驥
나는 원래 썩은 풀 책벌레일세	吾元腐艸蠹書虫
아름다운 자리의 기쁨 오래 사귄 벗 같고	綺筵喜若舊知己
뛰어난 용모에서 큰 나라 풍격 보네	仙骨又看上國風

　　　아룀　　조숭수

"앞의 시에 거듭 첩운(疊韻)하기는 지극히 어려워 그대가 지은 앞 시의

---

34 행원(杏苑): 행원(杏園). 살구나무 동산. 당(唐)대에 진사(進士)에 급제한 사람에게 잔치를 베풀어주던 곳으로, 그 터는 섬서성(陝西省) 서안시(西安市)의 교외에 있음.
35 방란(芳蘭): 난초의 향기가 남. 인품이 고상하고 우아함의 비유.

뜻에 보태지 못하겠습니다. 훌륭한 재주임을 알 수 있을 뿐입니다."

앞의 시에 거듭 첩운하여 카와공[河公] 책상 아래에 드림

비온 뒤 구름과 안개 옛 궁궐 에워싸고	雨後雲烟繞古宮
시정과 술 생각은 웃으며 나누는 이야기 속에	詩情酒思笑談中
의관은 기자(箕子) 나라지만 사람은 못났고	衣冠箕國人非傑
풍경은 도호토[東都]가 뛰어나다 일컫겠네	物色東都地稱雄
카와씨[河氏]는 풀과 나무 넓고 크게 논의하고	河氏恢恢論艸木
로공[呂公][36]은 물고기와 벌레 낱낱이 헤아리네	呂公歷歷數魚虫
한번 헤어지면 다시 기약 어려움 틀림없이 알겠으니	定知一別期難再
소식은 어느 해에 바람결에 부치리오	消息何年寄遠風

이날 내가 노로[野呂] 선생과 함께 이르렀기 때문에 '카와씨[河氏]·로공[呂公]'이라는 구절이 있다.

아룀   조숭수

"그대의 의문 몇 가지를 보니, 그대가 박식(博識)하고 명백히 분별함을 알 수 있겠습니다. 그대도 지은 책이 있습니까?"

---

36 로공[呂公]: 노로 지쓰오[野呂實夫]. 자(字)는 원장(元丈). 호는 연산(連山). 노로 겐죠[野呂元丈]로도 알려져 있음. 도호토[東都]의 의관(醫官). 1748년 5월에 조숭수(趙崇壽) 등과 만나 나눈 필담을 정리한 『조선인필담(朝鮮人筆談)』 상·하(上·下)를 남겼음.

　　대답　　카와 장인

"저는 쓸모없는 재주에 힘이 미약하고, 또 병이 많으니, 가르치신 바에 크게 어긋날 뿐입니다. 지금 아름다운 모습을 접하고, 황공하게도 높으신 가르침을 받들었으니, 무엇에다 기쁨을 비하겠습니까?"

　　아룀　　카와 장인

"그대께서 드시는 것이 적음은 병으로 말미암아 그렇습니까? 제 마음이 안부 때문에 편안하지 못합니다."

　　대답　　조숭수

"평소 먹는 것이 원래 많지 않은데, 지금은 병 때문에 오히려 전보다 더욱 줄었을 뿐입니다."

　　아룀　　카와 장인

　　대답　　조숭수

"제게 마침 작은 병이 있으니, 위통(委痛)이라는 것입니다. 이미 여러 날인데, 지금은 다행히 멎어서 개인적으로 매우 다행입니다. 그대의 극진한 문안(問安)을 입었으니, 참으로 감사하고 감사합니다."

　　아룀　　카와 장인

"요시 겐타쿠[吉元卓]가 난암(蘭菴)³⁷에게 맡겨서 받들어 드렸던 것에

37　난암(蘭菴): 키노쿠니 주이[紀國瑞]. '난암'은 그의 호(號). 아메노모리 호슈[雨森東]의
　　문인이고, 1748년 당시에 쓰시마[對馬島] 번주의 가신(家臣)이자 서기(書記)로, 조선통
　　신사 일행을 안내했음.

대한 답변과 아울러 요청 드렸던 서문(序文)이 이루어졌으니, 제가 먼저 감사드립니다. 금성옥진(金聲玉振)[38]이며 글자마다 약동적이라서 필설(筆舌)이 미칠 바가 아닙니다. 겐타쿠에게 부쳐주시면, 그가 뛸 듯 기뻐할 텐데, 그 모습을 보는 듯합니다."

대답   조숭수

"저는 서발(序跋)의 문장에 몹시 어두워 그 부탁받았던 바를 거듭 어겼었는데, 마지못해 드립니다. 그대께서는 이미 먼저 보셨습니까? 겐타쿠 공[元卓公]은 훌륭하신 선비이니, 책망(責望)의 꾸짖음이 없을 수 있겠습니까? 저는 바로 이 때문에 삼가게 됩니다."

아룀   조숭수

"노로 공[野呂公]은 오늘 서로 만날 약속이 있었는데, 왜 소식이 없을까요?"

대답   카와 장인

"로 선생[呂生]은 지금 객관 아래에서 오고 있다고 들었지만, 제가 오늘은 함께하지 못했기 때문에 그가 올지는 모르겠습니다."

아룀   조숭수

"타치바나 공[橘公][39]은 요즈음 아무 탈 없으시지요?"

---

38 금성옥진(金聲玉振): 소리의 억양과 가락이 잘 어울림의 비유. 명성이 온 세상에 널리 퍼짐의 비유. 음악을 연주할 때 종(鐘)으로 시작해 경(磬)으로 마무리하여 주악(奏樂)을 끝냄. 재능과 덕행을 완비함의 비유로 공자(孔子)의 집대성(集大成)을 찬미한 말.
39 타치바나 겐쿤[橘元勳]. 자(字)는 공적(公績). 호(號)는 서강(西岡). 도우산[道三]으로

　　대답　　카와 장인

"타치바나 선생[橘生]은 아무 탈 없으신데, 오늘은 오지 못했습니다."

　　아룀　　조숭수

"그대께서 병의 원인에 대해서 의심스럽게 생각하시는데, 거의 하나하나 들추어 말씀해드릴 수 없으니, 한탄할만합니다. 지금 초고(草藁)가 있기는 하지만, 베껴드릴 수는 없습니다."

　　대답　　카와 장인

"간절한 가르침과 깨우침은 모두 힘쓰도록 하겠습니다. 지난 번 드렸던 의문은 오늘 필요하지는 않습니다. 오래 남겨두셨다가 다른 날 편하실 때 분부를 베풀어주십시오."

　　아룀　　조숭수

"그대의 아름다운 작품을 이제야 비로소 받들어 화답합니다. 문장이 거칠고 보잘것없어 작으나마 부끄러움을 드러낼 뿐이니, 노여워하지 마십시오." 앞선 모임의 화답시가 이날 이루어졌다.

　　카 공[河公]의 아름다운 시에 받들어 대답함　　조숭수

"교굴(蛟窟)과 용궁(龍宮)을 지나온 후 머나먼 곳에서 얼마간 시간이 흘렀습니다. 먼 곳에서 온 나그네가 근심하여 결단을 내리지 못한 것

도 알려져 있음. 1727년에 조산대부(朝散大夫)를 제수(除授)받았고, 태의령(太醫令)을 맡았으며, 상약(尙藥)의 봉어(奉御)가 되었음. 1748년 조숭수 등과 만나 나눈 필담을 정리한 『한객필담(韓客筆譚)』을 남겼음.

들인데, 따라서 의문(疑問)나는 조목(條目) 몇 가지를 드립니다. 바라건
대, 다른 날 한가함을 기다려 바다 끝의 뜻을 내려주시면, 매우 다행
이겠습니다. 또 거친 시 한 수를 드립니다."

양의(良醫) 활암(活菴) 책상 아래에 드림

이 밤 사신의 수레 절간에 들어오니	一夜星軺入梵宮
용문의 아름다운 모임 시인들의 문단일세	龍門佳會騷壇中
사방에서 전대[40]해 성명을 드러내니	四方專對姓名著
삼절의 공[41]을 이룬 생업(生業)의 영웅일세	三折功成職事雄
글 지으니 솜씨는 수호[42]임을 일찍이 알겠고	裁賦嘗知工繡虎
글을 쓰니 조충[43]이 모자라 도리어 부끄럽네	援毫却愧乏彫蟲
헌기의 위대한 업적 그대 모두 지녔으니	軒岐聖業君全在
『동의보감』 허준의 풍격 살펴 얻으리라	試得東醫許俟風

---

40 전대(專對): 사신(使臣)으로 가서 독자적인 판단으로 응답함. 혼자 응대(應對)함.

41 삼절(三折)의 공(功): 좋은 의사. 명의(名醫). 범씨(范氏)와 중항씨(中行氏)가 군주를
치려 하자, 제(齊)나라의 고강(高彊)이 "세 차례 팔뚝이 부러지는 부상을 당하고 나서야
좋은 의사가 된다는 것을 알 수 있다.[三折肱, 知爲良醫.]"고 말했다는 고사가 있음. 『춘
추좌씨전(春秋左氏傳)』, 「정공(定公)」 13년.

42 수호(繡虎): 수놓은 것같이 아름다운 무늬가 있는 범이란 뜻. 아름다운 문장을 일컫
는 말.

43 조충(彫蟲): 충서(蟲書)를 새김. 시문(詩文)과 사부(辭賦)를 저술함을 이름.

　　대답　　조숭수

"아름다운 작품을 보고나니, 깨닫지도 못하는 사이에 몹시 칭찬하게 됩니다. 의심스러운 조목(條目)은 우선 한가한 날 눈여겨보시기를 기다릴 텐데, 다만 저는 본래 풀어서 분명히 밝히는 기술이 모자라니, 필시 가르치시는 바에 의지하겠습니다."

화답이 이루어지기 전에 날이 이미 저물었다. 다른 날을 약속하고 자리에서 물러났다.

　　아룀　　카와 장인

"그대 나라에서 오로지 의지하는 의서(醫書)에는 어떤 것들이 있습니까?"

　　대답　　조숭수

"우리나라 의원(醫員)들 역시 각자 숭상하는 것들이 있어서 똑같지 않은데, 다만 저는 평소에 마음을 한 곳에 모아 논의하는 바는 없습니다. 내상(內傷)을 보면, 동원(東垣)[44]의 방법을 쓰고, 외감(外感)을 보면,

---

44 동원(東垣): 이고(李杲, 1180~1251). '동원'은 그의 호. 금(金)대 진정(眞定) 사람. 유명한 의학자로 금원사대가(金元四大家)의 한 사람. 자는 명지(明之)이고, 호는 동원노인(東垣老人). 명의 장원소(張元素)를 스승으로 모셨고, 학술에 있어서도 오장변증론치(五臟辨證論治) 등 그의 영향을 많이 받았음. 당시 전란 등으로 기아와 질병이 만연해 백성들에게 내상병(內傷病)이 많은데 착안하여 '내상학설(內傷學說)'을 제기했고, 안으로 비위(脾胃)가 손상되면 온갖 병이 이로부터 생긴다고 생각해 비위(脾胃)를 조리하고 중기(中氣)를 끌어올릴 것을 강조한 '비위학설(脾胃學說)'을 제기했으며, 보중익기탕(補中益氣湯) 등 새로운 방제를 스스로 만들었음. 모든 병의 주된 치료를 비위의 치료에서 시작하였다 하여 그를 '보토파(補土派)'라 불렀음. 원(元)대 나천익(羅天益), 왕호고(王好古) 등이 그의 이론을 이어 받았으며, 저서에『비위론(脾胃論)』,『내외상변혹론(內外傷辨惑論)』,『난실비장(蘭室祕藏)』,『의학발명(醫學發明)』,『약상론(藥象論)』 등이 있음.

중경(仲景)[45]의 방법을 쓰며, 그 나머지는 그 병을 따라서 살핍니다. 한 가지 책에만 얽매임은 불필요합니다."

물음   조숭수

"그대의 나이는 얼마이며, 늘 어떤 책을 좋아해 읽습니까? 또한 그대는 아버님이 계십니까?"

대답   카와 장인

"제 나이는 27세입니다. 지난 해 부친을 여의었는데, 부친께서는 이전 조정(朝廷) 공주(公主)의 시의(侍醫)였고, 법안(法眼)[46]의 지위를 맡으셨습니다. 또 저 또한 한 가지 책에만 얽매이지 않음은 그대의 말씀과 같습니다."

이날 의문(疑問)나는 조목(條目)을 드렸다.

6월 3일

아룀   카와 장인

"지난 번 훌륭하신 모습을 접했고, 황공하게도 맑은 말씀을 받들어 비천한 생각을 끝냈으니, 어찌 정신없이 기뻐 뜀을 감당하지 못하겠

---

45 중경(仲景): 장기(張機, 150~219). '중경'은 그의 자. 호는 장사(長沙). 후한(後漢)대 하남성(河南省) 남양(南陽) 사람. 장사태수(長沙太守)를 지냈으나, 그의 일족이 열병으로 목숨을 잃자 의학에 깊은 관심을 갖게 되었음. 저서에 『상한잡병론(傷寒雜病論)』이 있음.
46 법안(法眼): 일본 막부(幕府)의 시의(侍醫) 중 명의(名醫)에게 붙이는 존칭.

습니까?"

　　대답　　조숭수

"어제는 몹시 급히 서둘러 인사드렸기에 한스러움이 없지 않습니다. 지금 다행이 그대께서 누추한 곳을 찾아주셨으니, 감동과 기쁨을 어떻게 헤아릴 수 있겠습니까?"

　　아룀　　카와 장인

"대수롭지 않은 병이 있으시다 들었는데, 때가 무더운 여름이니 스스로 몸을 아끼시고 아끼십시오. 생각건대, 오래 앉아계신 수고를 참지 못하시겠지요. 털 깔개 위에 앉으시기 바랍니다. 거절하시는 뜻은 필요치 않습니다."

　　대답　　조숭수

"바야흐로 손님을 기다렸는데, 어찌 감히 스스로 편안함을 취하겠습니까? 그대께서는 염려 마십시오."

　　아룀　　조숭수

"신묘(辛卯 · 1711), 기해(己亥 · 1719)년간에 양의(良醫)의 필담 중 혹시 볼 수 있는 것이 있을까요?"

　　대답　　카와 장인

"보시기에 미진(未盡)합니다. 기두문(奇斗文)같은 이는 진실로 폭넓게 많이 아는 뛰어난 재주를 지니신 분임을 알겠습니다. 따라서 그 논의에서 효험을 얻은 사람이 매우 많은 듯합니다. 지금도 그 자손이 있

습니까?"

대답　조숭수

"기공(奇公)의 자손은 지금 조정(朝廷)에서 벼슬살이하니, 조상의 은덕은 다함이 없습니다."

아룀　카와 장인

"제 돌아가신 부친의 제자 중에 오카 겐류[岡元立]와 소대암(蘇岱菴)이라는 사람이 있습니다. 찾아뵙기를 청했으나 나라의 법으로 금지해 허락하지 않습니다. 제게 의지해 글과 시를 받들어 올리니, 다른 날 높으신 화답을 내려주시기 바랍니다."

대답　조숭수

"나라에서 법으로 금지함이 있다 들었고, 서로 만날 수 없을 테니, 진실로 한탄할만합니다. 보낼 글과 시를 짓는 것은 마땅히 짧은 겨를을 기다려서 화답해 드림이 마땅할 뿐입니다."

아룀　카와 장인

"설저(舌疽)⁴⁷의 증세는 오랜 세월 치료가 어려웠습니다. 그대에게 귀중한 처방이 있다면 가르쳐주십시오."

대답　조숭수

"설저는 곧 군화(君火)⁴⁸에서 생기는 병입니다. 군화가 가득 차게 되

---

47 설저(舌疽): 혀에 생기는 부스럼.

면, 치료 또한 어려울 것입니다. 그 중요한 방법은 그 수(水)를 보(補)하고, 허화(虛火)[49]로 하여금 내려가게 하면, 낫습니다. 그런 뒤에 혹은 그곳을 낙(烙)[50]하거나 혹은 상처를 내서 새살이 나게 하는 약을 붙입니다. 그러나 낫지 않았다면, 행할 수 없습니다."

아룀   조숭수

"소공[蘇公] 대암(岱菴)의 증조(曾祖)인 소무(蘇茂)라는 사람은 조선 사람입니까?"

대답   카와 장인

"그대 나라에서 태어났습니다. 증손(曾孫)은 지금 북쪽 지방 제후에게서 벼슬살고 있는데, 의원으로서 총애를 받고 있습니다."

소대암(蘇岱菴)이 드린 글 중에 이르기를 '조선인'이라고 했기 때문에 이러한 질문이 있었다.

아룀   조숭수

"소무라는 사람은 조선의 다른 지방 사람이라고 이르던가요?"

---

48 군화(君火): 심화(心火). 심(心)은 화(火)에 속한 장기로서 몸에서 주요한 역할을 한다고 해서 군주지관(君主之官)이라 하고 심화를 군화라고 함. 상화(相火)에 상대되는 말.

49 허화(虛火): 진음(眞陰)이 부족해 생긴 화. 실화(實火)에 상대되는 말. 일반적으로 음(陰)이 부족해 생기기 때문에 허화가 있을 때는 음허(陰虛) 증상이 나타남.

50 낙(烙): 낙법(烙法). 외치법(外治法)의 하나. 크고 작은 여러 가지 형태의 금속 기구를 불에 벌겋게 달구어 병소(病巢) 부위를 지지는 방법. 예를 들면, 창양(瘡瘍)이 완전히 곪았을 때 쇠꼬챙이를 벌겋게 달구어 곪은 데를 지져 터뜨려서 고름을 빼내는 것 등임.

대답   카와 장인

"제가 자세히 살피지 못했으니, 다른 날 알려드릴 따름입니다."

아룀   조숭수

"그 살던 곳과 내력을 낱낱이 자세하게 가르쳐달라는 뜻을 소공(蘇公)에게 전해주십시오."

대답   카와 장인

"삼가 명(命)을 받들겠습니다. 예, 예."

아룀   카와 장인

"우리나라에서 인삼(人參) 한 종류가 나는데, 줄기와 잎과 꽃과 열매가 『본초(本草)』에 설명된 바와 다르지 않습니다. 그 뿌리 모습은 그대나라에서 이른바 죽절삼(竹節參)[51]이란 것과 더불어 비슷합니다. 그 맛이 매우 써서 세상에서는 마음대로 쓰지 못하는데, 감초(甘草)를 가지고 즙을 내서 씻거나 꿀물로 법제(法製)합니다. 비록 쓴맛은 없어지지만 본연의 단맛은 없습니다. 제 돌아가신 부친께서 제법(製法) 한 가지를 얻으셨는데, 제법이 매우 쓸 만합니다. 다른 약의 맛을 빌리지 않고도 쓴맛은 없어지고 단맛이 생겨납니다. 제 돌아가신 부친께서는 늘 인삼을 복용하셨습니다. 가래 속에 피가 보이면, 일단 법제한 인삼을 복용해도 또한 가래 속에는 피가 있습니다. 이로 말미암아 살펴본다

---

51 죽절삼(竹節參): 주로 일본에서 생산되는 삼으로, 대나무 뿌리 모양임. 약재로는 '인삼로(人蔘蘆)' 즉, 인삼 뿌리 대가리에 붙은 싹이 나는 부분인 '노두(蘆頭)'를 가리킴.

면, 그 효과가 그대 나라에서 생산되는 인삼과 비슷한 종류입니까?"

대답　조숭수

"그대 나라에서 생산되는 인삼에 대한 설명은 일찍이 오사카[大坂]에서 이미 들었습니다. 또 그 줄기와 잎도 보았습니다. 비록 가끔 거의 서로 같았지만, 그 맛을 보고 그 모양을 살피면, 과연 진짜는 아니었습니다. 비록 여러 가지로 변환하여 그 맛을 만들더라도 장차 어찌 그것을 쓰겠습니까? 인삼은 본래 제법이 없습니다. 그 자연의 것을 따라서 씁니다. 그대께서는 의심하지 마십시오."

아룀　카와 장인

"가르쳐주신 논의는 의혹을 깨뜨리기에 충분합니다. 그러나 그대 나라에서 건너온 인삼 몇 근(斤) 속에 가끔 검누런 색깔인 것이 있으니, 어찌 법제한 것이 아니겠습니까? 정덕(正德)[52] 중에 기선생(奇生)이 비록 제 조부(祖父)의 제자 아무개라는 사람에게 전한 것이 있었다지만, 종이를 좀먹고 빠진 데가 있어서 자세하지 않습니다. 저는 간략하게 기억할 뿐이니, 억지로 가르침을 청합니다."

대답　조숭수

"제법이 없다고 말씀드린 것은 감초를 졸인 국물이나 꿀물 등을 쓰지 않는다는 설명일 뿐입니다. 우리나라에서 생산되는 인삼 또한 새로 흙속에서 나온 것은 쓴맛이 있는데, 다만 캐낸 뒤에 신고(新藁)[53]를 졸

---

52 정덕(正德): 일본 제114대 나카미카도(中御門) 천황의 연호. 재위 1711~1716.

인 국물을 가지고 가마솥 안을 채워서 한번 쪄낼 뿐입니다. 불에 볶는 제법은 없습니다. 한번 쪄내면 쓴맛이 가마솥 바닥으로 흘러내린다는데, 저도 그 자세한 것은 모르겠고, 제 스스로 만든 것은 아닙니다."

아룀　카와 장인

"대체로 옛 처방에서는 사람으로 하여금 토하게 하는 데 소금을 넣어서 끓인 물을 씁니다. 우리 동쪽 나라 풍속에서는 대부분 소금을 넣어서 끓인 물로 토하게 하지 않습니다. 도리어 단맛을 얻어서 토하게합니다. 그대 나라 또한 그렇습니까?"

대답　조숭수

"토하게 하는 약의 뛰어난 것은 과체(瓜蒂)[54]·여로(藜芦)[55]의 따위이고, 그 가벼운 것이 소금을 넣어서 끓인 물이지만, 단맛이 토하게 할수 있다 함을 저는 듣지 못했습니다."

---

53 신고(新藁): 금년고(今年藁). 막 벤 벼에서 얻은 짚. 옮겨심기 적당할 정도로 자란 볏모에 뜨거운 물을 부어 건조시킨 것.

54 과체(瓜蒂): 고정향(苦丁香). 박과 식물인 참외의 열매꼭지를 말린 것. 식체(食滯)·전간(癲癇)·황달(黃疸) 등에 씀.

55 여로(藜芦): 여로(藜蘆)·총염(葱苒)·녹총(鹿葱)·총담(葱苒)·산총(山葱). 백합과 식물인 박새의 뿌리와 뿌리줄기를 말린 것. 토하게 하거나 기생충을 구제함. 악성 종기나 두창(頭瘡) 등에 외용약으로 쓰기도 함.

아룀   조숭수

"태의원(太醫院)[56] 안에 그대와 같은 분은 몇 사람이 있습니까? 그밖에 시의(時醫)[57]나 세의(世醫)[58]라 이름하는 사람들은 제가 인원수를 분별하지 못하겠습니다."

대답   카와 장인

"대체로 조정(朝廷)에서 벼슬하는 사람들 2~3백 명 중에 시의(侍醫)라는 사람들이 20명 남짓입니다. 그밖에 사방의 제후에게서 벼슬하는 사람들이나 다만 저자 속에서 살아가는 사람들은 그 인원수를 모르겠습니다."

아룀   카와 장인

"어제 성안에 들어 가셨었는데, 만나볼 수 있었던 사람이 있습니까? 궁실(宮室)의 아름다움이나 누추함은 어떠셨습니까?"

대답   이백령(李栢齡)[59]

"궁각(宮閣)의 아름다움과 무창(武昌)[60]의 웅장하고 장대한 경관이 비록 한(漢)나라 궁궐이라 하더라도 또한 더 성함이 있겠습니까? 금고리의 남은 빛과 옥난간의 조각 기술이 수를 놓은 비단처럼 아름답

---

56 태의원(太醫院): 궁중(宮中)에서 의약(醫藥)의 일을 맡은 관청.
57 시의(時醫): 운이 좋아 일시에 명성을 얻은 의사. 한때 인기 있는 의사.
58 세의(世醫): 대대로 의업에 종사하는 한의사. 또는 그 집안.
59 이백령(李栢齡): 1748년 제10차 통신사 때 명무군관(名武軍官) 중 도총도사(都摠都事)였음.
60 무창(武昌): 중국 호북성(湖北省) 악성현(鄂城縣)의 남쪽에 있는 산 이름.

고, 잡된 견해로는 한 점 흠도 없으니, 동방(東方)의 군자 나라라고 이를만합니다. 도회지(都會地)의 번성함도 비록 중국이라 하더라도 더 성할 수 없습니다."

아룀   이백령

"절들 중에 이 건물과 같은 것으로 에도[江戶]에 지어진 것이 몇 채입니까?"

대답   카와 장인

"에도[江戶]에 이 빈관(賓館)과 같은 것이 많아서 기억하지 못하며, 이와 같은 것은 이루다 말할 수 없습니다. 제후의 저택과 아울러 사대부의 집 가운데 큰 것들은 그것의 2~3배입니다. 그 나머지는 낱낱이 들어 말할 수 없습니다."

이백령(李栢齡)은 군관(軍官)인데, 곁에 있다가 물었다.

아룀   조숭수

"여행길에 협통(脇痛)[61]이란 것이 생겼는데, 지금까지 며칠 되었습니다. 약의 효험이 없는데, 그대께 기이한 약이 있습니까?"

---

61 협통(脇痛): 옆구리가 아픈 병증. 풍한사(風寒邪), 서열사(暑熱邪), 온역사(瘟疫邪) 등에 의한 외감(外感)이나 기울(氣鬱), 어혈(瘀血), 담음(痰飮), 식적(食積) 등에 의한 내상(內傷)으로 간(肝)·담경(膽經)이 장애되어 생김. 그 밖에 옆구리를 지나간 심폐비신(心肺脾腎)의 낙맥(絡脈)이 장애되어 생김. 급성 및 만성 간염을 비롯한 간질환, 급성 및 만성 담낭염, 늑막염, 늑간신경통, 옆구리 외상 때에 자주 볼 수 있음.

　　대답　　카와 장인

"협통은 비록 여러 원인이 있지만, 대체로 간(肝)에 속하는 것이 많으며, 그대께서도 일찍이 아시는 바입니다. 저는 오수유(吳茱萸)[62]와 법제(法製)한 황련(黃連)[63]을 쓰는데, 소시호(小柴胡)[64]를 더하면 효험이 있는 경우가 많습니다. 그대께서도 이 처방을 쓰시는지요?"

　　아룀　　조숭수

"일찍이 소시호는 쓰지만, 오수유와 법제한 황련을 더하지는 않습니다."

곧 약상자에서 배합한 약을 꺼냈는데, 포장지 위에 처방 이름이 쓰여 있었다. 심부름하는 아이에게 시켜서 아무개가 묵는 방에 주도록 했는데, 뒤에 나았는지는 묻지 않았다.

　　아룀　　카와 장인

"몇 번이나 글로 이야기 나누니, 날이 저무는 것도 모르겠으며, 또한 차마 헤어지지 못하겠습니다. 그대께서도 비록 그러하실 테지만, 괴롭고 고되신데 위로 드리기 어려우니, 다른 날 다시 와서 훌륭하신 모습에 인사드리며 여쭙겠습니다."

62　오수유(吳茱萸): 운향과 식물인 오수유나무의 덜 익은 열매를 말린 것. 비위(脾胃)를 따뜻하게 하고 한습사(寒濕邪)를 없애며, 기의 순환을 촉진하고 구토와 통증을 멎게 함. 간기울결(肝氣鬱結)로 옆구리가 아픈 데 등에 씀.

63　황련(黃連): 미나리아재비과의 다년초. 또는 약재로 쓰는 그 뿌리.

64　소시호(小柴胡): 소시호탕(小柴胡湯). 반표반리증(半表半裏症)으로 추웠다 열이 났다 하면서 가슴과 옆구리가 답답하고, 단단한 감이 있으며, 입맛이 없고, 때로 구역질을 하며, 입이 쓰고 마르며, 어지럼증이 나는 데 씀. 약재는 시호·속 썩은 풀·인삼·끼무릇·감초·생강·대추.

　　　대답　　조숭수

"반나절 서로 이야기 나누고 친해진 정으로 몹시 한탄스럽기만 합니다. 만약 다시 찾아주신다면, 얼마나 기쁘고 기쁘겠습니까?"

절구(絶句) 한 수를 지어 헤어짐을 청함

　　　　　　　　　　　　　　　　　　　　카와 장인

헤어진 뒤 그대 생각 밝은 달에 매달고	別後思君明月懸
밤마다 시 지어 마음속으로 전하리	宵宵裁賦情中傳
가르침이 하나하나 아름답고 훌륭하니	謦欬一一爲珠玉
단지 〈백설편〉으로는 보답하기 어렵구나	只見難酬白雪篇

카와공[河公]께서 주신 시를 받들어 보답함

　　　　　　　　　　　　　　　　　　　　조숭수

같은 하늘 밝은 달빛 비구름에 매달고	一天皓月雨雲懸
헤어진 뒤 소식은 돌아가는 기러기로 전하리	別後信音歸雁傳
마음 속 이런저런 생각 마름질해 얻으면	裁得心中多少意
날 위해 시편 내려준 그대에게 하례하리	賀君爲我賜詩篇

　　　아룀　　카와 장인

"약속한 5일에 마땅히 와서 뵙겠습니다. 그대께서 허락하실지 모르

겠습니다."

　　　대답　　조숭수
"5일의 약속을 어기지 마시기 바랍니다."

6월 5일

　　　아룀　　카와 장인
"저는 훌륭하신 모습을 얻어 뵌 때로부터 물러나서 잠시라도 그대 곁에서 따르지 않음이 없었으니, 오랜 동안의 기쁨입니다. 저는 보잘 것없고 모자라서 그대의 마음을 헤아려 얻지도 못했지만, 한 잔 술 그리고 나눈 이야기는 평생의 정의(情誼)라는 것과 같지 않음이 없습니다. 모린(慕藺)[65]처럼 하염없이 그리워하니 어째서일까요? 저로 하여금 이 지경에 이르게 하셨습니다. 대체로 머나먼 바깥세상이나 오랜 세월의 사이를 돌아보아도 또한 오로지 잠시 동안의 만남일 뿐입니다. 날과 달이 점점 바뀌어 바야흐로 그대가 서쪽으로 돌아가실 때를 대하니, 어찌하겠습니까? 제가 어느 날인들 잊겠습니까? 슬픔과 기쁨이 서로 엇갈립니다. 아! 머나먼 곳이라는 것은 아득하기만 하고, 오랜 세월이라는 것은 길기만 합니다. 또한 오로지 잠시 동안의 만남을 다행이라 생각한다면, 또한 슬프지 않겠습니까? 그러나 잠시 동안의 만

---

65 모린(慕藺): 사람을 우러러 경모(敬慕)함. 한(漢)대의 사마상여(司馬相如)가 인상여(藺相如)를 경모해 이름까지 바꿨다는 고사(故事)에서 유래함.

남이나마 제게는 하늘이 내린 행운이고, 또한 더없이 큽니다. 절구(絶句) 한 수를 지어 보잘것없는 마음을 드릴 뿐입니다. 밤마다 밝은 달을 바라보며 머나먼 곳에서 평안하신가를 생각하겠지요. 마음속 일은 헤어진 뒤에 또 누구에게 전할까요?"

대답   조숭수

"그대의 한(恨)이 곧 저의 한입니다. 일단 헤어진 뒤에는 각자 하늘 한 쪽에서 소식조차 건네기 어렵겠지요. 두터운 정이 여기까지 이름을 생각하면, 사람으로 하여금 몹시도 슬프게 합니다. 시편을 보내오시니 더욱 지극히 감사드리며, 매우 행복합니다."

조선국(朝鮮國) 양주(楊州) 조경로(趙敬老) 활암(活菴).

일본국(日本國) 태의(太醫) 카와 슌코 공[河春恒公] 원동(元東)께 이별하며 받들어 회답함

일본에서 한번 헤어진 뒤에는	扶桑一別後
구름과 물로 길이 서로 그리워하리	雲水長相思
다른 나라 마음속으로 벗이라 할 이	異國心中爻
그대 없이 다시 과연 누구라 할까?	除君更是誰

아룀   카와 장인

"거친 글을 받들어 드렸는데, 황공하게도 화답을 내려주시니, 깊은 정이 강이나 바다와 같아서 사례하기 어렵습니다. 어느 날인들 잊겠

습니까? 제게는 한스러운 이별의 씨앗이 됩니다."

아룀 조숭수

"'爻'자(字)를 아시겠습니까?"

대답 카와 장인

"'友'자의 옛 글자입니까?"

아룀 조숭수

"그렇습니다. '友'의 글자 뜻을 그대께서는 깊이 생각하십시오."

자리 위에서 앞의 운(韻)을 다시 써서 활암(活菴) 조군(趙君)
책상 아래에 받들어 사례함

카와 장인

하늘 끝 아득히 먼 곳	天涯十萬里
응당 나로 하여금 그립게 하리	應使我相思
가슴 속 정을 조금이나마	胸裏情多少
지금처럼 또 누구와 마주대할까?	從來又對誰

첩운(疊韻)해서 카와공[河公] 원동(元東)께 드림

조숭수

| 머나먼 곳 다시 아득히 먼 곳 | 千里復萬里 |

그리워하고 다시 그리워하리　　　　　　　相思復相思
그리운 이 오직 바로 그대뿐인데　　　　　相思唯是君
그대 지금 다시 누구를 향하시나?　　　　君今更向誰

아룀　　조숭수
"그대는 왜 머리털을 모두 깎으셨습니까?"

대답　　카와 장인
"우리 동쪽 나라 습속(習俗)은 의원(醫員)으로 하여금 머리털을 깎게 하여 아침부터 저녁까지 매우 빨리 대비하도록 합니다. 습속이 그러한 것이니, 어떻게 할 수 있겠습니까?"

물음　　조숭수
"노로 공[野呂公]은 왜 오지 않았습니까?"

대답　　카와 장인
"모르겠습니다. 무슨 까닭이 있겠지요."

아룀　　조숭수
"그대의 의문에 대해서는 어제 객요(客擾)[66] 때문에 써드리지 못하겠으니, 한탄할만합니다."

---

66 객요(客擾): 손님의 출입이 잦아 마음이 어지럽고 분주함.

대답　카와 장인

"가르쳐주신 논의가 참되고 정성스러우니 감사드립니다. 그대는 염려하고 애쓰지 마십시오. 오늘도 매우 어지럽고 분주하니, 다른 날 분부를 베풀어주십시오."

아룀　조숭수

"그대는 어제 돌아가신 부친 슌타츠 공[春辰公]의 저서(著書) 1책(冊)을 조송재(趙松齋)[67]에게 보냈고, 또 그대의 의안(醫案)을 김탐현(金探玄)[68]에게 주며 서문(序文)을 청했습니다. 오늘은 왜 와서 만나보기를 청하지 않습니까?"

대답　카와 장인

"마땅히 가르침과 같이 하겠습니다."

아룀　조숭수

"진실로 날마다 혼잡해서 두 선생의 아름다운 작품을 보고도 답해드리지 못할 따름입니다." 두 선생이라는 사람들은 소대암(蘇岱菴)과 오카 지산[岡芝山]이다.

대답　카와 장인

"보여주신 가르침이 지극하고 매우 간절합니다. 다른 날 그대의 화

---

67 조송재(趙松齋): 조덕조(趙德祚, 1709~?). '송재'는 그의 호. 자는 성재(聖哉). 전(前)
　주부(主簿)이자 1748년 제10차 통신사 때 의원(醫員)이었음.
68 김탐현(金探玄): 김덕륜(金德崙, 1703~?). '탐현'은 그의 호. 자는 자윤(子潤). 전(前)
　주부(主簿)이자 1748년 제10차 통신사 때 의원(醫員)이었음.

답을 내려주십시오."

아룀　카와 장인

"지난번 분부하셨던 소무(蘇茂)의 일은 제가 자세히 탐문했으니, 그 내력을 이와 같이 썼습니다." 비로소 소대암(蘇岱菴)의 조상이 조선 사람이라 함을 들었다. 그 유래를 청했고, 따라서 대암(岱菴)으로 하여금 내력을 쓰게 시켜서 조숭수에게 주었다.

대답　조숭수

"살펴볼만한 세보(世譜)[69]가 없어서 한스럽습니다. 이와 같이 조선 인이었는데, 뒤에 진실로 귀하게 될 수 있었군요. 이 사람을 혹시 만 나볼 수 있을까요?"

아룀　카와 장인

"나라의 법으로 금지해 서로 만나볼 수 없습니다. 그 또한 매우 한 스러워합니다."

대답　조숭수

"두 나라는 서로 친한데, 한 사람의 왕래가 무슨 상관이 있겠습니 까? 거듭 참으로 한탄할만합니다."

아룀　카와 장인

"그 사람은 배신(陪臣)[70]입니다. 그 섬기는 주인이 허락하지 않습니

---

69 세보(世譜): 조상 대대로 내려오는 혈통과 집안의 역사에 대한 기록을 모아 엮은 책.

다. 아마도 여러분을 기다렸다는 잘못이 있는 듯합니다. 우리 대군(大君)께서는 허락하셨습니다."

아룀　카와 장인
"일전에 요청 드렸던 처방 한 가지는 한가할 때 써서 내려주십시오."

대답　조숭수
"마땅히 가르침과 같이 하겠습니다."

아룀　카와 장인
"두풍(頭風)⁷¹은 비록 여러 원인이 있지만, 여러 해가 지나 오래된 것은 치료가 어려운데, 그대에게 귀중한 처방이 있다면, 써서 내려주십시오."

대답　조숭수
"제게 처방 한 가지와 신비한 뜸법이 있으니, 마땅히 전해드리겠는데, 저는 비밀로 삼는 것입니다. 그대가 나를 생각함이 지극하다 이를 만할 것입니다. 집안의 비밀스런 방술(方術)로 사례하니, 경솔히 하지 마십시오." 처방약 한 가지와 뜸법은 별도로 기록했다.

조덕조(趙德祚)께 아룀　카와 장인
"지난번 드렸던 글은 살펴보셨습니까?"

---

70 배신(陪臣): 천자(天子)는 제후(諸侯)를, 제후는 대부(大夫)를, 대부는 가신(家臣)을 가지므로, 대부가 천자, 가신이 제후 앞에서 '겹친 신하'라는 뜻으로 자신을 일컫는 말.
71 두풍(頭風): 두통의 하나. 두통이 낫지 않고 오래 계속되면서 때에 따라 아팠다 멎었다 하는 것을 말함. 풍한사(風寒邪)나 풍열(風熱)의 사기가 침입하거나 어혈, 담(痰)이 머리의 경락에 몰려서 생김.

대답　조덕조(趙德祚)

"돌아가신 그대 아버님의 논의를 모아 엮은 책을 주셔서 받들어 살펴보았고, 서문을 글로 지어 드려야 하는데, 아직도 이처럼 바르게 베껴 쓰지 못했기 때문에 드리지 못하겠습니다. 내일 보내드리겠습니다. 김탐현(金探玄)은 병이 있어서 나아올 수 없었습니다." 이날 관반(館伴)[72] 오오모리[大守]가 마른 음식을 차례대로 내왔다. 나는 필어(筆語)를 하고, 두 의원(醫員)으로 하여금 그것을 드시게 했다.

아룀　카와 장인

"그대는 오늘 침(鍼)을 가지고 오셨는지요? 그대의 침을 보여주시기 바랍니다."

대답　조덕조

"바로 가지러 갔으니, 무슨 어려움이 있겠습니까? 그대 나라 침의 품질이 좋기 때문에 장인(匠人)으로 하여금 침을 만들게 하려고 하는데, 침본(鍼本)을 보면, 쉽게 할 수 있을까요?" 즉시 9침(九鍼)[73]을 꺼내서 보여주었다.

대종침(大腫鍼)　그 모양은 삼릉침 비슷하고, 크기는 5푼[分] 남짓이며, 길이는 5치[寸] 남짓이다.

---

72 관반(館伴): 자국(自國)에 묵고 있는 외국 사신을 접대하기 위해 임시로 임명하는 벼슬아치.
73 9침(九鍼): 옛날에 쓰던 9가지 침. 참침(鑱鍼)・원침(員鍼)・제침(鍉鍼)・봉침(鋒鍼)・피침(鈹鍼)・원리침(員利鍼)・호침(毫鍼)・장침(長鍼)・대침(大鍼)임. 모양과 쓰이는 용도가 다름.

중종침(中腫鍼)　　대종침 비슷한데, 작은 것이다.

인후침(咽喉鍼)　　그 모양이 마치 붓끝과 같다.

경락동침(經絡銅鍼)　　그 모양이 짧고 작다.

소사강침(小史鋼鍼)　　그 모양이 가늘고 작으며 길다.

삼릉침(三稜鍼)[74]　　크기는 각각 네 등급이다.

"그대 나라에서도 이러한 침을 쓰는지요?"

　　대답　　카와 장인

"양창(瘍瘡)[75] 전문가들은 많이 쓰는데, 각자 같거나 다른 점만 있을 뿐입니다. 오로지 침 치료만 행하는 사람들은 대체로 호침(毫鍼)[76]을 씁니다. 대부분 금이나 은을 가지고 만드는데, 간혹 철침(鐵鍼)도 있습니다."

　　아룀　　카와 장인

"그대는 적취(積聚)[77]·비괴(痞塊)[78]를 보면, 곧바로 그곳에 침을 찌릅니까? 복통(腹痛) 등을 보면, 어떤 침을 씁니까?"

---

74 삼릉침(三稜針): 봉침(鋒針). 9침(九針)의 일종. 침 끝이 세모꼴이고 날이 있음. 주로 피하정맥(皮下靜脈)과 소혈관(小血管)을 찔러 옹종(癰腫)·열병(熱病)·급성위장염(急性胃腸炎) 등을 치료함.

75 양창(瘍瘡): 창양(瘡瘍). 몸 겉에 생기는 여러 가지 외과적 질병과 피부 질병의 총칭. 창에는 종양·궤양·옹·저·정창·절종·류주·류담·라력 등이 포함됨.

76 호침(毫鍼): 옛날에 쓰던 9가지 침의 하나. 침대가 가늘며 침 끝은 머리카락처럼 가늚. 현재는 탄력성이 좋은 금속으로 만든 가는 침을 말함. 굵기와 길이가 여러 가지 있는데, 침 치료 대상으로 하는 대부분의 병에 다 쓰임. 길이는 5푼~5치 또는 그 이상 되는 것도 있으며, 침 자루·침 날·침 끝으로 되어 있음.

77 적취(積聚): 배 속에 덩이가 생겨 아픈 병증.

78 비괴(痞塊): 배 안에 적괴(積塊)가 생긴 증. 음식·담(痰)·어혈(瘀血)로 생김.

　　대답　　조덕조

"뱃속의 적(積)[79]은 침이 아니면 어떻게 치료할 수 있겠습니까? 적통 (積痛)[80]이 비유하건대 바위 위의 이끼와 같다면, 약으로 치료함은 물로 바위 위의 이끼를 씻음과 같고, 침으로 치료함은 정(釘)으로 깎아내는 것과 같습니다. 그러므로 나는 적통(積痛)을 대하면 대강침(大綱鍼)을 가지고 치료합니다. 경락법(經絡法)으로 논의하자면, 가을과 겨울에는 깊게 찌르고, 봄과 여름에는 얕게 찌르는데, 대부분 위중(委中)[81]의 혈(穴)을 가지고 논의 하니, 이 혈을 찌르지 않으면, 아픔을 낫게 하기 어려울 것입니다."

　　물음　　카와 장인

"연세가 몇이신지요?"

　　대답　　조덕조

"39세입니다."

---

79 적(積): 적취(積聚)의 하나. 배속에 생긴 덩이인데, 일정한 형태를 가지고 고정된 위치에 있으며, 아픈 부위로 이동되는 일 없이 고착되어 있는 병증.

80 적통(積痛): 적체(積滯)로 생기는 복통. 배가 은근히 아픈 것이 특징임. 냉적(冷積)·기적(氣積)·식적(食積)·충적(蟲積) 때 흔히 봄.

81 위중(委中): 경혈(經穴). 무릎관절 뒤로서 오금부 가로금의 중점에 위치하는데, 중서 (中暑), 육혈(衄血), 전간(癲癇), 학질(瘧疾), 하지위비(下肢痿痹), 슬종통(膝腫痛), 요척강통(腰脊强痛) 및 급성위장염(急性胃腸炎), 좌골신경통(坐骨神經痛), 장딴지근의 경련 등을 치료하는 데 주로 사용함.

6월 7일

카와 장인

"몹시 심한 더위가 사람을 찌는 듯하여 안부를 여쭙습니다."

대답 조숭수

"그대는 신의(信義)가 있어 약속을 변치 않았으니, 참으로 매우 감사드립니다. 그대의 의문은 아직도 초고(草稿) 속에 있는데, 바르게 베껴 쓰는 데 이르지 못했습니다. 초고를 먼저 보심이 어떻겠습니까?"

아룀 카와 장인

"제가 크고 많은 괴로움과 고되심을 돌보지 못하고, 의문 몇 가지를 드렸습니다. 가르침과 깨우침은 이미 갖추어졌으니, 지금 초고를 내려주십시오. 바르게 베껴 씀은 필요치 않습니다. 먼저 2~3개 조목(條目)만 보겠고, 오늘은 복잡하고 소란스러워 자세히 살펴볼 수 없으니, 만약 의심나는 점이 있어서 다른 날 드릴 수 있다면, 가르침을 거듭 내려주십시오."

아룀 조숭수

"가르침은 모두 위로가 되나, 초고(草稿)를 다른 사람에게 준다면, 일이 경솔함에 빠져들게 되니, 어쩌겠습니까? 손님을 접대하고 남는 날에도 더위가 심하다면, 오히려 손을 대지 못하리니, 많이 부끄럽고 부끄럽겠지요."

대답 카와 장인

"일찍이 매우 간절한 마음을 받아들이셔서 초고를 제게 주신다고 한

들 또 무슨 상관이 있겠습니까?"

　　아룀　조숭수

"이 물건은 우리나라의 편지지입니다. 작은 마음의 표시라서 몹시 부끄럽습니다."

　　대답　카와 장인

"황공하게도 편지지 몇 장을 베풀어주시니, 오로지 이 편지지를 가지고 평안하신지 안부를 여쭐 수 없음이 한스럽습니다. 한(恨)이 매우 크게 남습니다."

　　아룀　조숭수

"시(詩) 두 편을 겨우 차운(次韻)해서 보내드리니, 저를 위해 전해주십시오." 소대암(蘇岱菴), 오카 겐류[岡元立]의 화답이다.

　　대답　카와 장인

"삼가 꼭 분부를 받들겠습니다."

　　아룀　카와 장인

"치(痔)⁸²가 오래되어 루(漏)⁸³가 된 것은 치료하기 어려운데, 그대에게 귀중한 처방이 있으면 가르쳐주십시오."

---

82 치질(痔疾): 항문 안팎 둘레에 생기는 병.
83 루(漏): 치루(痔瘻·痔漏). 누치(瘻痔). 항문 직장 주위에 누공(瘻孔)이 생긴 병증. 치핵과 치열이 헐거나 항문옹(肛門癰)이 터진 뒤 창구(瘡口)가 아물지 않아서 생김.

대답   조숭수

"치해(痔痰)는 기이한 처방이 없지만, 뜸법과 약을 붙이는 방법은 있으니, 별도로 써서 드리지요. 우선 내일을 기다리십시오."

아룀   조숭수

"어제 그대에게 분부했던 복용 약은 본방(本方)[84]에 의거한 사물탕(四物湯)[85]인데, 생맥산(生脉散)[86]을 합하되 인삼을 사삼(沙參)[87]으로 대신해서 100첩(貼)을 복용하면, 영원히 나을 수 있습니다. 오직 일상생활에서 섭생(攝生)[88]을 삼감이 마땅합니다. 진실한 뜻을 늦게 드리지만, 받아들여주시면 다행이겠습니다."

대답   카와 장인

"지극히 간절하시니, 어느 날인들 잊겠습니까?"

---

84 본방(本方): 의학 서적에 적혀 있는 그대로의 약방문.
85 사물탕(四物湯): 약재는 숙지황(熟地黃)·백작약(白芍藥)·천궁(川芎)·당귀(當歸). 혈허증(血虛證)과 혈병(血病)에 두루 씀. 월경 장애, 불임증, 갱년기 장애, 자율신경 부조화증, 해산하기 전과 뒤에 생긴 병 등에 쓸 수 있음.
86 생맥산(生脉散): 인삼생맥산(人蔘生脈散). 생맥음(生脈飮). 열로 원기가 손상되어 지체(肢體)가 나른하고 숨이 짧으며, 갈증이 나고 땀이 그치지 않거나, 또 심폐(心肺)의 기음부족(氣陰不足)으로 기침이 나고 숨이 차며, 지체(肢體)가 위약(痿弱)하고 다리에 힘이 없으며, 눈이 흐려지는 등의 병증을 치료함. 약재는 인삼(人蔘)·맥문동(麥門冬)·오미자(五味子).
87 사삼(沙參): 더덕. 초롱꽃과의 다년생 만초(蔓草). 뿌리는 식용·약용함. 사삼은 '잔대'라는 설도 있음.
88 섭생(攝生): 병에 걸리지 않도록 적당한 운동과 식사로 건강을 잘 유지 관리함. 양생(養生). 섭양(攝養).

　아룀　　카와 장인

"시역(時疫)[89]의 증세는 애매모호하고 적다고 하지 못합니다. 곧 의문(疑問)나는 조목(條目)을 소매에 넣어 가져와서 오로지 또한 계속 괴로움과 고되심을 돌보지 못합니다. 그러나 좋은 인연은 오랜 세월 기약하기 어려우니, 옳고 그름을 써서 내려주시기 바랍니다. 10일을 약속하셨는데, 올 수 있습니다. 제게 공무(公務)의 여가(餘暇)가 없어서 지금부터 자주 오기 어려우니, 몹시도 한(恨)이 남습니다."

　대답　　조숭수

"지금부터 이후로 자주 찾아오기 어렵다고 말씀하시니, 한탄할만합니다. 10일의 약속을 어기지 않으시면 다행이겠습니다."

"의문(疑問)나는 조목(條目)이 감히 그대의 뜻에 부응하지 않습니까?"

　아룀　　조덕조

"어제 몸소 편지를 보내주셨는데, 답신은 다행히 그대가 오셨기 때문에 몸소 드립니다."

　카와공[河公] 책상 아래에 삼가 아룀

두세 번 방문을 받았고 듣지 못했던 바를 들었으니, 머나먼 곳에서 이리저리 떠돌아다니다 이러한 인연은 만나기 어렵겠지요. 요즈음은 지내기에 쾌적합니다. 책머리의 글은 거듭 정성된 뜻을 어겼었는데, 감히 이처럼 어리석고 보잘것없는 의견을 지어드립니다. 어찌 만에 하

---

89 시역(時疫): 철따라 생기는 질병. 유행병. 전염병.

나라도 떨쳐 드러냄이 있겠습니까? 다만 불두포분(佛頭鋪糞)[90]으로 하여금 분수에 넘치도록 몹시 방자(放恣)하게 합니다. 머지않아 뿔뿔이 흩어지겠지요. 답장은 없더라도 맑은 모습을 다시 접한다면, 얼마나 다행이겠습니까? 우선 이처럼 제대로 갖추지 못합니다.

　　　　무진(戊辰·1748) 유월(流月)[91] 상한(上澣)[92] 조성재(趙聖哉) 송재(松齋) 배(拜)

　　청심환(淸心丸)　　2알　　　　소합원(蘇合元)[93]　3알
　　자금정(紫金錠)[94]　3알　　　　옥추단(玉樞丹)[95]　3알

『창주소언(滄洲小言)』 서문

　나는 어려서부터 의술(醫術)을 일로 삼았고, 그 힘씀 또한 이미 오래되었다. 대체로 세상에 전해지는 약과 음식, 침과 뜸 관련 책들은 연구를 마치지 않음이 없지만, 항상 그 책들은 아득히 넓어서 읽기 어려

---

90 불두포분(佛頭鋪糞): 불두착분(佛頭著糞). 부처의 머리 위에 새가 똥을 눔. 좋은 사물을 더럽히거나 모독함의 비유.

91 유월(流月): 유두(流頭)가 있는 달. 음력 6월의 다른 이름.

92 상한(上澣): 상순(上旬). 한 달 중에 초하루부터 초열흘까지의 동안.

93 소합원(蘇合元): 정신을 상쾌하게 하고 위장을 맑게 하는 약.

94 자금정(紫金錠): 만병해독단(萬病解毒丹). 오배자(五倍子)·산자고근(山茨菰根)·대극(大戟)·천금자(千金子)·사향(麝香)을 가루 내어 찹쌀풀로 만든 환제(丸劑). 독버섯·복어·약물·새·짐승고기 중독 등에 씀.

95 옥추단(玉樞丹): 임금이 단옷날에 신하에게 하사(下賜)하던 구급약의 한 가지. 모양은 여러 가지이나 가운데에 구멍을 뚫어서 부채의 장식 끝에 매달아 가지고 다니다가 곽란(癨亂)이나 서체(署滯)가 생기면 갈아서 물에 타서 마셨음.

웠다. 헌기(軒岐)의 책은 아직도 많고, 화편(和扁)[96] 이하 당(唐)·한(漢)
과 송(宋)·명(明)의 사이에 의술로 이름난 사람은 손가락으로 꼽을 수
없으며, 아울러 논저(論著)에 있어서도 이리저리 뒤섞여 어수선하다.
동시에 돌아가 다다를 곳에 있어서도 비유하자면, 푸른 바닷가 겹겹
의 높은 낭떠러지와 종남산(終南山)[97]의 만 겹 좁은 길을 분별하지 못
하고 섞이기 쉬운 것과 같다. 나는 늘 여러 사람들의 말 중에서 어둡
든 밝든 의혹 모으기의 어려움을 병통으로 여겼으며, 이 세상의 도(道)
있는 군자(君子)에게 나아가 의혹을 검토하고 어려움을 질문해 그 요
점을 모아 듣고자 함이 오래되었다. 지금 사신의 배를 따라서 토부[東
武]에 이르러 며칠이 지났다. 세업의(世業醫) 카와[河]선생 슌코[春恒]보
(甫)[98]라는 사람이 있는데, 몸소 찾아와 만나기를 청했고, 드디어 이끌
어 올려서 함께 이야기했다. 그 용모는 단정하고 아름다웠으며, 그 말
은 바르고 자세했는데, 그 연원을 묻지 않았다. 두서너 번 오갔는데,
책 하나를 소매에 넣어가지고 와서 보여주며 말하기를 "이것은 우리
돌아가신 부친 창주공(滄洲公)께서 직접 지으신 것인데, 돌아가신 부친
의 평생 정력(精力)이 여기에 다 있습니다. 바라건대, 그대의 한마디
말씀을 얻어 책에 씌워 영원히 전하도록 도와주신다면, 살아서도 죽
어서도 모두 영광이 있을 것입니다."라고 했다. 나는 받아서 읽었는데,

---

96 화편(和扁): 고대의 명의(名醫)인 화(和)와 편작(扁鵲)의 병칭. 화작(和鵲).
97 종남산(終南山): 섬서성(陝西省) 장안(長安)의 남쪽에서 동서로 뻗어있는 산. 남산(南
   山). 주남산(周南山).
98 보(甫): 남자의 미칭(美稱). 대장부. 남자가 관례(冠禮)를 치르고 자(字)를 쓰게 되면,
   그 자 밑에 붙이던 글자. 나이가 많은 사람에 대한 존칭.

대개 성명(性命)의 바름이 그 책의 근본이었다. 말로 약속했는데, 내용은 이기(理氣)의 근원을 멀리 연구해서 뜻이 깊고 분별이 자세했다. 논의한 것은 4~5조목(條目)을 넘지 않았지만, 온갖 방법은 실제로 꿰뚫지 않음이 없었다. 엮은 것은 몇 십 장에 차지도 않았지만, 여러 학자의 많은 학설들을 모으지 않은 것이 없었다. 그 보태고 빼거나 비우고 채워 지은 점과 더하고 빼거나 올리고 내린 방법에 있어서는 실제로 앞 사람들이 일으키지 못했던 오묘한 바가 있었다. 나는 굽어 읽고 우러러 탄식하며 말한다. "이 어찌 예전에 이른바 도(道)있는 군자가 아니겠는가? 내 바른 데 나아가 그 모은 요점을 듣고자 하노라. 아! 내가 늦게 왔도다. 비록 그대의 논의를 듣는 데 미치지는 못했지만, 그 책이 있으니, 예전에는 의심스럽고 어두웠던 것들의 증거를 얻을 수 있고 바로잡을 수 있도다. 예전에는 아득히 넓었던 것들을 얻어서 모을 수 있도다. 그렇다면 그대는 비록 말을 못하지만, 나는 한마디 말이나마 없을 수 없노라. 하물며 그대의 말이 이미 간절하고 또 간절하니, 내 어찌 얻고도 끝내 아무 말 없이 잠잠할 뿐이겠는가? 이리하여 그 서투름을 잊고 간략하게 말하노라." 그 말속의 숨은 뜻에 전하지 않는 오묘함 같은 것은 살아서 반드시 집안 가르침의 사이에서 얻을 수 있을 것이며, 나는 노망(魯莽)[99]한 사람이나, 감히 도(道)를 거스르는 바는 없다고 말할 뿐이다.

때는 무진(戊辰 · 1748) 유월(流月) 상한(上澣) 조선국(朝鮮國) 의관(醫官)

조덕조(趙德祚) 송재(松齋) 삼가 서(序)하노라.

---

99 노망(魯莽): 무식(無識)하다는 말.

필어(筆語)　　조덕조

"돌아가신 부친이 지으신 책은 성격이 맑고 훌륭해서 글과 말은 미칠 수 있는 바가 아닙니다. 서문(序文)은 그대께서 간절히 청하셨기 때문에 서투름을 피하지 못하고 글을 지어 책임을 다했으나, 마음은 몹시 편치 못합니다. 다른 사람들에게 지나친 칭찬을 받으니, 더욱 큰 부끄러움을 견디지 못하겠습니다."

대답　　카와 장인

"간절한 가르침은 모두 힘쓰도록 하겠습니다. 어제 청했던 서문(序文)이 만들어져서 제 손에 들어왔으니, 뛸 듯한 기쁨을 감당하지 못하겠습니다. 말씀마다 귀중한 소리이고, 글마다 옥처럼 빛나니, 시를 짓고 읊조리는 멋조차 모두 미칠 바가 아닙니다. 책 앞에 서문 붙여주시기를 영원히 부탁드렸으니, 진실로 돌아가신 부친께도 큰 다행입니다. 또 여러 약(藥)을 은혜롭게 받았고, 지금까지 두 어린 아이를 물리치지 않으셨으니, 매우 감사드리고 감사드립니다."

6월 10일　　카와 장인

"따로 떨어져 있던 3일간 아무 탈 없으셨는지 문안드립니다."

대답　　조숭수

"나그네의 숙소를 찾아주시니, 총애를 입음이 과분(過分)합니다. 참으로 감사드리고 감사드립니다."

　　아룀　　카와 장인

"전간(癲癎)[100]의 어떤 증세는 오랜 세월 치료가 어려운데, 귀중한
처방이 있으면 내려주십시오."

　　대답　　조숭수

"처방 하나가 있으니, 별도로 써드릴 따름입니다."

　　아룀　　카와 장인

"그대께서는 마땅히 편하게 앉으십시오." 숭수(崇壽)께 작은 병이 있었기
때문에 말했다.

　　대답　　조숭수

"그대는 염려 마십시오."

　　조덕조(趙德祚)께 아룀　　카와 장인

"지난번 내려주신 서문(序文)은 집에 돌아가 읽었는데, 의미가 절묘
합니다. 짧은 한 문장의 힘은 9정(九鼎)[101]을 들어 올릴만하고, 한 글자
의 가치는 천금(千金)의 가치라고 할 수 있을 뿐만이 아닙니다. 제게도
다행이고, 돌아가신 부친께도 다행입니다. 글과 말이 미칠 바가 아닙
니다. 매우 감사하고 감사합니다."

---

100 전간(癲癎): 간(癇). 발작적으로 의식 장애가 오는 것을 주증으로 하는 병증. 7정(情)
　　내상, 음식, 풍 등으로 간비신이 장애되어 생기지만, 주요하게는 담이 위로 치밀어 생김.
101 9정(九鼎): 하(夏)의 우왕(禹王) 때 9주(九州)를 상징해 주조(鑄造)한 솥. 하(夏)·은
　　(殷)·주(周) 3대(三代)에는 국권을 상징하는 보물이었던 데서, 국권을 이르기도 함.

대답　조덕조

"돌아가신 부친께서는 학술과 기예가 정교하고 아름다우며, 글재주는 씩씩하고 뛰어나 아름다움을 익힐만하기에 충분하지만, 제 글씨는 서투르고 보잘것없으며, 글은 마음을 다하지 못했으니, 스스로 몹시 부끄럽습니다."

아룀　조숭수

"듣자하니, 그대 나라에는 승관(僧官)과 의관(醫官)이 가장 많은데, 몸소 대군(大君)과 가까워 때마다 늘 가까이 모시면서 출입하고, 각 주(州)의 태수(太守)가 대군에게 만나 뵙기를 요청한다고 하더군요. 승관 또한 집안에서 도달(導達)[102]하며, 출입을 함께한다고 하던데, 이러한 말이 그러합니까?"

대답　카와 장인

"중들의 무리가 어찌 대군과 몸소 가까우며, 모독(冒瀆)하겠습니까? 이러한 일은 없을 것입니다."

아룀　조숭수

"그대 말과 같다면, 어째서 늘 모시지 않습니까?"

대답　카와 장인

"제가 아는 바가 아닙니다."

---

102 도달(導達): 윗사람이 모르는 일을 아랫사람이 가끔씩 넌지시 알려 줌.

아룀   카와 장인

"지난번 내려주셨던 가르침과 깨우침에 분명하지 않은 것이 있습니다. 다시 하나하나 논술하셔서 가르침 보여주시기를 청합니다."

대답   조숭수

"마땅히 가르침과 같이 모두 힘쓰겠습니다."

이날 학사(學士), 서기(書記), 기타 예닐곱 사람과 헤어졌고, 조숭수(趙崇壽)가 와서 손님 숙소에서 창수(唱酬)와 필어(筆語)를 조금 했는데, 생략하고 기록하지 않는다.

조선으로 돌아가는 활암(活菴) 조공(趙公)을 보내며

손님 보내며 술잔 들고 송별 자리 머무르니	送客杯樽駐別筵
다정했던 다른 나라에서 더욱 가련하구나	多情異域轉堪憐
후지산[富山] 구름이 머나먼 고갯길 막아서도	富山雲隔千里嶺
푸른 바다 뗏목은 8월 하늘에 떠가리	滄海槎浮八月天
돌아가도 진작의 아름다움 오히려 남아	飯去猶餘秦鵲翼
시름 찾아와도 영인[103]의 글들을 함께 보리라	愁來倂見郢人篇
강남에는 어지러이 매화 피어 있을 텐데	江南縱有梅花發
역사[104]시켜 편지는 전할 수가 없구나	驛使鴻書不可傳

---

103 영인(郢人): 흙손질을 잘 하는 영(郢) 사람. 기술이나 재능을 알아주는 친구의 비유. 영인이 흙손질을 하다가 코끝에 파리 날개만큼이나 얇은 흙이 묻자, 마침 옆에서 자귀질을 하고 있던 장석(匠石)에게 떼어 달라고 하여 장석이 자귀를 휘둘러 코를 다치지 않고 떼어 냈는데, 영인 또한 태연히 서있었다는 고사.

아룀   카와 장인

"좋은 인연으로 서로 만남은 오랜 세월 다시는 어렵겠지요. 한번 헤어지면, 두 눈에서 흐르는 눈물만 손에 가득하겠지요."

대답   조숭수

"평수상봉(萍水相逢)[105]의 친해진 정으로 여러 번 가까웠으니, 머지 않아 장차 옛길을 찾아 돌아올 수 있겠지요. 헤어진 뒤에 소식은 구름 자욱한 산에서 오로지 밝은 달을 바라보며, 마음만 서로 통할 뿐이겠지요. 마음이 몹시 괴롭고 괴롭습니다."

조선으로 돌아가는 뛰어난 의원(醫員) 송재(松齋)를 보내며

푸른 바다는 끝없이 아득한데	滄海杳無際
헤어지는 정자에 말술은 향기롭네	離亭斗酒香
근심스런 마음 밝은 달빛 같은데	愁心明月色
머나먼 곳 긴 세월 길기만 하리	萬里三秋長

아룀   카와 장인

"오늘 일단 헤어지게 되니, 두 눈에서 흐르는 눈물로 쓸쓸하기만 합니다."

---

104 역사(驛使): 역참에서 공문서를 전달하는 사람. 통역하는 사절(使節).
105 평수상봉(萍水相逢): 물 위를 떠다니는 부평초가 서로 만남. 우연히 서로 만남의 비유.

대답   조덕조

"영원히 평생의 이별을 하게 되니, 슬픔과 울적함을 견디지 못하겠습니다. 내일 이별의 시문(詩文)을 반드시 보내드릴 것입니다. 화답 시도 내보내드릴 수 있습니다." 비록 이런 말이 있었지만, 출발 날짜가 다가왔기 때문에 보내지 못했다.

자리 위에서 여러분을 이별해 보내며

여러분은 머나먼 곳으로 돌아가시고	諸君還萬里
한 조각 흰 구름만 외로이 남았네	一片白雲孤
모두들 서쪽으로 흐르는 물을 향하고	總向西流水
일본 남쪽에는 다만 읍주[106]만 남았네	日南但泣珠

여러분께 아룀   카와 장인

"손바닥을 뒤집듯 만났다가 손바닥을 뒤집듯 헤어지니, 마음이 몹시 슬프고 괴롭습니다."

대답 서기(書記) 해고(海皐) 대신 자리 위에 있던 다른 사람이 대답함 이해고 (李海皐)

"한번 머나먼 곳으로 헤어지니, 헤어졌다 만나는 모기와 등에조차

---

106 읍주(泣珠): 눈물 구슬. 전설에, 남해(南海)의 교인(鮫人)이 울면 그 눈물이 구슬이 된다고 함.

한번 지나가면, 소식도 주고받을 수 없겠지요. 하늘 위에 밝은 달만
조심스럽게 서로 비추니, 몹시 슬픈 듯합니다."

저녁 무렵 일단 헤어졌고, 사례하며 떠나갔다.

6월 12일 이날 타 핫큐[田伯求][107]가 빈관(賓館)에 이르렀고, 조숭수(趙崇壽)에게 편
지를 통했다.

활암(活菴) 조군(趙君) 책상 아래에 드림

어제 손만 잡고 허둥지둥해서 남은 한(恨)이 산과 같습니다. 오늘은
타 핫큐[田伯求]로 하여금 사개(使价)[108]를 삼아서 다른 일로 말을 전합
니다. 송재(松齋)는 아무 탈 없으시지요. 저를 위해 안부를 전해주십시
오. 눈물이 섞이고 몇 줄 급히 서둘러 제대로 갖추지 못합니다.

노슈[濃州][109]의 흰 종이 몇 장으로 마음의 한 면을 비추어드립니다.
비록 물건으로 마음을 말씀드리고 드러내기에는 충분치 못하지만, 웃
으면서 잘 간수해주십시오.

6월 12일 원동(元東) 카와 장인[河長因] 배(拜)

107 타 핫큐[田伯求]: 카와무라 슌코[河村春恒]의 제자.
108 사개(使价): 부사(副使). 사자(使者)를 보좌하는 사람. 사신의 통칭.
109 노슈[濃州]: 일본 전국시대 미노노쿠니(美濃國)의 주 이름. 현재 기후(岐阜) 남부.

붓을 따라 절구(絶句) 한 수를 지어 함께 드림

신선은 하늘 위로 떠나가고	僊人天上去
옥피리 소리는 〈낙매화〉[110]일세	玉笛落梅花
밝은 달은 삼주수[111]에 걸렸는데	明月三珠樹
8월 신선 뗏목에 생각이 치우치네	偏思八月槎

일본국(日本國) 태의(太醫) 카와공[河公] 책상 아래에 받들어 답장함

곧 빗속에 갑자기 그대 제자가 방문해 이르렀고, 아울러 안부 편지를 받았으니, 큰 기쁨을 조금이라도 어떻게 비유해 드러내겠습니까? 저는 출발 날짜가 조금 남았지만, 일이 많아 어지럽고 괴로우며, 근심으로 몹시 우울합니다. 다시 그대와 손을 맞잡고 이별할 수 없으니, 이 마음이 몹시 서운함을 어떻게 말할 수 있겠습니까? 바다와 산으로 한번 헤어지면, 소식과 편지는 영원히 멀어지겠지요. 달려가는 구름을 바라보며 하염없이 근심스러워 하겠지요. 보잘것없는 거친 글을 보내 이별의 슬픈 마음을 부칩니다.

은혜롭게 보내오신 종이와 거울은 깊이 감사드립니다. 두터운 마음은 마치 보답을 생각하지 않으시는 듯합니다.

만나는 자리 서둘렀는데 다시 헤어지는 자리	逢場草草又離筵

---

110 〈낙매화(落梅花)〉: 〈매화락(梅花落)〉. 고대 피리의 곡명(曲名).

111 삼주수(三珠樹): 전설 속의 진귀한 나무로 측백나무 잎과 비슷한데 모두 진주가 된다. 『산해경(山海經)』, 「해외남경(海外南經)」. 당나라 때 왕거(王勮), 왕면(王勔), 왕발(王勃) 3형제가 모두 재사(才士)로 이름이 높아 당시에 이들을 삼주수라고 일컬었음.

다른 나라와 사귀는 논의 또한 가련하구나	異域論交亦可憐
이별의 슬픈 마음 아득한데 구름은 나무 둘러싸고	別意蒼茫雲帶樹
돌아갈 근심 쓸쓸한데 바다는 하늘에 이어지네	歸愁寥落海連天
주머니 속 인삼 창출 신기한 재주 아니며	囊中參朮無神術
세상 밖 속세에는 거친 글도 있구나	世外烟霞有拙篇
지금부터 음성과 용모 영원히 멀어질 테니	從此音容便長隔
묻고자하는 소식 다시 누구에게 전할까?	欲問消息更誰傳
동남쪽 기후 빨라서	東南氣候早
6월인데 부용꽃 피었네	六月芙蓉花
돌아가는 길 아득하게 꿈꾸는 듯한데	歸路杳如夢
가을바람에 뗏목을 되돌릴 수 있겠지	秋風可返槎

무진(戊辰·1748) 계하(季夏)[112] 조선국(朝鮮國) 활암(活菴) 조숭수(趙崇壽)

『창주소언(滄洲小言)』 서문

의원(醫員)의 도(道)는 크다. 장차 사람의 목숨을 맡아 만물을 따르고, 3재(三才)의 이치에 통한다. 이 때문에 옛 사람은 이르기를 "서로 원하는 바를 만들지 않아야 의원이 된다."고 했으니, 어찌 구제하는 사람의 너름이 아니겠는가? 나는 일찍이 이 일을 대강 익혔다. 그러나 재주가 짧고 지식이 얕아서 앞 사람들의 만분의 일도 얻을 수 없었으니, 대개

---

112 계하(季夏): 여름의 마지막 달인 음력 6월. 늦여름.

책만 껴안고 처방에 미혹된 사람이었을 것이다. 올해 동쪽의 나라를 두루 거쳤다. 다만 머나먼 곳에서 산과 바다를 살펴보았을 뿐만은 아니다. 마음으로 다른 나라의 군자를 생각했고, 신이한 해석이나 신묘함을 깨달은 사람이 반드시 있어서 평생의 의혹을 한번 질문한다면, 이것은 내 재주가 이루어지는 날일 것이었다. 그러나 쓰시마[馬州]로부터 5천 리 남짓까지는 그러한 사람을 얻지 못했다. 제멋대로 한스럽게 여겼는데, 도호토[東都]에 이르러 창주공(滄洲公)과 더불어 그 말을 듣고 그 방법을 물어보는 우연한 만남을 얻었다. 이전에 이른바 신이한 해석이나 신묘함을 깨달은 사람이 과연 이곳에 있었던 듯하고, 또 그 『창주소언(滄洲小言)』이라 지은 것도 얻었다. 대개 옛 사람들이 이미 증명한 병(病)을 분별했고, 이름 붙인 약들이었다. 자기 뜻을 가지고 늘리거나 줄여서 마땅함을 얻었고, 발견하지 못한 비밀은 근거가 있으면 인용해서 경솔함으로 돌아감에 새롭게 힘쓰는 데 이르지 않았다. 아! 진실로 효과와 경험만 모여 있는 것이 아니며, 스스로 얻음이 깊은 사람이니, 그 어찌 의원(醫員)의 마음만으로 더불어 기약할 수 있었겠는가? 나는 일찍이 병을 앓은 뒤의 사람들에게 진실로 융통성 없는 방법만 지켰고, 변화의 이치에 통할 줄 몰라서 항상 미혹됨이 심했으며, 마침내 한마디 말로 드러내 밝힐 수 없었는데, 지금 창주(滄洲)의 책에서 이미 감탄했고, 부끄러움으로 그것을 이어나가게 되었다. 그러나 옛 사람들이 쌓아 놓은 경험이고, 이미 시험했던 처방이니, 또한 오로지 생각만으로 어지럽히고 바꿀 수 없다. 이 때문에 교주(膠柱)[113]의 비난은 면해도 끝내 사람을

113 교주(膠柱): 거문고의 기러기발을 아교로 붙여놓음. 법칙에 구애되어 융통성이 없음

해쳤다는 책망을 범하고자 하는 사람들이 많을 것이다. 경계하지 않을 수 있겠는가? 그러나 창주(滄洲)의 깊은 견해와 넓은 지식을 가지고 어찌 이런 일이 있겠는가? 공(公)은 그 일을 더욱 도탑게 하기 만을 원했고, 그 말로 하여금 뒷사람들에게 믿음직할 수 있었으니, 그는 사람의 목숨을 맡아 만물을 따름과 바른 성품에 있어서 부끄럽지 않다고 할 만하며, 그 구제할 바를 원했으니, 어찌 너르다 하지 않겠는가? 돌아가는 나를 보내면서 책에 씌울 말을 진실로 청하니, 나는 그와 일이 같기 때문에 마침내 이야기하지만, 그 또한 잊어버릴 뿐이다.

조선국(朝鮮國) 태의(太醫) 김덕륜(金德崙) 탐현(探玄) 배(拜)

　지난 며칠 동안 비가 오는 가운데 어떻게 지내셨는지 삼가 여쭙습니다. 대체로 백가지 이로움으로 편안함을 보답해주시니, 우러르고 우러르게 됩니다. 저는 사신의 배를 따라 먼 곳에 와서 외로운 객관(客館)에서 지냈는데, 함께 이야기할 사람이 누가 있었겠습니까? 다행히 그대가 버리지 않으셔서 여러 번 찾아주심을 얻었고 하루 종일 이야기 나누었으니, 이 기쁨이 얼마나 지극하겠습니까? 객관에 며칠 머무르다 길을 떠나 잠시 떨어져있었는데도 도리어 남자의 이별은 간절히 슬프고 가엾기만 했습니다. 비록 머나먼 곳이라 하더라도 가끔은 다시 만날 수 있는 방법이 있겠지만, 이번 이별은 그렇지 않고, 마음과 생각 또한 통하기 어려울 것입니다. 어찌 슬프고 또 원망스럽지 않겠습니까? 단지 맡은 일을 성실히 행하시고 복(福) 많이 받으시며, 오래 사시고 아무 탈 없으시기를 바랄

을 비유한 말.

뿐입니다. 서투른 시(詩) 몇 수(首)에 차운(次韻)해 화답해주시기를 간절히
바라면서 우러러 드릴 뿐입니다. 쓸 말은 많으나 다 쓰지 못합니다.

무진(戊辰 · 1748) 6월 12일 조덕조(趙德祚) 송재(松齋) 배(拜)

그대와 함께 서로 만난 자리에서	與君相對席
말없이 향기 먼저 맛보았었지	無語口先香
이 세상 술 아무리 오래 마셔도	天地杯樽老
가슴 속 회포 떠난 뒤 영원하리	襟懷去後長
창 앞에 국화 가련하기만 하니	可憐窓前菊
이별 뒤 무슨 향기를 마주대할까?	別後對誰香
토부[東武]에서 지금 모일 수 있으니	東武方能會
여러분들 기백(岐伯)[114]의 일 영원하리라	諸君岐業長

송재(松齋) 삼가 씀

정사(正使) 담와(澹窩) 홍공(洪公)[115] 대하(臺下)께 받들어 드리는 계(啓)

삼가 온 누리에 화평함을 펴서 이웃나라와 사이좋게 지내며, 함께

---

114 기백(岐伯): 중국 황제(黃帝) 때의 명의(名醫). 황제와 함께 의서(醫書)인 『내경(內經)』
을 지었음.
115 홍공(洪公): 홍계희(洪啓禧) 1748년 무진(戊辰) 통신사의 정사(正使). 호(號)는 담와
(澹窩). 당시 통정대부(通政大夫) 이조참의(吏曹參議) 지제교(知製教)였음.

좋아하는 맹세를 길이 닦았습니다. 온 세상이 평화롭고 편안하며, 두 조정(朝廷)이 조화로워서 크게 평안한 교화를 입었습니다. 삼가 오로지 정사 담와 홍공 대하께서는 윗나라의 뛰어난 선비이시고, 이 세상의 훌륭한 분이시며, 금상옥질(金相玉質)[116]이시니, 오히려 가을달의 밝음보다 남음이 있고, 겉모습과 음성 모두 봄 하늘에 떠있는 구름처럼 윤택하십니다. 저는 미천한 목숨이자 천한 일을 하는 장인(匠人)이니, 진실로 창자를 씻어낸 공(功)도 없고, 용렬(庸劣)한 무리이자 변변치 못한 재주를 지닌 자라서 실제로 만물을 아는 힘도 없습니다. 외람되이 용문(龍門)에 오르기를 구하고, 명성(名聲) 얻기를 간절히 원하여 척소(尺素)[117]를 본받아 닦고, 삼가 마음을 폈습니다. 살펴 태람(台覽)[118]을 바랍니다. 제대로 갖추지 못합니다.

연향(延享)[119] 5년 무진(戊辰) 여름
일본(日本) 의관(醫官) 카와 슌코[河春恒] 머리 조아려 거듭 절함

---

116 금상옥질(金相玉質): 금과 옥 같은 자질(資質). 사람의 자질이 우수함이나 사물의 바탕이 훌륭함을 이름. 금상옥식(金相玉式). 옥질금상(玉質金相).
117 척소(尺素): 예전에, 길이가 한 자 정도 되는, 글을 적어 놓은 널빤지를 이르던 말. 글이나 편지를 쓰던 한 자[尺] 길이의 생견(生絹)을 이르던 말. 후에는 편지의 대칭(代稱). 척독(尺牘). 척서(尺書). 척한(尺翰).
118 태람(台覽): 예전에, 종2품 이상의 벼슬아치에게 보내는 글이나 그림 따위의 겉봉에 '살펴보소서.'라는 뜻으로 쓰이던 말.
119 연향(延享): 일본 제116대 고모모조노(桃園) 천황의 연호. 재위 1747~1762.

정사(正使) 담와(澹窩) 홍공(洪公) 대하(臺下)께 받들어 드림

높은 벼슬아치 멀리서 바다 동쪽에 이르고	冠盖遙臨積水東
신선 뗏목 머나먼 무계[120]까지 통하네	仙槎萬里武溪通
하늘에 드리운 붕새 날개 푸른 바다에 떨치고	垂天鵬翼奮滄海
햇빛 받아 빛나는 용 깃발 푸른 하늘에 떨치네	映日龍旌拂碧空
예원[121]의 문장은 한대를 공경하고	藝苑文章欽漢代
기자(箕子) 나라 예악은 상나라 풍속 우러르네	箕邦禮樂仰商風
『시경(詩經)』쯤 외울 수 있음을 지극히 알겠고	極知能誦詩三百
전대[122]의 재주로 소문난 이름 홀로 뛰어나네	專對才名獨自雄

부사(副使) 죽리(竹裏) 남공(南公)[123]께 받들어 드리는 계(啓)

삼가 하늘과 땅을 가로질러 배와 수레로 문득 해 뜨는 나라에 통하셨습니다. 바람 불고 파도치는 머나먼 곳에 깃발들이 바닷머리 나

---

120 무계(武溪): 무수(武水), 노계(瀘溪). 호남성(湖南省) 건성현(乾城縣)의 서무산(西武山)에서 발원해 타강(沱江)과 모여 원수(沅水)로 흘러들어감. 마원(馬援)이 만(蠻)을 정벌하고 이곳까지 이르렀음.

121 예원(藝苑): 예림(藝林). 예술의 꽃동산이라는 뜻으로, 예술가들의 사회를 이르는 말. 전적(典籍)을 모아 보관하는 곳. 인신해, 문학과 예술의 세계.

122 전대(專對): 다른 사람이 묻는 것을 혼자만의 지혜로 대답함. 외국에 나간 사신이 질문을 받으면 혼자 답변을 도맡아 한 데서 유래한 것으로, '사신(使臣)'을 달리 이르는 말.

123 남공(南公): 남태기(南泰耆). 1748년 무진(戊辰) 통신사의 부사(副使). 호(號)는 죽리(竹裏). 당시 통훈대부(通訓大夫) 행홍문관전한(行弘文館典翰) 지제교겸경연시독관(知製教兼經筵侍讀官) 춘추관편수관(春秋館編修官)이었음.

라로 새롭게 들어왔습니다. 자연의 도움이 있어서 산을 넘고 물을 건 넘에 이같이 편안하셨습니다. 삼가 오로지 부사 죽리 남공 대하(臺下)께서는 현인(賢人)이시고, 옥(玉)같은 자태이시며, 난초처럼 품성이 향기롭고, 명성이 훌륭하셔서 많은 사람들 중에 뛰어나십니다. 일찍이 규(圭)[124]를 잡은 사신으로 뽑히셨고, 어질고 착한 행실이 많은 사람들을 뛰어넘어 마침내 부절(符節)을 손에 쥐는 사신(使臣)의 책임을 지게 되셨습니다. 저는 외람되이 찬란한 빛을 우러르고, 제 마음을 공경히 펼쳐 가르침을 대하니, 부끄러움과 두려움의 지극함을 견디지 못하겠습니다.

연향(延享) 5년 무진(戊辰) 여름

일본(日本) 의관(醫官) 카와 슌코[河春恒] 자승(子升) 머리 조아려 절함

부사(副使) 죽리(竹裏) 남공(南公) 대하(臺下)께 받들어 드림

은하수는 푸른 바닷가로 급히 돌아오고	霄漢星旋滄海邊
펄럭이는 사신 깃발 조선에서 들어왔네	翩翩征斾自朝鮮
유람하는 강둑에는 돌아오는 물결 거칠고	堰河遊矚廻波闊
시로 지은 후지산[富嶽]에는 쌓인 눈 달려있네	富嶽題詩積雪懸
웅검[125]의 차가운 빛 우뚝 솟아 가로지르고	雄劍寒光衡斗起

---

124 규(圭): 상원하방(上圓下方)의 옥(玉). 천자가 제후를 봉(封)하는 신표이며, 또 제사나 조빙(朝聘) 때에도 이를 손에 듦.

능운¹²⁶의 기이한 기운 하늘 곁으로 이어지네   凌雲奇氣傍天連

그대 도남익¹²⁷ 지녔음을 기쁘게 따르니   喜因君有圖南翼

6월 회오리바람¹²⁸에 훌륭한 재덕(才德) 보겠네   六月扶搖見俊賢

종사(從事) 난곡(蘭谷) 조공(曺公)¹²⁹께 받들어 드리는 계(啓)

삼가 채익(彩鷁)¹³⁰을 바다 위에 띄우니, 머나먼 곳 사납게 부는 바람도 파도치지 못합니다. 화총(華驄)¹³¹이 벌거벗은 땅에 통하니, 이리저리 구부러진 굽은 길도 반드시 험한 것은 아닙니다. 대부께서는 산을 넘고 물을 건넌 어진 신하이시니, 충성스러운 길잡이가 기쁘게 맞이하고, 나라의 선비들은 다투어 바라봅니다. 삼가 오로지 종사(從事) 난

---

125 웅검(雄劍): 중국 춘추시대에 오(吳)나라의 간장(干將) 부부가 만들어 오왕(吳王) 합려(闔閭)에게 바쳤다는, 자웅(雌雄) 한 쌍으로 된 두 명검(名劍)의 하나.

126 능운(凌雲): 구름을 능가한다는 뜻으로, 용기가 매우 대단함을 비유적으로 이르는 말.

127 도남익(圖南翼): 도남붕익(圖南鵬翼). 남명(南冥)으로 날아갈 것을 꾀하는 대붕(大鵬)의 날개라는 말로, 큰 사업을 계획한다는 말. 『장자(莊子)』, 「소요유(逍遙遊)」.

128 회오리바람[扶搖]: 『장자(莊子)』, 「소요유(逍遙遊)」에 "붕새가 남쪽 바다로 옮겨갈 때에는 물결을 치는 것이 삼천리요, 회오리바람을 타고 구만 리나 올라가 6개월을 가서야 쉰다.[鵬之徙於南冥也, 水擊三千里, 搏扶搖而上者九萬里, 去以六月息者也.]"고 하였음.

129 조공(曺公): 조명채(曺命采). 1748년 무진(戊辰) 통신사의 종사관(從事官). 호(號)는 난곡(蘭谷). 당시 통훈대부(通訓大夫) 행홍문관교리(行弘文館校理) 지제교겸경연시독관(知製教兼經筵侍讀官) 춘추관기주(春秋館記注)였음.

130 채익(彩鷁): 물새의 일종. 뱃머리에 이 새를 그려 채색했던 데서, 배를 뜻하는 말로 씀. 화익(畫鷁).

131 화총(華驄): 총이말. 털빛이 아름다운 말. 어사가 타는 말.

곡(蘭谷) 조공(曹公) 대하(臺下)의 학문은 3여(三餘)[132]에 부지런하시고, 공(功)은 5전(五典)[133]에 펴셨으며, 이룬 업적은 임금의 기(旗)에 미리 기록되었으며, 공명(功名)은 죽백(竹帛)[134]에 자세히 드리워졌습니다. 예(禮)를 말하고 악(樂)을 말하면, 스스로 3대(三代)의 사이에서 풍속을 익혔고, 오직 시(詩)와 부(賦)는 온전히 6조(六朝)[135]의 사이에서 음률(音律)을 취했습니다. 저는 행림(杏林)[136]의 미천한 사람이고, 저력(樗櫟)[137]의 쓸모없는 재주이며, 매미와 갈가마귀의 작고 나약한 날개입니다. 붕새가 드리우는 큰 날갯짓을 함부로 부러워하고, 절룩거리는 말의 약한 발굽으로 늘 등용(登龍)의 간절한 생각을 품에 안습니다. 큰 강이 어찌 더러움과 습기를 가려 받아들일 수 있겠습니까? 밝은 달이 빛을 빌려 썩은 티끌을 두루 비추듯, 드디어 일곱 치[寸]의 기관(氣管)을 휘두르신다면, 반 자[尺]의 편지를 본받아 닦겠습니다. 밝게 받아들이시

---

132 3여(三餘): 책을 읽기에 알맞은 세 가지 넉넉한 때. 곧 한 해의 여가(餘暇)인 겨울과 하루의 여가인 밤과 시간의 여가인 비가 올 때를 이름.

133 5전(五典): 유교에서 이르는, 사람으로서 지켜야 할 다섯 가지의 인륜(人倫). 곧 군신유의(君臣有義), 부자유친(父子有親), 부부유별(夫婦有別), 장유유서(長幼有序), 붕우유신(朋友有信). 사람으로서 마땅히 지켜야 할 다섯 가지의 덕목(德目). 곧, 인(仁), 의(義), 예(禮), 지(智), 신(信).

134 죽백(竹帛): 사승(史乘) 또는 서적(書籍). 종이가 발명되기 전에 대쪽이나 명주에 글을 적던 데서 유래됨.

135 6조(六朝): 후한(後漢) 멸망 이후 수(隋) 통일까지 지금의 남경(南京)에 도읍한 왕조. 오(吳)·동진(東晉)·송(宋)·제(齊)·양(梁)·진(陳).

136 행림(杏林): 의가(醫家). 명의(名醫). 중국 삼국시대 오(吳)의 의사 동봉(董奉)이 치료비를 받지 않고 대신 살구나무를 심게 하였는데, 수 년 후에 10만여 그루가 되어 이를 가리켜 '동선행림(董仙杏林)'이라 했음.

137 저력(樗櫟): 크기만 할 뿐 아무 쓸모가 없어서 어떤 목수도 돌아보지 않는 산목(散木)이라는 뜻의 겸사. 『장자(莊子)』, 「소요유(逍遙遊)」, 「인간세(人間世)」.

기를 엎드려 간절히 바라며, 제대로 갖추지 못합니다.

연향(延享) 5년 무진(戊辰) 여름

일본(日本) 의관(醫官) 카와 슌코[河春恒] 자승(子升) 머리 조아려 절함

종사(從事) 난곡(蘭谷) 조공(曹公) 대하(臺下)께 받들어 드림

상영[138] 동쪽으로 흘러 대조[139]가 돌아들고	桑瀛東去大潮廻
금람아장[140]은 해 뜨는 곳 향하네	錦纜牙檣向日開
쓰시마[馬島]의 노을은 용 깃발 따라 일어나고	馬島霞從龍旆起
신선 누대의 달은 익주[141] 곁에서 높구나	仙臺月傍鷁舟催
연성[142]은 변화의 벽옥[143] 길이 끌어안고	連城長抱卞和璧
수호[144]는 조식[145]의 재주와 나란히 놀랍네	繡虎竝驚曹植才

138 상영(桑瀛): 상전벽해(桑田碧海). 상전창해(桑田蒼海). 뽕나무 밭이 푸른 바다가 됨. 세상사 변천의 비유. 여기서는 일본(日本)을 가리킴.
139 대조(大潮): 한사리. 매달 음력 보름과 그믐날, 조수(潮水)가 가장 높이 들어오는 때.
140 금람아장(錦纜牙檣): 비단 닻줄과 상아 돛대. 아름답게 꾸민 닻줄과 돛대를 이름.
141 익주(鷁舟): 수신(水神)을 누르고 바람을 견딘다는 뜻으로 익새[鷁]를 돛대 머리에 달거나 그린 배.
142 연성(連城): 연성벽(連城璧). 중국 전국시대 진(秦)나라 소왕(昭王)이 15성(城)과 바꾸자고 청했던 조(趙)나라 소장의 화씨벽(和氏璧)을 말함.
143 변화의 벽옥[卞和璧]: 초(楚)나라의 변화가 캐내서 아직 다듬지 않은 옥돌인 '박옥(璞玉)'을 얻어 초 여왕(楚厲王)에게 바쳤으나 속였다 하여 왼발을 잘렸고, 무왕(武王) 때 다시 바쳤다가 오른발을 잘렸는데, 문왕(文王)이 즉위해 사람을 보내 그 박옥을 다듬어서 보옥(寶玉)을 얻었다는 고사. 『한비자(韓非子)』.
144 수호(繡虎): 시문(詩文)에 뛰어나고, 내용이 화려한 시문을 민첩하게 짓는 것. 중국

바르게 아는 시 노래로 나라 풍속 볼만한데　　　　正識歌詩觀國俗

지금 누가 또 여러 고을에서 오셨는가?　　　　　唯今誰又數州來

6월 10일에 상상관(上上官)[146]에게 부탁해 계(啓)와 시를 드렸다. 돌아갈 기한이 임박했기 때문에 상상관으로부터 답장은 없었고, 또한 이 말만 나에게 전했다. 나 또한 억지로 답장을 구하지는 않았다.

삼국시대 위(魏)나라 조식(曹植)이 일곱 걸음을 걸을 동안 시를 지어냈으므로 사람들이 '수호'라 불렀던 데서 나온 말로, '수'는 수를 놓은 것처럼 화려한 글을, '호'는 호랑이처럼 민첩한 솜씨를 뜻함. 『세설신어(世說新話)』, 「상예(賞譽)」.

145 조식(曹植): 192~232. 조조(曹操)의 셋째 아들이며, 조비(曹丕)의 동생. 자는 자건(子建). 시문을 잘해 조조가 조비 대신에 후사로 삼으려하자 조비의 심한 질시(疾視)를 받아 평생 뜻을 펴지 못했음. 시부(詩賦) 80여 편이 전함.

146 상상관(上上官): 통역(通譯). 수석 통역.

조선필담 곤

물음 일본 의관 카와 장인[河長因]¹

"감히 묻습니다. 정덕(正德) 연간에 그대 나라의 여러분께서 예물을 갖춰 찾아오셨습니다. 농주(濃州) 대원(大垣)의 의원 춘포(春圃)란 사람이 농주 숙소에서 뛰어난 의관 기두문(奇斗文)을 뵙고, 질문의 조목 몇 가지를 올렸습니다. 안으로 노채(勞瘵)²·전시(傳尸)에 이르러서는 기 선생께서 '옛날에는 많이 있었지만, 지금은 없다.'고 답하셨습니다. 제 생각에 정덕 임진(壬辰)년(1712)부터 지금까지 30년이 흘러갔으니, 병에 변화가 있고 약에도 많은 변화가 있을 것입니다. 전시의 증세가 요즈음 그대 나라에 있습니까? 여전히 없습니까? 치료법은 어떤 것으로 기본 되는 규범을 삼습니까?"

---

1 카와 장인(河長因): 카와무라 슌코(河村春恒). '장인'은 그의 자. 또 다른 자는 자승(子升). 호는 원동(元東). 도호토(東都)의 의관.
2 노채(勞瘵): 전염성 있는 만성적 소모성 질병. 폐결핵의 부류. 그 발병원인은 어떤 요인에 의해 저항능력이 약해져서 호흡기관에 결핵균이 감염되어 생김. 그래서 이를 '전시로(傳尸瘵)'라고도 하는데, 이는 병이 서로 전염되는 것임을 형용한 말임. 노채(癆瘵)·폐로(肺癆).

대답 조선 양주(楊州) 조숭수(趙崇壽)[3]

"노채라는 병은 우리나라 시골 간에 어쩌면 있겠지만, 대체로 이 병을 만난 사람이 일찍이 의원에게 물은 적은 없습니다. 의원들 또한 그것을 꺼려서 피하기 때문에 병을 앓는 사람이 치료받을 수 없고, 의원들이 시험 삼아 치료할 수도 없습니다. 형편이 진실로 그러할 것입니다. 대개 이 병에 전염된 사람은 모두 술과 여색(女色)의 정도가 지나쳐서 염통과 콩팥이 손상된 사람인데, 허(虛)[4]로부터 손(損)[5]하고, 손으로부터 노(勞)[6]하며, 노하여 채(瘵)[7]하고, 오래되어 벌레를 이루며, 심하면 죽습니다. 죽어서 전염되면 전시·비시(飛尸)[8]·둔시(遁尸)[9]라 말하는 것입니

---

3 조숭수(趙崇壽): 자는 경로(敬老). 호는 활암(活庵). 조선의 의관. 1748년에 조선통신사 일행으로 일본을 방문하였음.
4 허(虛): 8강(八綱)의 하나. 정기(正氣)가 부족해지거나 허약해진 것. 실(實)에 상대되는 말. '8강'은 병증을 분석하고 진단하는 데 일반적으로 널리 쓰이는 음(陰)·양(陽)·표(表)·한(寒)·열(熱)·허(虛)·실(實)·리(裏) 등 8가지를 합해서 이르는 말.
5 손(損): 허손(虛損)·허로(虛勞)·허손로상(虛損勞傷)·노겁(勞怯). 오장(五臟)의 기혈음양(氣血陰陽)이 허(虛)하고 부족해 나타나는 여러 질병의 개괄이기도 함. 선천적으로 부족하거나 혹은 후천적으로 그 균형이 깨졌거나, 오랜 병으로 인해 허한 증상이 회복되지 않았거나 혹은 정기(正氣)의 손상 등에서, 각 증의 허약증후가 나타나는 것은 모두 이 범위에 속함. 그 병변과정은 대부분 점차적으로 이루어짐. 병이 오래되어 체질이 허약한 것이 '허'이고, 오랫동안 허한 증상이 회복되지 않는 것이 '손(損)'이며, 허손(虛損)이 오래되면 '노(勞)'임.
6 노(勞): 허로(虛勞)의 준말.
7 채(瘵): 노채(癆瘵)의 준말.
8 비시(飛矢): '노채(癆瘵)'와 같은 뜻으로 쓰임.
9 둔시(遁尸): 갑자기 발생하는 위중한 병증. 『태평성혜방(太平聖惠方)』 제56권에 "둔시란 것은 병사(病邪)가 살과 혈맥(血脈)에 멈추어 숨어 있는 것을 말한다. 갑자기 감촉되어 즉시 발동하니, 심복부(心腹部)가 더부룩하고 그득하면서 찌르는 듯 아프며, 숨이 가쁘면서 급하고, 옆으로는 양 옆구리를 치며, 위로는 가슴을 치받는데, 그 증후가 멈추더라도

다. 같은 기질(氣質)의 친 형제 자매는 기(氣)로써 서로 전염되고, 심하면 한 집안이 모두 죽임을 당하는 데까지 이르는 일도 있는데, 전염되는 이치에 어두운 사람은 의심합니다. 대체로 어느 사람이 여역지기(癘疫之氣)[10]가 크면, 이 세상에 두루 퍼져 기(氣)로써 서로 전염됨을 알겠습니까? 하늘과 땅에 퍼지면 이 세상이 전염되고, 집안에 퍼지면 한 집안이 전염되니, 기가 서로 감염됨은 이상하게 여길 것이 없을 것입니다. 만일 치료법을 말한다면, 그 벌레를 죽여서 그 뒷날의 근심을 끊어야 할 뿐입니다. 단계(丹溪)[11]·등보(登父)[12]도 오히려 어렵다고 여겼습니다. 하물며 등보·단계에 미치지 못하는 자들이겠습니까?

물음

"또 묻습니다. 어떤 병이 있는데, 그 증세는 얼굴빛에 푸른색이 돌면서 희고 부어 있으며, 명치끝이 늘 더부룩하고, 손톱색이 변합니다. 마시고 먹는 것과 걸음걸이는 평소와 같지만, 멀리 걸으면 호흡이 짧

숨어서 없어지지 않는 것이 이것이다.(遁尸者, 言其停遁, 在人肌肉血脈之間. 若卒有犯觸卽發動, 令心腹脹滿刺痛, 喘息急, 偏攻兩脇, 上沖心胸, 其候停遁, 不消者, 是也.)"라 하였음. 목향산(木香散), 관골원(鸛骨圓) 등을 씀.

10 여역지기(癘疫之氣): 역려지기(疫癘之氣). 일종의 전염성이 강한 병사(病邪). 여기(癘氣)·독기(毒氣)·이기(異氣)·잡기(雜氣).

11 단계(丹溪): 주진형(朱震亨, 1281~1358)의 호. 원(元)대 의원.

12 등보(登父): 양사영(楊士瀛)의 자. 호는 인재(仁齋). 송(宋)대 회안(懷安) 사람. 집안 대대로 의술을 업으로 삼았는데, 그에 이르러 더욱 정밀해졌음. 『의림촬요(醫林撮要)』의 「역대의학성씨(歷代醫學姓氏)」에 18명의 덕의(德醫) 가운데 한 사람으로 올라 있을 정도로 의술이 뛰어났고, 인덕(仁德)을 베푼 의사였음. 저서에 『상한류서활인총괄(傷寒類書活人總括)』·『의학진경(醫學眞經)』·『인재직지(仁齋直指)』 등이 있음.

아집니다. 시골의 낮고 천한 사람들에게 가장 많은 듯했습니다. 의원
들은 황반(黃胖)[13]이라 하며, 궐분(蕨粉)[14]을 주된 약으로 삼고, 철분(鐵
粉)[15]·유황(硫黃)[16] 등의 약을 더해 쓰는데, 많은 효과를 얻습니다. 증
세가 가벼운 사람은 7·8일, 무거운 사람은 10일 남짓이면 병이 낫는
데, 대변이 검게 나오는 것이 증거가 됩니다. 그대 나라에도 이러한
병이 있습니까? 없습니까?"

대답

"황반이란 병은 민광(岷廣)이 이른바 사병(砂病)[17]이라 했고, 진씨(秦
氏)[18]가 이른바 청근(靑筋)[19]이라 했던 따위이니, 실제로 황반은 아닙니
다. 황반은 곧 비위습열(脾胃濕熱)[20]이 낳은 것인데, 비위습열의 병에
마시고 먹는 것이 평소와 같을 수 있겠습니까? 그 증세를 따라 자세히
미루어 생각해보면, 이것은 간과 허파가 서로 부딪치는 증후입니다.

---

13 황반(黃胖): 충(蟲)으로 비위(脾胃)가 허해지고, 습열(濕熱)이 성해져서 생긴 병증.

14 궐분(蕨粉): 고사리 뿌리줄기의 전분(澱粉).

15 철분(鐵粉): 철(Fe) 또는 산화철의 가루.

16 유황(硫黃): 유황광(硫黃鑛)이나 유화광물을 채취해 가열한 다음 상층의 액상유황을
   냉각한 것.

17 사병(砂病): 열병(熱病)과 비슷하고, 좁쌀 같은 열꽃이 돋는 병. 열꽃의 색에 따라 홍사
   (紅砂)·백사(白砂)의 구별이 있음.

18 진씨(秦氏): 편작(扁鵲)의 성(姓). 춘추(春秋) 때 의원.

19 청근(靑筋): 따뜻한 봄에 맑고 서늘한 기운이 온기(溫氣)를 꺾어버려 사기(邪氣)가 간
   (肝)에 있게 되는 것.

20 비위습열(脾胃濕熱): 중초(中焦)의 기(氣)가 정상적 운화(運化)기능을 하지 못해 습열
   이 비위에 몰려있는 것.

명치끝이 더부룩한 것은 간에 사기(邪氣)[21]가 몰려 머물러있는 것입니다. 멀리 걸으면 숨이 차서 헐떡이는 것은 폐기(肺氣)[22]가 치밀어 오르는 것입니다. 손톱이란 것은 간이 응하고, 얼굴빛에 푸른색이 돌면서 흰 것은 간과 허파의 색입니다. 마시고 먹는 것이 평소와 같은 것은 병이 지라에 있지 않은 것입니다. 철분 따위로 치료해 검은 대변이 나오고 병이 낫는 것은 그 악혈(惡血)[23]·완연(頑涎)[24]을 아래로 떨어뜨려, 폐기는 순조롭게 하고 간울(肝鬱)[25]은 펴서 병이 저절로 풀리는 것입니다. 그러나 오로지 철분 따위만 할 수 있는 것이 아니라, 모든 무겁고 떨어뜨리는 약은 모두 가려 쓸 수 있습니다. 이것은 모두 땅이 낮고 축축한[26] 시골에서 바르지 않은 기(氣)를 범해, 먼저 허파에서부터 기체(氣滯)[27]하고 피가 막히며, 간기울(肝氣鬱)[28]하여 더부룩한 것인데, 앞에 이른바 간과 허파가 서로 부딪친다는 것이 이것입니다. 우리나라 바닷가 마을에 또한 간혹 있는데, 여기에 의지해 치료하니 어떤 경우

---

21 사기(邪氣): 풍(風)·한(寒)·서(暑)·습(濕)·조(燥)·화(火)·여기(癘氣) 등 병을 일으키는 요인. 일반적으로는 외감병을 일으키는 외인(外因). 외인이란 몸 밖으로부터 침입한 사기를 말하므로 외인을 외사(外邪)라고도 함.

22 폐기(肺氣): 폐의 기능 활동. 호흡의 기, 폐의 정기(精氣).

23 악혈(惡血): 어혈(瘀血)의 일종. 체내의 혈액이 일정한 장소에 엉겨 정체된 병증. 패혈(敗血).

24 완연(頑涎): 해수(咳嗽) 천식(喘息)과 그르렁거리는 소리를 나게 하는 타액(唾液).

25 간울(肝鬱): 간기울결(肝氣鬱結). 간기가 몰려서 생긴 병증. 7정이나 그 밖의 원인으로 간의 소설(疏泄)기능에 장애가 생긴 것. '7정'은 희(喜)·노(怒)·우(憂)·사(思)·비(悲)·경(驚)·공(恐) 7가지 정서 상태를 합해 이르는 말.

26 남장(嵐瘴): 산림(山林)에 서려 있는, 열병 등을 일으키는 축축한 습기(濕氣).

27 기체(氣滯): 기가 돌아가지 못하고 머물러 있는 것.

28 간기울(肝氣鬱): 간기울결(肝氣鬱結)의 준말.

에 효과가 있었습니다."

물음

"우리나라에 탕액가(湯液家)[29] 외에 침의(針醫)[30]란 사람들이 있는데, 그 방법은 곧 「소문(素問)」에 이른바 호침(毫鍼)[31]이란 것을 씁니다. 퇴산(癩疝)[32] · 징가(癥瘕)[33] · 혈적(血積)[34] · 두통(頭痛), 가슴과 등, 손과 발, 대체로 온갖 병에 모두 그것을 찔러 영위(榮衛)[35]를 돌게 하고, 통경(通經)[36]의 일도 합니다. 원래 대체로 침법(鍼法)[37]이란 것은 「영추(靈樞)」·

---

29 탕액가(湯液家): 달여서 먹는 약을 주로 쓰는 학파.

30 침의(針醫): 침혈(針穴)을 자극하는 침 치료를 주로 하는 의원.

31 호침(毫鍼): 옛날에 쓰던 구침(九針)의 하나. 침대가 가늘며 침 끝도 머리칼처럼 가늚. 현재 가장 많이 쓰이는 것으로 탄력성이 좋은 금속으로 만든 가는 침을 말하는데, 인체의 혈위(穴位)에 꽂아서 치료 목적에 도달함. 직경은 보통 0.1∼0.5mm이고, 길이는 5푼(分), 약 1.5cm)에서 4∼5치(寸, 약 13∼17cm)인 것을 씀. 호침(毫針). '구침'은 고대의 형상과 용법이 다른 9가지의 침을 말하며, 참침(鑱針) · 원침(員針) · 시침(鍉針) · 봉침(鋒針) · 피침(鈹針) · 원리침(員利針) · 호침 · 장침(長針) · 대침(大針)임.

32 퇴산(癩疝): 산증(疝症)의 하나. 고환이 부어 커지고 딱딱하며 아래로 처져 무겁게 느껴지며 아프거나, 혹은 무감각해 통증이나 가려움을 느끼지 못함. 또는 여자의 아랫배가 부어오르는 병증. 퇴산(癪疝).

33 징가(癥瘕): 뱃속에 덩어리가 있거나 혹은 배가 더부룩하게 불러오거나 혹은 아픈 병증. '징'은 덩어리가 움직이지 않는 것이고, '가'는 움직이는 것임.

34 혈적(血積): 적(積)의 하나. 기(氣)가 거슬러 올라 혈이 울체(鬱滯)되거나 외상으로 어혈이 몰려 생김.

35 영위(榮衛): 혈기(血氣). 혈액과 생기(生氣). '영'은 혈의 순환이고 '위'는 기의 순환임.

36 통경(通經): 월경의 시기가 지나도 오지 않는 것인 폐경(閉經)을 순조롭게 통하도록 하는 방법.

37 침법(鍼法): 금속제 침을 써서 인체의 일정한 체표부위를 자극함으로써 치료목적에 도달하는 것. 침자(針刺) · 자법(刺法).

『난경(難經)』과『갑을경(甲乙經)』³⁸ 등에서 나왔고, 여러 사람이 풀이를
붙여 매우 자세할 것입니다. 그러나 요즈음 효과를 거둔 사람들을 보
면, 견적(堅積)³⁹을 억눌러 없애고, 비색(痞塞)⁴⁰을 트여 움직이게 하는
것 외에는 손발의 병과 내상(內傷)⁴¹·외열(外熱)⁴² 등의 증세에 이르면,
그 효험을 시험해보는 사람은 가장 보기 드문 바이니, 옛 경서의 설명
과는 다를 것입니다. 그대 나라는 이러한 증세에 침을 씁니까? 안 씁니
까? 또한 혹시 그 견적이 있는 곳을 찾으면, 직접 그곳을 찌릅니까?
우리나라의 침을 쓰는 사람들은 배에는 1, 2치, 나라 자(尺)를 씁니다. 또한
손발에는 5, 6푼 깊이로 찌릅니다. 옛 경서에 그것을 견주어보면, 매우
깊이 찌르는 것일 겁니다. 왕도(王燾)⁴³가 침에 대해 논하며, '죽은 사람
을 살릴 수 없다.'고 말한 것은 우단(虞摶)의 논의에 한쪽으로 치우친

---

38 『갑을경(甲乙經)』: 『황제침구갑을경(黃帝鍼灸甲乙經)』. 282년 진(晉)대 황보밀(皇甫
謐)의 저작임. 12권. 생리(生理)·병리(病理)·진단(診斷)·경락(經絡)·수혈(腧穴)·침
구(針灸)치료 등을 논하였는데, 이는 침구에 관해 현존하는 가장 오래된 전문서임.

39 견적(堅積): 위와 간, 자궁 등에 생긴 단단한 덩어리.

40 비색(痞塞): 기혈(氣血)이 한 곳에 몰려 통하지 못함.

41 내상(內傷): ① 병인의 일종. 7정(七情)을 조절하지 못하거나 배고픔, 성생활의 지나
침, 과식이나 지나친 피로 등에 의해 장기(臟氣)가 손상을 받음으로써 병이 일어나는 것.
② 병증의 일종. 타박상·찰과상 등으로 인해 체내의 장기(臟器)가 손상되거나 혹은 심하
게 무거운 것을 들어 기혈(氣血)을 손상시킨 것을 말함.

42 외열(外熱): 밖으로부터 침입하는 열사(熱邪).

43 왕도(王燾): 중국 당(唐)대 미현(郿縣) 사람으로 의술가(醫術家). 전기(傳記)에 따르면,
'타고난 효자로서 서주사마(徐州司馬)가 되었고, 어머니가 병들었을 때 여러 해 동안 밤낮
으로 애써 탕제(湯劑)를 마련해 드렸다. 당시 이름난 의원과 사귀어 그 의술을 모두 배우
고, 책을 지어 외대비요(外臺秘要)라는 이름을 붙였다. 토역정명(討繹精明)하여 세상
사람들이 이 책을 중히 여겼다. 급사중(給事中)·업군태수(鄴郡太守)를 역임했으며, 치적
이 훌륭하여 그 무렵에 널리 알려졌다.'고 함. 저서에 『외대비요(外臺秘要)』 40권이 있음.

견해임이 마땅할 것입니다. 그대가 생각하는 것과 그대 나라에서 행하는 침법(鍼法)을 자세히 보여주신다면, 매우 다행이겠습니다."

대답

"옛날의 밝은 의원들에게 어찌 일찍이 약의(藥醫)와 침의(鍼醫)의 구별이 있었겠습니까? 근세 이래로 타고난 재능이 점점 떨어져 대부분 전문적으로 연구할 수 없고, 학술과 기예도 점점 쇠퇴해 다시 좋아질 여지가 없음이 한탄스럽습니다. 달여 먹는 약에 능숙한 사람이 어찌 침(鍼)을 모르고, 침에 어두운 사람이 또한 무슨 이유로 달여 먹는 약의 이치를 알겠습니까? 침이 미치지 못하면 약으로 치료하고, 약이 미치지 못하면 침으로 치료합니다. 두 가지는 서로 의지하고, 서로 떨어질 수 없으니, 이쪽에 막히고 저쪽에 능통하다는 사람은 일찍이 들어보지 못했습니다. 또 침의 종류는 한두 가지에 그치지 않는데, 단지 호침(毫鍼)만 예로 든 것은 무엇 때문입니까? 혹시 그대 나라의 이로움에 치우침이 있어 그러한 것입니까? 이 세상의 치료법이 비록 각각 같지 않더라도 단지 작은 지나침만 있을 뿐입니다. 그 원침(圓鍼)[44]을 내버려둘 수 있겠습니까? 사람에게는 굳세거나 약함이 있고, 병에는 얕거나 깊음이 있으며, 혈(穴)[45]에는 크거나 작음이 있는데, 그 날카롭고

---

44 원침(圓鍼): 옛날에 쓰던 9가지 침의 하나. 길이가 1치 6푼이고, 침 끝이 둥실하게 뭉툭해 살갗을 뚫고 들어가지 않게 되어 있음. 사기(邪氣)가 근육 사이에 있는 비증(痺証)에 씀. 침을 혈 위에 대고 비비며 살갗 면만 자극함. 돌개침.

45 혈(穴): 기혈(氣血)이 신체 표면에 집합되어 있거나 순행해 들어가거나 혹은 통과하는 중점 부위. 침이나 뜸으로 자극을 줘 병을 치료하는 자리인 '침혈(針穴)'의 준말. 혈위(穴

가는 침만으로 통해 돌아다니게 할 수 있겠습니까? 온갖 병에 모두 찌를 수 있다는 설명은 활간(活看)⁴⁶에만 마땅하니, 집착하지 말아야 합니다. 「소문(素問)」에 '크게 허로(虛勞)한 사람, 많이 굶주린 사람, 땀을 지나치게 많이 흘리는 사람, 열이 심한 사람에게는 찌르지 말라.'고 했고, 「영추(靈樞)」에 '몸에 기(氣)가 부족하거나 아이를 낳고 피를 흘려 부족하면 찌르지 말라.'고 했습니다. 여기에서 내상(內傷)·허손(虛損)에 함부로 쓸 수 없음을 볼 수 있으니, 단지 막히고 그친 실제 증상에만 마땅할 수 있습니다. 이씨(李氏)⁴⁷가 이른바 '침술(鍼術)에 비록 보사(補瀉)의 방법이 있더라도, 사(瀉)란 것은 진실로 기를 거슬러 빼앗을 수 있는 것⁴⁸이고, 보(補)란 것은 반드시 기를 눌러 머무르게 하는 것은 아니다.'라 했는데, 이것은 진실로 확실한 논의입니다. 비유하면 감초(甘艸)와 같은데, 주(註)에 '온갖 약(藥)의 독(毒)을 풀어준다.'고 말했지만, 비(砒)⁴⁹를 먹었거나 독버섯을 먹은 사람도 감초만 한번 맛본 것으로 그 독을 풀 수 있다고 할 수 있겠습니까? 적(積)⁵⁰에 침을 씀에 오직 간적(肝積)⁵¹에만 쓸 뿐입니다. '금(金)의 기운을 빌어 목(木)의 왕

位)·혈도(穴道)·기혈(氣穴).
46 활간(活看): 살아 있는 통찰력으로 멀리 바라보는 슬기.
47 이씨(李氏): 이시진(李時珍, 1518~1593). 명(明)대 의학자.
48 영이탈지(迎而奪之): 경맥(經脈)의 주행(走行)에 거슬러서 사법(瀉法)을 실시한다는 뜻. 기의 흐름에 대항해 기를 빼면 사법이라는 뜻.
49 비(砒): 비소(砒素)의 화합물. 회백색의 금속광택을 가진 무른 결정(結晶)의 비금속 원소. 또는 비석(砒石)을 태워 얻는 백색의 독약. 비상(砒霜). 비상(碙霜). 백비(白砒).
50 적(積): 적취(積聚)의 하나. 배속에 생긴 덩이인데, 일정한 형태를 가지고, 고정된 위치에 있으며, 아픈 부위도 이동하는 일 없이 고착되어 있는 병증. 주로 5장과 혈분(血分)에 생김.

성함을 누른다.'고 했으니, 울적(鬱積)⁵²이 트여 잠시 병이 낫는 것을
볼 수 있고, 또한 오래 동안 낫지 않는 어린아이의 학(瘧)⁵³ 덩이에 침
을 많이 찌른다는 것도 이러한 뜻인데, 모든 적취(積聚)에 이르면 찌르
는 방법이 있다 함을 듣지는 못했습니다. 찌르는 얕고 깊음은 혈(穴)의
얕고 깊음을 따르는데, 사이에 권변(權變)⁵⁴이란 것이 있어서 뚱뚱함과
야윔의 구별을 지나치지 않고, 배의 혈은 2치로 하되, 깊은 사람도 바
야흐로 1, 2치이며, 손발의 혈은 2, 3푼으로 하는 것이 다수를 차지합
니다.

　그대 나라에서 배에 침놓는 깊이는 1, 2치이고, 손발에 침놓는 것은
깊이가 5, 6푼이라 하니, 어찌 지나치겠습니까? 옛 경서 외에 따로 다
른 사람의 근거할만한 설명이 있습니까? 그대 나라 사람들은 옛 사람
과 비교해 도리어 훌륭함을 더할 수 있겠습니까? 이미 '『내경(內經)』을
살펴보니, 매우 깊이 찌르는 것인 듯하다.'고 말했는데, 어찌 억지로
그렇게 했겠습니까? 혈의 멀고 가까움, 찌르는 얕고 깊음은 모두 동신
촌(同身寸)⁵⁵을 쓰는데, 나라 자(尺)의 설명은 또 이해할 수 없습니다.

51　간적(肝積): 5적(積)의 하나. 간과 관련되어 생긴 적. 간기(肝氣)가 잘 통하지 못하거나
　　간에 어혈(瘀血)이 몰려 생김. '5적'은 5장에 생긴 적의 총칭으로, 간적·심적(心積)·비
　　적(脾積)·폐적(肺積)·신적(腎積).
52　울적(鬱積): 기혈이 몰려서 생긴 적(積).
53　학(瘧): 학질(瘧疾). 학사(瘧邪)에 의해 생긴 전염병의 하나. 일정한 사이를 두고 오한
　　전률(惡寒戰慄)과 발열이 엇바뀌면서 주기적으로 발작하는 병증. 주로 무덥고 습한 여름
　　과 초가을에 풀과 숲이 무성하고 습한 지대에서 잘 생김.
54　권변(權變): 그때그때의 형편에 따라 둘러대는 수단. 임기응변(臨機應變).
55　동신촌(同身寸): 침구(針灸)에서 혈위(穴位)를 잡는 일종의 길이에 대한 표준. 모두
　　환자 각자의 체표(體表)에 일부 표식(標式)을 써서 측량의 단위로 삼음. 주로 중지동신촌

왕도(王燾)가 침을 논하며, 이른바 '죽은 사람을 살릴 수 없다.'고 말한 것은 저 또한 지나치다고 생각합니다. 그대의 가르침이 참으로 옳을 것입니다."

물음

"먼저 여쭈었던 침 치료법의 설명 중 그 말씀하신 것에 아직 다하지 못한 것이 있으니, 다시 설명해주십시오. 옛 사람은 열입혈실(熱入血室)[56]의 증세에 소시호탕(小柴胡湯)이 이미 늦었다면, 응당 기문(期門)[57]을 찌른다고 했는데, 이 증세라면 침 치료법이 뛰어난 것입니다. 또 삼음교(三陰交)[58]를 보(補)하고, 합곡(合谷)[59]을 사(瀉)하면, 추태(墜胎)[60]된다는 등의 설명은 바로 침술(鍼術)의 공(功)이라고 모두 경서(經書)에 크게 썼으니, 대개 침이란 것을 말하자면, 월인(越人)[61]은 거리가 멀 것

(中指同身寸)·무지동신촌(拇指同身寸)·목횡촌(目橫寸)·부(夫)의 4가지 방법이 있음.

56 열입혈실(熱入血室): 여자가 월경기간 또는 해산(解産)한 뒤에 외사(外邪)를 감수(感受)하면, 사열(邪熱)과 혈(血)이 서로 엉키게 되는 증상이 나타나는 것.

57 기문(期門): 족궐음간경(足厥陰肝經)의 혈. 간의 모혈(募穴)이며, 족궐음·족태음(足太陰)·음유맥(陰維脈)의 회혈(會穴)임. 중쇄골(中鎖骨) 선상에서 6늑간(肋間)에 있음.

58 삼음교(三陰交): 족태음비경(足太陰脾經)의 혈. 족삼음경(足三陰經)의 교회혈(交會穴). 안쪽 복사뼈의 중심에서 3치 올라가 굵은 정강이뼈의 안쪽 후연과 긴발가락굽 힘살 사이에 있음.

59 합곡(合谷): 수양명대장경(手陽明大腸經)의 혈. 원혈(原穴)임. 엄지손가락을 둘째손가락에 붙일 때 생긴 금 끝에서 다시 제2손몸뼈 쪽으로 3푼 되는 곳에 있음.

60 추태(墜胎): 임신 3달 이후에 저절로 중절(中絶)되는 것. 즉, 자연유산(自然流産). 자연조산(早産). 반산(半産).

61 월인(越人): 편작(扁鵲)의 이름. 진월인(秦越人). 춘추(春秋) 때 명의.

입니다. 송(宋)·원(元)의 사이에 이르러서 또한 그 사람을 버리지 않았
는데, 그대의 생각은 어떠합니까?"

대답

"열입혈실의 증세에 간(肝)의 모혈(募穴)[62]인 기문을 찌른다는 것은
달거리를 통하게 하고, 열을 사(瀉)하며, 약의 기세를 돕는 것이지, 깊
은 뜻은 없습니다. 추태(墜胎)의 방법에 삼음교(三陰交)를 사(瀉)하고,
합곡(合谷)을 보(補)한다는 논의는 경서에 없습니다. 서문백(徐文伯)[63]
으로부터 비롯되었지만, 문백 또한 풀이가 없었기 때문에 뒷사람들이
비록 조사해 행하더라도 그 뜻을 알 까닭이 없었습니다. 제 어리석은
의견이나마 말할 수 있지만, 그대가 옳다고 머리를 끄덕일 수 있을지
없을지 모르겠습니다. 대체로 포태(胞胎)[64]는 콩팥에 매여 있고, 콩팥
은 곧 소음(少陰)[65]입니다. 간에 저장된 피는 그 태아를 기르고, 간은

---

62 모혈(募穴): 가슴과 배의 혈 가운데에서 장부(臟腑)의 기가 모여드는 혈. 12개 장부에
   1개씩 모두 12개가 있으며, 해당 장부가 위치하고 있는 가까이에 있음.
63 서문백(徐文伯): 자는 덕수(德秀). 남조(南朝) 때 송(宋) 염성현(鹽城縣) 사람. 의술에
   자세했고, 학행(學行)이 있었음. 『남사(南史)』〈장합전(張郃傳)〉에 다음과 같은 일화가
   전함. '송나라 태자(太子)가 의술에 밝았는데, 문백과 외출했다가 한 임신부를 만나 진
   찰하고 태아가 여자아이라 했다. 반면 문백은 진찰하고 남자와 여자인 쌍태아라 했다.
   성질 급한 태자가 배를 갈라 보려고 하니, 문백이 내가 침을 놓아 떨구겠다고 한 뒤, 침
   으로 삼음교 혈에는 사하고, 합곡 혈에는 보했더니 과연 태아가 떨어졌는데, 문백의 말
   과 같았다.'
64 포태(胞胎): ① 임신(姙娠). ② 자궁(子宮)과 태아(胎兒).
65 소음(少陰): 3음(陰)의 하나. 음기(陰氣)가 적다는 말. 태음(太陰)과 궐음(厥陰)의 중간
   에 있으므로 추(樞)에 해당함.

곧 궐음(厥陰)[66]입니다. 배는 지라와 이어져 있고, 곧 태음(太陰)[67]입니다. 태음은 3음의 주(主)가 되고, 태아를 기르는 근본입니다. 이 혈(穴)은 3음이 서로 모이는 곳이 되므로 이름하기를 삼음교라 말합니다. 합곡은 곧 대장지원(大腸之原)[68]인데, 대장(大腸)은 배꼽 아래에 자리 잡았고, 곧 콩팥의 앞입니다. 태아는 비록 콩팥에 매여 있더라도 점점 자랍니다. 장(腸)[69]에 가득차면 밥통을 침범하는데, 합곡을 보한다는 것은 대장의 기(氣)를 끌어다가 그것을 들어 올리는 것이고, 삼음교를 사한다는 것은 3음의 기를 밀어 올려 그것을 눌러 내린다는 것입니다. 소음의 기를 사하면 그 꼭지를 흔들고, 궐음의 기를 사하면 그 피를 깨뜨리며, 태음의 기를 사하면 그 배를 흔듭니다. 대장의 기를 보하면 그것을 들어 올려 뒤흔듭니다. 꼭지를 흔들고, 배를 흔들며, 피를 깨뜨리고, 그것을 뒤흔드니, 태아가 어찌 떨어지지 않을 수 있겠습니까? 그러나 침에 솜씨가 좋은 사람은 곧 응함이 있습니다. 또 재주가 남만 못한 어리석은 사람은 할 수 있는 것이 아닙니다. 침술의 방법이여, 크도다! 옛사람은 이미 따라잡기 어렵지만, 우리나라에 허임(許任)[70]이

66 궐음(厥陰): 3음의 하나. 음기가 끝나는 마지막 단계에 이르렀다는 말. 가장 안쪽에 있고, 음이 끝나는 부위이므로 합(闔)에 해당함.

67 태음(太陰): 3음의 하나. 음기가 왕성해지기 시작한다는 말. 3개 음경의 겉 층에 있으며, 음경이 시작되는 부위이므로 개(開)에 해당됨.

68 대장지원(大腸之原): 대장의 하합혈(下合穴). 족양명위경(足陽明胃經)의 상거허(上巨墟) 혈을 이르는 말. 대장은 음식물을 운반하는 기관인데, 병이 생기면 대장지원에 침을 놓음.

69 장(腸): 소장(小腸)과 대장(大腸).

70 허임(許任, 1570?~1647?): 조선 중기의 명의(名醫). 본관은 양천(陽川). 악공(樂工) 억복(億福)의 아들. 상민 출신으로, 침구술에 뛰어나 선조 때 임금을 치료한 공로로 동반

란 사람이 있었는데, 침 솜씨가 좋았습니다. 김중백(金中白)⁷¹이란 사람이 그를 이었지만, 지금은 없으니 슬퍼할만하도다!"

물음

"일찍이 '부인 10명은 치료해도, 어린아이 1명은 치료하지 말라.'고 들었는데, 대개 옛날 속담입니다. 아과(啞科)⁷²의 어려움은 예로부터 그러하고, 우리나라 또한 어린아이의 감질(疳疾)⁷³은 그 증세가 다수를 차지합니다. 그 치료에 쓰는 것은 연전초(連錢艸)⁷⁴·선인초(仙人艸)⁷⁵·합환(合歡)⁷⁶ 가루 등을 한 가지만 먹거나, 이에 1, 2가지 벌레 죽이는

(東班)의 위계(位階)를 받았음. 1612년(광해군 4) 8월에 광해군이 해주에 머물러 있을 때부터 남으로 내려올 때까지 시종하였으므로 3등공신과 의관록(醫官錄)에 기록되었고, 1616년에는 영평현령(永平縣令)에 이어 양주목사(楊州牧使)·부평부사(富平府使)를 지냈으며, 1622년에는 수년 동안 입시수침(入侍授鍼)한 공으로 남양부사에 특제되었음. 저서에 『침구경험방(鍼灸經驗方)』·『동의문견방(東醫聞見方)』이 있음.

71 김중백(金中白): 호는 무구자(無求子). 허임으로부터 의학을 전수받은 조선 중기의 명의.

72 아과(啞科): 소아과(小兒科).

73 감질(疳疾): 비위(脾胃)의 기능 장애로 몸이 야위는 병증. 젖이나 음식을 잘 조절하지 못하거나 중증질병, 기생충, 6음(淫), 역독(疫毒) 등으로 비위가 상해서 생김.

74 연전초(連錢艸): 병꽃풀. 꿀풀과의 여러해살이풀. 풀 전체를 말려 조제한 것을 발한(發汗)·이뇨(利尿)·수종(水腫)·해열(解熱) 등의 약으로 씀.

75 선인초(仙人艸): 으아리. 미나리아재비과의 여러해살이 덩굴풀. 뿌리를 말린 것도 '으아리'라 하는데, 풍습(風濕)을 없애고, 담(痰)을 삭이며, 기를 잘 돌게 하고, 통증을 멈춤. 허리와 무릎 아픈데, 팔다리마비, 배 속이 차고 아픈데, 각기(脚氣), 징가(癥瘕), 현벽(痃癖), 류마티스성 관절염, 신경통 등에 씀. 위령선(葳靈仙).

76 합환(合歡): 합환목(合歡木). 자귀나무. 함수초과의 낙엽 활엽 소교목. 나무는 세공재, 껍질은 약재로 씀.

약을 빼거나 넣고 늘리거나 줄여 쓰게 됩니다. 또 만리어(鰻鱺魚)⁷⁷를 먹게 하고, 심한 사람은 호침(毫鍼)으로 적(積) 덩이가 있는 배를 찔러 울체(鬱滯)⁷⁸를 없애는 것과 장문(章門)⁷⁹에 뜸을 뜨는데, 그 쑥의 크기가 큰 엄지손가락만하면 대부분 효과를 얻을 것입니다. 이러한 무리 중에 그만두고 치료받지 못하는 사람은 1, 2년이 지난 뒤에 죽을 것입니다. 청컨대, 이러한 증세에 그대가 비밀스러운 귀중한 처방을 내려 보여준다면, 매우 다행이겠습니다. 대체로 의원은 어짊으로써 가르침을 삼으니, 백성을 돕는 한 가지 방법도 어짊이 아니겠습니까?"

대답

"어린아이의 병은 진실로 어려울 것입니다. 그러나 그 원인을 살피고, 드러난 증세를 살피면, 오히려 의지할 수 있으니, 치료를 논의하는 것은 아과(啞科)에 아주 맡길 수 없습니다. 어린아이가 감병(疳病)⁸⁰을 앓는 것이 다수를 차지하는 것은 그 먹고 마심을 조절하지 못했기 때문입니다. 기름지고 맛이 단 음식은 절제함이 지나치면 뱃속이 그득하고 열이 나며, 뱃속이 그득하고 열이 나면 기(氣)가 몰려 통하지 못하고 피가 탁해지며, 비위(脾胃)가 돌지 못해 여러 감질(疳疾)이 생겨납

---

77 만리어(鰻鱺魚): 뱀장어. 참장어과의 물고기.
78 울체(鬱滯): 기혈이나 수습 등이 퍼지지 못하고 한곳에 몰려 머물러 있는 것.
79 장문(章門): 족궐음간경(足厥陰肝經)의 혈. 비(脾)의 모혈(募穴)이며, 장회(臟會)·족소양(足少陽)·족궐음(足厥陰)의 교회혈(交會穴)임. 제11부늑골 끝에서 1cm 정도 앞에 있음.
80 감병(疳病): 감질(疳疾)을 달리 이른 말.

니다. 그 치료법은 많아서 혹은 적(積)을 없애거나 괴(塊)를 없애고, 열을 내리거나 부족함을 더하는데, 그 허증(虛証)과 실증(實証)을 따라 오래 묵은 것과 새로운 것을 살핍니다. 각각 마땅한 바가 있어 일일이 논의하기도 어려운데, 그대가 깨우친 몇 가지 작은 처방으로 치료법을 다했다 할 수 있겠습니까? 그대 나라 사람들을 가만히 살펴보면, 맛이 단 것만 바라서 맛보고, 먹고 마시는 것 외에 맛이 단 것 아님이 없으니, 어린아이들은 2배로 즐길 생각을 탐할 것임을 알 수 있을 것입니다. 이것은 감병이 가장 많은 까닭인 것입니다. 감(疳)자는 병(病)자와 감(甘)자를 따르니, 그 글자의 뜻을 알 수 있습니다. 그대의 뛰어난 견해로 반드시 이치를 모르지는 않을 텐데, 어째서 지금 감질을 앓는 집안에 단맛을 금지하지 않습니까? 옛말에 '의원은 사람들의 사명(司命)[81]이다.'라 했습니다. 그대는 사명의 우두머리로서 태의원(太醫院)[82]에 있는데, 왜 나라 안의 어린아이들로 하여금 단맛을 잃어버리게 하지 않습니까? 옛날 월인(越人)은 진(秦)나라를 지나다가 어린아이를 사랑한다 함을 듣고 어린아이를 위한 의원이 되었습니다. 그대가 기쁘게 행함이 그와 같다면, 이 또한 지금 세상의 월인으로, 반드시 장차 온 나라를 들어 상을 받게 될 것이니, 그대의 공이 어찌 아주 작다 하겠습니까? 비밀스러운 처방을 가르쳐달라 하신 것에 대해 저는

---

81 사명(司命): ① 생살권(生殺權)을 가진 것. ② 의사(醫師). ③ 사람의 생명을 주관하는 신(神).

82 태의원(太醫院): 궁중(宮中)에서 의약(醫藥)의 일을 맡은 관청. 원래 당(唐)대 지배층을 위해 봉사하던 의료보건기구로 태의서(太醫署)라 했음. 이 기구 내에는 의학의 각 과(科)가 설치되어 의료보건을 담당하는 이외에도 의학교육을 겸했음. 송(宋)대에 태의국(太醫局)이라 개칭했다가 명(明)·청(淸)대에 태의원이라 고쳤음.

앞선 사람들의 책이 모두 비밀스러운 처방을 말했다고 생각하고, 다
만 아는 것이 없어 그 비밀을 찾을 수 없음을 한스러워하며, 늘 이로
써 근심을 삼았습니다. 어찌 다른 비밀스러운 처방이 있어서 받들어
맞이할 수 있겠습니까?"

물음

"기구맥(氣口脉)[83] 부위에 대한 설명은 여러분들이 논의한 실마리가
어지러워 나누지 못하겠는데, 모두 옛것을 본받지 않았기 때문입니다.
대체로 「영추(靈樞)」·「소문(素問)」에서 설명한 맥 짚는 방법은 많은데,
한 가지 방법이 곧 오장(五臟)·오부(五腑)[84]·삼초(三焦)·포락(包絡)[85]은
손발에 12경(經)[86]의 동맥(動脉)[87]을 짚어보는 것입니다. 손발의 12경은

---

83 기구맥(氣口脉): 기구맥(氣口脈). 오른팔 촌구(寸口)에서 나타나는 맥. 『동의보감』에
 는 오른팔 촌구에서 뛰는 맥을 '기구맥'이라 하고, 왼팔 촌구에서 뛰는 맥을 '인영맥(人迎
 脈)'이라 하였음. '촌구'는 맥 보는 부위의 하나. 양 팔목의 요골경상돌기 안쪽 맥이 뛰는
 부위. 다시 촌(寸)·관(關)·척(尺)으로 나눔.
84 오부(五腑): 5장과 배합되는 5개의 부. 소장(小腸)·대장(大腸)·담(膽)·위(胃)·방광
 (膀胱). 동의 고전에 소장은 심(心)의 부, 대장은 폐(肺)의 부, 담은 간(肝)의 부, 위는
 비(脾)의 부, 방광은 신(腎)의 부라고 하였음.
85 포락(包絡): 포맥(胞脈). 자궁(子宮·胞宮)에 분포되어 있는 맥락(脈絡). 여기에는 충
 맥(衝脈)과 임맥(任脈)을 포괄하고 있음. 포맥의 주요 작용은 여자의 월경을 행하게 하고,
 포태(胞胎)를 자양(滋養)하는 것임.
86 12경(經): 십이경맥(十二經脈). 정경(正經). 인체 경맥의 한 종류이며, 체내의 기혈(氣
 血)이 운행되는 주요 통로임. 그 중에 수태음폐경(手太陰肺經)·수양명대장경(手陽明大
 腸經)·족양명위경(足陽明胃經)·족태음비경(足太陰脾經)·수소음심경(手少陰心經)·
 수태양소장경(手太陽小腸經)·족태양방광경(足太陽膀胱經)·족소음신경(足少陰腎
 經)·수궐음심포경(手厥陰心包經)·수소양삼초경(手少陽三焦經)·족소양담경(足少陽
 膽經)·족궐음간경(足厥陰肝經)의 12경을 포괄해서 '십이경맥'이라 함. 모든 경맥은 각각

각각 오장·오부·삼초·포락에 속하기 때문입니다. 『난경(難經)』에 이르면, 손발의 12경으로 비롯하되 수태음폐경(手太陰肺經)[88]의 기구(氣口)[89]에서 요약합니다. 기구는 온갖 맥이 모이는 곳입니다. 기구는 『내경(內經)』에 나오는데, 다만 척(尺)·촌(寸)이란 이름은 있지만, 관(關)이란 이름은 없습니다.[90] 월인(越人)이 비로소 기구 1부분을 촌·관·척 3부분으로 나누어 만들고, 왼쪽과 오른쪽을 합해 6부분을 만들었는데, 매 부분마다 2경맥과 짝해 2에 6을 곱해서 12경이 모두 기구에 짝합니다. 그러므로 「일난(一難)」[91]에서 '12경에는 모두 동맥이 있는데, 독취촌구(獨取寸口)[92]로 오장육부와 사생길흉(死生吉凶)의 법을 결정한다는 것

체내의 일정한 장부와 직접 관련되고, 각 경맥 상호간에는 표리상합(表裏相合)의 관계가 있음.

87 동맥(動脈): 몸에서 경맥(經脈)의 박동이 손으로 느껴지는 곳을 말함.

88 수태음폐경(手太陰肺經): 12경맥의 하나. 그 순행하는 경로는 체내에서는 폐(肺)에 속하고, 태양(太陽)으로 연락되며, 위(胃)·후(喉)에 연결됨. 체표에서는 흉부의 외측 상부에서부터 팔의 내측을 따라 내려가 엄지손가락 끝에 이름.

89 기구(氣口): 촌구(寸口). 맥구(脈口). 양손의 요골부(橈骨部) 안쪽에 맥이 뛰는 부위. 장부경락학설(臟腑經絡學說)의 관점에 따르면, 기구는 수태음폐경(手太陰肺經)의 동맥(動脈)에 속하며, 폐(肺)는 기(氣)를 주관하고 백맥(白脈)이 모이는 곳임. 전신의 장부·경맥(經脈)·기혈(氣血)의 상황이 촌구의 맥에 나타남.

90 촌·관·척(寸·關·尺): 촌구(寸口)를 다시 셋으로 나눈 명칭. 요골경(橈骨莖)이 볼록하게 튀어나온 부위가 '관'이고, 관의 앞부분(팔목 쪽)이 '촌'이며, 관의 뒷부분(팔꿈치 쪽)이 '척'임. 촌·관·척의 맥동(脈動)은 각각 '촌맥(寸脈)'·'관맥(關脈)'·'척맥(尺脈)'이라 함. 왼손의 촌맥은 심(心)을 진단하고, 관맥은 간(肝)을 진단하며, 척맥은 신(腎)을 진단함. 오른손의 촌맥은 폐(肺)를 진단하고, 관맥은 비위(脾胃)를 진단하며, 척맥은 명문(命門)을 진단함.

91 「일난(一難)」: 춘추 때 진(秦)의 명의 편작(扁鵲)이 저술한 『난경(難經)』의 편 이름. 촌구(寸口) 만으로 진단하는 원리에 대한 내용임.

92 독취촌구(獨取寸口): 임상실제에 근거해 편진법(遍診法)을 간략화해서 일반적으로 단

은 무엇을 말함인가?'라 했습니다. 『내경』에서 말하지 않았던 진맥법(診脈法)이 있기 때문입니다. 왕숙화(王叔和)[93]는 경맥(經脈)을 짝함이 바로 장부(臟腑)를 짝함인지 몰랐고, 여기에서 말미암아 비로소 여러 사람이 함부로 말하게 된 것입니다. 『난경(難經)』에 '맥에는 3부(部)가 있고, 부에는 4경(經)이 있다.'고 했습니다. 이른바 '맥에 3부가 있다.'는 것은 기구(氣口) 1부를 나누어 촌(寸)·관(關)·척(尺) 3부를 만든다는 말입니다. '부에 4경이 있다.'는 것은 1부가 각각 장(臟)과 부(腑) 2경을 짝하고, 왼쪽과 오른쪽을 합해 4경이 있다는 말입니다. 후세 사람은 경에 짝함을 모르고, 도리어 경이 없는 명문(命門)에 짝짓고, 경이 있는 포락(包絡)을 버려두었습니다. 어떤 사람은 삼초(三焦)를 1경이라 하여 왼쪽과 오른쪽 6부를 짝지었으니, 그 밖에 황당하게 이치에 어긋나고 뒤섞인 것들은 이루다 셀 수도 없습니다. 대체로 기구를 취해 오장육부를 살핀다는 것은 『난경』에 근거함이 마땅한데도, 숙화(叔和)는 이것을 의심했습니다. 『난경』을 근거삼지 않고, 「소문(素問)」'맥요정미론(脉要精微論)'[94]을 잘못 근거 삼았는데, 이른바 '척 안 양쪽' 또는 '척 밖과 척 속' 또는

지 촌구맥(寸口脈)만을 살피는 것. 촌구맥을 촌·관·척의 삼부(三部)로 나누고, 매 부위를 각각 경(輕)·중(中)·중(重)하게 눌러서 맥상(脈象)을 나누니, 모두 구후(九候)가 됨.

93 왕숙화(王叔和, ?~?): 중국 후한(後漢) 말, 서진(西晉) 초의 의원. 진맥을 중심으로 하는 진단학(診斷學)의 원조. 진나라 태의령(太醫令)을 지냈음. 유일한 기록으로 고담(高湛)의 『양생론(養生論)』에 '왕숙화는 성질이 조용하고 저술을 좋아해 유문(遺文)을 조사해 밝혔고, 군론(群論)을 뽑아 가려 『맥경(脈經)』10권을 편찬하였으며, 장중경(張仲景)의 『방론(方論)』을 순서에 따라 편집해 36권으로 만들어 세상에 널리 읽혔다.'는 구절이 있음. 저서에 『맥경』10권, 『맥결(脈訣)』4권, 『맥결도요(脈結圖要)』6권, 『맥부(脈賦)』1권 등이 있음.

94 맥요정미론(脉要精微論): 「소문(素問)」제17편의 편 이름.

'척의 왼쪽과 오른쪽, 위와 아래'는 모두 척부(尺膚)[95]의 진맥법(診脈法)이 틀림없는데, 후세 사람은 기혈(氣血)이 통하는 길의 왼쪽과 오른쪽, 위와 아래로 잘못 간주(看做)했습니다. 왼쪽과 오른쪽, 위와 아래, 안과 밖, 양쪽 등의 글자가 어찌 각각 한 가닥 기혈이 통하는 길을 드러낼 수 있겠습니까? 숙화의 『맥경(脈經)』[96]은 오랜 세월 내려오면서 맥을 짚는 데 본보기로 여겼기 때문에 후세 사람들이 감히 의심하지 않았습니다. 잘못 전해졌고, 잘못 이해했으며, 오랫동안 더욱 어지러워졌습니다. 그 맥 상태에 대한 설명 또한 억지로 끌어다 붙인 것은 이루다 말할 수 없습니다. 근세에 숙화의 상한(傷寒)[97] 예(例)가 잘못되었음을 논박(論駁)한 사람은 있지만, 『맥경』의 허물을 바로잡은 사람은 없으니, 모두 옛것을 본받은 잘못입니다. 어리석은 제 견해가 이와 같지만, 그러나 그 속에 의심스러워 분간 못하는 것이 있으니, 그대는 어떤 설명으로 바로잡아 주시겠습니까? 그대가 어리석은 견해를 바로잡아 주신다면 다행이겠으니, 가르쳐 보여주시기를 바랄 뿐입니다."

---

95 척부(尺膚): 양손의 주관절(肘關節) 아래에서 촌구(寸口) 부위에 이르는 피부. 척부의 진찰을 진척부(診尺膚)라 하는데, 고대 진단 내용의 하나이며, 윤택(潤澤)·조조(粗糙)· 냉열(冷熱) 등의 진찰을 포괄하고, 전신의 증상 및 맥상(脈象) 등과 결합시켜 병세를 알아 냄. 현재 이 진단법은 그다지 적용되지 않음.

96 맥경(脈經): 진(晉)대 왕숙화(王叔和)의 280년(?) 저작. 10권. 후한(後漢) 이전의 의학 서적을 수집해 맥상(脈象) 24종을 상세히 기술함과 동시에 장부(臟腑)·경락(經絡)·병 증(病證)·치료원칙·예후(豫後) 등을 논술함.

97 상한(傷寒): 넓은 의미에서 외감열성질병(外感熱性疾病)을 통틀어 이른 말. 중풍·상한·온병·열병·습온 등이 속함. 좁은 의미에서 풍한사(風寒邪)에 의해 생긴 외감병을 말함. 풍사에 의해 생긴 중풍(태양중풍)과 한사에 의해 생긴 상한(태양상한증)이 속함.

대답

"맥 부위에 대한 설명은『내경(內經)』이래로 월인(越人)이 자세할 것
인데, 숙화의 논의는 일단 「소문(素問)」과 『난경』에만 근거했으니, 그
미루어 생각하고 설명한 바가 아직 경서의 뜻을 어긴 적은 없을 것입
니다. 후세 사람들의 뒤섞여 어지러운 논의도 또한 어찌 『내경』을 축
낼 수 있겠습니까? 다만 척·촌이란 이름만 있고, 관이란 이름은 없었
는데, 월인이 나누어 촌·관·척을 만들어서 말하게 된 것은 다만 생각
하지 못했을 뿐입니다. 『내경』에 '삼부구후(三部九候)'[98]라 했는데, 삼
부는 척·관·촌 아닙니까? '독취촌구(獨取寸口)로 장부와 사생길흉(死
生吉凶)을 결정한다.'고 말한 것 또한 관(關)·척(尺)을 아울러 말한 것
입니다. 촌구(寸口)라 말하고, 맥구(脉口)라 말한 것도 또한 같은 것입
니다. 『난경(難經)』에 '촌구 부위에서 뛰는 맥이 손에 길게 짚이는 사
람은 정강이가 아픈 것이다.'라 했는데, 여기에서도 모두 널리 삼부(三
部)를 볼 수 있습니다. 그대는 '숙화(叔和)가 경맥(經脈)을 짝함이 바로
장부(臟腑)를 짝함인지 몰랐다.'고 말했는데, 경맥과 장부는 다릅니까?
장부에 짝함은 곧 경맥에 짝함이니, 어찌 숙화가 몰랐다고 말합니까?
명문(命門)은 곧 포락(包絡)이니, 명문에 짝함은 곧 포락에 짝하는 것입
니다. 그 '경이 있는 포락(包絡)을 버려두고, 도리어 경이 없는 명문(命
門)을 짝지었다.'고 말한 것은 나를 거의 시험함입니다. '삼초(三焦)를
1경이라 하여 왼쪽과 오른쪽 6맥을 짝지었다.'는 설명은 그렇다면 무

---

98 삼부구후(三部九候): 고대에 최초로 전신의 맥을 짚어보는 법. 인체를 머리·팔·다리
  의 삼부로 나누고, 다시 각 부마다 상·중·하로 나누어 이들 부위를 진맥하는 것.

슨 근거를 들 수 있습니까? 저는 그 설명을 아직 들어본 적이 없어서
대답을 올릴 수 없습니다. 「소문(素問)」에 이른바 '척 안 양쪽, 위와 아
래'는 곧 모두 척의 맥을 짚는 방법이라 하고, 그대는 '후세 사람은 기
혈(氣血)이 통하는 길의 왼쪽과 오른쪽, 위와 아래로 잘못 간주했다.'
고 말했습니다. 또 '왼쪽과 오른쪽, 위와 아래가 어찌 각각 한 가닥 기
혈(氣血)이 통하는 길을 드러낼 수 있겠습니까?'라 말했습니다. 만약
이와 같다면, 경서의 뜻에 크게 어긋난 것이니, 저는 그것을 받아들이
거나 변론할 수 없습니다. 척맥(尺脈)은 안으로 콩팥을 살피고, 밖으로
콩팥 바깥과 외신(外腎)99을 살피며, 위로 배를 살피고, 아래로 발을 살
피는데, 이것은 기혈이 통하는 길은 아니니, 어찌 척맥과 촌맥(寸脈)의
안으로 기혈이 통하는 길을 살피지 못하겠습니까? 장차 무엇으로 근
거할 것입니까? 『내경(內經)』에 '상경상(上竟上)100이란 것은 가슴과 목
구멍의 일을 살핌이고, 하경하(下竟下)101란 것은 허리·발의 일을 살피
는 것인데, 상경상이란 것은 기혈이 통하는 길이 어제(魚際)102에 넘치
는 것이고, 하경하란 것은 기혈이 통하는 길이 척택(尺澤)103을 덮는 것

99 외신(外腎): 고환(睾丸)·음낭(陰囊)·음경(陰莖) 등 남자의 외생식기(外生殖器).
100 상경상(上竟上): 촌부(寸部) 맥을 짚어 볼 때, 손바닥 쪽으로 더 내려가서 맥을 보는
  것. 즉 어제(魚際) 혈(穴) 쪽으로 내려가면서 맥이 뛰지 않는 데까지 짚어보는 것. 예전에
  가슴과 목구멍에 생긴 병을 진찰하는데 썼음.
101 하경하(下竟下): 아래로 몸이 끝나는 곳까지 내려가 맥을 짚어 보는 것.
102 어제(魚際): ① 혈 이름. 수태음폐경(手太陰肺經)에 속함. 형혈(滎穴)이고, 화(火)에
  속함. 제1손몸뼈 바닥의 앞. 노뼈쪽 손바닥 변연에서 단모지외전근과 손몸뼈 사이에 있
  음. ② 손 발바닥의 흰 살과 손 발잔등의 벌건 살과의 경계 부위.
103 척택(尺澤): 혈 이름. 수태음폐경(手太陰肺經)의 합혈(合穴)이고, 수(水)에 속함. 팔
  굽 마디의 안쪽 가로 간 금에서 웃팔두머리살의 바깥쪽 우무러진 곳. 팔을 약간 굽히고

이다.'라 했으니, 이것은 기혈이 통하는 길이 아니고 무엇입니까? 또 '안으로 횡맥(橫脈)[104]인 것은 염통과 배에 쌓이고, 밖으로 종맥(縱脈)인 것은 발에 비증(痺証)[105]이 있다.'고 했으니, 그 종맥과 횡맥은 기혈이 통하는 길이 아닙니까? 『내경』에 또 척부열(尺膚熱)·척부한(尺膚寒)의 진맥법이 있는데, 그대가 혹시 그것을 잘못 이해한 것은 아닌지요. 맥은 비록 한 가닥의 작은 것이지만, 바야흐로 그것은 큰 실제입니다. 손가락에 가득차고, 살진 곳에 부딪히면, 마치 철사를 꼬아 만든 줄처럼 단단하지만, 바야흐로 그 맥은 약해지고 가늘어집니다. 뱃속에 잠기고, 뼛속에 숨으면, 마치 거미줄처럼 약하지만, 그러나 잘 있어서 살펴보는 사람이 또한 구별할 수 있습니다. 재주가 보잘 것 없는 사람에 이르면, 비록 크기가 나뭇가지나 손가락과 같더라도 움직임은 마치 끈을 끄는 것과 같으니, 장차 무엇으로 그 서로 같음을 얻겠습니까? '숙화(叔和)의 상한(傷寒) 예(例)가 잘못되었음을 논박(論駁)했다.'는 사람은 이 사람이 누구인지 모르겠으나, 그와 같이 논박했다면, 반드시 증명할 수 있는 바른 논의가 있을 것이니, 한 번 훑어볼 수 있을 듯합니다. 저는 어리석고 노둔하니, 어찌 바른 의견이 있겠습니까? 그러나 「소문(素問)」과 『난경(難經)』이 아니면 그 근원을 찾을 수 없고, 숙화가 아니면 그 뜻을 넓힐 수 없으니, 그대의 뜻은 어떻다고 생각합니까?"

잡음. 귀당(鬼堂). 귀수(鬼受).

104 횡맥(橫脈): 맥락이 가로 나간 것. 예컨대, 안쪽 복사뼈의 앞을 지나간 맥. 족태음비경 (足太陰脾經)의 상구혈 부위를 말함.

105 비증(痺証): 뼈마디가 아프고, 저린감이 있으며, 심하면 부으면서 팔다리의 운동장애 가 있는 병증.

물음

"「소문」·「영추(靈樞)」는 『내경(內經)』에 '황제(黃帝)[106]와 6신하가 평소에 묻고 답했던 글이다.'라 했습니다. 다행히 진(秦)나라 때 그것을 불태우지 않아 후세에 전해졌으니, 의술의 큰 법칙이자 본보기입니다. 「영추」란 이름은 당(唐)의 왕빙(王冰)에게서 비롯되었습니다. 『한지(漢志)』[107]에 '『내경』은 18권인데, 한(漢)의 장중경(張仲景)[108]이 『내경』 18권을 나누어 9권은 「소문」이라 이름 지었지만, 9권은 이름이 없다.'고 했습니다. 9권의 이름을 만든 것은 당의 왕빙에 이르러 「영추」란 이름이 있게 되었고, 「소문」 제7권은 전국(戰國)시대에 없어져서 『갑을경(甲乙經)』·『수지(隋志)』[109]에 모두 잃어버렸다는 말이 실려 있습니다. 전원기(全元起)[110]가 「소문」에 처음 주(註)를 냈고, 제7권은 없었는데, 왕

---

106 황제(黃帝): 전설상의 임금. 소전(少典)의 아들. 성(姓)은 공손(公孫). 헌원(軒轅)의 언덕에 살았으므로 헌원씨라고도 하고, 희수(姬水)에 거주해 성을 희로 고쳤으며, 유웅(有熊)에 나라를 세워 유웅씨라고도 함.

107 『한지(漢志)』: 『한서(漢書)』, 「예문지(藝文志)」. '『한서』'는 24사(二十四史)의 하나로 후한(後漢) 때 반표(班彪)가 착수하고, 그의 아들 반고(班固)가 대성했으며, 8표(表) 등 완결되지 못한 부분을 반고의 여동생 반소(班昭)가 보충했음. 유방(劉邦)부터 왕망(王莽) 때까지 230년간의 주요 사적을 기록했음. 12제기(帝紀)·8표·10지(志)·70열전(列傳)으로 구성됨. 120권. '「예문지」'는 역대 책의 목록을 모아 엮은 관사(官史)의 한 부분. 한(漢)의 반고가 유흠(劉歆)의 『칠략(七略)』을 기본으로 해 지은 『한서』의 「예문지」가 가장 최초임.

108 장중경(張仲景): 장기(張機, 150~219)의 자. 후한(後漢)대 의학자.

109 『수지(隋志)』: 『수서(隋書)』, 「경적지(經籍志)」. '『수서』'는 24사(二十四史)의 하나로 위징(魏徵) 등이 칙명(勅命)으로 편찬한 수대(隋代)의 정사(正史). 85권. '「경적지」'는 『수서』의 편으로 수나라까지 전래된 서책 명을 열거해놓은 것.

110 전원기(全元起): 중국 수(隋)대 의원. 소원방(巢元方)과 양상선(楊上善)의 학문을 계승했고, 의술의 바탕을 『내경(內經)』에 두었으며, 환자를 공경했음. 저서에 『내경훈해(內

빙이 잃어버린 「소문」 제7권을 얻었다고 거짓말해 자기의 올바르지 않
은 말을 자랑하는 데 이롭게 했습니다. 만물에는 의심할 것이 있고,
의심할 수 없는 것도 있습니다. 진(晉) 감로(甘露)[111]부터 당(唐) 보응(寶
應)[112]까지 그 사이는 서로 거리가 600년 남짓인데, 잃어버린 책을 얻지
못하다가 왕빙만 홀로 그것을 얻었다니, 매우 의심할 만합니다. 얻었
다 함을 의심하지 않더라도 성인(聖人)이 지은 책과 다름을 의심할 만
하니, 음양(陰陽)의 큰 논의를 담은 글을 빌어 7편(篇)을 함부로 보충한
것입니다. 대체로 만물이 비게 되면 바르지 않음이 기회를 타니, 만약
「소문」을 잃어버리지 않았다면, '운기(運氣)'라는 올바르지 않은 말을
할 수 없었을 것입니다. 『내경』에는 원래 '5운6기(五運六氣)'라는 말이
없지만, 그 말은 「천원기론(天元紀論)」[113]에 처음 보이고, 「지진요론(至
眞要論)」[114]에서 끝납니다. 『내경』에서 4시(四時)·5행(五行)을 설명했는
데, 사람에 미쳐도 5운6기의 설명은 다름이 없습니다. 『내경』에서는
심장으로 임금을 삼고, 허파로 왕을 돕는 재상을 삼았는데, 군화(君
火)·상화(相火) 이화(二火)의 설명과 다름이 없습니다. 월인(越人)의 『난
경』, 중경의 『상한론(傷寒論)』[115]·『금궤요략(金匱要畧)』[116], 숙화(叔和)의

經訓解)』가 있음.

111 감로(甘露): 중국 삼국시대 오(吳) 오정후(烏程侯)의 연호(年號). 265~266.

112 보응(寶應): 중국 당(唐)대 대종(代宗)의 연호(年號). 762~763.

113 「천원기론(天元紀論)」: 「천원기대론(天元紀大論)」. 「소문(素問)」 제66편의 편 이름.

114 「지진요론(至眞要論)」: 「지진요대론(至眞要大論)」. 「소문(素問)」 제74편의 편 이름.

115 『상한론(傷寒論)』: 219년 한(漢)대 장기(張機)의 저작. 『상한잡병론(傷寒雜病論)』의
　　상한(傷寒) 부분을 서진(西晉)의 왕숙화(王叔和)가 정리하고 편집해 제목을 '상한론(傷寒
　　論)'이라고 함. 육경변증(六經辨證)으로 급성 열병을 치료하는 방법을 논술함. 10권.

『맥경(脉經)』, 황보밀(皇甫謐)[117]의 『갑을경(甲乙經)』 등의 책은 다 『내경 (內經)』의 뜻을 드러낸 책들이지만, 모두 5운(五運)의 설명이 없습니다. 장개빈(張介賓)[118]은 좋은 의원입니다. 그러나 5운의 망령된 설명에 대한 뜻은 매우 한탄할 만합니다. 대체로 『내경』이란 것은 법도를 말하되 사람들로 하여금 변화를 알게 하는 책입니다. 5운6기(五運六氣)라는 실제에 맞지 않고 망령된 설명을 베풀어 어찌 같은 날 논의할 수 있겠습니까? 이는 갓을 신발과 나란히 함이고, 마땅히 명주실을 뽑으려 하는데 삼실이 섞임이며, 둥근 구멍에 모난 자루이니, 그것이 들어갈 수 있겠습니까? 어떤 사람은 '『내경』이 한(漢)대 선비들의 손에서 나왔다.'고 하는데, 가령 후세에 이루어졌다면, 음양(陰陽)의 변화, 경락(經絡), 장부(臟腑)를 논의한 것은 평범한 말이 아니니, 아마도 그러한 사람은 바로 뒤에 황제(黃帝)라 일컬어진 사람일 것입니다. 그러므로 의술의 큰 법칙이자 본보기입니다. 음양의 변화, 경락, 장부를 논의한 것은 평범한 말이 아니고, 구절과 글자마다 작든 크든 다 성인의 말입니다. 만물이 의심스러우면 의심하고, 의심스럽지 않으면 의심하지 말아야

---

116 『금궤요략(金匱要畧)』: 『금궤옥함경(金匱玉函經)』. 한(漢)대 장기(張機)의 저작. 3권. 북송(北宋)의 왕수(王洙)는 『금궤옥함요략방(金匱玉函要略方)』 3권을 기록해 전하는데, 상권은 상한변증(傷寒辨證)이고, 중권은 잡병(雜病)에 대해 논했으며, 하권은 그 처방을 실었을 뿐 아니라, 부인병(婦人病)의 치료를 논했음. 임억(林億)은 『금궤옥함방론(金匱玉函方論)』의 잡병과 관련있는 처방을 취해 『금궤요략방론(金匱要略方論)』을 편집했음. 내용은 내과잡병(內科雜病)·부과(婦科)·구급(救急)·음식금기(飲食禁忌) 등 25편이며, 262가지 처방을 포괄하고 있음.

117 황보밀(皇甫謐): 중국 진(晉)대 의원. 자는 사안(士安). 각종 의서(醫書)를 두루 섭렵했고, 풍비(風痺) 질환에 밝았음. 저서에 『갑을경(甲乙經)』과 『침경(鍼經)』 등이 있음.

118 장개빈(張介賓): 중국 명(明)대 의원.

하니, 의심할 만한 것이 있고, 의심할 수 없는 것도 있습니다. 『내경』
은 옛 책이니, 연문(衍文)[119]·착간(錯簡)[120]이 매우 많아 풀이할 수 있는
것이 있고, 풀이할 수 없는 것도 있는데, 풀이할 수 없는 것은 억지로
풀이할 수 없습니다. 이것이 옛 책을 읽는 큰 법칙입니다. 의술은 『내
경』에서 이루고, 『내경』에서 그만둔다는 것은 비유컨대 마치 좀벌레가
나무에서 생겨나면, 도리어 나무를 먹는다는 것과 같은 그러한 뜻은
아닙니다. 대체로 「소문(素問)」·「영추(靈樞)」는 말이 평범하지만, 사람
들로 하여금 변화를 알게 하는 책입니다. 어리석은 제 의견은 이와 같
고, 5운6기의 설명은 치료에 해로움이 매우 많습니다. 그대 나라에도
5운6기의 설명을 쓰지 않는 사람이 있습니까? 그대는 이 설명을 씁니
까? 가르침을 보여주신다면 얻고자 할 뿐입니다."

대답

"옛 선비들이 「소문」을 논의함은 전국시대에 나왔으니, 옛 『내경』이
아닙니다. 후세 사람들이 어떤 경로를 통해 그것이 그렇지 않음을 알
겠습니까? 그러나 의원의 준칙을 구한다면, 「소문」을 버리고는 가능하
지 않으니, 「소문」이 아니라면 제가 따르고 의지할 것이 무엇이겠습니
까? 제7권이 없어졌다는 논의와 왕빙(王冰)이 함부로 보충했다는 설명
은 상고해 연구할 수 없을 따름입니다. 이렇듯 진술한 의견은 반드시

---

119 연문(衍文): 베껴 쓰거나 판목을 새길 때, 잘못해 군더더기로 들어가 낀 글자나 문구.
120 착간(錯簡): 뒤섞인 죽간(竹簡). 책의 자구나 지면의 전후가 뒤바뀌어 있는 일.

억지로 말함이 아니고, 운기(運氣)의 설명에 이르면, 비록 이것이 왕빙 스스로 지어낸 말일지라도 진실로 법 받을 만하니, 소홀히 할 수 없습 니다. 「천원기론(天元紀論)」 등의 편에는 운기에 흥성함과 쇠퇴함을 더 한 설명이 있는데, 말은 비록 간략하지만 이치는 가득 갖추었으니 어 찌 운기에 대한 논의가 아니라고 말할 수 있겠습니까? 여러 『주역(周 易)』들에 비유하면, 오랜 옛날 다만 하도낙서(河圖洛書)[121]의 몇 가지만 있었으나, 그 뒤로 문왕(文王)[122]이 8괘(八卦)[123]를 덧붙였고, 주공(周 公)[124]이 단전(彖傳)[125] · 상전(象傳)[126]을 지었으며, 공자(孔子)[127]가 10익

---

121 하도낙서(河圖洛書): '하도'와 '낙서'. 각각 『주역(周易)』의 8괘와 『상서(尚書)』, 「홍 범구주(洪範九疇)」의 기원이 됨.

122 문왕(文王): 주(周) 무왕(武王)의 아버지. 이름은 창(昌).

123 8괘(八卦): 음(陰) · 양(陽)을 근본으로 만들어진 『주역(周易)』의 8가지 부호. 복희씨 (伏羲氏)가 지었다고 전해짐. 건(乾) · 태(兌) · 이(離) · 진(震) · 손(巽) · 감(坎) · 간(艮) · 곤(坤). 이 8괘를 2개씩 조합해 모두 64개의 대성괘(大成卦)가 만들어졌으며, 자연 현상 과 사회 현상의 발전 · 변화를 상징적으로 나타냄.

124 주공(周公): 주(周) 문왕의 아들이며, 무왕(武王)의 동생. 성은 희(姬), 이름은 단(旦), 시호는 원(元). 무왕을 도와 은(殷)의 주왕(紂王)을 쳐서 주 왕조를 세우고 노(魯)에 봉해 졌음. 무왕이 죽은 뒤 섭정하면서 관숙(管叔) · 채숙(蔡叔)의 반란을 평정해 왕실의 기초 를 다졌으며, 제도와 예악을 다졌음.

125 단전(彖傳): 역전(易傳)의 하나. 상단(上彖)과 하단(下彖)으로 나누어 64괘(六十四 卦)의 괘명(卦名) · 괘사(卦辭)의 뜻을 해석했음. 본래 1편으로 구성되어 『역경(易經)』의 뒤에 붙어 있었으나, 현행 주소본(注疏本)에는 64괘의 뒤에 각각 나뉘어 붙어 있음.

126 상전(象傳): 『주역』 10익(十翼) 중 괘명 · 괘상(卦象) · 효상(爻象)을 풀이하는 말. 한 괘의 상을 전체적으로 풀이한 것을 대상(大象), 한 효의 상을 풀이한 것을 소상(小象)이 라 함.

127 공자(孔子, B.C. 551~B.C. 479): 춘추(春秋) 때 노(魯) 사람. 이름은 구(丘), 자는 중니(仲尼). 춘추 말의 대사상가 · 정치가 · 교육가로서 유가(儒家)의 학설을 집대성했음. 인(仁)을 사상의 핵심으로, 예(禮)를 인을 행하는 수단으로 삼아, 여러 나라를 주유하며 치국의 도를 행하려다가 68세에 노로 돌아와서 시(詩) · 서(書) · 예(禮) · 악(樂) · 역(易) ·

(十翼)¹²⁸을 만든 뒤에 후세 사람들이 이야기와 의견을 주고받게 되었
지만, 가장 뛰어난 지혜의 재주가 아니면, 또 끝낼 수 없음과 같습니
다. 운기(運氣)는 『주역』에서 이름이 비록 다르지만, 이치는 같습니다.
음양(陰陽)에서 5운(五運)이 생겨나고, 5운에서 6기(六氣)가 변하는데,
운기는 바로 하늘과 땅 사이에 흘러 다니는 기(氣)입니다. 사람은 하늘
과 땅을 닮았는데, 운기를 버린다면 장차 어디에서 구하겠습니까? 중
경(仲景)이 상한(傷寒)을 말하고, 사안(士安)¹²⁹이 『갑을경(甲乙經)』을 지
은 것 또한 일찍이 운기에 근본하지 않음이 없는데, 하필 '사천재천(司
天在泉)'¹³⁰을 더해서 말하고, 그런 뒤에 비로소 운기를 말했겠습니까?
왕빙(王冰)의 뒤로 안도(安道)¹³¹·동원(東垣)¹³²·수진(守眞)¹³³을 가릴 것

춘추 등 6경(六經)을 산술했음. 제자들이 엮은 『논어(論語)』에 그의 언행과 사상이 잘
나타나 있음.
128 10익(十翼): 공자가 지었다는 『역경(易經)』 중의 10전(十傳). 「상단전(上彖傳)」·「하
단전(下彖傳)」·「상상전(上象傳)」·「하상전(下象傳)」·「상계사전(上繫辭傳)」·「하계사
전(下繫辭傳)」·「문언전(文言傳)」·「서괘전(序卦傳)」·「설괘전(說卦傳)」·「잡괘전(雜
卦傳)」.
129 사안(士安): 중국 진(晉)대 의원 황보밀(皇甫謐)의 자.
130 사천재천(司天在泉): 운기(運氣) 술어. 사천(司天)과 재천(在泉)을 같이 이르는 말.
'사천'은 위에 있음을 상징하고, 상반년(上半年)의 기운(氣運) 상태를 주관하며, '재천'
은 아래에 있음을 상징하고, 하반년(下半年)의 기운 상태를 주관함. 예를 들면, 자오년
(子午年)은 소음군화(少陰君火)가 사천하므로 양명조금(陽明燥金)이 재천하고, 묘유년
(卯酉年)은 양명조금이 사천하므로 소음군화가 재천함. 사천과 재천으로 1년 중 세기
(歲氣)의 대체적 상황과 운기의 영향에 따라 질병이 발생하는 관계를 추산할 수 있음.
『소문(素問)』, 「지진요대론(至眞要大論)」에서 '궐음(厥陰)의 경우, 사천은 풍화(風化)
가 되고, 재천은 산화(酸化)가 된다.'고 했음.
131 안도(安道): 왕리(王履, 1332~1391)의 자. 명(明)대 의원으로 곤산(崑山) 사람. 호는
기옹(奇翁)·기수(畸叟)·포독노인(抱獨老人). 주진형(朱震亨)에게 의술을 배웠음. 저서
에 『소회집(泝洄集)』 21편, 『백병구원(百病鉤元)』 20권, 『의운통(醫韻統)』 100권, 『표

없이 여러 선생들이 미루어 그것을 넓히고 전해서 오늘에 이르렀으나,
책들에 쌓인 뜻은 사람들이 대부분 깨닫지 못했고, 이 때문에 헐뜯는
사람들과 배척하는 사람들이 일어나서 다들 법 받을 수 있는 것이 없
다고 여기니, 이들은 모두 성인이 지은 책을 업신여기며, 옛날의 어질
고 지혜로운 사람을 헐뜯음이 심한 자들입니다. 5운 6기에 주기(主
氣)·객기(客氣)[134]가 있는데, 주운(主運)[135]·주기(主氣)는 그 평상시를
말함이고, 객운(客運)[136]·객기(客氣)는 그 변함을 말함이며, 그 변함에
이르면 시행역려(時行疫癘)[137] 등의 병이 생겨납니다. 시행역려는 운기
(運氣)가 아니라 병을 생겨나게 하는 것이니, 어째서 단계(丹溪)가 역려
를 논의하면서 '운기를 미루어 그것을 치료함이 마땅하다.'고 했겠습
니까? 단계가 어찌 저를 속인 것이겠습니까? 장개빈(張介賓)에 대해서
저는 그가 어떠한 사람인지 모르겠습니다. 저 또한 일찍이 그 책을 두
루 읽었는데, 대체로 개빈(介賓)의 보양(補陽)[138]에 대한 설명이 널리 유
행함으로부터 음허(陰虛)한 사람들은 대부분 도움 받지 못했습니다. 저

제원병식(標題原病式)』1권, 『의사보전(醫史補傳)』 등이 있음.

132 동원(東垣): 금(金)대 의학자 이고(李杲, 1180~1251)의 호.

133 수진(守眞): 금(金)대 의원 유완소(劉完素)의 자.

134 객기(客氣): ① 천기(天氣). 하늘에서의 3음 3양의 기. ② 병인(病因)이 되는 외사
(外邪).

135 주운(主運): 5운에 맞춰 1년을 봄, 여름, 늦은 여름(長夏), 가을, 겨울 등 5계절로 나누
어 놓은 것.

136 객운(客運): 객기(客氣).

137 시행역려(時行疫癘): 계절성을 띠고 돌림을 일으키는 전염병. 시행한역(寒疫)과 시행
온역(溫疫)이 있음.

138 보양(補陽): 양허증(陽虛證)을 치료하는 방법. 주로 신양허(腎陽虛)를 보(補)하는 것.

는 깊이 근심스럽게 여기는데, 힘이 아주 약하고 소견이 얕아 그 폐단
을 고칠 수 없으니, 오히려 한스럽게 생각합니다. '양은 남음이 있고
음이 부족하다.'고 함은 단계(丹溪)가 처음 만든 말이 아니라, 바로『내
경(內經)』의 설명입니다. 개빈이 그것을 저버리고 음양(陰陽)의 보사(補
瀉)만 했을 뿐이니 큰 잘못일 것입니다. 이것이 제가 개빈이란 사람에
게 의지하지 않는 이유입니다. 그대는 도리어 끌어다가 증거를 삼겠
습니까? '허파로 왕을 돕는 재상을 삼았다.'고 함은 재상을 삼았다 함
이 아닙니다. 폐는 위쪽에 머무르며 음식을 받아 위(胃)에 전하고, 위
의 정기(精氣)[139]가 위쪽으로 허파에 도달하면, 허파는 다시 여러 장부
에 널리 퍼뜨립니다. 그러므로 '서로 전한다.'고 한 것이니, '부(傅)'자
는 바로 '전(傳)'자가 잘못된 것입니다.『내경』이 한(漢)대 선비들에게
서 나왔다는 설명은 참으로 망령됩니다. 월인(越人)의『난경(難經)』은
『내경』에 근본하고 넓혀지었는데, 월인 이전의 책이 어떻게 한(漢)대
에 나왔다고 말할 수 있습니까?『내경』의 연문(衍文)·착간(錯簡)된 곳
은 정말 억지로 풀이할 수 없습니다. 근세 운기를 쓰지 않는 사람들은
틀림없이 운기를 이해 못하는 자들의 설명입니다. 그대는 미혹되지
마십시오."

물음

"감히 묻습니다.『내경』에 이른바 중풍(中風)[140]과 후세의 중풍은 다

---

139 정기(精氣): 생명활동을 유지하는데 필요한 정미(精微)로운 물질과 그 기능.
140 중풍(中風): ①'내풍(內風)'을 말함. 뇌혈관이 장애된 질환. '졸중(卒中)'이라고도 함.

를 것입니다. 후세의 중풍은 내상(內傷)에 연관되고, 『내경』의 중풍은
외감(外感)[141]에 연관됩니다. 중경(仲景)의 『상한론(傷寒論)』에 이른바
중풍이란 것은 또한 『난경』, 「상한(傷寒)」편에 있는 5가지 중 첫 번째
병증이니, 외감의 병입니다. 『금궤요략(金匱要略)』에 이른바 중풍은 비
록 후세의 중풍과 비슷하지만, 또한 외사(外邪)[142]로 그것을 논의한다
면 내상이 아님은 분명할 것입니다. 소씨(巢氏)[143]의 『병원후론(病源候
論)』[144]과 손씨(孫氏)[145]의 『천금방(千金方)』[146]에 거의 이르러 정확하게

즉 갑자기 나타나는 풍증(風證). 증상에 따라 '유중풍(類中風)'과 '진중풍(眞中風)'으로
나눔. ②'외풍(外風)'을 말함. 외부의 풍사(風邪)를 감수해 발생하는 병증으로, 열이 나고
머리가 아프며, 땀이 나고 맥이 뜨고 이완되는 듯한 느낌이 있는 등의 증상을 나타냄.

141 외감(外感): 병인과 병증의 분류에서 6음(六淫)·역려지기(疫癘之氣) 등의 외사(外邪)
를 받은 것. 이들 병사(病邪)는 먼저 인체의 피부를 침범하거나, 코나 입으로 먼저 흡입되
기도 하고, 동시에 병이 발생되기도 함.

142 외사(外邪): 사기(邪氣).

143 소씨(巢氏): 소원방(巢元方, ?~?). 중국 수(隋)·당(唐)대 의원. 610년에 중국 의학의
고전 『제병원후론(諸病源候論)』을 편찬한 병인증후학(病因症候學)의 대가. 그와 관련한
유일한 기록은 당대 한악이 편찬한 『개하기(開河記)』에 '개하도호대총관(開河都護大總
管) 마숙모(麻叔謀)가 풍역(風逆)을 앓아 일어날 수 없게 되었는데, 수나라 양제(煬帝)가
태의령(太醫令) 소원방에게 왕진시켰다.'는 것임.

144 『병원후론(病源候論)』: 소원방(巢元方)의 저술 『제병원후론(諸病源候論)』. 전체 50
권인데, 67문(門)으로 나누어 증후 1,700여조를 들어 병원(病源)·병상(病狀)에 대해
기술하고 있으나, 처치·약방(藥方)에 대해서는 실려 있지 않음.

145 손씨(孫氏): 손사막(孫思邈). 중국 수(隋)·당(唐)대 의원. 섬서성(陝西省) 요현(耀縣)
사람. '손진인(孫眞人)'이라고도 함. 음양·천문·의약에 정통했고, 수나라 문제(文帝),
당나라 태종과 고종이 벼슬을 주려 했으나 사양하고 태백산에 은거했음. 어려서 풍증에
걸려 가산을 탕진했기 때문에 평생 의학서를 존중하고 가까이했음. 그는 여러 약방문을
모아 보기 쉽고 알기 쉽게 『비급천금요방(備急千金要方)』 30권을 편찬했음. 저서에 『섭
생진록(攝生眞錄)』·『침중소서(枕中素書)』·『복록론(福祿論)』·『천금익방(千金翼方)』
등이 있음.

146 『천금방(千金方)』: 당(唐)대 손사막(孫思邈)이 650년 무렵에 저술한 의학서. 원제는

말한 것은 바로 후세의 중풍입니다. 이렇게 되자 후세 사람들은 드디
어 진중풍(眞中風)[147]·유중풍(類中風)[148]이란 명칭을 세웠는데, 시궐(尸
厥)[149]·식궐(食厥)[150]·담궐(痰厥)[151] 또는 중서(中暑)[152]·중한(中寒)[153] 등
대체로 혼궤(昏憒)[154]·졸도(卒倒)[155]에 이르는 것들은 모아서 유중풍이
라 이름했으니, 유중풍은 후세의 중풍과 구별됩니다. 후세의 중풍 역

『비급천금요방(備急千金要方)』이며, 중국에서 체계적으로 편찬된 가장 오래된 의학전서
임. '인명(人命)은 소중해 천금(千金)의 가치가 있으며, 하나의 처방으로 인명을 구한다
는 것은 덕이 천금을 초월하는 것과 같다.'는 데서 책이름이 붙여졌음. 30권인데, 대개는
출전(出典)이 기록되어 있지 않고, 대부분 당시의 처방을 수록했음. 이 책은 당대부터
송(宋)대에 걸쳐 널리 이용되었으며, 후에 보충을 위해『천금익방(千金翼方)』30권이 저
술되었음.

147 진중풍(眞中風): '진중풍'은 유중풍의 증상 외에 초기에 열이 나고 바람을 싫어하는
등의 증상이 있는데, 일설에 따르면 잠시의 지각상실상태로, 깨어난 후에 반신불수나 구
완와사 등의 증상이 없는 기궐(氣厥)·식궐(食厥)·혈궐(血厥) 등의 질병을 일컬음.

148 유중풍(類中風): 졸도(卒倒)·혼미(昏迷)·구완와사(口眼喎斜)·반신불수(半身不遂)
·언어장애 등의 증상을 나타내고, 뇌출혈·뇌전색(腦栓塞)·뇌혈전형성(腦血栓形成)·
뇌실질(腦實質)과 뇌신경의 일부 병증도 포괄함.

149 시궐(尸厥): 갑자기 쓰러져 인사불성이 되어 마치 죽은 것과 같은 상태가 되고, 호흡이
미약하며, 맥이 극히 가늘고 약해 거의 반응이 없어 언뜻 보기에 죽은 사람과 같은 증상.

150 식궐(食厥): 궐증의 하나. 음식을 지나치게 먹거나 독이 있는 것을 잘못 먹는 것 등으
로 위기(胃氣)가 아래로 내려가지 못하고 갑자기 거슬러 올라가 생김.

151 담궐(痰厥): 궐증의 하나. 담이 성해서 생긴 궐증. 팔다리가 싸늘하고 숨결이 거칠며,
혀에 하얗고 기름때 같은 이끼가 낌.

152 중서(中暑): 여름철의 무더운 기후로 서사(暑邪)에 손상되어 발생하는 병증. 갑자기
졸도하는 증상이 있음.

153 중한(中寒): 한사(寒邪)에 손상된 것. 평소 양기(陽氣)가 부족한데 갑자기 한사의 침
범을 받게 되면, 사지(四肢)가 차게 되고, 6맥(六脈)이 가라앉고 경미하거나 느리며, 팽
팽해지는 증상이 나타남.

154 혼궤(昏憒): 의식이 혼미한 상태에 있어서 사리를 분간하지 못하는 증상.

155 졸도(卒倒): 갑자기 정신을 잃고 넘어지는 것.

시 유중풍인지 전혀 모르겠습니다. 대체로 혼궤·졸도하여 정신을 잃고 의식이 없는 것은 그 원인을 물을 것 없이 모두 『내경(內經)』에 이른바 궐증(厥症)[156]입니다. 풍(風)과 더불어 서로 관련은 없을 것입니다. 후세의 중풍과 같은 것은 유하간(劉河澗)[157]이 말하기를 '적당한 휴식과 섭생을 잃고, 심화(心火)는 몹시 성하며, 신수(腎水)가 매우 약해 심화를 억제할 수 없다면, 음(陰)은 비게 되고 양(陽)은 가득 차서, 열기(熱氣)가 몰려 답답하고, 정신이 흐려져서 졸도한다.'고 했던 그 말이 정말 옳습니다. 이동원(李東垣) 또한 말하기를 '중풍이란 것은 밖에서 들어온 풍사(風邪)가 아니라, 본래 있던 기(氣)로부터 생기는 병이다. 대체로 사람의 나이가 40세를 넘어 기가 약해지는 즈음이나, 또는 근심과 기쁨, 몹시 성내는 것이 그 기를 해치면, 대부분 이 병이 있다. 장년일 때에는 없으나, 만약 살지고 원기 왕성한 사람이라면 간혹 그 병이 있으니, 역시 몸은 성하지만 기가 약해 이러한 병이 있게 될 뿐이다.'라 했으니, 그 말이 뜻을 얻었다 할 것입니다. 이것은 하간(河澗)이 언급하지 못했던 바를 다한 것입니다. 그런데 두 사람이 중부(中腑)[158]·중장(中臟)[159]·육경(六經)[160]에 나타나는 병증을 논의한 것은 바

---

156 궐증(厥症): 일반적으로 갑자기 정신을 잃고 쓰러져 인사불성이 되고 사지(四肢)가 차며, 잠시 후에 깨어나는 병증.
157 유하간(劉河澗): 금(金)대 의원 유완소(劉完素). '하간'은 유완소의 호.
158 중부(中腑): 중풍의 증후 유형 중 하나. 갑자기 쓰러져 깨어난 후에는 반신불수·구안와사·언어곤란 혹은 가래와 침이 많고 말을 하지 못하며, 대소변을 가누지 못하거나 대소변이 막히게 되는 증상 등이 나타남.
159 중장(中臟): 중풍의 증후 유형 중 하나. 임상 상 졸도·혼미를 특징으로 하고, 폐증(閉證)과 탈증(脫證)의 두 가지로 나눔.

르지 않습니다. 중부(中腑)·중장(中臟)·육경(六經)에 나타나는 증상이
란 것은 외사(外邪)이니, 후세의 중풍은 아닐 것입니다. 주단계(朱丹溪)
는 말하기를 '서북(西北) 두 지방은 참으로 풍(風)을 맞게 된 사람이 있
으나 다만 매우 적을 뿐이고, 동남(東南) 지방의 사람에게는 많은데,
이것은 습기(濕氣)가 담(痰)을 생기게 하고, 담은 열(熱)을 생기게 하며,
열이 풍을 생기게 함이다.'라 했으니, 그 말은 또한 병증을 나누지 않
는다는 것과 같습니다. 서북 두 지방에서 풍을 맞게 된다는 것은 『내
경(內經)』에 이른바 진중풍(眞中風)이니, 유중풍(類中風)은 아닐 것입니
다. 또 습기가 담을 생기게 하고, 담은 열을 생기게 하며, 열이 풍을
생기게 한다는 것은 『난경(難經)』에 '자식[火]이 성(盛)하면, 어미[木]로
하여금 가득 차게 할 수 있다.'고 말함이 맞습니다. 그런데 담은 화(火)
의 성함을 따라 움직이니, 담이 열을 생기게 함은 아닐 것입니다. 대
체로 세 분이 설명한 것은 모두 후세의 중풍이 밖으로부터 침입한 풍
사(風邪)에 맞은 것이 아님을 알았는데, 그 치료법에 미치면 제일 먼저
본래 의술에서는 속명탕(續命湯)[161]·방풍통성산(防風通聖散)[162]·삼화탕

---

160 육경(六經): 태양경(太陽經)·양명경(陽明經)·소양경(少陽經)·태음경(太陰經)·소
  음경(少陰經)·궐음경(厥陰經)의 합칭. 고대에는 임상 상 육경의 명칭과 그것이 표현하는
  증후의 특징으로, 질병부위와 질병의 발전단계를 설명했으며, 상한(傷寒) 등 급성질병의
  진찰과 치료 시에 변증론치(辨證論治)의 강령 즉, '육경변증(六經辨證)'으로 삼았음.
161 속명탕(續命湯): 재료는 계피나무 가지, 건강, 살구 씨, 인삼, 감초, 당귀, 궁궁이.
  풍비(風痺)로 몸을 잘 쓰지 못하면서 정신이 똑똑치 못하고 말이 굳으며, 팔다리가 가드
  러들고 눈과 입이 비뚤어지거나 몸 관절을 쓰지 못하는 데, 기침이 나고 숨이 차서 편안히
  눕지 못하며, 얼굴이 붓는 데 씀.
162 방풍통성산(防風通聖散): 재료는 곱돌, 감초, 석고, 속 썩은 풀, 도라지, 방풍, 궁궁
  이, 당귀, 메함박꽃 뿌리, 대황, 마황, 박하, 연교(連翹), 망초, 형개, 흰 삽주, 치자, 생

(三化湯)¹⁶³ 등을 먼저 늘어놓는데, 무엇 때문입니까? 만일 강활(羌活)¹⁶⁴·방풍(防風)¹⁶⁵이라면 그것을 조금 도와서 경맥(經脉)을 막힘없이 흐르고 통하게 하며, 간사(肝邪)¹⁶⁶를 흩어져 나가게 함이 맞습니다만, 마황(麻黃)¹⁶⁷·대황(大黃)¹⁶⁸은 어째서 여러 내상(內傷)에 쓸 수 있습니까? 졸도(卒倒)·담천(痰喘)이 심하게 몰려 뭉친 사람은 인삼(人參)·죽력(竹瀝)¹⁶⁹·강즙(薑汁) 등으로 열어줌이 마땅합니다. 점점 되살아나기를 기다린 이후에 인삼·황기(黃耆)로 보기(補氣)¹⁷⁰하거나 당귀(當歸)¹⁷¹·지황(地黃)으로 보음(補陰)¹⁷²하여 풍기(風氣)와 화기(火氣)를 물리치니, 이

강. 중풍 또는 풍열로 말을 못하거나 목이 쉰 데, 경풍·파상풍을 비롯한 여러 가지 풍증으로 경련이 일어나는 데, 풍열 또는 풍습으로 생긴 헌 데와 버짐, 삼초가 모두 실해 오한이 나면서 높은 열이 나고 어지러우며 눈에 피가 지고 아프며, 입 안이 쓰고 목안이 아픈 데, 가슴이 그득하고 기침을 하거나 구역질이 나며 숨이 차고 뒤가 굳으며 오줌색이 벌겋고 잘 누지 못하는 데 씀.

163 삼화탕(三化湯): 재료는 후박, 대황, 지실, 강활. 대소변이 막혀 잘 나가지 않는 데 씀.
164 강활(羌活): 미나리과에 속하는 여러해살이풀의 뿌리를 말린 것. 땀이 나게 하고 풍습을 없애며 아픔을 멈춤. 풍한표증·머리 아픔·풍한습비 등에 씀. 강활(羌活). 강호리.
165 방풍(防風): 미나리과의 다년생풀. 어린 싹은 식용, 뿌리는 약용함.
166 간사(肝邪): 5장 사기(邪氣)의 하나. 간에 있는 사기. 양 옆구리가 아프고 비위가 허해지며 차지는데, 속에 나쁜 피까지 몰리면 걸을 때 다리 마디가 켕기고 붓는 증상이 나타남.
167 마황(麻黃): 마황과의 상록 관목인 풀마황, 쇠뜨기마황, 중마황의 줄기를 말린 것. 발한(發汗)·이뇨(利尿)·숨찬 것을 멈추는 등에 씀.
168 대황(大黃): 장군풀. 또는 그 뿌리와 뿌리 줄기. 변비(便祕)·조열(潮熱)·어혈(瘀血)에 약재로 씀.
169 죽력(竹瀝): 참대의 줄기를 불에 구워서 나오는 즙액을 약재로 이르는 말.
170 보기(補氣): 보법(補法)의 하나. 보기약(補氣藥)으로 기허증(氣虛證)을 치료하는 방법. 익기(益氣).
171 당귀(當歸): 미나리과에 속하는 여러해살이풀인 당귀의 뿌리를 말린 것. 보혈(補血)·활혈(活血)에 쓰이는 약재. 승검초 뿌리.

것이 그 치료법입니다. 근세에 명문(命門)의 화(火)를 돕는다는 설명은
거듭 행하여 계지(桂枝)·부자(附子) 보기는 음식처럼 예사롭게 하고,
황금(黃芩)·황련(黃連) 보기는 뱀·전갈처럼 두려워하는데, 중풍(中
風)·졸도(卒倒)에 반드시 삼부탕(參附湯)[173]을 쓰되, 인삼이 빠질 수 없
음과 같고, 부자도 선택하지 않을 수 없음과 같지만, 신음(腎陰)[174]이
부족하거나 쇠약하고 심화(心火)가 갑자기 심한 사람은 마땅한 바가
아닐 것입니다. 대체로 중풍의 병증을 논의하고 치료법을 베풂은 뒤
섞여 복잡해 분명하지 않은데, 모두 병의 갈래로 나눌 수 없는 진중풍
(眞中風)과 유중풍(類中風) 때문임이 옳을 것입니다. 어찌 조심하지 않
을 수 있겠습니까? 어리석은 제 의견은 이와 같은데, 그대 나라 또한
유중풍이란 것이 다수를 차지하고 진중풍이란 것이 적어서 치료할 수
없음이 대강 이와 같습니까? 밝은 가르침 듣기를 바랍니다."

대답

"중풍을 이른바 진중풍과 유중풍으로 구별함은 우단(虞摶)의 논의가
자세할 것입니다. 저는 우단의 설명이 옳다고 여기는데, 비록 다시 말하

---

172 보음(補陰): 보법의 하나. 음허증(陰虛證)을 치료하는 방법. 익음(益陰)·양음(養
陰)·육음(育陰)·자음(滋陰).

173 삼부탕(參附湯): 재료는 인삼·부자·생강. 추위를 많이 타거나 저혈압, 양허성(陽虛
性) 발작 등에 씀.

174 신음(腎陰): 원음(元陰)·진음(眞陰)·신수(腎水)·진수(眞水). 신양(腎陽)과 상대되
는 말. 신장(腎臟)의 음액(陰液), 신장에 저장된 정(精)을 포괄을 말하며, 이는 신양의
기능 활동에 물질적 기초가 됨. 만약 신음이 부족하면, 신양이 극도로 거세져 상화망동(相
火妄動)의 병리현상을 나타냄.

고자 해도 더할 것이 없을 것입니다. 동원(東垣)은 기허(氣虛)[175]를 따라
풍(風)을 맞는다 했고, 하간(河澗)은 화(火)가 왕성함을 따라 풍을 맞는다
했으며, 단계(丹溪)는 습기(濕氣)가 몰려 뭉침을 따라 풍을 맞는다 했는
데, 모두 각각 그 원인된 바를 말했을 뿐입니다. 어찌 세 분 선생이
다만 기와 화와 습을 따름만 알고, 외중(外中)[176]을 모른 채 말할 수 있었
겠습니까? 기허를 따른 중풍이란 것은 한갓 풍을 없앨 것만 알고 보기
(補氣)를 모름이니, 풍은 스스로 물러나지 않습니다. 화의 왕성함을 따
른 중풍이란 것은 한갓 풍을 몰아낼 것만 알고 사화(瀉火)[177]를 모름이니,
병이 무슨 이유로 안정되겠습니까? 이 때문에 병에는 표본(標本)[178]이
있고, 치료에는 먼저 할 것과 나중에 할 것이 있습니다. 화나 습을 따르
는 내상(內傷) 등의 증세가 전혀 없고, 풍에 의한 외중이며, 육경(六經)에
병이 퍼져 중장(中臟)과 중부(中腑)의 구별이 있는 것 같은 사람은 또
어찌 세 선생의 설명을 의지하겠습니까? 다만 풍은 사람을 해치되 반드
시 그 허(虛)를 틈타기 때문에 저 세 선생이 이론을 세워 글을 썼을
것입니다. 의원은 단지 기허한 중풍을 만난다면 동원의 논의를 따를
수 있지만, 하간·단계는 나도 모르겠습니다. 화가 왕성한 중풍이라면
하간의 논의를 따를 수 있지만, 단계·동원은 나도 모르겠습니다. 내상
등의 증세가 없고, 다만 풍에 의한 외중이라면 동원·단계·하간은 나도
모두 모르겠으나, 일단 외치(外治)[179]를 따릅니다. 또 하필 얽매여서 활

---

175 기허(氣虛): 기가 허하거나 부족한 것. 원기가 부족하거나 약해진 것.
176 외중(外中): 외사(外邪)에 의해서 중풍(中風)이 된 것.
177 사화(瀉火): 치료법의 하나. 성질이 찬 약으로 열이 심해 생긴 화를 사(瀉)하는 방법.
178 표본(標本): 말단과 근본. 한의학에서 질병의 외부 증세와 근본 성질을 이르는 말.

투법(活套法)을 받아들이지 않겠습니까? '식궐(食厥)·담궐(痰厥)·중서(中暑)·중한(中寒) 등의 증세도 유중풍이라 말할 수 없다.'고 말씀하심은 그대가 말씀하셨던 풍과 함께 서로 방해하지 않는 것이니 참으로 옳습니다. 근세 장경악(張景岳)[180]은 비풍(非風)[181]이란 설명을 했는데, 저는 이것이 세상을 속이는 논의라고 생각합니다. 내상을 따르는 중풍이란 것은 내상임이 틀림없고, 중풍에는 내상이 없으며, 중풍이란 것은 다만 외사(外邪)를 맞는 것임이 옳습니다. 저 식궐·담궐·중서·중한은 습과 화를 따르고, 풍사(風邪)는 전혀 없는 것이니, 바로 각각 저절로 다른 병을 만드는 것인데, 또한 어떻게 중풍과 논의할 수 있겠습니까? 경악(景岳)이 그것을 내놓지 못했고, 이전 사람들 모두 비풍(非風)을 몰랐으니, 뒤섞여 구별하지 못했습니까? 이것은 모르겠습니다. 세 선생이 치료법을 논의함에 곧바로 속명탕(續命湯) 등을 늘어놓은 것은 어찌 의심함이 있겠습니까? 화(火)와 기(氣)와 습(濕)을 따른다는 것은 그 원인이라는 말이고, 속명탕을 소홀히 하지 않은 것은 그 풍(風)의 치료를 논의한 것이니, 비록 각각 그 원인된 바만 밝혔으나 외중(外中)의 뜻도 소홀히 하지 않았음을 특히 볼 수 있을 것입니다. 부자(附子)·계지(桂枝)로 화를 돕는다는 설명은 경악으로부터 이후로 세상에 크게 행해졌는데, 그것을 의심함이 심한 사람은 그 허실(虛實)과 한열(寒熱)을 논의하

---

179 외치(外治): 치료방법의 일종. 약물이나 수법을 선택하며 혹은 적당한 기계를 배합해 체표나 구규(九竅) 등의 부위에 사용함으로써 각 과(科)의 질병을 치료하는 것.

180 장경악(張景岳): 중국 명(明)대 의원인 장개빈(張介賓). '경악'은 그의 자.

181 비풍(非風): 내상으로 오는 중풍. 외감중풍과 구별하기 위해 내상중풍을 '비풍'이라 함. 중풍이 외감으로 생기는 풍증이 아니라는 뜻에서 붙인 이름.

지도 않고, 먼저 계지·부자를 주로 하여 처방전만 늘어놓으며, 봄·여름·가을·겨울과 무년(戊年)[182]·오년(午年)[183]에 받아들이지 않는 약이 없고, 먹지 않는 날이 없으며, 뜻하지 않게 일찍 죽는 사람이 서로 이어져도 살피는 바가 없으니, 참으로 슬퍼할 만합니다. 대체로 제가 비록 어리석어 보고 들은 바는 적더라도 그대가 말씀하신 것을 시험해보겠습니다. 저 경악의 보양(補陽)에 대한 설명은 양(陽)은 살리고 음(陰)은 죽이며, 하늘의 운행은 굳건하고 땅은 쇠퇴하지 않는다는 뜻을 주로 하는데, 다만 양은 남고 음은 부족한 데 현혹되니, 음정(陰精)[184]은 수명을 받드는 것이고, 양정(陽精)[185]이 아래로 내려감은 일찍 죽는 이치입니다. 『주역(周易)』에 '하늘은 가득차고, 땅은 비었다.'고 했는데, 땅의 겉은 비록 단단한 것 같아도 하늘의 기(氣)는 땅 속에 널리 퍼져, 비록 쇠붙이와 돌이라도 뚫고 지나가니, 그 하늘이 가득 찼다는 괘상(卦象)을 알 수 있습니다. 음정이 받드는 곳은 높은 땅이고, 높은 땅은 서북(西北) 지방이며, 서북 지방은 응달입니다. 부족한 음을 가지고 응달에 살더라도 그것을 도움과 함께 양이 고르게 된다면 그 수명을 얻습니다. 물 속에 있는 물고기에 비유하면, 매우 짧은 고요함도 없이 움직임은 양의 기(氣)입니다. 그러나 물이 없다면 움직일 수 없는 것은 하늘이 굳건하

---

182 무년(戊年): 60갑자(六十甲子) 가운데 천간(天干)이 '무(戊)'로 된 해.

183 오년(午年): 60갑자(六十甲子) 가운데 지지(地支)가 '오(午)'로 된 해.

184 음정(陰精): ① 생식지정(生殖之精). 생식의 기본 물질. 생명의 발생·성장·발육·노쇠 등과 밀접한 관계가 있는 물질. ② 음액(陰液). 정(精). 혈(血)·진액(津液) 등 체액(體液)을 통틀어 이른 말. 체액은 음에 속한다는 뜻에서 붙인 이름.

185 양정(陽精): 하늘과 땅 사이 온열(溫熱)의 정기(精氣).

다는 작용이 의지해 가까이할 곳이 없기 때문입니다. 풀과 나무에 비유하면, 비가 내릴 때 뿌리와 씨는 습하고 지척지척합니다. 그런 뒤에 양기(陽氣)를 북돋우면 자라고 싹틉니다. 만약 오랫동안 새벽에 날씨가 덥다면 강이나 호수의 물은 마르니, 비록 양이 올라가는 기가 있더라도 몹시 애태우지 않을 사람은 드물 것입니다. 양은 살린다는 설명은 혼자 행할 수 있겠습니까? 오직 사람의 삶이니, 풀과 나무와 벌레와 물고기에 견줄 수 있는 것이 아닙니다. 남녀 간의 욕정은 정(精)을 줄어들게 하고, 깊은 생각은 마음을 태우게 하며, 선천지기(先天之氣)[186]는 줄어들지 않고, 후천지기(後天之氣)[187]가 먼저 없어지는데, 이러한 때를 만나서 양만 도와 음을 더욱 없어지게 함이 옳겠습니까? 그렇지 않다면 장차 음을 도와 한쪽으로 치우친 근심을 없게 함이 옳겠습니까? 『내경(內經)』에 '하늘은 사람에게 5기(五氣)[188]를 먹여주고, 땅은 사람에게 5미(五味)[189]를 먹여준다.'고 했습니다. 물은 음(陰)이니, 보음(補陰)하는 사물입니다. 만약 병이 없고 양(陽)은 가득한 사람이 며칠 물을 끊는다면, 양만 가득 찼다고 온전할 수 있겠습니까? 없겠습니까? 이 때문에 음기(陰氣)[190]가 가득 차면 양 또한 가득 차니, 양만 홀로 살지 못하고, 음만

---

186 선천지기(先天之氣): 선천지정(先天之精). 신(腎)에 있는 생식의 정. 생식기능·성장·발육·노쇠와 밀접한 관계가 있는 물질.

187 후천지기(後天之氣): 후천지정(後天之精). 수곡지정(水穀之精). 음식물을 소화해 흡수한 정미(精微)로운 영양물질. 몸의 성장발육과 생명활동을 유지하는데 필요한 기본 물질.

188 5기(五氣): 온(溫)·양(涼)·한(寒)·조(燥)·습(濕)의 5가지 기운.

189 5미(五味): 신(辛)·산(酸)·함(鹹)·고(苦)·감(甘)의 5가지 맛.

190 음기(陰氣): 음(陰)의 속성을 가진 기(氣).

홀로 자라지 못하는데, 어찌 양만 거듭 돕고, 음을 거듭 모자라게 할 수 있습니까? 제가 풀지 못한 것이 이것입니다. 졸도(卒倒)에 인삼(人參)·부자(附子)를 쓴다는 것은 기허(氣虛)한 사람을 위해 씀이고, 신병(腎病)에 부자를 쓴다는 것은 하한(下寒)[191]한 사람을 위해 씀이지만, 풍(風)과 화(火)에 대해서는 참으로 논의가 부족합니다. 아마도 중풍(中風)은 병으로 여겼지만, 외중(外中)이란 것은 매우 적어서 모두 내상(內傷)을 따라 그것을 이어받았으니, 『내경(內經)』에 이른바 '바르지 않음은 빈 기회를 탄다.'는 것이 이것입니다. 그대 나라와 우리나라에 무슨 차이가 있겠습니까?"

물음

"우리나라의 어른과 어린아이와 늙은이들은 서로 공통되게 평소 병 없는 날이나 춘분(春分)[192]과 가을 절기의 추위와 더위가 바뀔 때, 반드시 고황(膏肓)[193]·격유(膈兪)[194]·비유(脾兪)[195]·담유(膽兪)[196]에 뜸을 뜨

---

191 하한(下寒): ① 몸 아랫도리가 찬 것. ② 하초(下焦)에 한사(寒邪)나 찬 기운이 있는 것.
192 춘분(春分): 24절기(二十四節氣)의 넷째. 경칩(驚蟄)과 청명(淸明)의 중간으로, 양력 3월 21일 경. 밤낮의 길이가 같게 됨.
193 고황(膏肓): 혈 이름. 족태양방광경(足太陽膀胱經)에 속함. 제4, 제5 흉추극상돌기 사이에서 양 옆으로 각각 3.5치 나가 있음. 기관지염·천식·늑막염·폐결핵·신경쇠약·식은땀·건망증유정·열격·반위 등에 씀. 고황유(膏肓兪).
194 격유(膈兪): 족태양방광경(足太陽膀胱經)의 혈. 8회혈의 회혈. 제7, 제8 흉추극상돌기 사이에서 양 옆으로 각각 2치 나간 곳임. 혈병에 쓰는 기본혈로써 어혈과 출혈, 빈혈 등에 쓰며, 심장병·난산·애역·구토·열격·반위·두드러기, 라력·월경통·어린이 감질·기관지염·당뇨병·늑막염·등과 옆구리 아픈 데 등에 씀.
195 비유(脾兪): 족태양방광경(足太陽膀胱經)의 혈. 비의 배유혈. 제11, 제12 흉추극상돌

고, 어린아이는 신주(身柱)¹⁹⁷·천추(天樞)¹⁹⁸에 14장을 뜨는데, 이것이
양생(養生)¹⁹⁹의 아주 큰 방법이 될 것입니다. 어린아이는 가장 허약하
여 감질(疳疾)을 두려워하니, 때를 기다리지 않고 늘 뜸을 뜹니다. 비
록 그러하나 병 없는 날에만 미리 이렇게 기르고, 오직 나라 풍속으로
하는 것인데, 무슨 책에 근거하는가를 듣지 못했습니다. 제가 살펴보건
대, 어린아이가 아파서 울부짖음이 지극하면 마음을 움직이도록 하거
나 놀라게 합니까? 저는 이와 같은 한 방법 중 누가 옳은지 모르겠습
니다. 선생의 의견을 빌어 결정함이 마땅하니, 가르침 보여주시기를
엎드려 청합니다."

대답

"등에 뜸뜨는 방법을 어떤 사람이 전해주고 행하여 오늘에 이르렀
는지 모르십니까? 탈 없이 평안한 사람으로 하여금 공연히 그 등을 태

기 사이에서 양 옆으로 각각 2치 나가 있음. 비병에 의한 소화 장애·소변 장애·통혈기능
장애 등에 씀.
196 담유(膽兪): 족태양방광경(足太陽膀胱經)의 혈. 담의 배유혈. 제10 흉추극상돌기의
아래에서 양옆으로 각각 2치 나가 있음. 황달·입이 쓰고 목이 아픈 데·옆구리 통증·겨
드랑 밑이 붓는 데·한숨을 자주 하고 무서워하는 등 담병 증상과 구토·위장염·담낭염·
설사 등에 씀.
197 신주(身柱): 독맥의 혈. 제3, 제4 흉추극상돌기 사이에 있음. 어린이들이 목을 뒤로
젖힐 때 어깨 사이의 가로 간 금과 뒤 정중선과의 교차점에서 위치를 잡음. 어린이 폐렴
예방을 비롯한 어린이병 대부분의 예방에 필수적인 혈.
198 천추(天樞): 족양명위경(足陽明胃經)의 혈. 대장의 모혈. 배꼽 중심으로부터 2치 옆에
있음. 이질·곽란·설사·변비·헛배 부르기·복통 등 대소 장병과 월경부조·동통성 월경
곤란증·불임증·배뇨장애·산기·분돈증 등 비뇨생식기 병에도 씀.
199 양생(養生): 규칙적 생활과 적절한 영양 섭취로 건강하게 장수하도록 함.

우고 뜸을 행하는 것이 심하니, 그 마땅하다는 것을 말하지 않음이 차라리 좋지 않겠습니까? 옛 사람이 '음식은 교화(敎化)와 같고, 약석(藥石)[200]은 형벌(刑罰)과 같다.'고 했는데, 침과 약은 병이 없는데 함부로 쓸 수 없으니, 또한 형벌도 죄 없는 사람에게 함부로 베풀 수 없는 것과 같습니다. 우씨(虞氏)[201]는 '병이 없는데 약을 먹음은 벽 속에 기둥을 보탬과 같다.'고 했고, 『내경(內經)』에 '약은 5미(五味)[202]와 4기(四氣)[203]를 갖추지 못해서 오래 먹으면 반드시 지나치게 치우치는 근심이 있다.'고 했으니, 약도 오히려 그러한데 하물며 침질과 뜸질이겠습니까? 이러한 병이 있다고 이러한 혈(穴)에 뜸을 뜸이 옳겠습니까? 이러한 병이 없다고 이러한 혈에 뜸을 뜸이 옳겠습니까? 등은 오장(五臟)이 이어져 관계된 매우 중요한 곳인데, 어찌 함부로 뜸을 뜰 수 있습니까? 양허(陽虛)한 사람도 같지만, 혹은 할 수 있을 것입니다. 음허(陰虛)하거나 혈조(血燥)[204]한 사람은 차라리 마르는 근심을 면합니다. 하물며 어린아이의 순수한 양(陽)의 기(氣)에 화(火)를 가지고 도우면, 한갓 이로움이 없지는 않습니다. 여러 열병(熱病)은 음을 따라서 생겨나니, 삼가지 않을 수 있겠습니까? 저는 길 위에서 벌거벗은 사람들을

---

200 약석(藥石): 병을 치료하는 약과 돌침. 인신해 약물(藥物)의 총칭.
201 우씨(虞氏): 명(明)대 의원 우단(虞搏).
202 5미(五味): 5가지 맛. 신(辛·매운맛)·산(酸·신맛)·함(鹹·짠맛)·고(苦·쓴맛)·감(甘·단맛).
203 4기(四氣): 음양(陰陽)의 변화로 인한 4시(四時)의 기운. 온(溫)·열(熱)·냉(冷)·한(寒).
204 혈조(血燥): 혈이 점조해진 것. 혈분에 열이 성하거나 병을 오랫동안 앓거나 늙으면 생김.

보았는데, 뜸뜬 흔적이 등에 두루 퍼졌고 상처 없는 피부가 전혀 없어 마음이 매우 괴이했습니다. 지금 그대의 말을 들으니 과연 그렇군요.

그대 나라의 양생(養生)은 첫째 방법입니다. 양허하거나 하한(下寒)한 사람은 그 배꼽에 뜸을 떠서 배꼽을 단단하게 하지만, 음(陰)이 부족하거나 화조(火燥)[205]한 사람에게는 그 삶에 도리어 해로움과 같습니다. 팔이 시큰거리거나 다리가 마비된 사람은 그 관절(關節)을 통하게 하고 막힌 것을 통하게 하지만, 피가 줄어들었거나 모자란 사람은 도리어 연벽(攣躄)[206]에 이르는데, 하물며 허실(虛實)을 묻지 않고 옳고 그름을 살피지 않은 채 사람을 보면 꼭 뜸을 뜹니다. 뜸뜨기를 반드시 등에 두루 퍼지게 함이 한 마을에 전해지고 온 나라가 그것을 좇으니, 몹시 어리석은 듯 보이고 일반적 규칙 같지만, 사람으로 하여금 이러함을 듣게 해 슬프고 불쌍함을 이기지 못하겠습니다. 바라건대, 그대는 습관과 풍속에 물들지 말고, 근거 없는 잘못된 처방을 빨리 떨어버리십시오. 어찌 오직 그대 한 사람 뿐이겠습니까? 그대 나라 백성들이 그 은혜를 두루 받아야 하니, 그대는 그것만 생각하십시오."

물음

"의술 관련 서적에서 논의한 시역(時疫)[207]과 후세 시역은 다릅니다.

---

205 화조(火燥): 조증(燥證)이 화(火)에 속한 것. 이 병증은 열(熱)이 속에서 복(伏)하여 진액을 소모하기 때문에 나타나며, 기육고고(肌肉槁枯)·모초(毛焦)·순건(脣乾)·조고(爪枯) 등의 여러 가지 질환이 나타남. 이때는 양영탕(養榮湯)을 사용함.
206 연벽(攣躄): 손발이 오그라들어 펴지지 않음. 또는 앉은뱅이.
207 시역(時疫): 철따라 생기는 질병. 유행병. 전염병.

지금 시역이라 일컫는 것은 역(疫)²⁰⁸이 아닐 것입니다. 역이란 것은
산람장기(山嵐瘴氣)²⁰⁹, 물과 흙의 더러운 기(氣)에 사람이 감염된 병인
데, 그 기는 반드시 봄과 여름의 사이에 돌아다닐 것이고, 서로 전염
되어 옮겨 가면 집안이 망함에 이르기도 합니다. 지금 시역이라 일컫
는 것은 그렇지 않습니다. 서로 전염되는 사람이 없고, 그 병은 반드
시 봄과 여름의 사이에 돌아다니지 않으며, 비록 가을과 겨울일지라
도 병에 걸립니다. 이로 말미암아 그것을 살펴보건대, 역(疫)이 아님은
분명할 것입니다. 비록 그러하나 저는 학식이 얕고 견문이 좁아 그 이
름을 감히 바르게 고칠 수 없기 때문에 풍속을 의지해 따라서 시역(時
疫)이라 일컫는데, 시역과 상한(傷寒)은 서로 비슷할 것입니다. 그런데
무리 가운데 비슷하거나 비슷하지 않다고 하니, 상한이란 것은 풍한
(風寒)이 가는 털을 따라 영위(營衛)²¹⁰에 들어오면, 영위가 사기(邪氣)
를 받기 때문에 오한(惡寒)하고, 영위에 풍한이 겹쳐서 막혀 통하지 않
으면, 몸 겉 부위의 양(陽)도 막혀 통하지 않고 열을 일으키기 때문에
발열(發熱)합니다. 마황탕(麻黃湯)²¹¹·계지탕(桂枝湯)²¹² 두 탕약(湯藥)으

---

208 역(疫): 염병. 유행성 급성 전염병의 총칭.
209 산람장기(山嵐瘴氣): 장독(瘴毒). 더운 지방의 산림지대에서 습열(濕熱)이 증울(蒸
　　鬱)해 생기는 일종의 병사(病邪)이며, 자연의 유행성 전염병의 성질에 속하는데, 보통
　　학질(瘧疾)을 말함.
210 영위(營衛): '영'과 '위'를 합해 이른 말. 모두 음식물의 정미(精微)한 물질에서 생겨
　　'영'은 혈맥 속으로 온몸을 순환하면서 영양작용을 하고, '위'는 혈맥 밖에서 분육(分肉)
　　사이를 순환하면서 외사(外邪)의 침입을 막는 기능을 하는데, 영은 위의 보호를 받고,
　　위는 영의 영향을 받는 관계에 있음.
211 마황탕(麻黃湯): 약재는 마황·계피 나뭇가지·감초·살구 씨·생강·파 흰 밑. 한사
　　(寒邪)가 태양경(太陽經)에 침습해 오슬오슬 춥고, 열이 나며, 땀은 나지 않으면서 머리

로 몸 겉 부위를 통하게 하고 고르게 하면, 사기와 땀이 함께 나와서 병이 나을 것입니다. 시역과 같은 것은 땀 냄을 크게 금하고 꺼립니다. 오한과 같다면 진액(津液)²¹³을 없애고, 병세(病勢)가 더욱 성(盛)해지는데, 이 증세는 대부분 오한이 없으니, 영위에 관련되지 않을 것입니다. 또 온병(溫病)²¹⁴과 더불어 서로 비슷할 것입니다. 그런데 무리 가운데 비슷하거나 비슷하지 않다고 하니, 대체로 온병이란 것은 「금궤진언론(金匱眞言論)」²¹⁵에서 이른바 '겨울에 정기(精氣)를 간직하지 못하면, 온병을 앓는다.'고 함이 이것입니다. 겨울에 정기를 간직하지 못한다는 것은 진음(眞陰)이 먼저 줄어들고 양만 홀로 일을 처리하면, 드디어 음허화왕(陰虛火旺)²¹⁶의 몸이 된다 함입니다. 「음양응상론(陰陽應象論)」²¹⁷ · 「생기통천론(生氣通天論)」²¹⁸에 또한 '겨울에 한사(寒邪)²¹⁹에

와 온몸의 뼈마디가 아프고, 기침을 하며, 숨이 찬 데 씀.

212 계지탕(桂枝湯): 약재는 계피나무 가지 · 집 함박꽃 뿌리 · 감초 · 생강 · 대추. 태양병으로 오싹오싹 춥고, 바람을 싫어하며, 열이 나고, 머리가 아프며, 때없이 저절로 땀이 나고, 코가 메며, 팔다리가 아픈 데 씀.

213 진액(津液): ① 일반적으로 체내의 모든 수액(水液). ② 음식물의 정미(精微)가 위(胃) · 비(脾) · 폐(肺) · 삼초(三焦) 등의 공동작용을 통해 발생된 영양물질.

214 온병(溫病): 4계절의 각기 다른 온사(溫邪)를 받아서 야기되는 여러 가지 급성 열병의 총칭.

215 「금궤진언론(金匱眞言論)」: 『황제내경(黃帝內經)』, 「소문(素問)」 제4편의 편 이름.

216 음허화왕(陰虛火旺): 음정(陰精)이 손상되어 허화(虛火)가 항성해지는 병리변화. 성욕이 항진되고, 가슴이 답답하며, 쉽게 화를 내고, 얼굴이 붉어지며, 입안이 마르고, 해혈(咳血) 등의 증상이 나타남.

217 「음양응상론(陰陽應象論)」: 「음양응상대론(陰陽應象大論)」, 『황제내경(黃帝內經)』, 「소문(素問)」 제5편의 편 이름.

218 「생기통천론(生氣通天論)」: 『황제내경(黃帝內經)』, 「소문(素問)」 제3편의 편 이름.

219 한사(寒邪): 6음의 하나. 추위나 찬 기운이 병을 일으키는 사기(邪氣)로 된 것. 음사

상하면, 봄에 반드시 온병에 걸린다.'고 했으니, 이는 겨울에 춥고 차
가움이 사람 몸 겉의 양기(陽氣)를 상하면, 삼초(三焦)에 울화(鬱火)[220]
하여 퍼져 나갈 수 없고, 울화가 열을 만들어냅니다. 열이 왕성(旺盛)
하면 음이 약해지니, 이 또한 음허화왕(陰虛火旺)의 몸이 됨입니다. 비
록 그러하나 병이 아직 발생하지 않은 사람은 겨울에 찬물의 차가움
으로 그것을 도울 수 있습니다. 차가운 봄날 양기가 일어나는 때에 이
르면, 양기(陽氣)의 열(熱)이 몸속에서 몸 겉으로 나와 마침내 춘온(春
溫)[221]의 병을 만듭니다. 중경(仲景)이 '태양병(太陽病)[222]에 발열(發熱)하
고 갈증이 있지만 오한(惡寒)이 없는 것은 온병(溫病)이 된다.'고 했는
데, 이것입니다. 열이 왕성해 전경(傳經)[223]된다고 함도 그것을 말함입
니다. 열병(熱病)은 「소문(素問)」 열병론(熱病論)에 '사람이 한사(寒邪)에
상하면 열이 나고 병이 되는데, 열이 비록 심하더라도 죽지는 않을 것
이다.'라 했습니다. 시역(時疫)과 같다면 열이 심한데 죽지 않는 사람
이 있겠습니까? 시역은 전경도 없을 것입니다. 대체로 열병의 치료법

(陰邪)에 속하는데, 양기를 쉽게 상하고 기혈순환을 장애함.
220 울화(鬱火): 일반적으로 양기(陽氣)가 뭉치고 적체(積滯)되어 나타나는 내장내열(內
腑內熱)의 증상.
221 춘온(春溫): 봄철에 발생하는 온병(溫病). 처음부터 이열(裏熱) 증상이 발생해 열이
높고 갈증이 나며, 가슴이 답답하고 초조하며, 소변이 붉은 증상 등이 나타나는 것이 임상
상의 특징임.
222 태양병(太陽病): 6경(六經)병의 하나. 주된 증상은 목이 뻣뻣하고 두통이 나며, 한기
(寒氣)를 느끼고 맥이 뜨는 등이며, 이는 풍한(風寒)을 감수하므로 영위(營衛)가 실조되
어 나타남.
223 전경(傳經): 상한병(傷寒病)이 어느 경(經)에서 다른 경으로 옮겨지는 것. 어느 한 경
의 증후에서 다른 한 경의 증후로 변천하는 것.

은 『내경(內經)』에 자법(刺法)²²⁴이 있어서 더욱 자세하니, 「자열편(刺熱篇)」²²⁵이 이것입니다. 그 가운데 치료법의 한 조목(條目)이 있는데, '여러 열병의 치료는 찬물을 마시게 하고, 침을 놓는다. 반드시 옷을 얇게 입혀서 서늘한 곳에 있게 하면 몸이 식고 열이 그칠 것이다.'라 했습니다. 시역에 이 방법을 쓰면 병이 나을 수 있습니까? 없습니까? 대체로 시역과 열병이 서로 비슷한 까닭은 열이 생기는 원인은 같기 때문인데, 병이 발생하는 원인은 다릅니다. 시역과 온병의 열은 모두 삼초(三焦)에 울화(鬱火)해 발생합니다. 그런데 시역은 외사(外邪)의 습격(襲擊)을 따라 병이 발생하지만, 온병은 따뜻한 봄날에 발동해 병이 저절로 발생합니다. 그러므로 온병은 외사를 갖지 않지만, 시역은 외사를 가지니, 이것이 그 차이라고 여기는 것입니다.

시역과 감모(感冒)²²⁶는 근원이 똑같은데, 오직 가볍거나 무거운 구분만 있을 뿐입니다. 가벼우면 감모가 되고, 무거우면 시역이 됩니다. 시역의 사기(邪氣)가 상초(上焦)에 침입하고, 중초(中焦)·하초(下焦)까지 미치면 큰 열이 나서 온몸이 불지옥처럼 됩니다. 의원이 맛이 쓰고 성질이 찬 약을 잘못 쓴다면, 죽는 사람이 많을 것입니다. 맛이 쓰고

---

224 자법(刺法): 침법(針法)·침자(針刺). 금속제의 침을 써서 인체의 일정한 체표 부위를 자극함으로써 치료목적에 도달하는 것. 고대에는 9침(九針)이 있었으나, 현재 주로 사용되는 것으로는 호침(毫針)·삼릉침(三稜針)·피내침(皮內針)·매화침(梅花針) 등임.
225 「자열편(刺熱篇)」: 『황제내경(黃帝內經)』, 「소문(素問)」 제32편의 편 이름.
226 감모(感冒): 외감(外感)병의 일종. 풍한사(風寒邪)나 풍열사(風熱邪)를 받아서 생김. 풍사가 겨울에는 한사, 여름에는 열사와 함께 몸에 침입해 생김. 머리가 아프고 재채기가 나며, 코가 막히고 콧물을 흘리며, 춥고 열이 남. 땀을 내 표(表)에 있는 사기를 없애는 방법으로 치료함.

성질이 찬 약으로 치료할 수 있는 것이 아니라, 도리어 뜨거운 불같은 기세를 억누르려면 맛이 쓰고 시며 땀을 내는 약으로 그 열과 건조한 기운을 도와야 하니, 치료하기 어려운 것입니다. 저는 옛 사람들처럼 육미지황탕(六味地黃湯)[227]에 동변(童便)[228]을 더해 치료하는 경우가 매우 많습니다.

이 병은 여름철과 겨울철에 서로 차이가 있는 것인데, 여름철은 잠복(潛伏)한 음(陰)이 안으로 상초에 있다가 밖에서 들어온 음사(陰邪)[229]가 아래로 내달리면, 삼초의 화(火)가 사기(邪氣)를 이루고, 드디어 상한하열(上寒下熱)[230]의 증세를 만듭니다. 중경(仲景)의 「변맥법(辨脉法)」[231]에 이른바 '청사(淸邪)[232]가 상초에 침입하면 깨끗한 증세라 이름한다.'고 했는데, 잠복(潛伏)한 음(陰)이 안에 있기 때문입니다. 겨울철은 잠복한 양(陽)이 안으로 상초에 있다가 밖에서 들어온 음사(陰邪)가 아래로 내달리면, 또한 삼초의 화(火)가 중초(中焦)로 거슬러 올라 흉격(胸膈)에 조열(燥熱)[233]·훈증(薰蒸)[234]하고, 밖에서 들어온 음사(陰邪)는 울화(鬱

---

227 육미지황탕(六味地黃湯): 약재는 숙지황·산수유·건산약(乾山藥)·택사·백복령·목단피. 음이 허해 밤에 잠을 자면서 식은땀을 많이 흘리고, 오후에 낮은 열이 나며, 입안이 마르고, 입술이 타며, 혀가 붉고, 맥이 가늘며 빠르게 느껴지는 데 씀.

228 동변(童便): 12살 아래 남자아이의 소변.

229 음사(陰邪): 6음(六淫)의 병사(病邪) 중 한(寒)·습(濕)의 사기(邪氣). 이들은 병을 일으켜 양기(陽氣)를 손상하기 쉽고, 기화(氣化)활동을 지체시키므로 음사라 함.

230 상한하열(上寒下熱): 몸 윗부분에는 한증(寒症) 증상이 나타나고, 아랫부분에는 열증(熱症) 증상이 나타나는 것.

231 「변맥법(辨脉法)」: 『상한론(傷寒論)』 제1편의 편 이름.

232 청사(淸邪): 공간에 있는 안개·이슬 등이 병을 일으키는 사기(邪氣)로 된 것.

233 조열(燥熱): 조화(燥火). 조기(燥氣)를 감수해 진액(津液)이 손상됨으로써 열이나 화

火)가 되는데, 변한 것이 마침내 어찌 이런 일[235]을 일으키겠습니까? 잠복한 양이 안에 있기 때문입니다. 그러므로 입안이 마르고, 혀가 타며, 진액(津液)이 메말라 모두 심한 열증(熱症)을 이루는데, 치료법은 맛이 쓰고 성질이 찬 약으로 화해(和解)시킴이 마땅합니다. 의원이 성질이 더운 약으로 땀을 내거나 허한증(虛寒症)을 돕는데 잘못 쓰면, 해됨이 많을 것입니다. 여름철과 겨울철을 말할 것도 없이 병을 얻어 하루이틀 하리(下痢)[236]가 있는 사람은 음사가 아래로 내달려 하규(下竅)[237]로 나오는데, 음증(陰症)[238]으로 잘못 여겨 죽는 사람이 매우 많을 것입니다. 겨울철에 어떤 사람은 상한삼음(傷寒三陰)[239]의 한증(寒証)[240]이

로 화생(化生)되는 것. 대개 눈의 충혈과 잇몸이 붓고, 목구멍의 통증·귀울림·코피·마른기침·각혈 등의 증상이 나타남.

234 훈증(薰蒸): 이열증(裏熱証) 때 땀이 많이 나는 등 사열(邪熱)이 진액을 덥혀서 발산시키는 것.

235 어찌 이런 일: 오유(烏有). '어찌 이런 일이 있을 것인가?'란 뜻으로, 허황되거나 존재하지 않음을 일컬음.

236 하리(下痢): 옛날에 설사와 이질(痢疾)을 통틀어 부르던 이름. 하리(下利).

237 하규(下竅): 전음(前陰)의 요도(尿道)와 후음(後陰)의 항문(肛門).

238 음증(陰症): 일반적 질병의 임상변증(臨床辨證)에서 음양(陰陽)의 속성에 따라 음증과 양증(陽證)으로 분류하는데, 음증은 만성이고, 정적(靜的)이며, 허약하고, 억제하는 특성이 있으며, 기능이 저하되고, 대사가 감퇴되며, 후퇴하는 성질이 있고, 내부로 침투하는 성질의 증후에 속하는 것임.

239 상한삼음(傷寒三陰): 3개의 음경(陰經)에 생긴 병증. 태음병(太陰病)·소음병(少陰病)·궐음병(厥陰病) 등 3개의 음병(陰病). 모두 이허한증(裏虛寒証)에 속함. 태음병은 비위의 허한증, 소음병은 심신의 허한증, 궐음병은 궐열승복증(厥熱勝復証)과 상열하한증(上熱下寒証)으로 나눔.

240 한증(寒証): 한사(寒邪)로 인해 야기되거나, 양기(陽氣)의 쇠약·음기(陰氣)의 지나친 왕성으로 인해 신체의 기능과 대사활동이 쇠퇴하고 저항력이 감소됨으로써 나타나는 증후.

나타나는 경우가 있는데, 겨울철 찬 기운의 차가움이 지나치게 왕성해 하초(下焦)의 양(陽)이 패함이니, 이것은 『상한론(傷寒論)』 중 '양을 도와 소음(少陰)을 패하게 한다.'는 따위와 같습니다. 찬 기운의 차가움이 지나치게 왕성해 곧바로 창자와 위(胃)에 들어가면, 양쪽 콩팥 사이의 양이 그것을 막을 수 없기 때문에 당설(溏泄)[241]하고, 어떤 사람은 손발 끝이 조금 차가운 증세 등이 나타나는데, 치료법은 생강(生薑)·육계(肉桂)·부자(附子)를 써서 그것을 치료하는 경우가 많습니다. 어떤 사람은 외한(外寒)[242]이 속에 들어가 양쪽 콩팥 사이의 양이 받아들이지 못하면, 위로 심포락(心包絡)[243]에 올라가 입안과 혀가 메마르고 마음이 어두워져 헛소리를 하는데, 비록 양증(陽証)[244]과 비슷하더라도 양명(陽明)[245]·위실(胃實)[246]하여 헛소리 하는 것과는 다르니, 저는 옛 사람들처

---

241 당설(溏泄): 목당(鶩溏)·압당(鴨溏)·목설(鶩泄). 설사하는 대변에 물과 대변이 섞이고, 색깔이 청흑색으로 마치 오리 똥과 같음을 형용한 것. 소변이 맑고 맥이 가라앉으며 느림. 이는 한습증(寒濕證)에 속하며, 비기(脾氣)가 허하고, 대장(大腸)에 찬 기운이 있기 때문에 나타남. 당설은 설사가 단지 묽고 냄새만 나는 대변임. 설리(泄利).

242 외한(外寒): 외감(外感)의 한사(寒邪). 한사가 기부(肌膚)를 침입해 양기(陽氣)가 소통되지 못하므로 오한·발열·두통·신경통이 생기며, 땀이 나지 않고 맥이 뜨며 긴장된 맥부긴(脈浮緊) 등의 증상이 나타남.

243 심포락(心包絡): 심포(心包). 심장의 외막(外膜)이며, 기혈(氣血)이 지나는 통로인 낙맥(絡脈)이 연결되어 있음. 심포와 심(心)은 함께 중추신경활동과 관계가 있음. 외사(外邪)가 심장을 침범하면 먼저 심포가 영향을 받음.

244 양증(陽証): 일반적 질병의 임상변증(臨床辨證)에서 음양(陰陽)의 속성에 따라 음증과 양증(陽證)으로 분류하는데, 양증은 급성이고 동적이며, 강하고 흥분성이 있으며, 기능이 항진되는 것이고, 대사가 활발하며 위로 치미는 성질의 증후에 속하는 것임.

245 양명(陽明): 3양(三陽)의 하나. 양기가 가장 왕성하다는 말. 태양과 소양이 합쳐서서 양기가 가장 왕성해지고, 3양이 끝나는 부위이므로 합(闔)에 해당함.

246 위실(胃實): 증후 명칭. 위장(胃腸)에 열이 쌓여 성하므로 진액이 손상되고, 위기(胃

럼 그 증세를 치료합니다. 모든 마을 집집마다 앓는 병은 모두 같습니다. 제가 또한 함께 그 치료함을 살펴보니, 의원들이 양증(陽症)이라 여기고 치료를 베풀어 다 죽었습니다. 저는 옛 사람들처럼 삼음(三陰)·당설(溏泄)의 증세라 여기고, 사역탕(四逆湯)[247]·부자이중탕(附子理中湯)으로 모두 병이 낫게 할 수 있었습니다. 입안과 혀가 메마르는 것 등은 음성격양(陰盛隔陽)[248]의 증세입니다. 이 증세는 드물게 있는 것인데, 겨울철 한열(寒熱)은 매우 비슷한 사이이니, 맥(脉)으로 음양(陰陽)을 구별함이 마땅합니다. 양증은 병을 얻은 초기에 우척맥(右尺脉)에 힘이 있으나, 음증(陰症)은 맥이 비록 빠르고 잦지만 우척맥에 힘이 없으니, 뚜렷하게 증명할 수 있다 할 것입니다.

　시역(時疫) 여러 증세에 대한 요점

　처음 증세에 반드시 발열(發熱)·두통(頭痛)이 있어 태양병(太陽病)과 비슷하지만, 오한(惡寒)은 없습니다. 도리어 소변이 붉고 갈증 등의 이증(裏証)[249]이 있거나 가령 오한이 조금 있다면, 또한 허파가 밖에서 들어온 한사(寒邪)를 두려워하기 때문에 그러함일 것인데, 그러한 오한은 한두 시간이 지나지 않아 곧 그칠 것입니다. 사기(邪氣)가 영위

氣)가 막혀 통하지 않는 증후. 주요 증상은 배가 더부룩하고 아프며, 트림이 나고 대변이 배설되지 않거나, 가슴이 답답하고 불안하며 열이 나는 등임.
247 사역탕(四逆湯): 약재는 부자·건강(乾薑)·감초(甘草). 급한 경우에 표증(標證)을 치료하는 처방인 급방(急方) 중 온법(溫法)에 쓰는 탕약.
248 음성격양(陰盛隔陽): 격양(格陽). 체내에 음한(陰寒)이 지나치게 강성해 양기(陽氣)를 외부에서 거절하므로, 내부는 진한(眞寒)이고, 외부는 열인 거짓 증상이 출현하는 것.
249 이증(裏証): 6음(六淫)·7정(七情) 등의 병인(病因)이 장부(臟腑)·혈맥(血脈)·골수(骨髓) 등에 영향을 미쳐 야기되는 증후.

(營衛)에 있지 않고, 흉격(胸膈)에 있는 것입니다.

　처음 병을 얻었을 때, 맥을 짚어 손에 경련이 있는 것은 삼초(三焦)의 화(火)가 왕성해 간풍(肝風)[250]을 부채질한 것입니다. 병을 얻은 지 2, 3일이면 혀 위에 미끈미끈한 백태(白胎)가 끼는 것은 위열(胃熱)[251]이 아니니, 중경(仲景)의 「변맥법(辯脉法)」에 '혀 위에 미끈미끈한 백태(白胎)가 끼는 사람은 가슴 속에 한사(寒邪)가 있고, 단전(丹田)에 열사(熱邪)가 있다.'고 했는데, 이것입니다. 구조(口燥)[252]·신열(身熱)[253]하고, 대변이 통하지 않음은 양명병(陽明病)[254]과 비슷하지만, 양명(陽明)은 아니기 때문에 사기가 장부(臟腑)에 들어간 증세가 없으면, 그 갈증 또한 끓어 뒤섞인 물은 좋아하지만 냉음(冷飮)[255]은 싫어하니, 격상(膈

---

250 간풍(肝風): 병리변화의 과정에서 현기증·경련·무의식적 요동 등의 증상이 나타나는 것. 이는 병리변화의 표현에 속하므로 외감풍사(外感風邪)와 구별하기 위해 간풍내동(肝風內動)이라 함. 풍기내동(風氣內動).

251 위열(胃熱): 위중열(胃中熱). 위가 열사(熱邪)를 받거나 더운 음식 및 건조한 음식을 지나치게 섭취해 발생되며, 목이 마르고 입에서 냄새가 나며, 먹어도 배가 고프고 소변이 붉으며 대변이 딱딱해지는 등의 증상이 나타남.

252 구조(口燥): 입안이 마른 것. 물을 많이 마시려고 하는 구갈(口渴)과는 다름. 구건(口乾).

253 신열(身熱): 발열(發熱).

254 양명병(陽明病): 6경(六經)병의 하나. '경증(經證)'과 '부증(腑證)'으로 나뉨. '경증'의 주요 증상은 몸에 열이 나고 땀이 흐르며, 갈증이 나고 답답하며, 맥이 홍대(洪大)하고 힘이 있음. '부증'의 주요 증상은 배가 아프고 대변이 통하지 않으며, 열이 불규칙적으로 오르고 심하면 헛소리를 하며, 맥이 침실(沈實)하고 힘이 있음. 이는 열이 성(盛)해 진액을 상하고, 위장에 열이 맺혀 나타나는 것으로 실열리증(實熱裏證)에 속함.

255 냉음(冷飮): 찬 음식을 먹으려 하는 것. 양(陽)이 왕성하면 표(表)에 열이 있고, 음(陰)이 허하면 리(裏)에 열이 있는데, 속과 겉에 다 열이 있으면 숨이 차면서 갈증이 생겨 찬물을 마시려고 함.

上)[256]에 한사가 있는 것입니다. 대변을 안 보고[257] 헛소리하게 됨은 진액(津液)이 바짝 말라 태양(太陽)[258]이 마르기 때문입니다. 그러므로 비록 10 며칠 대변을 못 봐도 괴로울 것은 없습니다.

이롱(耳聾)[259]의 어떤 증세는 소양병(少陽病)[260]과 비슷하지만, 한열왕래(寒熱往來)[261]는 없는데, 겉에서 들어온 한사(寒邪)가 아니기 때문이니, 「경맥편(經脉篇)」[262]에 '삼초(三焦)가 움직이면, 이롱으로 혼혼돈돈(渾渾焞焞)[263]하고 목구멍이 붓거나 후비(喉痺)[264]한다.'고 함이 이것입니다. 더욱이 삼초·콩팥·간의 화(火)가 거슬러 올라 왕성해짐에 있어

---

256 격상(膈上): 횡격막(橫膈膜) 위의 가슴통 부분.

257 대변을 안 보고: 불경의(不更衣). '경의(更衣)'는 의복을 갈아입는 것. 고대 상류계급들은 휴식 시에 옷을 갈아입은 후에 화장실에 갔으므로, 화장실에 가는 것을 경의라고 함. 그러므로 장중경(張仲景)의 『상한론(傷寒論)』에서 '불경의'라 한 것은 대변을 안 본다는 뜻임.

258 태양(太陽): 경맥(經脈)의 명칭. 양기(陽氣)가 왕성하다는 뜻이 있음. 신체의 가장 표면층에 있고, 외사(外邪)의 영향을 받은 후 가장 먼저 발병하는 경맥이므로 '태양위개(太陽爲開)'라고도 함.

259 이롱(耳聾): 소리를 잘 듣지 못하는 증. 난청(難聽)을 말함. 농외(聾聵).

260 소양병(少陽病): 6경(六經)병의 하나. 임상에서 주로 나타나는 증상은 입이 쓰고 목이 건조하며, 눈앞이 아찔하고 한(寒)과 열(熱)이 교체되며, 가슴과 옆구리가 답답하고 결리며, 구토가 나고 식욕이 없으며, 맥이 거문고 줄처럼 팽팽함.

261 한열왕래(寒熱往來): 오한(惡寒)을 느낄 때에는 열이 나지 않고, 열이 날 때에는 오한을 느끼지 않으며, 오한과 발열이 교대로 나타나는 상황. 소양병(少陽病)으로 정기(正氣)와 사기(邪氣)가 서로 다투기 때문에 나타나는 것임.

262 「경맥편(經脉篇)」: 『황제내경(黃帝內經)』, 「영추(靈樞)」 제10편의 편 이름.

263 혼혼돈돈(渾渾焞焞): 귀가 잘 들리지 않아 반응이 둔해진 것. 습담(濕痰)이나 간담(肝膽)의 열이 성하거나 신(腎)이 허해 정기가 위로 올라가지 못해 생김.

264 후비(喉痺): '비(痺)'는 막혀서 통하지 않는 것. 이는 인후(咽喉)부에 기혈이 정체되어 막히는 병리변화임. 목안이 부어오르고 아픈 감이 있는 모든 병을 통칭하는 것.

서겠습니까? 권와(踡臥)²⁶⁵의 어떤 증세는 상한가(傷寒家)²⁶⁶들이 소음(少陰)·장한(臟寒)²⁶⁷의 증세로 여겼습니다. 시역(時疫)이 코로 들어간 사기(邪氣)는 뇌(腦) 아래로 흘러 콩팥에 재빨리 도달하니, 뇌는 콩팥과 통하기 때문입니다. 대체로 권와는 상한가들에게 있어서 흉한 증후로 여겨졌는데, 시역 또한 그러할 것입니다.

　치은(齒齦)²⁶⁸에 진액(津液)과 피가 엉겨 뭉쳐 마치 옻칠 같은 사람은 양명경(陽明經)²⁶⁹의 피가 조열(燥熱)해 바짝 졸아든 곳에 어혈(瘀血)²⁷⁰이 생긴 것이니, 양혈(凉血)²⁷¹·생진(生津)²⁷²하는 약이 마땅합니다.

　시일이 오래되어 어혈이 내려가 마치 돼지 간 같은 것은 치료를 못합니다.

---

265 권와(踡臥): 몸을 구부리고 눕는 것.

266 상한가(傷寒家): 한(漢)대 장중경(張仲景)이 『상한론(傷寒論)』을 저술한 이후, 후세 의학가들이 주석을 가한 것이 100여 가지나 되어 장중경의 학설을 발전시켰음. 온병(溫病)학설이 발생하자 상한과 온병에 대한 논쟁이 많았는데, 이중 외감열병(外感熱病)의 진단과 치료에 대해 장중경의 학설을 존중한 사람들이 북송(北宋) 말기에 이룬 학파.

267 장한(臟寒): 뱃속이 찬 것. 비위가 허한(虛寒)한 것.

268 치은(齒齦): 잇몸. 이 뿌리를 싸고 있는 점막.

269 양명경(陽明經): 경맥(經脈) 이름. 족양명위경(足陽明胃經)과 수양명대장경(手陽明大腸經)이 속하는데, 일반적으로 위경(胃經)을 말함. 태음경(太陰經)과 표리관계임.

270 어혈(瘀血): 체내의 혈액이 일정한 장소에 엉겨 정체된 병증.

271 양혈(凉血): 양혈산혈(凉血散血). 혈분(血分)의 열사(熱邪)를 제거하는 방법. 열성병(熱性病)의 열사가 혈분에 침입해 피를 토하거나 코피를 쏟고 대변에 피가 섞이며, 혀 색깔이 암자색을 띠는 증상 등이 나타나는 경우에 적용함. 서각지황탕(犀角地黃湯)을 씀.

272 생진(生津): 양진액(養津液). 열성병(熱性病)에서 열이 여러 날이 되어도 내리지 않아서 진액이 손상되는 것. 환자에게 열이 나고 입이 마르며, 갈증이 나고 혀가 진한 적색을 띠고 입술이 바짝 마르는 등의 증상이 있으면, 현삼(玄蔘)·맥문동(麥門冬)·생지황(生地黃)·석곡(石斛) 등 진액을 자양시키는 약물을 써서 열을 제거하고 진액을 자양시킴.

소변이 막힌 사람은 신음(腎陰)이 이미 없어졌음이 원인이니, 대부분 치료를 못합니다.

위에 나누어둔 어떤 증세들은 우리나라에 매우 많지만, 치료할 수 있는 것들은 매우 적습니다. 제가 재주 없음을 돌아보지도 않고 어리석은 의견을 올리니, 엎드려 높은 가르침을 바랍니다. 오직 또한 비록 만서(萬緖)[273]의 현로(賢勞)[274]를 돌아보지 못한 것 같은데, 정말 좋은 인연은 늘 있기가 어렵기 때문입니다. 선생께서 밝게 살펴 내려주신 금궤(金匱)[275]의 병 고칠 처방이라면 다행임을 무엇에 견주겠습니까?"

대답

"옛날의 병과 지금의 병이 어찌 다르겠습니까? 시역(時疫)이란 것은 4계절 운기(運氣)가 변해 바뀐 바르지 않은 기(氣)로 병에 걸린 것입니다. 장기(瘴氣)[276]란 것은 어떤 지방의 기에 닿은 것이지, 전염되는 것은 아닙니다. 기후나 풍토의 병은 오로지 비위(脾胃)를 주관하니, 시역 등의 병과 논의할 수 없습니다. 운기가 거듭 이르고 변해 바뀌어 시역이 되니, 4계절이 똑같은 듯하고, 그 전염되지 않는 것은 시기(時氣)[277]가 아닌데, 감모(感冒)의 무거운 것에 지나지 않습니다.

---

273 만서(萬緖): 여러 가지 얼크러진 일의 실마리.
274 현로(賢勞): 여러 사람 중에서 홀로 힘써 수고함.
275 금궤(金匱): 구리로 만든 궤. 고대에 문헌 등을 간수하는 데에 썼음. 인신해 길이 전함.
276 장기(瘴氣): 산람장기(山嵐瘴氣)의 준말.
277 시기(時氣): 시행(時行)·시행여기(時行沴氣). 유행중인 전염성이 강한 병사(病邪).

열병(熱病)에 침놓는 방법은 침을 잘 놓는 사람도 있지만, 잘못 놓는 사람을 말하자면, 쓸데없이 진기(眞氣)를 잃어버리고, 열병은 변해 역려(疫癘)²⁷⁸로 거듭 이르면, 살피기는 더욱 어렵습니다.

시역과 감모는 같지 않으니, 시역은 틀림없이 운기가 변해 바뀐 바르지 않은 기에 닿은 것이고, 감모는 틀림없이 4계절 풍한(風寒)·서습(暑濕)²⁷⁹에 정기(正氣)가 상한 것입니다. 섞어서 논의할 수 없습니다.

큰 열이 나는 증세에 맛이 쓰고 성질이 찬 약을 씀은 확실히 대립된 치료인데, 왜 할 수 없겠습니까? 그러나 열이 왕성해 진기가 약한 사람은 맛이 쓰고 성질이 찬 약과 열사(熱邪)가 서로 다투는데, 승부가 판가름 나지 않은 즈음에 원기(元氣)는 막을 수 없고, 따라서 스스로 힘이 다함이지, 실제로 맛이 쓰고 성질이 찬 약이 열병에 마땅하지 않아서 그러함은 아닙니다. 이로써 큰 열이 나는 병에 오히려 서늘한 약을 의지할 수 있다는 것의 뜻을 알 수 있습니다. 『내경(內經)』에 '진기로 가득 찬 사람에게는 약을 쓰기 쉽다.'고 했으니, 참으로 도리에 합당한 말이로다!

육미탕(六味湯)에 동변(童便)을 더해 치료한다는 것은 매우 좋습니다. 그러나 청열(淸熱)²⁸⁰·양혈(凉血)의 약은 오직 어떤 경우에만 쓸 수 있을 것이고, 숙호(熟芐)²⁸¹·산약(山藥)²⁸²의 따위에 이르면, 격(膈)·위

---

278 역려(疫癘): 전염병. 돌림을 일으키는 전염성 질병의 총칭.
279 서습(暑濕): 서사(暑邪)와 습사(濕邪).
280 청열(淸熱): 성질이 찬 약으로 열을 내림.
281 숙호(熟芐): 숙지황(熟地黃). '호'는 현삼(玄蔘)과의 다년생 약초인 '지황'의 다른 이름.
282 산약(山藥): '마(薯)'의 다른 이름. 강장제로 몽설(夢泄)·대하(帶下)·요통(腰痛) 등에

(胃)에만 얽매어 마침내 익수(益水)[283]해 열을 억누르기 어려우며, 비록 동변에 열을 내리고 없애는 성질이 있더라도 끝내 열병에 그것을 시험하기는 어렵습니다.

겨울철과 여름철에 대한 논의는 대강 그렇지 않을 것입니다. 안개와 이슬이 상초(上焦)에 침입한 사람은 그 병이 얕고, 몸이 허(虛)한데 하초(下焦)에 침입한 사람은 그 병이 깊습니다. 다만 사람의 허실(虛實)로 병이 가볍거나 무겁게 되고, 위아래의 구별이 있으니, 시역의 침입과 함께 논의할 수 없습니다. 잠복(潛伏)한 음(陰)과 양(陽)에 대한 설명은 더욱 논의할 수 없습니다. 그 증세는 울(鬱)[284]이 있어 열(熱)이 왕성한 것이고, 허(虛)함이 있어 직중(直中)[285]한 것이니, 상한직중(傷寒直中)[286]과 함께 서로 비슷한데, 온열(溫熱)의 약이 어째서 빠질 수 있습니까? 열이 몹시 왕성해 하리(下痢)를 이룬 사람은 진실로 열약(熱藥)[287]을 쓸 수 없습니다. 만약 중한(中寒)·비신허(脾腎虛)[288]해 하리는

씀. 산저(山藷).

283 익수(益水): 치료법의 하나. 신수(腎水)를 보하는 것. 자신(滋腎).

284 울(鬱): 울증(鬱證). 마음이 편하지 않고, 기기(氣機)의 울결(鬱結)로 인해 일어나는 병증. 허실(虛實)의 구분이 있음. 실증(實證)에는 간기울결(肝氣鬱結)·기울화화(氣鬱化火)·담기울결(痰氣鬱結)이 있고, 허증(虛證)에는 구울상신(久鬱傷神)·음허화왕(陰虛火旺)이 있음.

285 직중(直中): 병사(病邪)가 3양경(三陽經)을 거치지 않고, 직접 3음경(三陰經)을 침범하는 것. 병의 발생 시에 3양경의 증후는 없고, 3음경의 증후가 나타나는 것. 직중3음(直中三陰).

286 상한직중(傷寒直中): 외부의 찬 기운이 몸에 들어와 비위(脾胃)의 운화(運化)기능을 못하게 한 상태. 음식을 먹고 시간이 지나면, 배가 은은히 아프면서 속이 메스껍고 구토가 동반되기도 하며, 설사가 일어남. 열은 없지만, 으슬으슬 춥고 한기를 느끼며, 어린이나 노약자의 경우 장의 경련으로 극심한 복통을 수반하기도 함.

희고, 소변은 맑으며, 배꼽 아래는 차고, 맥이 깊게 느껴지며 가늘고 작은 사람에게는 온열약을 쓰지 못하는데, 어째서입니까?

맥으로 음증(陰症)과 양증(陽症)을 구별함은 단지 척맥(尺脉)으로만 진단하지 못합니다.

처음부터 오한(惡寒)이 일어나는 사람 중 어떤 사람들은 외사(外邪)를 가지고 있습니다.

영위(營衛)·흉격(胸膈)으로 표증(表證)[289]과 이증(裏證)을 나누면, 영위는 표증이 되고, 흉격은 이증이 되는데, 혀 위에 미끈미끈한 백태(白胎)가 끼는 사람은 둘 다 가졌습니다. 사기(邪氣)가 속으로 들어가지 않았는데 흰 사람은 치료가 쉽지만, 음양(陰陽)이 도리어 막혀 통하지 않는 증세에 미끈미끈한 백태가 끼거나, 하리가 잦고, 먹을 수 없으며, 명치가 막힌 듯한 사람은, 이것이 바로 중경(仲景)이 이른바 '치료 못한다.'는 것입니다.

끓어 뒤섞인 물은 좋아하지만 차가움을 싫어한다는 것은 열이 왕성하지 않음이니, 증세가 오히려 겉에 있고, 격상(膈上)에 한사(寒邪)가 있다고 말한 것은 그것이 겉에 있지만, 표증은 오히려 풀지 못한다는

---

287 열약(熱藥): 건강(乾薑)·부자(附子)와 같이 성질이 더운 약. 열제(熱劑).
288 비신허(脾腎虛): 비와 신의 양기(陽氣)가 다 같이 허해진 증세. 신양(腎陽)이 허해 비양(脾陽)을 온양(溫養)하지 못하면 비양이 허해지고, 비양이 허해 음식물의 정기를 신에 넉넉하게 보내주지 못하면 신양이 허해짐.
289 표증(表證): 표부(表部)에 있는 병증. 6음(六淫)의 사기(邪氣)가 인체를 침범할 때 먼저 피부 및 경락(經絡)을 침범하거나 입과 코를 통해 폐위(肺衛)로 침입해 오한·발열·두통·신경통·코 막힘·해소·부종(浮腫)·희고 엷은 설태(舌苔)가 끼는 증상 등을 나타내는데, 이들 증상 중 오한과 맥이 부(浮)한 것이 표증의 특징임.

말입니다.

시역(時疫)과 열병(熱病)은 열이 장부(臟腑)에 들어간 것으로, 또한 많이 있는데, 하필 상한(傷寒)의 열만 홀로 양명(陽明)에 들어가고, 더위와 여름 더위의 열은 어찌 양명을 해치지 못하겠습니까?

권와(踡臥)는 정말 흉증(凶症)²⁹⁰인데, 몸을 펴고 눕는 것 또한 꺼립니다.

소변 막힘은 치료에 쉽거나 어려운 구별이 있는데, 열이 뜨겁고 물이 마른 사람은 어렵지만, 열이 아래에 쌓였으나 콩팥이 상하지 않은 사람은 쉬울 따름입니다.

시역의 치료가 대부분 잘못된 것은 그 운기(運氣)의 변해 바뀜과 거듭 이름과 왕성함이나 쇠퇴함을 깊이 연구하지 않기 때문입니다. 만약 운기에 근거하기 어렵다면, 우단(虞摶)의 『의학정전(醫學正傳)』²⁹¹을 근거할 수 있을 것입니다. 7, 8일 열이 심하고, 설황(舌黃)²⁹²인 사람은 우황(牛黃)²⁹³ 1, 2푼을 월경수(月經水)²⁹⁴에 갈아 1, 2번 먹으면, 땀을 내고 풀기 가장 쉽습니다.

8, 9일 열이 몹시 심하고 혀가 검은 사람은 매우 위태롭습니다. 인분(人糞)에 진황토(眞黃土)²⁹⁵를 합해 진흙을 만들어 불 위에 굽고, 건갈

---

290 흉증(凶症): 병의 예후(豫後)가 나쁜 증상.
291 『의학정전(醫學正傳)』: 1515년 명(明)대 우단(虞摶)의 저작. 문(門)으로 나눠 증(證)을 논증한 것으로, 주진형(朱震亨)의 학설을 위주로 하고, 장중경(張仲景)·손사막(孫思邈)·이고(李杲)의 학설을 참고하는 동시에 자신의 견해를 결합했음. 8권.
292 설황(舌黃): 설황풍(舌黃風). 설옹(舌癰)의 하나. 혀에 생긴 누런색을 띤 옹.
293 우황(牛黃): 소의 쓸개에 생긴 결석(結石). 약재로 쓰임.
294 월경수(月經水): 월경혈(月經血). 달거리 때 나오는 피.

(乾葛)²⁹⁶·소엽(蘇葉)²⁹⁷을 달인 탕약에 그것을 담그면, 맑은 액체를 얻는데, 튼튼한 사람에게는 1번에 1, 2잔, 어떤 사람에게는 3, 4잔이면 자연히 땀을 내고 풀립니다. 허약한 사람에게는 갑자기 인분을 쓰기 어려우니, 양격산(凉膈散)²⁹⁸에 익원산(益元散)²⁹⁹을 합하고, 우황고(牛黃膏)³⁰⁰ 2, 3알을 갈아 2, 3첩 먹으면 가장 좋습니다.

또한 노인에게는 양격산 따위를 쓰기 어려운데, 단계(丹溪)의 처방 중에 인중황환(人中黃丸)³⁰¹을 동변(童便)에 갈아 30~50알을 15번 먹으면 좋아집니다.

옛 처방 중 이러한 몇 가지 처방은 소홀히 할 수 없는 것이고, 그 나머지는 증세를 따라 허실(虛實)의 보사(補瀉)를 형편에 따라 처리하는데, 말로 전하기 어려우니 탄식할 만합니다.

누치(漏痔)³⁰²를 치료하는 처방 운모산(雲母散) 꿀에 담갔다 구운 노봉

---

295 진황토(眞黃土): 땅위에서 약 1m 밑에 있는 깨끗한 진흙.
296 건갈(乾葛): 갈근(葛根). 칡뿌리'를 한방에서 이르는 말. 열을 내리고 땀을 내는 데, 갈증·두통·요통·항강(項强) 등에 씀.
297 소엽(蘇葉): '차조기' 잎. 차조기는 꿀풀과의 1년초. 자소(紫蘇). 계임(桂荏).
298 양격산(凉膈散): 약재는 천대황(川大黃)·망초(芒硝)·연교(連翹)·담황금(淡黃芩)·감초·치자 씨·박하 잎. 온병(溫病)·표리실열(表裏實熱)·심화(心火)가 성한 데 등에 씀.
299 익원산(益元散): 약재는 곱돌·구감초. 더위에 상해 열이 나고 얼굴이 붉으며, 가슴이 답답하고 목이 마르며, 토하고 설사하거나 피곱이 섞인 대변을 보면서 오줌이 잘 나가지 않는 데 씀.
300 우황고(牛黃膏): 약재는 주사·울금·우황·모란뿌리 껍질·감초·용뇌. 해산 뒤 혈실에 열이 침습해 아랫배, 옆구리가 단단하면서 그득하고 낮에는 별일이 없다가 밤이면 열이 나고 조급증이 생기는 등의 증상에 씀.
301 인중황환(人中黃丸): 약재는 대황·황련·속 썩은 풀(황금)·인삼·도라지(길경)·삽주(창출)·방풍·곱돌(활석)·향부자. 4계절 역려(疫癘)를 치료함.

방(露蜂房)[303] 5돈, 초초(炒焦)[304]한 천산갑(穿山甲)[305] 3돈, 용골(龍骨)[306] 1돈, 인아(人牙)[307] 1돈 또는 5푼, 운모[308] 1돈, 경분(輕粉)[309] 5푼, 사향(麝香)[310] 3푼, 유향(乳香)[311] 5푼, 섬소(蟾酥)[312] 2푼, 고백반(枯白礬)[313] 5푼, 구워 말린 충저(虫蛆)[314] 3푼. 함께 고운 가루로 만들어 조금씩 보살피려 할 때마다 창구(瘡口)[315]에 넣고, 하루가 지나면 다시 바꿔 넣으며, 오지탕(五枝湯)[316]으로 씻는다. 먹는 약은 익원탕(益元湯)을 쓴다. 염수초(鹽水

302 누치(漏痔): 치루(痔瘻·痔漏). 항문(肛門) 직장(直腸) 주위에 누공(瘻孔)이 생긴 병증. 치핵(痔核)과 치열(痔裂)이 헐거나 항문옹(肛門癰)이 터진 뒤 창구(瘡口)가 아물지 않아서 생김.
303 노봉방(露蜂房): 말벌 집.
304 초초(炒焦): 약제법의 하나. 약재의 겉면은 밤색이 되고, 속은 누렇게 되도록 볶는 것.
305 천산갑(穿山甲): 천산갑과의 포유동물. 장강(長江) 이남 및 월남 등지에 살며, 온몸이 비늘로 덮여 있고, 혈거(穴居)하며 개미를 잡아먹음.
306 용골(龍骨): 큰 포유동물의 뼈화석(化石).
307 인아(人牙): 사람 치아(齒牙).
308 운모(雲母): 규산염광물의 일종. 광택이 있고, 여러 격지(隔紙)로 되어 있어서 물고기의 비늘처럼 얇게 잘 갈라짐. 돌비늘. 운사(雲沙). 운정(雲精).
309 경분(輕粉): 수은을 원료로 만든 약으로 염화 제1수은을 주성분으로 하는 수은화합물.
310 사향(麝香): 사향노루 사향주머니의 분비물. 말려서 향료나 약재로 씀.
311 유향(乳香): 감람과(橄欖科)에 속하는 유향수(乳香樹)에서 낸 즙액(汁液)을 말려 만든 수지(樹脂). 종기나 복통 등에 약으로 씀.
312 섬소(蟾酥): 두꺼비 진(津). 두꺼비의 이선(耳腺) 및 피부 샘의 흰 분비물. 독이 있으며 말려서 약재로 씀.
313 고백반(枯白礬): 명반(明礬)을 불에 구워 결정수(結晶水)를 없앤 흰빛의 분말(粉末). 건조제(乾燥劑)로 씀.
314 충저(虫蛆): 저충(蛆蟲). 구더기.
315 창구(瘡口): 종기가 곪아 터져서 생긴 구멍.
316 오지탕(五枝湯): 약재는 홰나무가지·버드나무가지·뽕나무가지·조피나무가지·오수유나무가지. 풍독(風毒)으로 손발이 몹시 아픈 데 씀.

炒)³¹⁷한 황기(黃耆) 1돈, 주세(酒洗)³¹⁸한 당귀(當歸) 1돈, 백작약(白芍藥)³¹⁹
1돈, 인삼(人參) 1돈 또는 사삼(沙參)으로 대신한다. 그러나 될 수 있다면
인삼을 쓴다. 괴각(槐角)³²⁰ 1돈, 볶아서 거유(去油)³²¹한 천궁(川芎)³²²
1돈, 거양(去瓤)³²³한 지각(枳殼)³²⁴ 7푼, 감초(甘艸) 대 5푼. 1첩을 만들어
2 큰 잔의 물이 반으로 졸게 달여 공심(空心)³²⁵에 30~50첩을 먹는다."

글로 써서 **거듭 묻다.**

"높은 가르침을 받들어 예전의 의혹은 하루아침에 얼음처럼 녹았으
나, 깨닫기 어려운 것을 감히 거듭 묻습니다. 그대는 제가 호침(毫鍼)만
예로 들었을 뿐이라고 이상하게 여겼지만, 이것은 틀림없이 우리나라
의원들이 호침을 써서 대부분 효험 있었음을 아뢴 것이지, 호침에만
한정함은 아닙니다. 작든 크든 각각 차이가 있고, 의원들은 좋아하는
바를 따라 그것을 쓰니, 비록 삼릉침(三稜鍼)을 쓰는 사람들이 있더라

---

317 염수초(鹽水炒): 염제(鹽製)의 하나. 약재를 소금물에 불려 볶는 것.
318 주세(酒洗): 수제(水製)의 하나. 약재를 술에 씻는 것.
319 백작약(白芍藥): 작약과의 다년초. 꽃은 검붉으며, 말린 흰 뿌리는 보혈(補血)·진정
  (鎭靜)의 효과가 있음. 부인과·외과의 한약재로 쓰임.
320 괴각(槐角): 콩과의 낙엽 활엽 교목인 홰나무의 열매를 말린 것.
321 거유(去油): 약제법의 하나. 씨 약재에서 독성이나 부작용을 나타내는 기름을 짜버리
  는 것.
322 천궁(川芎): 궁궁이. 미나리과의 다년초. 뿌리는 혈액 순환을 돕는 한약재로 쓰임.
323 거양(去瓤): 약재 가공방법의 하나. 열매 약재에서 약으로 쓰지 않는 속을 파버리는 것.
324 지각(枳殼): 탱자. 약재로 쓰이는데, 어린 것을 '지실(枳實)', 말린 것을 '지각'이라 함.
325 공심(空心): 빈속. 소화가 다 되어 위 내용물이 소장, 대장으로 내려가고 위속이 빈 때.

도 차이는 매우 적을 것입니다. 이것이 그대가 이른바 '우리나라에만 이로움이 있다.'고 한 것입니다.

보내오신 글[326]에 '간적(肝積)에는 금(金)의 기운을 빌어 목(木)의 왕성함을 누른다.'고 했는데, 제가 그대도 얻지 못한 것을 살폈습니다. 대체로 침을 가지고 적울(積鬱)[327]을 여는 것은 모두 경락(經絡)·수혈(兪穴)[328]에 근거하는데, 어찌 침의 금기(金氣)[329]를 빌어 간목(肝木)[330]을 누른다는 뜻을 펼 수 있겠습니까? 5행(五行)이 생극(生剋)[331]하는 이치는 진실로 여기에 있으니 관계가 없습니다. 또 나라 자(尺)를 말한 것은 침의 길거나 짧음이니, 수혈의 멀고 가까움은 동신촌(同身寸)을 씀이 당연할 것입니다.

그대는 허파에 대해 말하면서 '상부(相傅)[332]가 아니다.'라 했는데,

---

326 보내오신 글: 내유(來諭). 남이 보내온 편지에 대한 경칭.

327 적울(積鬱): 오래된 울증(鬱証).

328 수혈(兪穴): '침혈(針穴)'을 일반적으로 이르는 말.

329 금기(金氣): 5행(五行) 중 금(金)의 기운.

330 간목(肝木): 간(肝). 간을 5행의 목(木)에 소속시켜 부른 이름.

331 생극(生剋): 5행(五行)의 상생상극(相生相剋).

332 상부(相傅): 상부지관(相傅之官). 폐주치절(肺主治節). 「소문(素問)」'영란비전론(靈蘭秘典論)'에서 '肺者, 相傅之官, 治節出焉. (허파란 것은 왕을 보좌하는 재상과 같아 전신의 기기(氣機)를 조절한다.)'고 하였음. 여기서 '상부'는 왕을 보좌하는 관직의 명칭이고, '심(心)'이 군주지관(君主之官)이므로 심에 상대해 이렇게 칭한 것임. 이는 장부 활동 중에서 심폐기능의 협조가 매우 중요하며, 인체의 장부가 일정한 규율에 따라 활동하는데 불가결의 요소임을 나타낸 말임. 즉, 심은 화(火)로써 모든 일을 자꾸 추진해 나아가려고만 하고, 이에 반해 폐는 금(金)으로써 심의 작용을 억제하는 기능이 있다는 것. 예컨대, 여름에 자라기만 하던 식물이 가을이 되면 성장을 멈추고 씨를 맺는 것이 바로 금기의 작용임.

이러한 설명이 정말 있습니까? 저는 얻지 못했습니다. 대체로 염통과 허파란 것은 격상(膈上)에 자리하는데, 염통이란 것은 임금이고 허파란 것은 재상이며, 재상은 상부(相傅)이니 그러한 것입니다. 그러므로 영위(營衛)를 잘 돌게 함은 '전신의 기기(氣機)를 조절한다.'[333]고 말하는 것입니다. 『내경(內經)』에 '식기(食氣)[334]가 위(胃)에 들어가면, 탁기(濁氣)[335]가 염통으로 돌아가서 맥(脉)에 정(精)을 음(淫)[336]한다.'고 했으니, 음식이 위에 들어가면 가득 찬 정기(精氣)를 돌아다니게 해, 위로는 지라로 나르는데, 비기(脾氣)[337]는 정을 흩어 위로는 허파로 돌아가고, 통조수도(通調水道)[338]하며, 아래로는 방광(膀胱)으로 나르는데, 수정(水精)[339]이 사방 오경(五經)[340]에 퍼져 둘이 함께 잘 돌게 되니, 음식이 위에 들어가기도 전에 허파가 먼저 그것을 받아들인다 함은 듣지 못했습니다. '부(傅)'자와 '전(傳)'자의 뜻에 대한 높은 깨우침을 거듭 청할 뿐입니다."

---

333 전신의 기기(氣機)를 조절한다: 치절출(治節出).

334 식기(食氣): 수곡(水穀)의 기운.

335 탁기(濁氣): 음식물의 정화(精華) 농도가 진하고 맑지 않은 부분.

336 음(淫): ① 지나치게 많아서 몸에 해를 주는 것. 차고 넘치는 것. ② 스며들다·배어들다·침습하다·퍼지다 등 여러 가지 뜻으로 쓰임.

337 비기(脾氣): 비(脾)의 기능. 운화(運化)기능. 승청(勝淸)작용.

338 통조수도(通調水道): 소변을 통하게 해 조화롭게 함.

339 수정(水精): 진액(津液). 물과 정미(精微)로운 영양물질을 합해서 이르는 말.

340 오경(五經): 어린이 안마 수혈(兪穴)의 하나. 다섯 손가락 끝마디의 지문(指紋). 주로 어린이의 병을 치료할 때 적용함.

대답

"적(積)에 침(鍼)을 씀은 제가 어찌 모르겠습니까? 일찍이 침으로 적을 치료하는 것을 보았는데, 효험을 보기가 어려웠고, 쓸데없이 진기(眞氣)만 잃어버렸을 뿐입니다. 이 때문에 간적(肝積) 외에는 쓸 수 없으니, 침으로 적울(積鬱)을 연다는 말은 이를 따른 것이고, 적(積) 덩어리에 침을 놓는다는 것은 그러한 설명이 아닙니다. 저는 이 때문에 할 수 없다고 말한 것입니다."

거듭 담함 카와 장인

"높은 깨우침을 거듭 얻어 의혹이 풀렸습니다."

대답 조숭수

"음식이 처음 들어가면, 그것이 허파를 지나 거치지 않습니까? 음식의 정액(精液)[341]은 가득 찬 위(胃)로부터 다시 위(上)로 허파에 도달하고, 허파로부터 다시 여러 장부(臟腑)에 널리 퍼지기 때문에 '서로 전한다.'고 말했습니다. '치절' 두 글자로는 그것을 풀지만, '상부'로는 풀 수 없습니다. '상(相)'이란 것은 명령을 받들어 행하는 것인데, 치절이 상으로 하여금 어떻게 그것을 주관케 하겠습니까? 「소문(素問)」주(註)의 논의는 매우 많은데, 어떤 사람은 '상전(相傳)'이라 하고, 어떤

---

341 정액(精液): 물건의 정기를 뽑은 액체. 진액(津液).

사람은 '상부(相傅)'라 하니, 지금까지 뒤섞여 어지러운 것이 이것입니다. 상부란 것은 임금을 도와 나라를 다스린다는 말이니, 금기(金氣)인 허파가 어떻게 임금을 도와 나라를 다스릴 수 있습니까? 화(火)가 금(金)을 만나면, 일어나 그것을 이기는데, 도리어 그 기운을 잃어버리고 어떻게 재상이라는 뜻이 있겠습니까?"

거듭 답함 카와 장인

"높은 깨우침은 삼가 알겠습니다.[342] 그대의 말과 같다면, 이른바 '전신의 기기(氣機)를 조절한다.'는 것은 무엇 때문입니까? 폐금(肺金)[343]이 전신의 기기를 조절한다는 설명은 가르쳐 보여주시기를 청합니다."

대답 조숭수

"치절(治節)이란 것은 여러 기(氣)가 흩어져서 퍼져 있음을 이르는 말입니다."

아룀 카와 장인

"밝은 가르침을 한 가지 얻으니, 의혹이 얼음처럼 녹았습니다. 그러

---

342 근실(謹悉): 글에서 (남의 의견·형편·소식 등을) '삼가 알다.'는 뜻으로, 상대편을 높여 이르는 말.
343 폐금(肺金): '폐(肺)'. 폐를 5행의 금(金)에 소속시켜 부른 이름.

나 사람의 마음은 얼굴과 같아서 각각 향하는 바가 있습니다. 운기(運氣)의 설명 같은 것은 제가 한 가지 의론만 있다 함에 복종하지 못해 마음에 두고 있습니다. 그러나 돌아갈 때가 다가왔으니, 차마 번로(煩勞)[344]케 못하겠습니다. 가령 온갖 대답이라도 또한 이로움이 있겠습니까? 진실로 견백이동(堅白異同)[345]에 어찌 다투는 마음이 있겠습니까?"

대답 조숭수

"그것에 대한 논의는 강과 바다로도 다 쓰지 못하니, 구악(九岳)도 그 치료법보다 높지는 않습니다. 온갖 실마리가 마음속에 깊이 간직되어 있는데, 비록 여러 앞선 사람들이라 하더라도 또한 무엇이 다르겠습니까? 말과 치료는 각각 향하는 바가 있으니, 대강의 요점만 말할 수 없습니다. 그대는 밝게 살펴 어찌 도모하지 않습니까?"

---

344 번로(煩勞): ① 피곤해 지침. ② 근심하고 걱정함. ③ 귀찮게 함. 성가시게 함.
345 견백이동(堅白異同): 견백동이(堅白同異). 전국(戰國) 때 명가(名家)인 공손룡(公孫龍)의 '이견백(離堅白)'과 혜시(惠施)의 '합동이(合同異)'의 설. '堅白石(단단하고 흰 돌)'이란 하나의 명제를 놓고, 공손룡은 사물의 차별성을 과장하고 통일성을 무시하였으며, 혜시는 사물의 차이와 구별을 인정하되 전체를 동일시해야 한다고 해 차별적인 객관적 존재를 부정했음. 두 학설이 모두 사물의 일면만을 강조하고, 그 밖의 다른 면을 부정했음.

朝鮮筆談 乾

戊辰筆語唱酬, 五月二十八日, 始至賓官.

　　名刺

東都醫官, 姓河村, 名春恒, 字子升, 一字長因, 號元東, 世仕　　朝.

　　稟 濟菴 海皐 醉雪 三書記 筆語

諸君此行萬里滄海, 無恙珍重萬萬, 僕幸遇昇平, 謁諸君于今日, 何不勝欣愉?

　　復　　醉雪

辱賜懇懇意, 不勝感謝矣.

　　稟 濟菴 醉雪 海皐 三書記　　河長因

今日咫尺相對, 遂夙望之意. 因賦俚言一律, 慰遠役賢勞.

　　奉呈 濟菴 醉雪 海皐 三書記案下

萬里扶桑外, 節旄來日邊, 帆懸三島路, 槎向十洲'天, 堰水蒼波漲,
幽關紫氣偏, 此行修旧好, 欲擬鹿鳴篇.　　日本 河長因拜

奉和 元東　　濟菴

瑤岫靑岑畔, 蟠桃赤水邊, 聞蟬有城郭, 下馬只雲天, 紵縞人情熟, 樓臺地勢偏, 軒岐訪遺緒, 餘事又瓊篇.

奉酬 海皐李子文

茶酒流萍後, 林塘積雨邊, 瑤草香浮日, 金鰲皆有天, 文華殊可喜, 風氣不曾偏, 萬里一爲別, 相思縞紵篇.

奉和 元東惠詩韻　　醉雪

雲日蓬山外, 總懷滄海邊, 日來結夏地, 共語雨花天, 媿我詩何有, 多君術不偏, 相看情默契, 珍重又華篇.

學士矩軒 稟 筆語　　河長因

一聞錦帆東, 爲泰山北斗懷久矣. 幸謁諸君, 今日之邂逅, 千歲奇遇也. 賦呈下里一律.

君是鷄林客, 一邦元選賢, 天涯凌碧落, 海外接風煙, 身傍浮雲到, 名兼絶城傳, 吾曹陪綺席, 詩賦愧雄篇.

奉和 元東惠韻　　矩軒

溟嶽千重路, 詩名幾箇賢, 驪珠光似月, 鮫錦織成炯, 小雨蒼苔印, 新涼細竹傳, 坐邊談笑興, 都入遠遊篇.

---

1 원문에는 '州'이지만, '洲'의 오기(誤記)이므로 바로잡았음.

　　　辱賜高和席上再用前韻奉謝　濟菴　海皇　醉雪　三書記　　河長因
錦帆凌大海, 槎至武城邊, 聞說周風地, 嘗知堯日天, 登龍鄙望切, 御
李夙思偏, 綺席陪詞客, 頻看白雪篇.

　　　辱賜和再用前韻謝　矩軒學士　　河長因
盍簪今日會, 滿堂都後賢, 天邊衡北斗, 筆下吐雲烟, 禮樂箕邦在, 文
章桑城傳, 美珠明月色, 清影入佳篇.

　　　稟　趙崇壽　　河長因
足下此行山海萬里跋涉, 無恙至祝萬萬. 然遠役之勞, 不能無仲宣思
卿, 謹慰. 僕奉　朝命, 謁諸君于今日, 詢千歲奇遇也, 不勝欣躍矣.

　　　復　　趙崇壽
僕跋涉之餘, 幸免大病, 而受事出彊之人, 將何念及其思卿? 勞問至
此, 良惑良感.

　　　稟　　河長因
僕屢曠於賓禮, 不忍冒瀆高聽. 然僕有平生疑. 雲共廻仙岑, 秀色海爭
雄, 神方錯落傳秦鵲, 彩筆尋常愧夏虫. 一點靈犀心自照, 誰言異域, 不
同風?

　　　復　　河長因
向所奉呈之蕪詞, 辱賜尊和. 拜誦再三, 實天球秘寶之賜也.
　　　辱賜和席上再用前韻奉謝
咫尺相逢古梵宮, 翩翩羽客白雲中, 上池神水滌腸妙, 杏苑深林知物

雄, 君是芳蘭千里驥, 吾元腐艸蠹書虫, 綺筵喜若舊知已, 仙骨又看上
國風.

　　稟　　趙崇壽
再疊前韻, 極是難矣, 而　公之作, 不添前律之意. 其　高才可知已.

　　疊前韻呈 河公 案下
雨後雲烟繞古宮, 詩情酒思笑談中, 衣冠箕國人非傑, 物色東都地稱
雄, 河氏恢恢論艸木, 呂公歷歷數魚虫, 定知一別期難再, 消息何年寄
遠風.
　　此日僕與野呂生到, 故有河氏呂公之句.

　　稟　　趙崇壽
見　公疑問數條, 可知　公博識明辨也.　公亦有所著之書耶?

　　復　　河長因
僕腐才蚊力, 且多病也, 大違所教耳. 今接　紫眉, 辱承高教, 何悅比
焉?

　　稟　　河長因
公之食少, 因病然乎? 僕意不平以候焉.

　　復　　趙崇壽
平日所食元不多, 而今以病, 故愈減於前耳.

　　稟　　河長因

　　復　　趙崇壽
僕適有小疾, 委痛者. 已多日, 而今幸歇, 私幸私幸. 蒙　公致問, 良
感良感.

　　稟　　河長因
吉元卓憑蘭菴, 所奉呈之復, 幷所請之序文成, 僕先拜焉. 金聲玉振,
字字飛動, 非所筆舌之及矣. 附與於元卓, 則其欣躍, 猶見其貌也.

　　復　　趙崇壽
僕昧昧於序跋文字, 而重違其所托, 勉强呈副而已.　公已先見之耶?
元卓公高明之士, 其可無呵責否? 僕方以是爲愼也.

　　稟　　趙崇壽
野呂公有今日相奉之約, 何無聲息也?

　　復　　河長因
聞呂生今來館下, 僕今日不相件, 以故不知其來也.

　　稟　　趙崇壽
橘公近日無恙耶?

　　復　　河長因
橘生無恙, 今日不來.

稟　趙崇壽

公疑問以病之故, 尙不得論列以呈, 可歎. 方在艸藁, 不能謄出.

復　河長因

懇懇敎諭勤悉. 曩所呈之疑問, 不要必今日. 淹留有日他日垂命.

稟　趙崇壽

公瓊作今始奉和. 文辭荒陋, 表寸愧而已, 勿努焉也.　前會和詩, 此日成.

奉復 河公瓊韻　趙崇壽

經來蛟窟與龍宮, 多少光陰萬里中. 遠客羈愁, 而不決者, 因呈問目數條. 冀俟他日閑暇, 而賜海極之意幸甚. 又呈蕪詞一律.

呈 良醫活庵案下

一夜星軺入梵宮, 龍門佳會騷壇中, 四方專對姓名著, 三折功成職事雄, 裁賦嘗知工繡虎, 援毫却愧乏彫蟲, 軒岐聖業君全在, 試得東醫許俟風.

復　趙崇壽

瓊作看來, 不覺欽歎. 疑目姑俟暇日寓目, 而但僕素乏辯解之術, 恐負所敎也.

和未成, 日已氏矣. 約他日而去.

　　稟　　河長因

貴邦所專用之方書爲何耶?

　　復　　趙崇壽

弊邦之醫, 亦各有所尙之不同, 而但僕平世無所主一之論. 見內傷用
東垣法, 見外感用仲景法, 其餘從其病, 而試之. 不必泥於一書也.

　　問　　趙崇壽

君年幾, 常好讀何書耶? 亦有君尊大人耶?

　　復　　河長因

僕年二十七矣. 去歲失父, 父　前朝公主之侍醫, 任法眼位. 且僕亦
不泥一書, 如公言.

　　此日投問目.

六月 三日

　　稟　　河長因

嚮接光儀, 辱承淸欵, 以逾鄙思, 奚不蹈躍矣?

　　復　　趙崇壽

昨拜甚艸艸, 不無茹恨矣. 今幸　足下枉顧陋所, 感悅何可量?

稟　　河長因

聞有小恙, 時炎暑, 自愛自愛.

想不忍久座之勞. 冀坐毛筵上. 不要阻情.

復　　趙崇壽

方待客, 豈敢自取便易耶?　　公休慮也.

稟　　趙崇壽

辛卯己亥年間, 良醫筆談, 或有可見者耶?

復　　河長因

未盡見也. 如奇斗文, 實知博覽俊才也. 因其論得效驗者甚多矣. 今有其孫耶?

復　　趙崇壽

奇公之孫, 方仕於朝, 餘慶不墜.

稟　　河長因

僕先人之弟子, 有岡元立者, 蘇岱菴者. 請拜謁, 國禁不許. 憑僕奉書及詩, 願他日賜尊和.

復　　趙崇壽

聞有邦禁, 不得相見, 誠可歎. 投書詩作, 當待小暇, 當和呈耳.

　　稟　　河長因

舌疽之症, 萬古難治.　　公有金方, 則示之.

　　復　　趙崇壽

舌疽卽君火所生病也. 君火爲祟, 則治亦難矣. 其大法, 補其水, 使
虛火下行, 則愈. 然後或烙之, 或劊之, 付以生肥之藥. 然不愈, 莫可行.

　　稟　　趙崇壽

蘇公岱菴, 曾祖蘇茂者, 朝鮮人耶?

　　復　　河長因

貴國之産也. 曾孫今仕北方諸侯, 以醫承寵.

　　　蘇岱菴所贈之書中, 云朝鮮人, 故有此問.

　　稟　　趙崇壽

蘇茂者, 朝鮮他地之人云耶?

　　復　　河長因

僕不審之, 他日報耳.

　　稟　　趙崇壽

其居趾及來歷, 一一詳示之意, 傳於蘇公也.

　　復　　河長因

謹承命. 諾諾.

　　稟　　河長因

我國出一種人參, 莖葉華實, 不異本艸所說. 其根形, 貴國所謂, 與竹
節參者, 相類. 其味甚苦, 不任用世俗, 以甘艸洗汁, 蜜水製之. 雖苦味
去, 非本然之甘味. 僕先人得一之製, 而製之甚可也. 不假他藥之味, 而
苦味去甘味生. 僕先人每服人參. 痰中見血, 一旦服所製人參, 亦痰中
有血. 由是觀之, 其功相類類　　貴國所產之人參乎?

　　復　　趙崇壽

貴國產參之說, 曾於大坂已聞之. 且見其莖葉. 雖或彷彿, 嘗其味察
其形, 果非眞也. 雖百般變幻, 而成其味, 將焉用之哉? 人參本無製法.
因其自然而用之. 公無惑焉.

　　稟　　河長因

示論足破疑惑. 然貴國所來之人參, 數斤之中, 或有焦黃色者, 則何
非製之乎?　正德中奇生, 雖有傳僕祖之弟子某者, 蠹紙脫簡未詳. 僕略
記之耳, 強請示教.

　　復　　趙崇壽

謂無製法者, 說不用甘艸煎汁蜜水等耳. 弊邦所產之參, 亦新出土中
者, 苦味存在, 而但取出之後, 以新藁煎汁, 盛釜中一蒸之耳. 無焙炒之
製也. 一蒸之, 則苦味流釜底, 僕未知其詳者, 不自製也.

　　稟　　河長因

凡古方, 令人吐, 用鹽湯. 我　東方俗, 多以鹽湯不吐. 却得甘味吐.
貴邦亦然乎?

復　　趙崇壽

吐劑之峻者, 瓜蒂·藜芦之屬, 其輕者, 爲鹽湯, 而甘味之能吐, 僕未
聞之.

稟　　趙崇壽

大醫院中, 如　　公者, 有幾人? 其他名時醫·世醫者, 僕不辨員數.

復　　河長因

凡仕　　朝者, 二三百人中, 侍醫者, 二十人强. 其他仕四方諸候者,
旦居止於市中者, 不知其員數矣.

稟　　河長因

日昨入　　城上, 有可見者耶? 宮室之美惡, 亦如何?

復　　李栢齡

宮閣之美麗, 武昌之大觀, 雖漢宮, 亦有加之乎哉? 金鉤餘色, 玉欄
彫工, 錦繡, 雜見無一點瑕, 可謂東方君子國也. 市陌之榮繁, 雖中國,
無加焉.

稟　　李栢齡

寺院·梵宇, 如此舍者,　　江戶所構, 幾屋?

復　　河長因

江戶如此賓館者多, 而不記之, 如此者, 不足勝論也. 諸候之第宅, 竝
士大夫之屋宅, 其大者, 倍之以二三. 其他不可枚擧也.

<u>李栢齡</u>軍官也，在旁問之.

　　稟　　<u>趙崇壽</u>
旅塗有脇痛者，至今數日. 無藥驗，公有奇劑耶?

　　復　　<u>河長因</u>
腸痛雖有諸因，大抵屬肝者多，公所嘗知也. <small>僕用吳茱萸製黃連，加</small>
小柴胡，有驗者多.　　公用此方乎?

　　稟　　<u>趙崇壽</u>
嘗用小柴胡，未加吳茱萸製黃連.
　　卽出藥籠合劑，包紙上書方名. 使小童，投之某旅窗，後不問愈否.

　　稟　　<u>河長因</u>
筆語數廻，不知日暮，亦不忍別.　　公雖然，煩勞難慰，他日復來，而
拜光儀從請.

　　復　　<u>趙崇壽</u>
半日相語，情誼已歎歎矣. 若賜更臨，何喜喜?

　　賦一絶請別　　<u>河長因</u>
別後思君明月懸，宵宵裁賦情中傳，聱敫一一爲珠玉，只見難酬白
雪篇.

奉酬 <u>河公</u>贈韻　<u>趙崇壽</u>

一天皓月雨雲懸，別後信音歸雁傳，裁得心中多少意，賀君爲我賜詩篇.

稟　　<u>河長因</u>

約五日，當來謁. 未知　公許之乎.

復　　<u>趙崇壽</u>

幸勿違五日約.

六月 五日

稟　　<u>河長因</u>

僕自獲光儀退，則無須臾不公左右，而十日之懷. 僕菲劣，不圖獲公之意，杯酒談笑，無不如平生之誼者. 慕藺戀戀，何以? 令僕至于此也. 顧夫千百里之外，千百年之間，亦唯一時之遇而已. 日月易消，方臨公西歸，則如之何? 僕何日忘之? 悲喜交至. 吁! 千百里者逖矣，千百年者久矣. 亦唯一時之遇，以爲幸，則不亦悲乎? 然爲一時之遇，僕天幸，亦莫大焉. 賦一絕，効鄙情而已. 　夜夜望明月，幽幽千里，思平安. 情裏事，別後又誰傳?

復　　<u>趙崇壽</u>

公之恨，卽余之恨也. 一別之後，各天一方，消息難憑. 念厚情至此，

令人悵黯. 贈來詩篇, 尤極感, 幸幸.
　　朝鮮國　楊州　趙敬老　活菴.

　　奉復　日本國大醫河春恒公元東以別
扶桑一別後, 雲水長相思, 異國心中乏, 除君更是誰.

　　稟　　河長因
奉呈蕪詞, 辱賜和, 深情江海, 難謝. 何日忘之? 僕爲別恨之種也.

　　稟　　趙崇壽
乏字知之乎?

　　復　　河長因
友字之古字乎?

　　稟　　趙崇壽
然也. 友之字義, 　公熟思焉.

　　席上再用前韻奉謝 活庵趙君案下　　河長因
天涯十萬里, 應使我相思, 胸裏情多少, 從來又對誰.

　　疊韻贈　河公元東　　趙崇壽
千里復萬里, 相思復相思, 相思唯是君, 君今更向誰.

稟　　趙崇壽

公何盡剃頭髮耶?

復　　河長因

我　東方習俗, 使醫剃頭髮, 以備旦夕之急速. 習俗所然, 可如何也?

問　　趙崇壽

野呂公, 何不來?

復　　河長因

不知. 有何故也.

稟　　趙崇壽

公之疑問, 昨因客擾, 未書呈, 可歎.

復　　河長因

示諭悃愊拜. 勿勞公慮. 今日擾擾, 他日垂命.

稟　　趙崇壽

公昨先君春辰公, 著書一冊, 附於趙松齋, 又以公醫案, 付金探玄, 求
序文矣. 今日何不請來相見?

復　　河長因

當如教.

　　稟　　趙崇壽

固日日擾雜，二公佳作，未見答耳.　　二公者，蘇岱菴，岡芝山也.

　　復　　河長因

示教極懇懇. 他日賜公和.

　　稟　　河長因

嚮所命之蘇茂之事，僕詳扣之，則書其來歷如是也.　　始聞蘇岱菴之祖朝
鮮人. 請其由來，因使岱菴，書來歷，以與之.

　　復　　趙崇壽

恨無世譜之可考也. 若是朝鮮人，後　　誠可貴也. 此人或可得見耶?

　　稟　　河長因

國禁不能相見. 彼亦甚焉.

　　復　　趙崇壽

兩國相好，一人之往來，有何關? 重良可歎也.

　　稟　　河長因

彼者陪臣也. 所其仕之主不許也. 恐待諸君有過失也. 我　　大君之非
不許也.

　　稟　　河長因

日之前所請之一方，以閑暇，書賜焉.

　復　　趙崇壽

當如敎.

　稟　　河長因

頭風雖有諸因, 而年久者難治, 公有金方, 則書賜之.

　復　　趙崇壽

僕有一方及神灸法當傳, 爲僕秘. 公之念我, 可謂至矣. 謝以家秘, 勿輕卒焉.　　一方藥灸法, 別記.

　稟　趙德祚　　河長因

嚮所呈之書見之乎?

　復　　趙德祚

所贈之君先府君論集奉覽, 而序文, 則呈作文, 尙未正此, 故不呈. 明日送呈矣. 金探玄有病, 不
能來赴也.　　此日館伴大守, 出某食於序上. 僕爲筆語, 使兩醫食之.

　稟　　河長因

君今持來鍼乎? 冀見公之鍼.

　復　　趙德祚

卽持去, 何有難乎?　　貴邦之鐵品好, 故欲使工作鍼, 看鍼本, 則可易?　卽出九鍼, 而示之.

大腫鍼　　其形似三稜鍼, 大五分強, 長五寸余.

中腫鍼　　似大腫鍼, 小者也.

咽喉鍼　　其形如筆頭.

經絡鋼鍼　　其形短小.

小史鋼鍼　　其形細小而長.

三稜鍼　　大小各四品.

貴邦用此鍼耶?

　　復　　河長因

瘍瘡家多用之, 各有異同耳. 專行鍼治者, 大抵用毫鍼, 多以金銀作
之, 間有鐵鍼.

　　稟　　河長因

公見積聚 · 痞塊, 而直刺之乎? 見腹痛等, 用何鍼耶?

　　復　　趙德祚

腹中之積非鍼, 則豈可治之乎? 積痛譬如岩上之苔, 以藥治之, 如水
洗岩上苔, 以鍼治之, 如以釘削出也. 故我臨積痛, 以大綱鍼治之矣. 以
經絡法論之, 秋冬深刺, 春夏淺刺, 多以委中穴論之, 不刺此穴, 則痛難
瘳矣.

　　問　　河長因

尊年幾?

答　　趙德祚

三十九.

六月　七日

　　　河長因

酷炎蒸人, 以候問.

　　復　　趙崇壽

君有信, 不變約, 良感良感. 公疑問, 尙在艸中, 未及正書. 草稿先看,
如何?

　　稟　　河長因

僕不顧巨多之煩勞, 呈疑問數條. 示諭已具, 而今拜艸也. 不要正書
也. 先見二三條, 而今日擾擾不能熟視, 若有疑, 則他日可呈, 重賜示敎.

　　稟　　趙崇壽

敎意勤悉, 而以艸書投人, 事涉輕忽, 奈何? 對客餘日炎酷, 尙未下
手, 多愧多愧.

　　復　　河長因

曾承懇懇之意, 以艸投僕, 又何有乎?

　　稟　　趙崇壽

此物弊邦簡紙也. 以表寸, 愧愧.

　　復　　河長因

辱惠簡紙數葉, 唯恨以此簡紙, 無可候平安. 遺恨遺恨.

　　稟　　趙崇壽

二詩僅次以送, 爲僕傳.　　蘇岱菴, 岡元立之和也.

　　復　　河長因

謹諾謹諾.

　　稟　　河長因

痔久而爲漏者難治. 公有金方, 示之.

　　復　　趙崇壽

痔瘃無奇方, 有炙法及付藥之法, 別書呈之. 姑俟來日.

　　稟　　趙崇壽

日昨所命公服藥, 四物湯依本方, 合生脉散, 人參代沙參, 服百貼, 可以永瘥. 唯當愼臥起攝生. 實意慢呈, 幸容焉.

復　　河長因
至懇, 何日忘焉?

稟　　河長因
時疫之症, 疑似不爲少. 卽疑目袖來, 唯亦似不顧煩勞. 肰良緣千歲難
期, 冀書賜可否. 約十日, 而可來. 僕無　官暇, 從今難頻來, 遺恨遺恨.

復　　趙崇壽
從今以後, 難頻訪云, 可歎. 十日之約, 幸勿違也.

問條敢不仰副耶?

稟　　趙德祚
日昨惠投之書封, 復幸公來, 以自呈.

謹覆　河公案下
兩三蒙光顧, 聞所不聞, 萬里萍水, 此緣不偶. 日間興居佳適. 冠卷
之文, 重違盛意, 敢此搆呈愚陋之見. 豈有萬一之發揮? 只令佛頭鋪糞,
譜妄譜妄. 不日星離雨散. 未前答更接清範, 則何幸如之? 姑此不備.
　戊辰 六月 上澣 趙聖哉 松齋 拜

清心丸 二丸　　蘇合元 三錠
紫金丁 三錠　　玉樞 三圓

滄洲小言序

余少而業醫, 其用力, 亦已久矣. 凡世所傳藥餌, 鍼焫之書, 靡不畢究, 而顧其編帙, 汗漫難讀. 軒岐之書尙多, 和扁以下, 唐漢宋明之際, 以術名者, 指不可屈, 而俱有所論著, 紛紛藉藉. 同有舨趣, 比若滄海千重涯涘, 莫卜終南萬疊蹊徑易錯. 余常病衆言之難, 撮疑晦晹, 欲就當世有道之君子, 而稽疑質難, 聽其會要者久矣. 今者隨使槎, 至東武之越數日. 有世醫 河生春恒甫者, 踵門請見, 遂延而上之與之語. 其容端而雅, 其言正而詳, 不問其淵源也. 往返數四, 袖一書來示曰, 是吾先君子, 滄洲公所自著, 而先君子, 平生精力, 盡在此矣. 願得君一言弁卷, 以資不朽之傳, 則存沒俱有榮矣. 余乃受而讀之, 盖本之, 性命之正. 語約, 而旨遠究之理氣之源, 義奧而辯詳. 所論不越于四五條, 而千方萬法, 靡不貫徹. 所編不盈乎數十板, 而諸家衆說, 無所不圅. 其於補瀉虛實之劑, 增減升降[2]之法, 實有前人所未發之妙. 余乃俯而讀, 仰而歎曰, 是豈非向所謂有道君子? 余所欲就正, 而聽其會要者耶. 噫! 吾之來晚矣. 雖不及聽 公之論, 而其書存焉, 則向所疑晦者, 可得以證而正矣. 向所汗漫者, 可得以撮而會矣. 然則 子雖不言, 余不可以無一辭. 況子之言, 旣懇且切, 則余安得, 而終嘿嘿而已乎? 於是乎, 忘其拙, 而略爲之說. 若其言外之旨, 不傳之妙, 生必有得之 家庭訓誨之際, 而非余魯莽者, 所敢逆道云爾.

歲戊辰 流月 上澣 朝鮮國 醫官 趙德祚 松齋 謹序

筆語 趙德祚

先府君之著書, 氣味淸勝, 非所筆舌之及也. 序文公懇請之, 故不避

---

2 원문에는 '降'이지만, '降'의 오기(誤記)이므로 바로잡았음.

六月 十二日　　此日田伯求至賓館, 乃通書於趙崇壽.

　　呈 活庵趙君案下
昨握手草草, 遺恨如山. 今日令田伯求爲使价, 他事傳語. 松齋無恙.
爲僕致意. 膠淚數行艸艸不備
濃州白紙數葉, 照心一面. 雖物不足論表寸心, 唉而留.
六月 十二日 元東 河長因 拜

　　副呈從筆賦一絶
僊人天上去, 玉笛落梅芒, 明月三珠樹, 偏思八月槎.

　　奉復 日本國大醫河公案下
卽者雨中忽荷　貴門生適枉, 兼承　問書, 忻喜區區曷以形喩? 僕行
期隔霄, 事多擾惱, 愁悶悶. 更不得與公握別, 此心悵缺, 如何可言? 海
山一別, 音信永隔. 瞻望啼雲, 依依耿耿. 范將蕪詞, 以寓別懷.
惠來紙與鏡深感. 厚意如無以爲報也.
逢場草草又離筵, 異域論交亦可憐, 別意蒼茫雲帶樹, 歸愁寥落海連
天, 囊中參朮無神術, 世外烟霞有拙篇, 從此音容便長隔, 欲問消息更
誰傳.
東南氣候早, 六月芙蓉花, 歸路杳如夢, 秋風可返槎.
　　戊辰季夏 朝鮮國 活庵 趙崇壽.

滄州小言序
醫之道大矣. 將以司人命順物, 通于三才之理也. 是以古人云, 不作
相願爲醫, 豈非以所濟者博耶? 余嘗粗習此術. 然才短識淺, 不足以得

前人萬一, 蓋抱書迷方者矣. 今歲之東遊也. 非直爲萬里山海之觀而
已. 意以爲異方之君子, 必有神解玅悟者, 一質平生之疑, 則是余藝成
之日也. 然自馬州五千餘里, 未得其人焉. 私自以爲恨, 及至　東都,
得與　滄洲公, 遇聽其言, 而叩其術. 曩所謂神解玅悟者, 果在是歟已,
而又得其所爲　滄洲小言. 蓋辨古人已證之病, 命之劑矣. 以已意, 增
損得宜, 未發之秘, 援引有據, 不至於務新孟浪歸. 嗟呼! 苟非積有功
驗, 深於自得者, 其焉能與于期醫者意也? 余嘗病後之人, 固守死法, 不
識通變, 願迷甚, 卒不能以一辭闡發, 今於滄洲之書旣嘆, 而繼之以愧
也. 然古人積驗, 已試之方, 亦不可以惟意紛更. 是故欲免膠柱之譏, 而
終犯人費之誚者多矣. 可不戒乎? 然以　滄洲深見博識, 豈有是哉? 願
公益篤其術, 使其言可信於後, 則其於司人命順物性方, 可以無媿, 願
其所濟, 豈不博哉? 送余之歸也, 固請弁卷之辭, 以余同其術也, 遂爲之
說, 其亦忘也已.

　　朝鮮國 大醫 金德崙 探玄 拜

　　謹問日來雨中　動靜. 凡百益復佳安, 仰溯仰溯. 僕隨槎萬里, 來
棲孤館, 誰與語者? 幸蒙　足下之不棄, 累獲　顧問, 談論終日, 此喜
何極? 留館有日, 發程隔霄, 還切悲憐男子之別. 雖萬里, 或可有更逢
之道, 而此別, 則不然, 情魂亦難通矣. 豈不悲且怨哉? 只冀　供職多
福, 遐齡無恙而已. 拙詩數句, 仰呈萬望和次耳. 不宣.

　　戊辰 六月 十二日 趙德祚 松齋 拜

　　與君相對席, 無語口先香, 天地杯樽老, 襟懷去後長, 可憐窗前菊, 別
後對誰香, 東武方能會, 諸君岐業長.

　　松齋 謹稿

　　奉呈　正使<u>澹窩洪公</u>臺下啓

　　伏以八埏, 布和善隣, 長修同好之盟. 四海輯寧, 兩朝均, 蒙大平之化. 恭惟　正使<u>澹窩洪公</u>臺下, 上邦俊士,　天下僞才, 金相玉質, 尙餘秋月之明, 風儀音徽, 共如春雲之潤. _恒微命賤工, 眞無滌腸之功, 庸流末伎, 實非知物之手. 叨請登龍, 切願附驥, 式修尺素, 恭伸寸丹. 統願台覽. 不備.

　　延享　五年　戊辰　夏

　<u>日本</u>　醫官　<u>河春恒</u>　頓首再拜

　　奉呈　正使<u>澹窩洪公</u>臺下

　冠盖遙臨積水東, 仙槎萬里武溪通, 垂天鵬翼奮滄海, 映日龍旌拂碧空, 藝苑文章欽漢代, 箕邦禮樂仰商風, 極知能誦詩三百, 專對才名獨自雄.

　　奉呈　副使<u>竹裏南公</u>啓

　伏以乾坤一緯航轄, 忽通日出之邦. 風波萬里, 旌旗新入海頭之域. 江山有助, 跋涉是安. 恭惟副使<u>竹裏南公</u>臺下, 鸞鳳玉姿, 蕙蘭芳質, 英名出群. 夙擢執圭之使, 德業超衆, 遂負擁節之才. _恒叨仰光輝, 敬申愚衷, 臨啓, 不勝愧悚之至.

　　延享　五年　戊辰　夏

　<u>日本</u>　醫官　<u>河春恒</u>　子升　頓首拜

　　奉呈　副使<u>竹裏南公</u>案下

　霄漢星旋滄海邊, 翩翩征旆自<u>朝鮮</u>, 堰河遊矚廻波闊, <u>富嶽</u>題詩積雪懸, 雄劍寒光衡斗起, 凌雲奇氣傍天連, 喜因君有圖南翼, 六月扶搖見

俊賢.

　　奉呈　從事蘭谷曹公啓
　伏以彩鷁浮海上, 萬里之狂風, 不揚波. 華驄通原程, 九折之曲途未
必險. 大夫跋涉獻臣, 忠誠候人喜迎, 國士爭望. 恭惟　　從事蘭谷曹公
臺下, 學勤三餘, 功敷五典, 成績預紀于大常, 功名蜜垂于竹帛. 禮曰樂
云, 自習風于三代之際, 惟詩惟賦, 全取調于六朝之間. 恒杏林陋手, 樗
櫟散才, 蜩鷽微翼. 漫羨垂鵬之大翔, 駑蹇弱蹄, 常抱登龍之切思. 大川
能容何擇汚潦? 明月借光, 普照腐芥, 遂揮七寸之管, 式修半尺之牘.
伏乞盛亮, 不備.
　　延享　五年　戊辰　夏
　日本　　醫官　河春恒　子升　頓首拜

　　奉呈　從事蘭谷曹公臺下
　桑瀛東去大潮廻, 錦纜牙檣向日開, 馬島霞從龍旆起, 仙臺月傍鷁舟
催, 連城長抱卞和璧, 繡虎竝驚曹植才, 正識歌詩觀國俗, 唯今誰又數
州來.

　　　六月　十日, 憑上上官呈啓及詩, 以期歸迫, 故不贈復上上官. 亦以此言傳僕. 僕亦
強不求復.

朝鮮筆談 坤

問　　　日本 醫官 河長因

敢問. 正德中, 貴國之諸賢來聘焉. 濃州 大垣之醫有春圃者, 見奇斗文醫伯於濃州賓館, 因呈問目數條. 內及勞瘵·傳尸, 奇生答, 以中古多有 而今無有. 僕意去正德壬辰三十年于今矣, 病有變化, 藥亦萬變. 傳尸之症, 貴國今有耶? 猶無邪? 治法以何等事爲大法?

答　　　朝鮮 楊州 趙崇壽

勞瘵之疾, 弊邦鄕曲間, 或有之, 而大抵遘斯疾者, 未嘗問乎醫. 醫者亦厭避之, 故病者不得見治, 而醫者未能試治. 勢固然矣. 蓋染此疾者, 皆酒色過度, 心腎虧損之人, 自虛而損, 自損而勞, 勞而瘵, 久而成蟲, 極而死. 死而傳染, 曰傳尸, 曰飛尸, 曰遁尸者也. 同氣連枝, 以氣相染, 甚至於滅門者有之, 而傳染之理, 昧者惑焉. 夫孰知癘疫之氣大, 則偏行天下, 以氣相染也? 行乎天地, 則天下染之, 行乎室中, 則一家染之, 氣之相感, 無或怪矣. 若論治法, 則殺其蟲, 以絶其患而已. 丹溪·登父[1], 尙以爲難焉. 況不及於登父[2]·丹溪者乎?

1　원문에는 '夫'이지만, '父'의 오기(誤記)인 듯해 바로잡았음.
2　원문에는 '夫'이지만, '父'의 오기(誤記)인 듯해 바로잡았음.

問

又問. 有一疾, 其症, 面色青白, 而浮腫, 心下常痞, 爪色變. 飲食行
步如常, 步遠則呼吸短息. 田野卑賤者最多矣. 醫爲黃胖, 治以蕨粉爲
君, 加鐵粉·硫黃等藥, 多得效. 輕者七八日, 重者十餘日愈, 大便下黑
物爲證. 貴國有此疾否?

答

黃胖之疾, 岷廣所謂砂病, 秦氏所謂靑筋之類, 而實非黃胖也. 黃胖,
卽脾胃濕熱之所生, 脾胃濕熱之病, 飲食其能如常乎? 因其症而推詳,
則是肝肺相薄之候也. 心下痞者, 肝邪鬱也. 步遠喘息者, 肺氣逆也.
爪者肝之應, 而面色青白者, 肝肺之色. 飲食如常者, 病不在脾也. 治以
鐵粉之屬, 下黑物而愈者, 墜下其惡血頑涎, 而肺氣以之而順, 肝鬱以
之而伸, 病自解矣. 然非獨鐵粉之屬爲可, 一切重墜之藥, 皆可採用. 是
皆卑下嵐瘴之鄕, 觸冒不正之氣, 而先于於肺, 氣滯血壅, 肝氣鬱而痞,
前所謂肝肺相薄者, 此也. 弊邦海邑, 亦間有之, 依此治之, 而或有效.

問

我國, 湯液家之外, 有針醫者, 其法, 卽用素問所謂毫鍼者. 癲疝·癥
瘕·血積·頭痛·胸背·手足, 凡百病皆刺之, 爲運榮衛通經之事矣. 原
夫鍼法者, 出於靈樞·難經及甲乙經等, 諸家附註委詳矣. 然見今奏功
者, 壓磨堅積, 疏動痞塞之外, 至手足之疾及內傷·外濕等症, 則有試
其驗者, 最所罕見也, 異古經所說矣. 貴國此等症用鍼也? 否? 亦或尋
其堅積之所在, 而直刺之歟? 我國用鍼者, 腹部刺深一二寸, 用國尺. 手
足亦五六分. 考之古經, 則刺甚深矣. 王燾, 論鍼曰 不能活死人者, 一
偏之見虞摶之論當矣. 足下所慮與貴邦所行之鍼法, 詳示之幸甚.

答

古之明醫, 何嘗有藥醫·鍼醫之別哉? 近世以來, 才分漸下, 多不能專焉, 而術業之寢微, 更無餘地良可歎也. 善於湯液者, 豈不知鍼, 而昧於鍼者, 亦何由, 而知湯液之理也? 鍼之不及, 治之以藥, 藥之不及, 治之以鍼. 二者相須, 不可相離, 未嘗聞塞於此, 而通於彼者也. 且鍼之類非止一二, 而獨擧毫鍼何也? 抑有以偏利於東方, 而然耶? 四方之治, 雖各不同, 而只有微甚而已. 其可廢圓鍼歟? 人有强弱, 病有淺深, 穴有大小, 其能以尖細之鍼, 通而行之乎? 百病皆可刺之說, 當活看, 不可泥也. 素曰 無刺大勞人·大飢人·大汗人·大熱人. 靈曰 無刺形不足氣·不足新産下血. 於此, 可見其不敢用於內傷·虛損, 而只可宜於壅遏實症. 李氏所謂, 鍼雖有補瀉之法, 而瀉者, 固可迎而奪之, 補者, 未必按而留之, 此誠確論也. 譬如, 甘草註曰 解百藥毒云, 而服砒飲菌者, 亦可以甘草一味, 能解其毒乎? 積之用鍼, 惟肝積而已. 借金之氣, 制木之盛, 鬱積得開, 時暫見愈, 亦不永瘥, 小兒瘰塊, 多刺之者, 亦此意, 而至於一切積聚, 未聞有刺法也. 刺之淺深, 隨穴之淺深, 而間有權變者, 不過肥瘦之別, 而腹部之穴, 爲二寸, 深者方一二, 手足之穴, 爲二三分者, 居多.

貴國之刺腹部, 深一二寸, 刺手足者, 深五六分, 何其過也? 古經之外, 別有他可據之說乎? 貴國之人, 比古人, 反有加厚耶? 旣曰 考之內經, 則刺甚深矣, 而何强爲之也? 穴之遠近, 刺之淺深, 皆用同身寸, 而國尺之說, 又未可曉也. 王燾論鍼, 所謂不能活死人云者, 僕亦以爲過焉. 足下之敎, 誠是矣.

問

先所問鍼治之說, 有未盡其言者, 再述焉. 昔人, 熱入血室之症, 小柴

胡湯已遲, 則應刺期門, 此症, 則鍼治之尤者也. 又補三陰交, 瀉合谷, 則墜胎等說, 鍼術之卽功, 皆大書於經, 蓋謂鍼者, <u>越人</u>邈矣. 至宋元之間, 亦不乏其人, 足下所見如何?

答

熱入血室之症, 刺肝募期門者, 通其經, 瀉其熱, 助其藥勢, 非有深意也. 墜胎之法, 瀉三陰交, 補合谷之論, 於經無之. 自<u>徐文伯</u>始, <u>文伯</u>亦無註釋, 故後之人, 雖按而行之, 莫由知其意也. 僕有愚見可論, 而未知足下能頷可之否也. 夫胞胎繫於腎, 腎卽少陰也. 肝血養其胎, 肝卽厥陰也. 腹屬脾, 卽太陰也. 太陰爲三陰之主, 而養胎之本也. 是穴爲三陰交會之地, 故名曰 三陰交. 合谷, 卽大腸之原, 而大腸, 盤據乎臍下, 卽腎之前也. 胎雖繫於腎, 而其漸長也. 滿于腸, 侵于胃, 補合谷者, 引大腸之氣, 而擧之也, 瀉三陰交者, 推三陰之氣, 而降之也. 瀉少陰之氣, 搖其蒂, 瀉厥陰之氣, 破其血, 瀉大陰之氣, 撼其腹. 補大腸之氣, 擧而掀之. 搖之, 撼之, 破之, 掀之, 胎安得以不墜也哉? 然善鍼者, 卽有應焉, 又非庸工所可爲也. 鍼之道, 其大矣哉! 古人已難攀, 吾東有<u>許任</u>者善焉. 有<u>金</u>公<u>中白</u>者繼之, 今也則亡, 可悲也夫!

問

嘗聞治十婦人, 勿治一小兒, 蓋古諺也. 啞科之難, 自古然, 我邦, 亦小兒疳疾, 其症居多焉. 其治所行, 則連錢艸·仙人艸·合歡霜等單服, 乃以一二之殺蟲之藥, 出入增減爲之用. 又令鰻鱺魚食之, 甚者, 則以毫鍼, 刺腹部積塊所在, 以輪鬱滯, 及灸章門, 其艾大如大栂指, 多得效. 此類又有絶不治者, 經一二年, 而後斃矣. 請此症, 足下所秘金方示賜焉, 則幸甚. 夫醫以仁爲敎, 救民之一術, 亦非仁乎?

答

小兒之病, 誠難矣. 然審其所因, 察其顯症, 猶有可據, 而論治者, 不可全然委之於啞科也. 小兒之疾疳病居多者, 以其不節食飮故也. 肥甘過節, 則中滿而熱, 中滿而熱, 則氣壅血濁, 脾胃不運, 諸疳之疾生焉. 其治多端, 或消其積, 磨其塊, 淸其熱, 補其不足, 隨其虛實, 審其久新. 各有攸宜, 難以枚論, 而足下所諭, 數條小方, 其能盡治法乎? 竊見 貴國之人, 味尚甘, 食飮之外無非甘物, 小兒之一倍耽嗜想可知矣. 此所以疳病之最多者也. 疳字從病從甘, 其字義可知也. 以足下之高明, 必無不知之理, 何不今病疳之家, 禁其甘味也? 古語曰 醫者爲人之司命. 足下以司命之主, 處太醫院, 何不使國中小, 損甘味也? 昔越人過秦, 聞愛小兒, 爲小兒醫. 足下若悅而行之, 則是亦今世之越人, 必將擧一國, 而受祿, 足下之功, 豈淺淺也哉? 所教秘方, 僕以爲前人之書, 皆謂之秘方, 而獨恨無知識, 不能探其秘, 常以是爲病焉. 豈有他秘方, 可以奉副者哉?

問

氣口脈部位之說, 諸賢所論, 絲緖紛然不分, 皆不師古故也. 夫靈·素所說之診脈法多端, 而其一法, 乃五臟·五腑·三焦·包絡, 候之於手足十二經之動脈. 手足十二經, 以各屬于五臟·五腑·三焦·包絡故也. 至于難經, 肇以手足十二經, 約于手太陰肺之一經氣口. 氣口所以爲百脈朝會之地也. 氣口在于內經, 只有尺·寸之名, 未有關之名. 越人昉以氣口一部, 分作寸·關·尺三部, 左右合爲六部, 每部配二經, 而二六十二經, 皆配于氣口焉. 故一難曰 十二經皆有動脈, 獨取寸口, 以決五臟六腑死生吉凶之法, 何謂也? 以內經所未言之診法故也. 王叔和不知配經, 直配臟腑, 是洒諸家妄說, 所由起也. 難經曰 脈有三部, 部有四

經. 所謂脈有三部者, 謂分氣口一部, 以作寸·關·尺三部也. 部有四經
者, 謂一部各配臟與腑二經, 左右合有四經也. 後人不知配經, 反配無
經命門, 遺有經包絡. 或以三焦一經, 配左右六部, 其佗謬妄混淆不可
勝數焉. 凡欲取氣口, 以診五臟六腑者, 宜據難經, 叔和疑是. 不據難
經, 誤據于素問脈要精微論, 所謂尺內兩傍, 或尺外尺裏, 或尺之左右
上下, 皆是尺膚之診法, 而後人誤爲脈路之左右上下也. 左右上下內外
兩傍等字, 豈可施諸一線之脈路哉? 叔和之脈經, 千百年來以爲診脈之
軌範, 故後人不敢疑焉. 以訛傳訛愈久愈紊焉. 說其脈狀, 亦牽强附會,
不可勝論焉. 近世有駁叔和傷寒例之非者, 未有繩脈經之愆者, 皆不師
古之謬也. 愚見如此, 然疑惑有其中, 君以何說爲是哉? 幸正愚見, 冀
示教耳.

　答

　脈部位之說, 內經以來, 越人詳矣, 而叔和之論, 一據乎素·難, 其所
推衍, 未嘗有背經旨. 後人紛紛之論, 亦何足傷內經? 只有尺·寸之
名, 未有關之名, 越人分作寸·關·尺云者, 特未之思耳. 內經曰 三部
九候, 三部非尺·關·寸乎? 獨取寸口, 以決臟腑死生吉凶云者, 亦兼
關·尺而言也. 曰寸口, 曰脈口者, 亦一也. 難經曰 寸口脈, 中手長者,
足脛痛, 於此可見其摠該三部也. 足下言, 叔和不知配經, 直配臟腑, 經
與臟腑, 其異乎? 配臟腑, 卽配經也, 何謂叔和不知也? 命門卽包絡也,
配命門, 卽所以配胞絡也. 其曰 遺有經包絡, 反配無經命門云者, 殆試
我也. 三焦一經, 配左右六脈之說, 抑有何可據? 僕未嘗聞其說, 不能以
仰答也. 素問, 所謂尺內兩傍上下, 卽尺診之法, 而足下言, 後人誤爲脈
路之左右上下也. 又曰 左右上下, 豈可施諸一線之脈路哉? 若如是, 則
大悖經旨, 僕不容不辯之也. 夫尺脈, 內以候腎, 外以候腎外, 以候外腎,

上以候腹, 下以候足, 此非脈路, 而何尺寸之內, 不審脈路? 將何所據
乎? 經曰 上竟上者, 胸喉中事, 下竟下者, 腰·足中事, 上竟上者, 脈路
之溢, 於魚際者, 下竟下者, 脈路之覆, 於尺澤者, 此非脈路而何? 又曰
橫於內者, 心腹積也, 縱於外者, 足有痺也, 其縱與橫, 非脈路乎? 經又
有尺膚熱·尺膚寒診法, 足下或錯認之歟. 脈雖一線之微, 方其大實也.
滿于指, 衝于肥, 强如鐵索, 方其沈細也. 潛于裡, 伏于骨, 弱如蛛絲,
然在善, 診者, 亦足以別焉. 至於庸工, 雖大如枚指, 動如牽索, 將何以
得其彷彿也? 駁叔和傷寒例之非者, 不知是何人, 如其駁之, 則必有正
論之, 可以爲證者, 可得以一覽歟. 僕之愚鹵, 豈有正見? 然非

素·難, 無以尋其源, 非叔和. 無以廣其意, 足下之意以爲如何?

問

素問·靈樞, 謂之內經, 黃帝與六臣, 平素問答之書也. 幸秦不燒之,
而傳後世, 醫大經宗法也. 靈樞之名, 起唐王氷. 漢志云, 內經十八卷,
漢張仲景, 分內經十八卷, 以九卷名素問, 九卷無名目也. 以九卷爲名
目[3], 至唐王氷, 有靈樞之名也, 而失素問第七於戰國之時, 甲乙經·隋
志, 皆載亡失之言也. 全元起初註素問, 而無第七卷, 王氷詐言, 得素問
第七亡失之卷, 而便於賣自己邪說. 物有可疑者, 有不可疑者也. 晉甘
露, 至唐寶應, 其間相去, 六百有餘歲, 無有得亡失之卷, 王氷特得之,
可疑甚也. 非疑得之, 疑於異聖經, 卽假陰陽大論之文, 妄補七篇也. 凡
物虛, 則邪乘焉, 若無素問之亡失, 則不能爲運氣之邪說也. 經本無五
運六氣之言, 其言始見天元紀[4]論, 而終至眞要論. 經說四時五行, 以及

---

3 원문에는 '耳'이지만, '目'의 오기(誤記)인 듯해 바로잡았음.
4 원문에는 '氣'이지만, '紀'의 오기(誤記)인 듯해 바로잡았음.

人, 殊無五運六氣之說也. 經以心爲君主, 肺爲相傅, 殊無君·相二火
之說也. <u>越人</u>難經, <u>仲景</u>傷寒論·金匱要畧, <u>叔和</u>脈經, <u>皇甫謐</u>甲乙經
等書, 悉發經義之書也, 竝無五運之說也. <u>張介賓</u>善醫者也. 然旨於五
運之妄說, 可嘆之甚也. 夫經者語常, 而使人知變之書也. 與五運氣之
迂遠妄說, 豈可同日而論焉? 此乃以冠比履, 將絲厠麻, 方柄圓鑿, 其可
入乎? 或曰 內經出於<u>漢</u>儒之手, 假令成於後世, 論陰陽變化經絡臟腑,
非尋常之言, 蓋其人, 則後之爲<u>黃帝</u>者也. 故醫之大經宗法也. 論陰陽
變化經絡臟腑, 非尋常之言, 句句字字小大, 悉聖人之言也. 物疑則疑,
不疑則無疑也, 有可疑者, 有不可疑者. 內經古書也, 衍文錯簡甚多, 有
可解者, 有不可解者, 不可解者, 不可强解. 此讀古書之大法也. 成醫內
經, 而廢經, 譬之蠹生於木, 還食木, 非其義也. 夫素問·靈樞語常, 而
使人知變之書也. 愚見如此, 五運六氣之說, 甚有害於治. 貴國有斥五
運六氣之說者乎? 君用此說乎? 欲得示教耳.

　答

　先儒論素問, 出於戰國時, 非古經也. 後之人, 何由知其不然也? 然
求醫家之準的, 則舍素問, 而不可, 非素問, 吾何所適從乎? 第七亡失之
論, <u>王氷</u>妄補之說, 無可稽考已. 是陳言不必强辯, 而至於運氣之說, 雖
是<u>王氷</u>自撰之辭, 固可法, 而不可忽也. 元紀[5]論等篇, 有運氣加臨盛衰
之說, 則辭雖畧, 而理實備, 豈可謂之不論於運氣耶? 譬諸易, 上古只有
河洛之數, 而其後<u>文王</u>演八卦, <u>周公</u>述象象, <u>孔子</u>作十翼, 然後後之人,
得以談論, 而如非上智之才, 又不能究竟焉. 運氣之於易也, 名雖別, 而
理則一也. 陰陽而生五運, 五運而化六氣, 運氣, 卽天地間流行之氣也.

---

5 원문에는 '氣'이지만, '紀'의 오기(誤記)인 듯해 바로잡았음.

人肯天地, 捨運氣, 其將何求哉? 仲景之論傷寒, 士安之撰甲乙, 亦未嘗
不本於運氣, 何必曰, 加臨司天在泉, 然後始謂之運氣也? 王氷之後, 無
擇安道·東垣·守眞, 諸子推, 而衍之傳之, 至今, 而蘊典之意, 人多不
曉, 是以謗者, 起斥者, 衆咸以爲非所可法, 此皆誣聖經, 毁先賢之甚者
也. 五運六氣, 有主有客, 主運·主氣, 言其常也, 客運·客氣, 語其變
也, 及其變也, 時行疫癘等病生焉. 時行疫癘, 非運氣, 所生病, 而何丹
溪論疫癘, 曰當推運氣, 而治之? 丹溪豈誣我者也? 張介賓, 吾不知其
何如人也. 僕亦嘗涉獵其書, 而自夫介賓補陽之說盛行, 陰虛者多不保
焉. 僕深以爲憂, 而力綿言淺, 不能救其弊, 尙以爲恨也. 陽有餘陰不
足, 非丹溪之創言, 卽內經之說也. 介賓背之, 陰陽之補瀉已, 大謬矣.
是僕所以不取於介賓者也. 足下乃反引, 而爲證耶? 肺爲相傅, 非相傳
也. 肺臟居上, 受飮食, 而傳之於胃, 胃之精氣, 上湊於肺, 肺復傳布於
諸臟. 故曰相傅, 傅字乃傳字之誤也. 內經出於漢儒之說, 誠妄也. 越
人之難經, 本內經, 而演述, 越人以前之書, 豈可謂之出於漢代也? 內經
之衍文·錯簡處, 固不可强, 而解之也. 近世斥運氣者, 是不明運氣者
之說也. 足下無爲所惑也.

　問
　敢問. 內經所謂中風, 與後世所謂中風, 不同矣. 後世中風係內傷,
而內經中風係外感焉. 仲景傷寒論, 所謂中風者, 亦難經傷寒, 有五之
一症, 而外感之疾也. 要畧所謂中風, 雖似後世中風, 亦以外邪論之, 則
非內傷也明矣. 迨至巢氏病源候論, 孫氏千金方, 正所云者, 乃後世中
風也. 於是乎後人, 遂立眞中風·類中風之名, 而以尸厥·食厥·痰厥,
或中暑·中寒等, 凡至昏憒·卒倒者, 摠名曰類中風, 而以類中風別後
世中風焉. 殊不知后世中風亦是類中風也. 凡昏憒·卒倒, 不省人事者,

不問其所因, 皆經所云, 厥症也. 與風不相涉矣. 如後世中風者, 劉河澗曰 將息失宜, 而心火暴甚, 腎水虛衰, 不能制之, 則陰虛陽實, 而熱氣怫鬱, 心神昏冒, 而卒倒也, 其言實是也. 李東垣, 亦曰 中風非外來風邪, 乃本氣自病也. 凡人年逾四旬, 氣衰之際, 或憂喜忿怒傷其氣, 多有此疾. 壯歲之時, 無有焉, 若肥盛者, 則間有之, 亦是形盛氣衰, 而有此耳, 其言得之矣. 是河澗所未言及者盡焉. 然而二氏論中腑·中臟·六經之見症者, 非也. 中腑·中臟·六經見症者, 外邪, 而非後世中風矣. 朱丹溪曰 西北二方, 有眞爲風所中者, 但極少耳, 東南之人多, 是濕生痰, 痰生熱, 熱生風也, 其言亦猶不分症焉. 西北二方, 爲風所中者, 經所謂眞中風, 而非類中風矣. 又濕生痰, 痰生熱, 熱生風者, 是經云 子能令母實之謂也. 然而痰之動因火之熾也, 非痰生熱矣. 凡三氏所說, 皆知后世中風非外

來中風邪, 而及其治法, 則於本門首, 先列續命湯·防風通聖散·三化湯等, 何也? 如羌活·防風, 少佐之, 而流通經脈, 疏散肝邪, 可也, 麻黃·大黃, 豈可施諸內傷? 卒倒·痰喘壅盛者, 宜以人參·竹瀝·姜汁等開焉. 待稍甦而後, 或參·耆以補氣, 或歸·地以補陰, 退風火焉, 是其法也. 近世命門補火之說, 荐行, 而見桂·附, 猶茶飯, 見芩·連, 猶蛇蝎, 中風·卒倒, 則必用參附湯, 人參猶不可闕焉, 如附子不可無取舍焉, 腎陰虛衰, 心火暴甚者, 非所宜矣. 凡中風論症, 使設治法, 混雜不明, 皆是由眞風類風, 不別病門矣. 豈不可不愼哉? 愚見如是, 貴國亦類風者居多, 而眞中風者爲少, 否治療, 大方如是乎? 冀聞明教.

　答

中風, 所謂眞中·類中之辨, 虞搏之論詳矣. 僕以虞說爲是, 雖欲更陳無以加矣. 東垣之因氣虛中風, 河澗之因火盛中風, 丹溪之因濕壅中風,

皆各言其所因而已. 豈可曰, 三子者, 止知因氣因火因濕, 而不知外中
也哉? 因氣虛中風者, 徒知祛風, 而不知補氣, 則風不自退. 因火盛中風
者, 徒知驅風, 而不知瀉火, 則病何由安? 是以病有標本, 治有先後. 若
絶無因火因濕內傷等症, 而外中於風, 而有六經傳變中臟中腑之別者,
又何待於三子之說哉? 但風傷人, 必乘其虛, 故彼三子之論著矣. 醫者
但當氣虛, 而中風也, 則可從東垣之論, 而河澗・丹溪, 吾不知矣. 火盛
而中風也, 則可從河澗之論, 而丹溪・東垣, 吾不知矣. 無內傷等症, 而
但外中於風也, 則東垣・丹溪・河澗, 吾皆不知, 而一從乎外治. 又何必
拘泥, 而不容活法也哉? 其曰 食厥・痰厥・中暑・中寒等症, 又非類中
之可論, 足下言與風, 不相干者, 誠是也. 近世張景岳, 非風之說, 僕以
爲是誑世之論也. 因內傷而中風者, 是內傷, 中風無內傷, 而中風者是
但中外邪. 彼食厥・痰厥・中暑・中寒, 因濕因火, 而絶無風邪者, 便是
各自爲他病, 亦何論於中風耶? 景岳未出之, 前人皆不知非風, 而混而
無別耶? 是未可知也. 三子之論治法, 首先列續命等湯者, 有何疑乎?
因火因氣因濕者, 言其因也, 不廢續命者, 論其風治也, 雖各明其所

　因, 而不廢外中之意, 尤可見矣. 附・桂補火之說, 自景岳以後, 大行
于世, 惑之甚者, 不論其虛實寒熱, 先主桂・附, 排成藥方, 春夏秋冬戊
年午年, 無藥不入, 無日不服, 橫夭者相續, 而莫之攷省, 良可悲. 夫僕
雖愚昧, 無所見聞, 試爲足下言之. 彼景岳補陽之說, 主於陽生陰殺, 天
行健, 地不墜之義, 而獨昧於陽有餘, 陰不足, 陰精所奉壽, 陽精下降,
天之理也. 易曰 乾實坤虛, 地之外面, 雖似堅實, 而天之氣, 流行於地
之中, 雖金石, 亦能透過, 其乾實之象, 可知也. 陰精所奉, 卽高之地也,
高之地, 卽西北方也, 西北方, 卽陰也. 以不足之陰, 處於陰, 而補之與
陽平, 得其壽焉. 譬於魚在水中, 無一息之靜, 其動卽陽之氣也. 然無
水, 則不能動者, 乾健之用, 無所依附故也. 譬於草木, 雨水時, 降濕潤

根核, 然後鼓陽氣, 而生發. 若久早天熱, 水液乾涸, 雖有陽升之氣, 而
其不焦燥者, 鮮矣. 陽生之說, 其可獨行乎? 惟人之生也, 非草木蟲魚
之可比. 色慾耗其精, 思慮焦其心, 先天之氣未虧, 而後天之氣先竭, 當
此之時, 補其陽, 而愈竭其陰可乎? 抑將補其陰, 而使無偏傾之患可乎?
經曰 天食人以五氣, 地食人以五味. 水卽陰也, 補陰之物也. 假使無病
陽實之人, 絶水數日, 則其可以陽實, 而能全乎? 否乎? 是故陰氣實, 陽
亦實, 獨陽不生, 孤陰不長, 豈可重補其陽, 而重虛其陰乎? 僕之所以未
解者此也. 卒倒用參·附者, 爲氣虛者設, 腎病用附子者, 爲下寒者設,
於風於火, 固不足論也. 蓋中風爲病, 外中者甚小, 皆因內傷, 而襲之,
經所謂, 邪乘其虛者, 是也. 貴國與弊邦, 何有間焉?

問

我國大人·小兒·老弱相通, 而平生無病之日, 春分秋節, 寒暑之交,
必灸焉膏肓·鬲兪·脾兪·膽兪, 小兒則身柱·天樞, 二七壯以. 是爲養
生之一大法矣. 小兒最虛弱, 則恐疳疾, 不待期, 而常灸焉. 雖然無病之
日, 預爲此培養, 惟國俗所爲, 未聞本於何書以. 僕觀之, 小兒痛叫至極,
却使爲之動心, 發驚乎? 僕於此一法, 未知孰是. 宜借先生之見決焉, 伏
請示敎.

答

灸背之法, 未知何人所授, 而行之至今耶? 使無故之人, 公然灼其背,
其行之者甚, 無謂其當之者, 寧不若乎? 古人曰 飮食猶敎化, 藥石猶刑
罰, 鍼藥之不可妄用於無病, 亦猶刑[6]罰之不可妄施於無罰者也. 虞氏

---

6 원문에는 '形'이지만, '刑'의 오기(誤記)인 듯해 바로잡았음.

曰 無病服藥, 壁裡添柱, 經曰 藥不具五味四氣, 久服之, 必有偏傾之
患, 服藥尙然, 況鍼灸乎? 有是病, 灸是穴, 可乎? 無是病, 灸是穴, 可
乎? 背爲五臟所系關係甚重, 豈可妄灸乎? 陽虛之人猶, 或可矣. 陰虛
血燥者, 寧免枯涸之患也. 況小兒純陽之氣, 助之以火, 非徒無益, 諸熱
之病, 從無而生焉, 可不愼歟? 僕於路上, 見裸體者, 灸痕遍背, 無一完
膚, 心頗異之矣. 今聞足下之言, 果是.

　貴國養生 第一之法也. 陽虛下寒者, 煉其臍, 固其蒂, 而若陰虧火燥
者, 反害其生, 臂痿脚痺者, 通其關, 導其滯, 而如血液裏乏者, 反致攣
躄, 而況不問虛實, 不審可否, 見人必灸. 灸必遍背, 傳於一鄕, 擧國從
之, 矇然瞶然視, 若常規, 令人聽此, 不勝哀憫. 望足下無爲習俗所染,
快祛無稽之謬方. 豈惟足下之一身而已哉?　貴國生靈, 遍受其賜, 惟足
下念之也.

　問

　方書所論之時疫, 與後世之時疫異也. 今稱時疫者, 非疫矣. 疫者,
山嵐之瘴氣, 水土之穢氣, 人感之病, 其氣必行春夏之間矣, 相傳染, 而
動至亡門焉. 今稱時疫者, 不然也. 無相傳染者, 其病不必春夏之間, 雖
秋冬, 亦病焉. 由是觀之, 非疫也明矣. 雖然僕寡陋, 不能敢更正其名,
故依俗仍, 稱時疫時, 疫與傷寒, 相類矣. 然而類中類不類者, 傷寒者,
風寒循毫毛, 而入於營衛, 營衛受邪, 故惡寒, 營衛爲風寒, 所閉塞, 而
表陽鬱, 而作熱, 故發熱也. 麻黃·桂枝之二湯, 疏表和表, 而邪與汗俱
出, 而愈矣. 若時疫者, 發汗所大禁也. 若誤汗, 則亡津液, 病勢益盛,
此症多無惡寒也. 所以不關于營衛也矣. 又與溫病相類矣. 然而類中類
不類者, 夫溫病者, 金匱眞言論, 所謂冬不藏精, 春病溫, 是也. 冬不藏
精者, 眞陰先虧, 陽獨用事, 遂成陰虛火旺之軀. 陰陽應象論·生氣通

天論, 亦云 冬傷于寒, 春必溫病, 是則冬時寒冷[7], 傷人之表氣, 則三焦
鬱火, 不能發越, 而鬱火生熱. 熱旺則陰衰, 此亦成陰虛火旺之軀. 雖然
未發病者, 冬時寒水之冷[8]助之也. 至于春冷[9]陽發之時, 則陽熱從裡出
表, 遂作春溫之病. 仲景曰 大陽病, 發熱而渴, 不惡寒者爲溫病是也.
熱盛而爲傳經, 乃言之. 熱病, 素問熱病論曰 人之傷於寒也, 則爲病熱,
熱雖甚不死矣. 若時疫有熱甚, 而不死者乎哉? 時疫無有傳經矣. 凡熱
病之治法, 內經有刺法尤詳也, 如刺熱篇是也. 其中有一條治法云 治
諸熱, 以飮之寒水, 乃刺. 必寒衣之, 居止寒處, 身寒而止矣. 時疫用此
法, 可愈否哉? 抑所以時疫·熱病相似者, 熱之所由生同, 而病之所由
發不同也. 時疫·溫病之熱, 同生於三焦鬱火也. 然而時疫因外邪之襲,
而病發, 溫病因春陽發動, 而病自發. 故溫病不挾[10]外邪, 時疫挾[11]外邪,
是所以爲其異也.

時疫與感胃, 同一源, 唯有輕重之分耳. 輕則爲感胃, 重則爲時疫也.
時疫之邪, 中于上焦, 又及中下二焦, 大熱一身爲火獄也. 醫誤用苦寒
之藥, 斃者多矣. 苦寒之藥, 非所能治焉, 返遏炎火之勢, 苦辛散之藥,
助其熱燥, 所以難治也. 僕先人用六味地黃湯加童便, 而治者甚多.

此病, 夏月與冬月, 有相異者, 夏月伏陰, 在內上焦, 外入之陰邪下奔,
則三焦之火成邪, 遂作上寒下熱之証也. 仲景辨脈法, 所謂清邪中於上
焦, 名曰潔之証也, 乃所以伏陰在內也. 冬月伏陽, 在內上焦, 外入之陰

7 원문에는 '令'이지만, '冷'의 오기(誤記)인 듯해 바로잡았음.
8 원문에는 '令'이지만, '冷'의 오기(誤記)인 듯해 바로잡았음.
9 원문에는 '令'이지만, '冷'의 오기(誤記)인 듯해 바로잡았음.
10 원문에는 '狹'이지만, '挾'의 오기(誤記)인 듯해 바로잡았음.
11 원문에는 '狹'이지만, '挾'의 오기(誤記)인 듯해 바로잡았음.

邪下奔, 則三焦之火, 逆於中焦, 燥熱·薰蒸於胸膈, 而外入之陰邪爲鬱火, 所化遂作烏有? 所以伏陽在內也. 故口乾舌焦, 津液枯[12]涸, 全成大熱症, 治法宜苦寒和解也. 醫誤用溫散溫補, 爲害多矣. 不論夏月冬月得病, 一二日有下痢者, 陰邪下奔, 而出於下竅也, 誤爲陰症, 斃者甚多矣. 冬月或有見傷寒三陰之寒証者, 冬月冷[13]氣之寒勝, 而下焦之陽負, 是猶傷寒論中, 扶陽負於少陰之類也. 冷[14]氣之寒盛, 而直入腸胃, 腎間之陽, 不能拒之, 故見溏泄, 或手足指頭微冷等証, 治法用薑·桂·附子治之者多. 或外寒入裏, 而腎間之陽, 無所容, 而上乘于心包絡, 口舌乾燥, 心昏妄語, 雖似陽証, 非如陽明·胃實譫語者, 僕先人治其証. 一鄉戶戶, 皆同病焉. 僕亦相共診治之, 醫以爲陽症, 施治盡死. 僕先人爲三陰·溏泄之証, 以四逆湯·附子理中湯, 得悉愈矣. 其口舌乾燥等, 陰盛隔陽之証也, 此証所希有, 冬月寒熱, 疑似之間, 須以脈別陰陽. 陽症得病之初, 右尺脈有力, 陰症脈雖數, 右尺無力, 可以爲明徵矣.

時疫諸証大槪

初症必發熱·頭痛, 似大陽病, 而無惡寒也. 反有便赤口渴等裏証, 假令有微惡寒, 亦肺畏外入之寒, 故然矣. 其惡寒, 不過一二時, 乃止矣. 所以邪不在于營衛, 在于胸膈也.

初得病時, 診脈有手搐者, 所以三焦之火盛, 扇肝風. 得病二三日, 有舌上白胎滑者, 非胃熱, 仲景 辯脈法曰 舌上白胎滑者, 胸中有寒, 丹田有熱, 是也. 口燥·身熱, 大便不通, 似陽明病, 非陽明, 故無邪入腑之証, 其渴亦喜混湯, 不喜冷飮, 所以膈上有寒也. 其不更衣, 爲譫語, 所

---

12 원문에는 '沽'이지만, '枯'의 오기(誤記)인 듯해 바로잡았음.
13 원문에는 '令'이지만, '冷'의 오기(誤記)인 듯해 바로잡았음.
14 원문에는 '令'이지만, '冷'의 오기(誤記)인 듯해 바로잡았음.

以津液枯竭, 大腸之燥也. 故雖十數日不便, 亦無所若也.

耳聾一証, 似少陽病, 而無寒熱往來, 所以非表入之寒也, 經脈篇曰三焦之動耳聾, 渾渾焞焞[15], 嗌腫喉痺, 是也. 況三焦·腎·肝之火, 逆上盛乎? 蜷臥之一証, 傷寒家爲少陰·臟[16]寒之証也. 時疫入於鼻之邪, 注于腦下, 奔襲腎, 以腦通腎也. 凡蜷臥, 在於傷寒家爲凶候, 時疫亦然矣.

齒齦津血, 凝結如漆者, 陽明經血, 爲燥熱, 所煎熬成瘀也, 宜涼血·生津之藥.

日久而下瘀血, 如豚肝者, 不治.

小便閉者, 因腎陰已亡也, 多不治.

右件之一証, 我 國甚多, 而能治者, 亦甚少矣. 僕不顧不才, 呈愚見, 伏冀高教. 唯亦雖似不顧萬緒之賢勞, 實以良綠難常也. 先生明諒之賜, 金匱之救方, 多幸何比.

答

古之病與今之病, 何異也? 時疫者, 四時運氣變遷, 不正之氣所感也. 瘴氣者, 一方之氣所觸, 無所傳染. 水土之疾, 專主脾胃, 不可論於時疫等病也. 運氣加臨變遷, 而爲時疫, 則四時同然, 其不傳染者, 非時氣也, 不過感胃之重者.

刺熱之法, 在善鍼者, 論不善者, 徒損眞氣, 熱病轉, 加至於疫癘, 尤難試之也.

時疫與感胃不同, 時疫, 是運氣變遷, 不正之氣所觸也, 感胃, 是四時風寒·暑濕, 正氣之所傷也. 不可混而論之也.

---

15 원문에는 '渟渟'이지만, '焞焞'의 오기(誤記)인 듯해 바로잡았음.
16 원문에는 '藏'이지만, '臟'의 오기(誤記)인 듯해 바로잡았음.

大熱之症, 用苦寒藥, 正是對待之治, 何爲不可? 然熱盛, 而眞氣弱者, 苦寒與熱邪相爭, 勝負未判之際, 元氣不能抵當, 因而自盡, 實非苦寒之藥, 不宜於熱病而然也. 是以大熱之病, 反取以凉藥者, 其意可知. 經曰 眞氣實者, 易於用藥, 誠哉是言也!

六味湯加童便治者甚善. 然淸熱·凉血之藥, 惟或可矣, 而至於熟芐·山藥之屬, 泥滯膈·胃, 卒難益水, 而制熱, 雖有童便之淸降, 終難試之於熱病也.

冬月夏月之論, 大不然矣. 霧露之中上焦者, 其病也淺, 人虛而中下焦者, 其病也深. 只以人之虛實, 病之輕重, 而有上下之別, 又不可同論於時疫中也. 伏陰伏陽之說, 尤不可論也. 其症有鬱, 而成熱者, 有虛而直中者, 與傷寒直中相似, 溫熱之劑何可關乎? 熱極而成下痢者,固不可用熱藥. 若中寒·脾腎虛, 而下痢白, 小便淸, 臍下冷, 脈沈微者, 不用溫熱藥而何?

以脈, 辨陰陽症, 不但以尺脈爲驗也.

初發惡寒者, 或挾外邪也.

以營衛·胸膈分表裏, 則營衛爲表, 胸膈爲裏, 舌上白胎滑者, 有二焉. 邪未入裏, 而白者易治, 陰陽反隔症白胎滑而下痢頻不

能食心下痞者此正仲景所謂不治者也

喜混湯, 不喜冷者, 熱未實也, 症尙在表, 膈上有寒云者, 言其在表, 表尙未解也.

時疫及熱病, 熱入腑者, 亦多有之, 又何必傷寒之熱, 獨入於陽明, 而時熱夏熱之熱, 豈不犯陽明乎?

蹶臥固爲凶症, 而伸臥亦忌之.

小便閉, 有易難之別, 熱爍水竭者難也, 熱蓄於下, 而腎未傷者易耳.

時疫之治, 多誤者, 以其不究, 運氣之變遷加臨盛裏故也. 若難憑於

運氣, 則虞愽正傳之論, 斯可矣. 七八日熱重, 舌黃者, 牛黃一二分, 月經水磨, 服一二次, 最易得汚而解.

八九日熱甚重, 舌黑者, 甚危, 人糞和眞黃土作泥, 灸於火上, 乾葛·蘇葉煎湯浸之, 取其淸汁, 頓一二盞壯實者, 或三四盞, 自然淂汚而解. 虛弱人, 卒難用人糞, 凉膈散合盆元散, 磨牛黃膏二三丸, 服二三貼, 最好.

老人, 亦難用凉膈之屬, 丹溪方中, 人中黃丸童便磨, 服三十丸五十丸, 三五次, 爲好.

此數方於古方, 所無不可忽也, 而其餘隨症, 變通虛實補瀉, 難以言傳可歎.

治漏痔方　雲母散　露蜂房灸蜜 五錢, 穿山甲炒焦 三錢, 龍骨 一錢, 人牙 一錢 或五分, 雲母 一錢, 輕粉 五分, 麝香 三分, 乳香 五分, 蟾酥二分, 枯白礬 五分, 虫蛆灸乾 三分. 同爲細末, 每將少許[17], 納于瘡口, 一日一夜再換, 洗以五枝湯. 內服藥, 則用盆元湯, 黃芪鹽水炒 一錢, 當歸酒洗 一錢, 白芍藥 一錢, 人參 一錢, 或代沙參, 然用人參爲可. 槐角 一錢, 川芎炒去油 一錢, 枳殼去瓤[18] 七分, 甘草節 五分. 作一貼, 水二大盞煎半, 空心服三五十貼.

再問　　筆語

承高敎, 昔日之惑, 一旦氷解, 敢再問, 其難會得. 公疑僕擧毫鍼而已, 此是我　東方之醫, 用毫鍼, 多奏效也, 非限毫鍼. 小大各有異, 醫因所好, 而用之, 雖間有用三稜鍼者, 甚少矣. 是公所謂有利於東方者也. 來

---

17 원문에는 '計'이지만, '許'의 오기(誤記)인 듯해 바로잡았음.
18 원문에는 '穰'이지만, '瓤'의 오기(誤記)인 듯해 바로잡았음.

諭曰 肝積, 則借金之氣, 制木之盛, 僕竊爲足下不取. 夫以鍼開積鬱者,
全據于經絡‧兪穴, 豈有借鍼之金氣, 而制肝木之義哉? 五行生剋之理,
固有焉是, 則不關. 又謂國尺者, 鍼之長短也, 兪穴遠近, 則用同身寸,
固然矣.

　公論肺, 而非相傳, 此說固有焉? 僕不取. 夫心肺者, 位於膈上, 心者
君也, 肺者相也, 猶幸相相傳然也. 故主行營衛, 所以謂治節出也. 經曰
食氣入胃, 濁氣歸心, 淫精於脈, 飮入胃, 遊溢精氣, 上輸於脾, 脾氣散
精, 上歸於肺, 通調水道, 下輸膀胱, 水精四布五經竝行, 未聞飮食不入
胃之前, 肺先受之, 傅傳之義, 再請高諭耳.

　答

　積之用鍼, 僕豈不知也? 嘗見以鍼治積者, 未易見效, 徒損眞氣而已.
是以肝積之外, 皆不可用也, 以鍼開積鬱之論, 因是也, 刺積塊者, 無其
說也. 僕是以, 言其不可也.

　再答　　　河長因
　再得高諭解惑.

　答　　　趙崇壽
　飮食之初入也, 其不由過于肺乎? 飮食之精液, 自崇胃, 復上湊於肺,
自肺復傳布於諸臟, 故曰 相傳也. 以治節二字解之, 以相傳, 則不可. 相
者, 奉今而行者也, 治節之令相, 何以主之也? 素問註, 論議多端, 或曰
相傳, 或曰 相傳, 至今紛紛者, 此也. 相傳者, 輔佐君主之謂也, 金肺何
得以輔佐君主耶? 火見金, 則起而克之, 反損其氣, 豈有輔相之意哉?

再答　　　河長因

高諭謹悉. 若公之言, 則所謂, 治節出者, 因何乎? 肺金出治節之說,
請示敎.

答　　　趙崇壽

治節者, 言分布諸氣之謂也.

稟　　　河長因

一得明敎, 疑惑氷解. 然人心如面, 各有所趣也. 若運氣之說, 僕未伏
有一議論存焉. 然行期迫, 不忍煩勞. 假令萬復千答, 亦有益耶? 實堅
白異同, 何有爭心乎哉?

復　　　趙崇壽

論之, 則江海不盡筆之, 則九岳不高也於其治療. 萬緒在意中, 而含
蓄焉, 雖諸先輩, 亦何異乎? 論與治各有所趣, 而不可槪論. 公明諒, 曷
不圖焉乎?

朝鮮人筆談
朝鮮筆談

朝鮮人筆談
朝鮮筆談

여기서부터 영인본을 인쇄한 부분입니다. 이 부분부터 보시기 바랍니다.

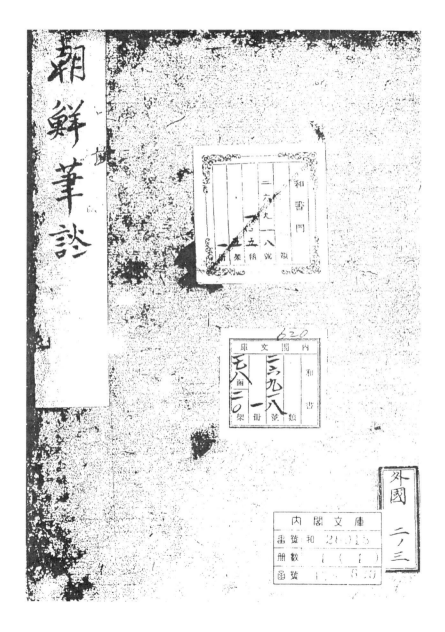

延享戊辰夏朝鮮來聘予票　官到其客館會
學士書記醫官等數人問彼中物産然識之者
少而得益不多矣唯請良醫見其所賣藥材以
博覽而已

書曰

五月廿八日往淺艸木願寺先因對州家臣
以通剌其書記蘭菴者引至予堂為設座待
之久矣時有韓人來予前者乃出懷中名剌
際之

　　　　　　　　　　　　　　　　元丈

問　公姓名字號

答曰

僕姓黃字正叔別號蒼崖

　　　　　　　　　　　　　　　　蒼崖

3

問

官職如何　　　　　　　　元丈

答　　　　　　　　　　　蒼崖

職主簿今來乞往次上判事
蒼崖頗通和語為口話少
時又有一韓人來在傍

問　　　　　　　　　　元丈

公姓字官職如何

答　　　　　　　　　完齋

僕姓趙號完齋曾經防禦使乃二品職也祢見

異邦之客接待之禮自別不道　貴姓號先問

4

客姓亦恐非禮未知　尊意如何

答　　　　　　　　　元丈

示意詳悉　両邦之禮本自別矣座立殊敬衣
冠異制令如僕筆露頂對客風俗而然請勿咎
焉而坐上先已睹名刺故問　貴緒耳

答　　　　　　　　　完齋

所示　貴刺帖非為僕筆所書置故偶及妖語
何相笔邪幸勿介念也　僉尊未知以何事欲
請見誰人而書　名刺耶

答　　　　　　　　　元丈

僕醫官也而学本草故持來艸木枝葉欲問

諸君見以教幸甚

問以久木花
葉時之

此槐 貴邦名何

答 完齋

僕等非業醫者凡諸藥種素未諳詳盍問于良
醫及諸鑿官耶如有所問素知者亦何難仰答
也此槐 貴邦本無名故問之耶抑有之而欲
知我國之名稱而問之乎此是藥草故問之耶
幸詳示教也

曰　　　　元丈

凡係藥品者欲問諸醫官以正之此是尋常雜

樹唯此邦有方名而未知漢名故問之耳或非

梓楸之類耶

曰　　　完齋

此雖在貴邦為楸梓而在我國亦不然矣離

根乾枯難辯其狀而弟似桐類而非正桐也我

邦有假梧無乃是耶凡艸木隨土品而生長雖

同是一種種之於南北根藥各異貴邦之於

我國山海隔遠無怪種同而狀殊今之楸梓梧

7

桐亦非類乎此即然耶

曰　　　　　　　　　　　　　　元丈

偶接　芝眉筆語唱酬多荷　盛教感謝〻〻

曰　　　　　　　　　　　　　　完齋

乘閑偶到得接　清儀仍復酬酢数語頓開茅
塞泳荷〻〻

曰　　　　　　　　　　　　　　完齋

貴所眉眼鏡是好否耶顧見之
予即悦
賜之

曰　　　　　　　　　　　　　　元丈

8

公之手佩貿為何物耶

曰　　　　　　完齋

大珠是蜜牙小珠是琥珀
琥珀色紅黄似世所謂金珀者
蜜牙色稍淡似蠟珀而有文理

曰　　　　　　元丈

蜜牙為何牙乎

曰　　　　　　完齋

非物之牙乃松精凝成歷百年始成形者云

曰　　　　　　元丈

琥珀出高麗見本艸此二種共産貴邦耶

9

曰　　　　　　　　　　　　　　　完齋

共非藥邦物産于中原
蜜牙方名美羅　虎方名保良以　熊方名古莫
蒼崖鮮和語因以口訣問之其　野苔也嘗聞
對州芳洲云禿即骨麻等倭名本欵朝鮮方
名者故今問之耳

問　　　　　　　　　　　　　　　元犬
公春秋幾

答　　　　　　　　　　　　　　　完齋
年今四十二矣

問　　　　　　　　　　　　　　　完齋
以是何人耶

10

時、戸澤、族、入集於堂上、予起座揖之、衆亦相揖、其臣
及伊東、衆臣直列於堂廂、皆皆俯伏、趙有、怪色、問之

　答

　　　　　　　　　　　　　　元丈

舘伴戸澤族也

　曰

　　　　　　　　　　　　　完齋

官職如何

　曰

　　　　　　　　　　元丈

官朝散太夫食封於羽州新生蓋諸族也

　曰

　　　　　　　　　完齋

與公等位如何

　曰

　　　　　　　元丈

11

雖分位有等同仕於朝焉非陪臣者準一列矣

　　曰　　　　　　　　完齋

中州官制品有九等我邦亦然　貴邦亦然否

朝散大夫是幾品職耶

　　曰　　　　　　　　元丈

吾邦官制概如三代封建制不可以後世郡縣

比視矣

　午後會學士書

　記良醫竪負

　　名刺

僕

姓野呂名實夫字元大號連山　東都醫官也

僕姓野呂名實和字元順醫官元丈之男也

製述官姓朴名敬行字仁則號矩軒　年三十九

書記姓李名鳳煥字聖章號濟菴　年三十

書記姓柳名逅字子相號醉雪　年五十九

書記姓李名命啓字子文號海皐　年三十九

良醫姓趙名崇壽字敬老號活菴　年三十九

醫員姓趙名德祚字聖哉號松齋　年三十九

醫員姓金名德崙字子潤號探玄　年三十九

贈矩軒朴學士　　　元丈

星槎萬里泛遙空玉節來臨日本東詩賦曾知

盛唐調衣冠都見大明風

奉和連山惠韻　　　矩軒

帆外乾坤一任空同文化接海西東禪樓一笑

江山淨霽後新涼碧簟風

再和矩軒韻　　　元丈

白雪吟來映碧空忽看寒色滿江東黃梅雨歇

鴻臚裡清興忘歸對晚風

疊和連山韻　　　矩軒

樓臺飛舞迥浮空萬里孤舟赤岸東萬事無如

歸去樂義皇元在北囱風

贈三書記　　　　元丈

知是翩翩書記才遙從星使日邊來望中千仞

芙蓉色作賦應登江上臺

奉和連山瓊韻　　　　海皋

軒岐舊術復詩才眉上煙霞好帶來彩筆華箋

當綺紵不知斜日滿樓臺

奉和連山　　　　濟菴

天東邂逅渭濱才滿幅雲霞一展來欲問連山

15

舊消息金光草色映銀臺

奉和連山瓊韻　　　　　醉雪

暮年詩賦愧非才多感諸君遠訪來海上單方

應自有頭移日域化春臺

再和書記韻　　　　　　元大

好風景相逢共坐兩花臺

詩賦清麗大夫才五色雲霞望裡來夏日諸夫

疊和　　　　　　　　　海皐

風殊俗別見三才偶借長颷破浪來獨留海上

他時月萬里心如明鏡臺

16

再和

雲深採藥見詩才頌蓋情濃洒墨来他日相思

滄海外蟬聲松影記登臺

　　　贈趙活菴

濟菴

真人来駐梵宮陰忽見祇園轉杏林相遇共論

三世業結交偏許百年心

　　　奉和連山贈韻

元丈

活菴

海色山光五月陰蟬聲鳥語滿園林深深旅館

相逢慶筆語今明両照心

　　　贈矩軒

元順

關門紫氣映龍旂車馬如雲映日迎街上管絃

鳴不止清風吹散滿江城

奉酬呂元順惠贈韻

　　　　　矩軒

天際芙蓉映彩旂清詩萬里喜逢迎鳴蟬絲竹

高樓畔苦雨新晴錦繡城

再和矩軒

　　　　　元順

江頭賓舘駐旗旌日對騷人勞送迎多少新詩

無限意亭亭明月武昌城

奉和元順詞伯再疊韻

　　　　　矩軒

經年客思若懸旌稍喜芙蓉馬首迎卿卿滄濤

18

歸路遠黃梅雨裡滯孤城

贈三書記

玉節遙來大海濱文旗抑見異邦人扶桑勝景

元順

能裁賦萬里山川氣色新

奉和元順

花雨初晴綠水濱龍堂畫硯對詩人青氈舊問

濟菴

何須說鮫錦驪珠色色新

奉酬呂元順寄韵

海皐

銀河絳節溢瀛濱積水浮萍南北人携得驪珠

光滿袖塵匳他時眼更新

奉和元順惠韵

輕舟涉海浩、無濱何辜禪樓對好人佳句逐酬　醉雪

移永日、仙岑秀色雨餘新、

贈趙活菴

一望關門紫氣浮西方、仙侶到江頭三山熊野　元順

多靈艸携手何能陪勝遊、

奉和元順大雅贈韵　活菴

乘槎萬里客星浮路史東溟地虫頭徐市未聞

能採藥儂今欲將少年遊

再和三書記

元順

使軺留滯大江濱相見相親異域人坐上高歌

飛白雪雨中芳樹滿園新

　疊和

　　　　海皐

稍慰羈愁寂莫濱他時俱作夢中人橘林聞雨

登樓暮三島雲霞繞筆新

　　　　濟菴

奉酬疊示韻

寶館陰晴寂莫濱鐘聲解起遠征人萍雲邂逅

疊佳什清水芙蓉滿意新

　呈　諸君案下

　　　元大

海陸萬里丹車無恙　嚴臨

　　　　屼都謹賀

21

一自聞大旆指東日切瞻仰今幸接清儀
感佩何極

僕自少好讀本艸稍識鳥獸草木之名遂補醫
負而魚辨檢藥材嘗承朝命採藥於海內諸
名山然方域所限邦土不同本艸所載藥品闕
焉者多矣欲一涉海以究觀而有國法存者不
許適異邦常以為憾又此邦不產藥艸自他
邦移植之其中真偽可疑者亦不少今幸進
大邦君子仰煩高聰伏冀察區々意見教

至感至禱

曰　　　　　　　　　　　　　　　　活菴

草木之情狀非採藥者鮮能辨矣僕以象洛之

人只得坐論而已恐難以詳知也

問　晊、久木赤芽栢、枝葉、

貴邦有炔二樹耶其名稱如何　　　　　元丈

答　　　　　　　　　　　　　　　　活菴

一是假梧桐一未能知也

曰　　　　　　　　　　　　　　　　元丈

桉東醫寶鑑云　貴邦梓楸共有今所在多有

之耶所謂假梧桐者亦當方名炔樹花謝生角

23

細長如箸長一尺許冬後葉落角猶在楸本艸

所說梓者近之如何
曰

楸之性堅梓之理軟弊邦或有之而假梧桐之
活菴

稱亦方名也大抵在株藥者所當知非坐論而

論道者所敢知也
曰
松齋

弊邦之法為其醫業者徒知其藥性製藥而治

病而已知其藥材之名自與好不好者自有採

者僕等不知艸名故不能仰答

24

曰　　　　　　　　　元丈

古、良醫、自ラ採ム藥、先哲ノ之言也　貴國之法異於

此矣可歎哉　曰

素問云四方之病治各不同　貴國之治何以
　　　　　　　　　　　　　　　探玄

為之耶　曰　　　　元丈

素問異法方宜之論是就本國九州方土以論

說耳非可遍行於天下萬國之法也自夫世界

萬國之廣大視之則支那亦一彈丸地而已自

25

其國視之則　吾邦亦自有四方之治不同者

實不可據以為法矣姑依其說言之則吾東方

魚鹽之地其民皆當為癰瘍其治宜砭石而

此邦之人固食魚嗜鹹然比外國人則癰瘍之

病少亦不用砭石是與素問說異矣　此邦鑿

治者吾告昔傳之法又有依唐法者湯藥鍼灸

從空行之耳癰腫金瘡外治之科多用大西之

法勝於唐法遠矣

　　　　　　　　　　橘玄

　日

樂邦鍼藥並為盛行而未知　貴國鍼亦盛行

即且浮見

貴邦之針形極細而長與弊邦何

異能刺五分與八分之分亦能補瀉乎

曰　　　　　　　　元丈

吾邦亦針治盛行針之形誠如所示蓋靈樞

所謂毫針尖如蚊虻喙者也刺入一二分二三

分之間而為補瀉亦効妙存於手裡耳

曰　　　　　　探玄

然則春刺井夏刺滎秋刺經冬刺合之妙何以

為之三稜針與圓針亦何以分用耶

曰　　　　　　元丈

27

固順四時刺之至其妙所非筆頭所能盡矣有

三稜針有圓針自異製僕本不知鍼術別有專

科耳

曰
　　　　探玄

僕來　貴國未逢如　公高明士誠切敬服願

從容論醫道未知　尊意如何

曰
　　　　元丈

過承揄揚僕不敢當徒增慙赧耳夫論醫之道

誠難哉古來世稱名醫者其說人人不同治方

亦大異矣論定其是非得失非一朝一夕之可

能盡焉繼紙上爭論取勝於一時終是空理耳

僕今逢異邦名師所以不問醫理者為是故也

唯如藥品直以物示之一問一答皆實事也強

煩　諸君請恕之

以貝母黃芩白附子等
莖葉花實眼之問

此數種草知之耶

　　答　　　　　　活菴

　　　　　　元丈

此艸亦未知也雖當歸甘艸之屬不能詳其所

生處況其他乎藥邦與貴國有異鑿者只些

論醫藥而已別有梾藥者如非生知之聖其何

能也

曰　　　　　　　　　元丈

示諭詳悉而此艸是黃芩也其種本出　貴邦
嘗移植　此邦今多繁殖、但根形小而不如唐
藥之佳　貴邦所用黃芩是耶或用唐藥耶

曰　　　　　　　活菴

留大坂時得見黃芩而終不如中國所産槩邦
亦有之而又不如唐種

　　以右件諸草
　　問學士書記

諸公知之耶　　　　元丈

30

答　　　　　　矩軒

坎是藥艸良醫當知僕等非業醫者何能知之

公失問乎

取貝母示之

係藥草者欲依良醫以問之如詩經名物　公

等亦能識之坎是貝母也詩鄘風曰言采其蝱

傳蝱貝母也識鳥獸草木之名聖人之教格物

之學程朱所貴　諸君博物或有好之故供

覽耳　曰　　　　　　　　矩軒

元丈

詩經有草木之名而僕非下有意於嘗艸之術者

只聞其名未諳其狀之爲何如屢問而茫然無可

對甚懣

曰　　　　　　　　　　　　　　醉雪

僕老倦不堪久坐辭去　諒之　　　元丈

曰

始把光霽深沐盆青感謝何盡他日來謁せン

示小童　　　　　　　　　　　　元丈

神童姓字如何

曰　　　　　　　　　　　　　　小童

32

姓河名應運

曰

坎少年誰也亦太鞏否

曰

向呈名刺呂實和僕之児也

曰

未座者是耶

曰

是也年甫十七客冬經　朝見忝列鞏員

呈　諸君

活菴

元丈

活菴

元丈

元丈

始仰 龍光得遂披雲 良極欣抃 日已向暮乃

欲罷杏伏希継見得承 清誨筆勿屏棄

日 真狂在画負席 作草書予乃書示　　元丈

足下之書采南宮筆法嚴然可貴可敬　　真狂

日 日出紙乞字 書草行字

足下之筆頗似唐宋仰賀不乞

拙筆過奬不覺慚愧 日出紙五六葉

数紙勞 揮灑多謝　　元丈

34

曰　　　　　　　　　　　　　　　　　　　　元丈

向把　芝眉叨奉　危言感戢難名今日復來

此承　清咲幸勿咎　教焉

昨日　信使之禮已畢矣實　二國之幸也敬

賀

　　答　　　　　　　　　　　　　　　　　活菴

頃日乍　奉不得聞所蘊蓋深以爲恨幸得更

拜欵之忻抃何量

傳　命之禮順成僕亦以爲　兩國莫大之幸卜

問以朝倉山椒葊　　　　　　　　　　　元丈
菜著實者示之

椒有蜀秦之別此種如何　　活菴

答

此物藥邪亦有之一名山椒即蜀椒也　　元丈

問以冬山㭒實示之

此物為何耶　　活菴

答

此物曾畵見之耳　　元丈

問

貴邦有秦椒耶　　活菴

答

36

不得見如此之物

　問

桔梗薺苨沙参　貴邦四時薛以為菜見東醫
　　　　　　　　　　　　　　元丈

寶鑑至今然耶
　　　　　活菴

　答

薺桔沙三種非但藥用為饌品之上味故弊邦

之人偏嗜之

　曰
　　　　元丈

賓舘鞅掌之中數承問艸木之名本是　足下

所不好而強扣詰之誠非恭敬之道然拚僕得

蓋多矣伏冀海涵

行中賚來藥材見　許覽何筆如之

　　答

僕之所知之藥豈不詳論而但未嘗有躬自採

取之事故未諳者居多耳

行中所齎不過緊要之藥而已雖使　公見之

亦無盜矣

　　曰　　　　元丈

日用之藥雖陳皮白朮輩視之察之則皆爲僕

之工窯受用而已得見　容辛甚

38

曰　　　　　　　　　　　　　　活菴

勉欲得見則是亦不難

曰　　　　　　　　　　　　　元丈

感幸：：若得見許入　公之室所視之如何

曰　　　　　　　　　　　　活菴

之地如何　　公枉臨僕廬看閲

今日巳晩明日再明日間　　　元丈

曰　　　　　　　　　　　元丈

當如　　教矣明日必来ン

曰　　　　　　　　　　元丈

僕姓吕名實夫字元丈號連山頃日乍得一良

觀且領高筆數紙不堪欣羨之至今日復來乞

墨妙幸勿惜之拱候

　　　　答　　　　　　　　真狂

鄙書雖甚極分　尊示此勤敢不如教

　　　曰

感幸\/即持紙墨來書賜是望顧聞公

姓字之詳

　　　答　　　　　　　　真狂

僕姓金名啟升字君日號真狂齋琓羲齋而

龍門山人　彼両斑居具齋同室與画負居具齋

曰　　　　　　　　　　　　元丈

此是僕考妣墓碑題字也今幸逢太邦名筆

恭請正楷餘紙数張草行之字隨意掃盡所欣

願焉

　　　答　　　　　　　真任

如々教矣

書曰　　　　　　　　　元丈

有三一韓人在傍予以煙示之偶不記其姓名

公喫煙乎此邦之煙可乎

　　　答　　　　　　　韓人

41

貴國之煙味淡、無傷人之慮、似勝於吾邦煙耳

今有飯、后當喫耳

曰　時出膳來
　　　　　　　　韓人

適有魚膾、公須喫矣

曰　鯛魚鱠也
　　　　　　　　元丈

當依教矣此魚在、貴邦名稱如何

曰
　　　　　　　　韓人

道未魚也

曰　指挨由問
　　　　　　　　元丈

此魚為何耶

曰　　　　　　　　　　韓人

朝鮮則秀魚為名而未知　貴邦為何魚也

曰　　　　　　　　　　元丈

菱茨傳甚奇也公試寔之予乃試之
對府蘭菴在備云朝鮮人謂

深荷　厚意不堪感謝

小為香魚大為鯔魚共唐名也雖是此邦之物
烹炙得法則香美如此尚可貴之至也偶不相會

曰　　　　　　　　　　韓人

何感之有還切不安於心矣

曰　　　　　　　　　　韓人

僕竊聞　尊術業之高明僕素肥滿本多痰濕

當此夏節四肢麻自何以則可得無病否乞賜

明教也　即把筆改木字　　　　　　　　　　元丈

曰　　　　　　　　　　　　　　　　　　　韓人

貴庚幾耶　　　　　　　　　　　　　　　　元丈

曰　　　　　　　　　　　　　　　　　　　元丈

今年二十八歲矣　　　　　　　　　　　　　元丈

曰

診脉後當所方矣　　　　　　　　　　　　　韓人

曰

日午矣未知無妨否

問　　　　　　　　　　　元丈

真狂子官職如何

答　　　　　　　　　　　韓人

不求功名道遙於山水間者耳

曰　　　　　　　　　　　元丈

然則以書為生涯樂之也或別有所好耶

曰　　　　　　　　　　　韓人

豈以書生涯哉雖不為功名自有父祖餘業不

曰　　　　　　　　　　　元丈

以生涯為意朝東暮西吩意所之真真狂也

風流之士欣羨

　　　　　　　　　　元丈
曰

真狂所戴之巾名何乎

　　　　　　　　　　韓人
曰

彼巾子程子之所嘗戴者世人称之以程子巾
而三才盈會遺像亦有之耳

　　　　　　　　　　元丈
曰

僕嘗得東坡巾似與此同製此巾雖無官人隨
意着之耶

　　　　　　　　　　韓人
曰

與東坡巾似同而稍異官之高下固不在於此耳

曰睆脉了告　　　元丈

公歳未滿三十而有此疾無他體過肥滿多痰

故也常服二陳湯加木香烏藥等順氣之藥順

時消息則必永愈矣濕痰客塞氣不流通而所

致常食淡味可也好飲酒否

曰

如此見　教韋甚且感吾邦醫人亦如所示

従當歸國欲以此等藥耳酒木不飲而曾赴

中原今又未此積傷於水土也

47

問　　　　　元丈

真狂印章新羅主孫八代平章云平章義如何

答　　　　　韓人

平章即平章事也　貴國之執政耳

問其齋予不解故問之　　　元丈

真狂書,曰彼両班居

答　　　　　韓人

居其齋非画負耳

今行自有寫字官画負又有能書官別画負耳

日榊原元甫指書　　　元丈

曰杜甫二十韵也

此一类吾邦之書誠不足當　觀然予所親一

48

家

貴藏之今進二　諸君來託僕　求改語伏請　公
題數字惠之幸甚

　　　　答

　　　　　　　　探玄

貴國之筆蹟見之甚可貴也僕本非文士　公
如此累請豈不奉　意以追後粗述封呈為計
如何

　　　　曰

　　　　　　元丈

感幸〻〻他日當領之耳　此邦之煙須試喫
之　貴邦之煙請少惠〻

　　　　答

　　　　　　　　探玄

即今適之後日　搜得封呈

　　曰　　　　　元丈

僕向錄疑問數條, 托蘭菴以寄呈, 已達左右否

　　答　　　　　沽菴

旦下所論一篇留棄者已多日 而先有河公所

送疑問數條, 亦以淺見論別, 故尚未看焉 僕深

以為愧焉 數日後當以愚見論之 而第藥性多,

不能詳別焉恐甚 公所托也

　　曰　　　　　元丈

詳領　尊示唯異暇時從容終覽得蒙

明

教是感是祈

曰
　　　　　　　　　元丈

旦下之詩文清麗筆跡精妙不堪仰景之至矣

今日携古筆一軸来供一覧否
答
　　　　　　　　　活菴

僕於詩律未嘗有所用工焉�² 頃者率尓之作荒

陋不足言隨来古人筆跡如賜得覧則何幸如

之

曰
　　　　　　　　　元丈

此是山谷書云諸　公賞鑑僕久藏之　旦下

51

幸賜跋語數字永以為寶不揭願祈之至矣

曰

活菴

山谷筆蹟今披公得見良幸～所教跋

語僕無父又非善筆何敢污重寶也第一見艸

～誠為可惜若賜留置一覽則可以熟玩而

公之重寶亦難請雷也未知公意如何

曰

元丈

堅請許可ヒ﹅

曰

活菴

僕非文士又非能筆行中既有學士書記善文

章者筆則有如真狂東岩紫峰者益往求之僕

則不敢當〻只欲二日借玩耳

曰　　　　　　元丈

難忘者因以勉請狂賜巨筆為他日容顔耳

公何謙讓之甚耶僕固無論文與筆只有交誼

曰　　　　　　活菴

將何用哉唯　公照之也

公之言雖若此僕決難俯施也僕之拙文陋筆

曰　　　　　　元丈

日已向晚辭去明日来見如何

僕若終負 公之俯素是非相敬之道當觀勢
仰副古董暫為雨之如何

曰　　　　　　　　　　　　　　　　　　　活菴

至感〻〻即留置之

曰　　　　　　　　　　　　　　　　　　　元丈

公近見元卓公否其所請序文以荒拙文字搆
草以置者累日矣尚無便不得傳之公為僕
傳此意也

曰　　　　　　　　　　　　　　　　　　　活菴

曰　　　　　　　　　　　　　　　　　　　元丈

僕近不逢元卓然　公序文若附托僕當速傳

焉

日　　　　　　　　　　　　　活菴

蘭菴云無便不傳更問蘭菴然後以付　公耳

日　　　　　　　　　　　　　　活菴

太醫院中如　公者幾人

日　　　　　　　　　　　　　元丈

凡為官醫者三百餘人
持檜柏之類数種到管中示諸韓客問彼方
名一稱一魚日不知又示海藻類問之

昆布ヲハイタイト云海帶也

アラメヲコンブウト云昆布也

趙蒼崖書曰海帯　多士麻　昆布　阿良兎

蒼崖通和語故口能言此名因ス
問及地名之方言如左

鴨緑江アツノカン　百濟バイセ
是ハ吾古史鴨緑江ヲアレナレガハ百濟ヲクタラ
ト云訓アルユへ今彼方ノ訓ヲ試ニ問ナリ

問　　　　　　　元丈

行中寫字官外亦有能書人即

答　　　　　　　韓人

善書者寫官外多其人矣

曰　　　　　　　元丈

56

就中寂為誰

　　曰　　　　　　　　　　韓人

寫官則玄護軍號東巖者好書其外金真住者

寂好書矣軍官引李詔个五好堂者亦好書矣

　　曰　　　　　　　　　　元丈

從事相善書云信然耶

　　曰　　　　　　　　　　韓人

然矣

　　曰以知佐莖薬　　　　　元丈
　　花德示之

峽荣　貴邦為何耶

曰 與人無答者予又書曰不
為高菖乎不為苦菜乎　　居其齋

名生菜味甚清爽不苦包飯而吞　元丈

曰

足下妙画不堪仰景敢乞揮寫一紙賜之感幸
　　居其齋

曰

雖拙筆不好以紙寫若持結來副　教耳
　　元丈

曰

他日来諸　公必踐約

曰　　沽菴

公不失昨白之約可謂信士矣夜面　平康耶

58

僕適有小疾不有頭痛而數公責然來臨今欲

忘病之所在良幸、、

　　　　曰　　　　　　　　　　元丈

僕曰、、來忽完之中數頻　高聽然不爲　明

公所屏更荷　盛眷實爲寫幸焉承示　貴體

今日不快而不有頭痛可賀、、、縱　公苦頭

風吾無孔璋文何以能愈其無苦之不亦幸乎

　　　問　年毋故云　　　　　　元丈

　　　活菴喫、九

公所喫柑耶橘耶請見。教焉

　　答　　　　　　　　　　　　活菴

其是 貴邦所產惟　公知之耳

　曰　　　　　　　　　元丈

此固吾邦之產自有方名而本艸稱海江柑者

似之唯問 貴邦之稱耳

　曰　　　　　　　　　元丈

昨蒙兄諾藥村今日賜覽感幸　貴恙想應是

時氣感冒不妨飲食耶　　　　元丈

　荅　　　　　　　　　活菴

藥料方欲持來而僕之疾尚至於大端猶不廖

食飲可幸

60

曰　録朝鮮醫書所引用古書數十部

請今彼方存在者加點記以示之　　　　元丈

玆帖　貴暇賜覽

曰　　　　　　　　　　　　　　　　活菴

暇時當閱看耳　　　　　　　　　　　活菴

曰　　　　　　　　　　　　　　　　活菴

清心九一籐合九二聊表寸誠二種皆正使道

所用藥也　　　　　　　　　　　　　元丈

曰　　　　　　　　　　　　　　　　元丈

實拜心貺感謝　　　　　　　　　　　活菴

出示不換金正氣散一貼藿香
正氣散一貼示之種皆有七錢余

61

坎即行中緊要所需也　貴國製藥貼亦然耶

曰　　　　　　　　　　　　　　　元丈

吾邦藥貼小料稍異此耳

此藥中藿香楛柳皮當是唐藥如橘皮甚似吾

邦所產如何甘草　貴國所產耶或唐藥耶

曰　　　　　　　　　　　　　　　活菴

此藥中無楛柳耳甘草或有產處而不甚盛故

每取用於中原耳

二貼藥　公可袖去也

曰　　　　　　　　　　　　　　　元丈

62

感極々々
命奴子
出藥材

皆日用緊材他藥皆如是耳

活菴

黃芪　與今自清來者同

升麻　與今自清來者同

茯苓　與和產者同但不為削片耳

黃栢　與和產稍黑與官園植者相似

黃連　與和產同中品

大黃　與此邦所植赤者同種

龍膽　與和產同

防風　與和產濱防風后但形細長耳

白芍藥　與和產宇田者同但製精好色潔白

白术　與和產同新根也

柴胡　與和產鎌倉者同但形細長色紫黑揩似河原柴胡耳

元丈

是皆　貴邦産耶

63

曰　　　　　　　　　活菴

然矣　　　　　　　元丈

曰　　　　　　　　　活菴

白朮有別種耶　元丈

曰　　　　　　　　　活菴

別有蒼朮耳

曰

此是白芍藥也別有赤者耶

曰

別有赤芍藥也

64

曰

柴胡細瘦更有肥姓者耶　　　元丈

曰

本瘦而短細　　　　　　　　活菴

曰

此數種藥亦當袖去也　　　　元丈

曰

深感厚意何賜如之　　　　　元丈

曰

奉話數刻恐公致勞使僕等辭去否　活菴

65

公若有事則已如無事故豈因僕之病而便辭

去也唯　公意之所在僕不敢以病爲勞也

　　　　　日　　　　　　　　　　元丈

唯慮　公勉疾對客不堪　勞耳若幸不妨尚

當暫留以諸盞耳

　前田道伯在
　一席書示

野呂公曰,　公病中强座恐損氣力今有二壺

酒呈之左右佐　公氣力,

　　　　　日

僕素不飮酒今且有疾誠難矣而　公之教又

不可怖之當小飲之耳

曰

寓館矮狹且不通風雖僕輩亦為不堪炎熱之

元丈

苦況　公有疾耶今漫勸異鄉薄酒幸更盡一

杯當河朔飲以避暑如何

曰

活菴

館所已極蒙矣今得美酒若無病可以更飲而

獨恨其有害於病不敢多飲也

曰

活菴

公所托古筆序父僕重違　公勤托勉強應之

矢　正使道下教於僕曰筆家序文非醫者之

所當為者不可許施云々下教誠格言也僕亦

不得斷意敢以奉還惟望　公恕之

曰　　　　　　元丈

承教向所諸古筆跋文不可許施私願茲違

悵恨無極　正使相下命云難敢復求因欲請

於學士書記詞伯之中托之如何惟希　呈下

為僕謀之至感々々

曰　　　　　　活菴

公諸於學士及書記則僕亦當効之耳

朝鮮人筆談

下

曰　指盤中枇杷示之　　　　　元丈

東醫寶鑑貴國無枇杷云今尚然耶坎邦盛

熟令方如坎收楱歸國植之則必生矣是不拘

地氣寒熱易繁殖之物也非橘踰淮為枳之比

矣

曰　　　　　　　　活菴

當如教矣

曰扇面書詩遺之

二扇之書筆法精妙布字高雅欣羨……長供

奇玩感矣謝矣

3

適有所思忘拙汗呈、

曰　　　　　　　活菴

曰　　　　　　　元丈

公之墨妙不勝欽仰山谷跋語私許否

曰　　　　　　　活菴

豈敢當公言也

時予共河氏及道伯

曰私語活菴有怪色因書示

元丈

公之懿範實是長者之風滿坐皆如飲醇醪相

共私語称嘆之耳

道伯書示

4

諸公欲辭各教僕傳語萬：自愛

活菴云

以冀他日相見　河公贈韻後白當和呈耳

曰　　　　　　　　　　　元丈

菓品一籃携来奉呈聊供客舍清賞耳

曰　　　　　　　　　活菴

果品之惠不堪感謝甘瓜林檎桃棗酷似弊邦

之物尤可貴也

曰　　　　　元丈

甜瓜林檎未及盛熟風味不全桃杏得時漸入

佳境希賜剖賞、貴邦有柰有林檎云以此果

為林檎耶

曰　　　　　　　　　　活菴

狀竹在　貴邦為淡竹耶

　　　　　　　　　　元丈

狀則林檎而別有柰

以淡竹苦竹箭竹三種為筒挿草花數種晤活菴問之

　　　　　　　　　　活菴

曰

大者生白粉味淡者為淡竹

挿筒中所挿花曰

　　　　　　　　　　元丈

此着紅花者薔艸也　公未曾見耶

6

曰　　　　　　　　　　活菴

非但蒼朮。凡草木皆不曾經見。

曰　　　　　　　　　　元丈

貴邦為筮者用何物耶。

曰　　　　　　　　　　活菴

凡筮者皆擲錢而枚路上、卒欲問事則凡草皆
可用平時不為常用折朮占。

曰　　　　　　　　　　元丈

向得識荊、欣抃無極。爾後數日暌違悵々時漸
向伏酷暑逼人。今揆。興居清勝狀。敢賀。

曰　　　　　　　松齋

向也偶承　清話其間数日相阻方庸耿々忽

此更奉　芝眉審炙　安穏狀相賀

曰　　　　　松齋

貴邦亦有絟果否此果形如林檎而大如梨子

耳

曰　　　　元文

此邦無此果吾邦梨子大者如斗所謂絟果者

曰　　　　　松齋

貴國方名可知在於中原為何耶

綱目本草中、綠棗者即以果也、而中原與弊邦
至賤之物、故敢問耳

曰　　　　　　　　　　　　　　　　　元丈

本草綱目李東璧所撰載藥千八百七十餘種
其中無綠果、名奈何

曰　　　　　　　　　　　　　　　　　松齋

豈所無之、更考見之
松齋有怫然、色予以
所把扇示之書以
此扇面書二詩賜之、試和呈焉　　元丈

曰　　　　　　　　　　　　　　　　　松齋

9

僕何敢弄作詩乎製述官學士前請受如何

　　　　　　　　　　　　兀丈

曰

書古詩如何

　　　　　　　　　　　　松齋

曰

若欲寫書則寫官前亦請似好而僕之揮灑亦

爲不安故不得奉教更愧耳

　　　　　　　　　　　　兀丈

問

公貴庚幾活菴公年幾

　　答

僕年三十九　活菴年三十四

　　　　　　　　　　　　松齋

10

問
　諸客所佩曰蜜牙者名義如何　貴國方物青
黍皮者何獸之皮耶請賜　指教
　　　　　　　　　　　　　　　　元丈

答
　蜜羅非牙而乃西蜀所產而錦珮千年後作蜜
羅之之千年後作琥珀云耳青黍皮即馬皮也
　　　　　　　　　　　　　　　　松齋

曰
　貴邦製耶
　　　　　　　　　　　　　　　　元丈

曰
　弊邦所作
　　　　　　　　　　　　　　　　松齋

黍字義如何以何染成耶

曰

元丈

時松齋起
坐無此答

活菴

僕昧於草木虫魚之所産　公之問意多不詳

曰

鮮可歎休答焉醫書聞見之冊於上頭圈點耳

向所托活菴疑問一冊并
醫書目錄一帖此日還之

元丈

疑問數條辱蒙　指教感謝　何盡醫書目錄亦

賜圈點幸甚其卷數之詳可得聞哉

昨日承惠藥物數品槩視詳考大廣識見載德

12

無涯感極々々凡行中所資藥品盡皆　賜覽

則何棄如之今日紛冗天又將暮辭去明日當

來伏請許二　金諾

扇面三柄之書清詩他日來時領之如何

　　　　日　　　　　　　　　活菴

公若明日　枉臨則藥料當依二教入一覽也

扇面書写明日當如二教耳　醫書冊數多少

姑未詳知

　　　　日　　　　　　　　　元文

坎一壺阿蘭人年來貢於　東都葡萄酒也

13

僕每會於其客舍討論、西洋産物、而遂所得也
数勺殘酒誠不旦助、　清興然其以遠方之物、
携來勸之葡萄美酒夜光杯快飲一杯幸孔

　　　曰　　　　　　　　活菴

遠方之酒極可貴也僕不飲愛其清香快飲一
鍾胸海酒落不啻上池水、　公莫非長菜君來
飲秦越人者乎

　　　曰

昨承　說藥材　命左右出來得賜看閱感幸

出藥品示

檳榔　形小而尖末草原始所謂難心者也

烏梅　與此邦製同但形大而肉多

白殭蠶　與自清來者同

威靈仙　與和産薩摩同

山藥　與和産同

細辛　與和産佐渡者同

羗活　長二三寸首鞭節形圓扁似天麻氣味與清來者稍同

麥門冬　形大而短品好

薄荷　與和産同

皂莢　與和産同

桔梗　與和産同但採收得時氣味全備

當歸　與和産山當歸同

書示松齋

昨來訪時　公偶不在悵恨無涯僕兒亦來呈

公柩小詩乃令讀一覽耳

元丈

答

松齋

昨得暑感故雖得聞　狂駕之音不得來謁心

自耿悵又獲　顧問多感々々　今即佳作當

和呈耳

曰　　　　　元丈

金公無恙否

曰　　　　　松齋

金公以課下腫方在叫痛中

曰　　　　　元丈

客裡卧病憂苦如何乞為僕致意

曰　　　　　松齋

16

如〻教耳

　　　　　　曰

僕向〻以一卷軸托於金公諸跋語未成耶
公或有知之敢問耳
　　　　　　　　　　　　　　元丈

　　　　　　曰

此序文数日前己成而因其病故不得精書云
耳　足下来坐之意傳告金公否
　　　　　　　　　　　　　　松齋

　　　　　　曰
　　　　　　　　　　　　　　元丈

此是豚兒寄金公之詩〻〻　足下傳達之厚幸
活菴出示〻人
參養胃湯一貼〻
　　　　　　　　　　　　　　元丈

坎一貼入水一鍾半煎二鍾耶　活菴

然笑
曰　元丈

一鍾量幾
曰　活菴

五合也　貴邦升難以相准
曰　活菴

公欲持去耶
曰　元丈

18

向已領正氣散今亦受之贈惠稠疊心不安矣

以中有人參耶

曰

人參臨煎時入之

曰　　　　　　　　　　　　　活菴

貴邦人參本國貨買上等之參一兩價銀幾耶

曰　　　　　　　　　　　　　元丈

人參一兩銀三十兩或三十五兩

曰　　　　　　　　　　　　　活菴

貴邦之人每賦詩以諷詠耶或別有歌曲云請

19

以諺文書示
　　曰

秋の田のかりほの菴の苫をあらみ

　　　　　　　　　元丈

わゝ衣でハ露ゝぬれつゝ

秋田收稲　結舎看守　盖盧稀疎　我衣湿透

漢人所釋如此此歌吾古昔

天智帝御製也憐憫下民之意自在言外吾人

一聞之則懴然有感而彼人不能鮮此意方

音不同誠可歎哉

行中多通吾言語人　公亦鮮之耶此邦之人

20

常以國字通用辨事故不習簡牘文字筆語唱

酬當有難解者憖憖∵∵

日　　　　　　　　　　　　　　　　活菴

貴國歌曲僕等何以解得也筆語相通自多有

難解者自是常事不旦言也

日　　　　　　　　　　　　　　　活菴

所賜三筵多感∵∵

日　　　　　　　　　　　　　　　元丈

此邦小扇是非贈之唯請扇面字耳異書而賜

之此邦之扇善有意於　求則別令作呈之如

21

何
　　　　　　活菴
日

此亦書呈笑
　　　　　　元丈
日

吾國扇　貴邦亦用之耶
　　　　　　松齋
日

婦女小兒輩亦甚好把
　　　　　　元丈
日

坎二扇呈上　兩位
　　　　　　活菴
日

22

先有贈遺者　公不必更贈他人敢辭

曰　　　　　　　　　　元丈

是元非欲贈他人要自玩者也只為气書携來

耳偶聞於松公之言女子小兒好把此扇以金

紙可愛故呈似之幸勿辭焉

曰　　　　　　　　　　松齋

其何所賜之物多耶心甚不安

曰　　　　　　　　　　元丈

活公有令子耶

曰　　　　　　　　　　活菴

只有二一女

　　　　　　　日

松公有令子孃耶

　　　　　　　日　　　　　元丈

二男四女二男則可矣四女不緊自愧

　　　　　　　日　　　　松齋

活菴公官名以幼學稱者元以幼科專門登第

也其詳如何　　　　元丈

　　　　　　　日　　　松齋

常未出仕故以幼稱名

24

曰　　　　　　　　　　　元丈

此行以文學中選耶

曰　　　　　　　　　　　松齋

閒遊作詩未出仕路則以幼學稱

問　先所示藥品
　　故尚文　　　　　　　　元丈

貴邦諸道多養蠶耶白殭蠶亦所在出之耶

答　　　　　　　　　　　松齋

元非獎邦之蠶乃中原之物弊邦雖養蠶慚愧

其枯死以是不作　　　　　元丈

問

25

羌活　貴邦ノ産耶　　　　　　　　松齋

然矣　　　　　　答　　　　　　　　元丈

問

換柳亦當中原ノ産有ニ大腹ノ者一乎　松齋

三倍扵扰　　　答　　　　　　　元丈

問

貴邦當歸凡用之耶　　　　　松齋

答

26

狀種品不好

曰　　　　　　　　　　　　　　元丈

狀是艾類為何耶

曰　　　　　　　　　　　　　　松齋

無葉故不知其名,
藥材中有崔舌者,予倉卒
見過不辨為何物,故問之

曰　　　　　　　　　　　　　　元丈

本草有崔舌艸,即菜類而非藥物,此主治如何

曰　　　　　　　　　　　　　　松齋

崔舌味辛,熱能發表,泊帶開竅

曰　　　　　　　　　　　　　　元丈

27

公示如此置之

區々菲儀裝譽過當僕還愧変唯希芫蕾

曰

　　　　　真任

尊　親碑銘受去而以禮幣與吾受則受而僕

心愧不安

曰

　　　　　元丈

哉暫表寸誠耳叱存幸孔

曰

　　　　　真任

愧無涯微儀一封偶在懷中志略呈似豈謝云

向勞々　高筆受親碑字ヲ存浸均感未遑申謝歉

28

曰　　　　　　　　　　　　　　　　　元丈

今日欲問公而不許入堂廳心中耿耿今幸

得奉無奈日已向暮當明日末气揮灑　　真狂

曰

當依教耳　　　　　　　　　　　　　元丈

曰　　　　　　　　　　　　　　　　　真狂

三使道歸室否　以日三使出在堂廳

曰　　　　　　　　　　　　　　　　　元丈

聞三使道歸後枉臨而亦似好　　　　　真狂

曰　　　　　　　　　　　　　　　　　元丈

29

賜字之諾多謝々當置之紙墨惟乞閑時揮

灑扎對府蘭菴贈來無浮沈耳

曰画負在衡書云　　　　　　居其齋

真狂本多執滯之病若使他人居間則必不肯

爲矣

曰　　　　　　　　　　　　元丈

當依々教躬自來領之

曰　　　　　　　　　　　　沽菴

墨一挺筆一枝弊邦所作聊奉呈之

曰　　　　　　　　　　　　元丈

30

所惠文房要品、貴邦名產尤以可貴銘感、

　　　　　　　　　　　　　　元丈

曰

此硯石渠閣尾有東坡銘伏乞、高明題一語、

扵箱上今當置岾幸勿辭矣

　　　　　　　　　　　　　　活菴

曰

公請硯銘耶

　　　　　　　　　　　　　　元丈

曰

然矣

　　　　　　　　　　　　　　活菴

曰

僕不善作硯銘耳雖置之柰何

31

曰　　　　　　　元丈

堅請　許可

紙一把墨汁一壺置之當明日来領為請書於

真狂生也日已欲暮匆匆辞去左右旁午請為

留意

曰　　　　　　　活菴

紙與墨壺請書於金生員次置此房中硯亦置

扇亦置

曰　　　　　　　活菴

公衙雨来感幸昨日留置碧壺玉盃深謝

　　　　　　　　　　　　　　　　　　　　尊意、

　　　　　　　　曰　　　　　　　　　　　　元丈

梅雨連日蒸湿傷人今日亦来奉　道候萬福、
状欣慰：：昨所雷置杯壺襲装過當却以慚
汗雖是細物西洋遠産聊呈之耳
昨所　兇約藥材　令左右出之賜看閲是願
昨與真往氏約今日相見而　三使相在高堂
不得通於字官之室悵恨無已　公傳告此意、
於真往氏来會此處則幸甚矣

　　　　　曰　　　　　　　　　　　活菴

藥料徐當出　示而金公亦當傳告耳

曰　　　　　元丈

行中有小童善書人云　依　公之靈可得相見

即　曰　活菴

善書者有病云

曰　　　元丈

丹羽氏及二生欲見學士書記諸公往其室可

即私謀於　公耳　二生患次元惡也

曰　　　　活菴

34

往見極好

曰　　　　　　　　　　元丈

學士三書記異室耶同席相見可得耶僕亦往
見歸不移時乞恕之

曰　　　　　　　　活菴

既在一室同見無妨

曰　　　　　矩軒
子裁七律
贈学士

清詩佳甚今日有故不能搆和可歎

曰　　　　探玄

35

数日間 起居如何僕腫病甚劇私悶何遽前
日序文 公若整齊則今日當以騰呈耳行期
迫近故不得情論相話可歎〻〻

　　　日　　　　　　元文

瞬違数日情甚歎笑昨逢松齋兄問 公起居
乃知抱貴恙然不知 公室所故不得奉候徒
憑松兄致意耳其幸諒之余 〻示腫病甚劇然
望 顔色不見焦悴之状想是輕症勉加調攝
不日當愈勿勞聆念 又承所諸序文已成感
幸〻〻僕到晬時留在館中今日若 貴恙不

36

妨則淨寫賜之是所願也　發邁在通高會日

少豈不深可歎哉　　問不妨食耶

曰　　　　　　　　　　　　探玄

獨食未安何之恐悚々々　病床中自然有事

不得姑未奉意可嘆追後封呈如何

曰　　　　　　　　　　　　元丈

以草稿領之如何

元甫書軸跋文以卅稿示之予要讀一過耳

不負　金諾賜高文多謝々々　　　元丈

前日托之時

以從五位彥氏跋語相附焉浮沈如何　公不

記乎

曰　　　　　探玄

偶遺忘今還之

曰　　　　元丈

此扇面請　公揮灑五柄置之明日来領

曰　　　　探玄

如教矣

曰　　　　元丈

昨承諭水五合量重凡幾錢　貴邦升量容

水一升重幾許醫学正傳水一盞約計半合之

38

数狀為近耶　生姜一片重几幾許奇効醫述

生姜三片約重二錢以狀準之則每一片重六

分强是為好耶　鍾　貴邦音如何

　　曰　　　　　　　　　活菴

一盞之重七兩或六兩正傳半斤之数今世差

過矣　生姜大抵多用於發散藥中故分数多

寡不倫也大略為二錢重或一錢五分重為好

若或急解則雖作大片入之無妨

弊邦鍾子以諺書言之則去在

公持來鍾子比弊邦鍾子則不過容水四合也

予以京窯藥碗有柄者示之此碗受水壹合

二勺正傳一盞半斤之數云者當此邦一合

六勺則此碗不過容水四合者的當耳

予以生姜重八分為一片示之

　　　　　活菴

曰

狀一片淂空也

所示藥材

龍鯉甲　唐藥

杏仁　與和產同

神麴　比和製者更輕脆

薄荷　與此邦所有者同

香薷　與和產同但有莖穗無葉耳

木瓜　形大而似樝櫨以剝去皮故不同詳辨識

天南星　與和產同

木通　與和產同但細小而品劣

40

赤芍藥 與此邦家園種者同

此数種行裝中有否請示之

獨活　葶藶　防己　藍藤根　菥蓂　菴藺

草薢　大青　狼牙　白附子　虎杖　蓑茗

夏枯草　食茱萸　藁本　大棗　枳實

枳殻　滑石　石南

加點者皆無之其餘亦不知何籠中（在）

曰　　元丈

其有之者請賜覽

曰　　活菴

41

紛擾中難搜得

　　曰　　　　　　　　　　　元丈

他日來時請之

　　曰　　　　　　　　　　　活菴

當依教矣

　　曰　　　　　　　　　　　元丈

雜客紛擾不能從容請益可歎々々

貴邦許氏女蘭雪齋詩集萬曆中明梁有年者
序之刻行於世矣予嘗得閱之女子而善詩奇
哉今亦許氏之門名詩者有之耶此邦人詩

貴邦傳者有ヤ否

曰　　　　　　　　　　　活菴

雖甚紛擾亦所難避奈何許門更無継之者也

貴國詩作或有之而僕未及ニ〻誦傳可歎

曰　　　　　　　　　　　元丈

此二帙古梅園墨譜也此邦墨工所著誠不呈

當大方之觀然依僕獻之一帙欲贈學士朴君

煩公傳之伏請　兩位賜高序不當渠之榮

幸僕願亦呈矣

曰　　　　　　　　　　　活菴

43

當如教矣

曰

從事相之筆蹟有請之者依公之靈得一紙

幸孔　　　　　　　　　　　　元丈

曰示真任

拯難〻〻然當吉此意

曰　　　　　　　　　　活菴

昨所業諾髙筆今日揮灑賜之幸甚今有事

往學士道室乍又歸來請恕之　　元丈

薄紙若大書則恐破損紙希両三行寫細字耳

終日領、提誨感德無既日已向暮辞歸明日
來謁所一示藥品亦當明日終覧耳

　　　日
　　　　　　　　　　　　　活菴

告歸悵仰明日惠臨之教殆々

　　　日
　　　　　　　　　　　　　活菴

公今日沴來、訪其縁誠非偶然也昨日三扇
一硯何忘却而歸也紛擾中失記耶僕深藏守
之耳

公今日沴來、訪其縁誠非偶然也昨日三扇
予於日應池由矣、招一午後到舘倉卒
讀過誤解復來以為後來故有此荅　元文

僕今朝命駕欲出門俄為一諸疾見招看、疾故

後來耳幸勿罪之前一日所置三扇一硯然是

扇諸題詩硯諸題銘僕意謂公已許諾昨來

時竊窺之尚未成故置耳　貴暇書而賜之則

萬幸矣

曰　　　　　　　　　　活菴

硯銘書於櫃上乎

曰　　　　　　　　　　元丈

然矣明日或再明日間来領之

昨承惠藥材特歸熨案大廣聞見感德多

不可以筆謝今日亦見許覽良幸

46

向所請古梅園墨譜帖　許之否　　　　活菴

曰

公之請不敢辞而既有矩軒之諾則僕不必贅　元丈

曰

贈學士二帖　公已傳之耶　　　　　　活菴

曰

已傳之矣　　　　　　　　　　　　　元丈

曰

朴君之序願　公謀之　　　　　　　　活菴

曰

公亦堅諸僕言及矣

賦二一絶求古梅園墨譜題詩

日東奇勝古梅園家住南都數世存花發何須

勞驛使芳香入墨滿乾坤

次連山君墨譜韻　　　　　　　活菴

鼎食　君家古翰園深藏墨譜百年存濃磨濡

筆清篇得豪氣彌天復滿坤

　硯銘　　　　　　活菴

柔而剛　玄而黃　氣稟陰陽　色正文章

宣爾置之　君子之囊

昨所請菵活菴大小是獨活二種今日贈之

大棗獨活之惠感謝硯銘扇面字亦謝　元大

出示藥品

蒼术　與和産者同
但蓍根也

五味子　北産上品

麦芽　與和製者同

生地黄　與此邦有者同

天門冬　與和産同

蓁芃　與官園所植者同

獨活　與和産鳥充同

山査子　與此邦所在者同

地骨皮　比此邦藥肆償者形大無龜皮氣味全備

瞿麦　似石竹
餅莖葉收

麻黄　二種出處不同只莖白長短耳似清米者色更青

牛膝　與和産同

蒧荆子　與和産同

大棗　比此邦所有者肉多品勝

往探玄室見壁上
掛五絃來因書示興

萬里之行携琴遣風流之趣欽羨〻

　　　　　元丈

曰　　探玄

司命之責專在於濟生之道而晝夜衆人之憂

苦皆當心無樂事故看病之餘得暇則弄琴消

憂爲事乎

僕來此之後身病如此故心不在閑一未得相

貴國高名醫士奉話穩議豈不可惜哉如此相

別之後則無相會之日今日從客相話談論醫

書如何

50

曰　　　　　　　　　　　　　　　　元丈

示教詳悉僕今日在良醫室又會於學士書記諸

公不得與　公開話可歎

曰　　　　　　　　　　探玄

見良醫後更來耶

曰　　　　　　　　　　元丈

再來謁矣　昨所諸扇面字今日領之數勞

墨妙多感々々　昨為諸　高筆置紙去　公不

記乎

曰　　　　　　探玄

51

書紙幾張罷置此處耶　當書呈耳

　　　　　　　　　元丈

曰

向所气爰　高文今日清書賜之耶

　　　　　　　　　探玄

曰

今日如教耳

　　　　　　　　　元丈

曰

此跋文之末更書此文明日托蘭菴見傳之幸
甚

　　　　　　　　　探玄

曰

公興蘭菴有親耶

52

無物表情、数種凡封呈、領受如何

予贈越前官紙百張因報
漆心九紫金錠玉搔舟三種

元丈

授以木瓜、兹受瓊琚之報、感矣愧矣　元丈

問

貴國所撰救荒撮要及牛馬疫病方等書載于

金木者盛稱其功歴代本艸未見有此名其形

状之詳可得聞乎所教幸甚

答

未知如此者可歎

曰

元丈

探玄

元丈

53

今日復來李

請賜覽望之〻

手耶

　　　曰

藥材終當搜得而從事相筆難得〻〻

　　出示藥品

石菖蒲 與和產者同

馬兜鈴 自淸來者同

苽蔞仁 與和產折實樣者同

沙參 與和產同

清咳欣幸〻〻　昨所約藥材

〻〻向所請　從事相筆蹟未落

　　　活菴

遠志 細瘦與和產者同

苽蔞根 與和產者同

郁李仁 與出山牧之

　　二金山牧之

　　　與淸來者同

白蘞 與此邦所有者同

54

蜀椒　共和産同下品

　　松齋贈藕合九淸

　　心九王楖舟數種

見惠海外妙劑数品實出心晥感謝、、　　　　常山似淸來者下品

曰　　　　　　　　　　　　　　　　　　　　　　元文

坎是小物豈有謝禮之理哉還切愧難、、　　　　松齋

　呈野呂公

萬里來缺誰與論惟幸蒙　諸君子不棄�、、

相對情投心合方歡親密之際離々倘寶更不

覺潛然者也男子之別雖了萬里或可有相逢

之道而至於坎別不然生炰永別魂夢亦難通

矢豈不悲且怨哉幸異　尊公益加康健百歳

無蟾千萬幸甚此書雖微呈申為永世不忘資

云耳

歳戊辰流月朝鮮任太醫趙德祚松齋拜

曰　　　　　　元丈

後每讀此文則不勝相思戀々之情耳

辱賜高文永傳以為容顏感謝々々唯恐別

曰　　　　　　松齋

此是筆談偶然之作豈過蒙奬撰尤不勝愧難

：：

56

和活菴贈河氏韻燕巡別意　　　元丈

迢迢滄海錦帆懸　別後音書何處傳無限清風

明月夜相思空誦白雲篇

奉酬呂公寄韻　　　　　　　　活菴

一杯仙酒兩情懸老子神丹海上傳相看客中

無贈物壽常揮筆寫新篇

呈野呂公　　　　　　　　　　活菴

千山復萬水徘徊日域天神仙如不得丹術最

難傳

和活菴惠韻　　　　　　　　　元丈

夏日高堂會 杜鵑啼暮天 別離君莫道 盃酒歌

長傳

呈野呂公

　　　　　　　　　松齋

東華萬里客 隨使海中天 莫忘此日 好詩以更

相傳

和松齋贈韵

　　　　　　　　　元丈

今宵真可惜明日 一方天 別後無音信 詩篇永

世傳

曰

　　　　　　元丈

今日紛擾不能從容奉話悵恨無已日已向暮

辞去明日過訪徐叙離情耳

翌日有事不得到館

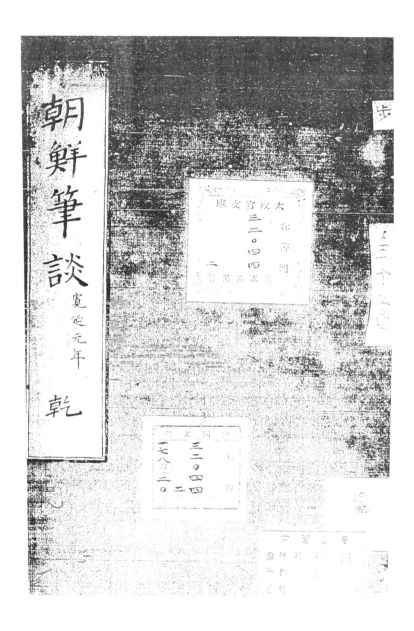

戊辰筆語唱酬　五月二十八日始至賓舘

東都醫官姓河村名博埴字子升一字長因
號元東世仕

名刺

東

諸君此行萬里滄海無恙珎重萬ゝ僕幸遇升
平調諸君千今日何不勝欣愉

濟菴　醉雪　海皐　醉雪三書記筆語

復

辱賜懇ゝ之意不勝感謝矣

稟　濟菴　醉雪　海皐三書記
　　　　　　　　　　　　　　　　醉雪

今日忝尺楮相對遂瞻望之意因賦俚言一律慰
羇旅後買勞

奉呈
濟菴　醉雪　海皐三書記案下

河長因

3

萬里扶桑外節旄來日邊帆懸三嶋路樣向十
州天堰水蒼波漲迎關紫氣偏此行倘好欲
擬鹿鳴篇

元東　奉和

日本　河長因拜

濟菴

瑤艸青岑畔蟠桃赤水邊聞蟬有城郭下馬只
雲天綷縞人情熟橫臺地勢偏軒岐訪遺緒餘
事又瓊篇

奉酬

海皐李子文

茶酒流萍後林塘積雨遍瑤草香浮曰金鰲皆
有天文華殊可喜風氣不曾偏萬里一爲別相
思縞紵篇

奏和

醉雪

元東惠詩韻

雲日蓬山外總懷滄海邊日來結夏地共語雨
花天娛我詩何有多君術不偏相看情黙契珎

4

重又革篇

學士矩軒　稟筆語

一聞錦帆東、烏泰山北斗、懷久矣幸遇諸君、今
日之邂逅、千歳奇遇也、賦呈下里一律

君是雞林客、邦元選賢天　凌碧落海外接
風煙泉傍浮雲到、名兼絶城傳、吾曹陪綺席、詩
賦愧雄篇

　　　　　　　　　　河長因

奉和

元東惠韻
嶺千重路、詩名盛、菌賢驪珠光似月、鮫綃織
成烟小雨蒼苔卯、新凉細竹傳坐邊談笑興都
入遠遊篇　　　矩軒

辱賜高和席上再用前韻奉謝
濟菴海皐醉雪三書記
錦帆凌大海横至武城邊聞說周風地當知堯

　　　　　　　河長因

5

一日天登龍鄙望切御李風思偏綺席陪詞客頻

看白雪篇　辱賜和再用前韻謝

矩斬學士

盡簪今日會滿堂都俊賢天邊衝北斗筆下吐

雲烟禮樂箕邦在文章桑域傳美珠明月色清

影入焦篇　稟　趙崇壽

河長因

足下此行山海萬里跋涉無恙至祝萬々然遠

役之勞不○仲宣思鄉謹慰僕奉

朝命謁諸君于今日詢千歲奇遇也不勝欣躍矣

跋涉之餘幸免大病而受事出彊之人將何

念及其思鄉勞問至此良感々

趙崇壽

河長因

僕屢曠於賓禮不忍冒瀆高聽然僕有平生疑

稟

河長闳

6

雲共迴仙岑秀色海争雄神方錯落傳〔秦鵲彩〕
筆尋常愧復虫一點靈犀心自照誰言異域不
〔同風〕

　　　　復

向所奉呈之蕪詞辱賜尊和拜誦再三實天球
秘寶之賜也

　　　　　　　　　　　　河長因

辱賜和席上再用前韻奉謝

恐尺楮相逢古梵宮翩羽客白雲中上池神水
滌腸妙香苑深林知物雄君是芳蘭千里驥吾
元當忭蠡書虫綺蓮喜若舊知己仙骨又看上
國風

　　稟　　　　　　　　　　趙崇壽

再疊前韻極是難矣而　公之作不添前律之
意其高才可知己

河公
　　案下
　　　　置前韻呈

雨後ノ雲烟繞ニ古宮ニ詩情酒思笑談ノ中衣冠箕ノ國

人非ニ傑物色東都地稱雄ニ河氏怏シメ論卅木ヲ呂ノ

公歴シメ數奥虫定知ニ一別期難再消息何ノ年寄ニ

遠風ヲ

此ノ日僕、与野呂生ニ到。故有ニ河氏呂公之句

稟

亦有ニ所ニ著之書耶

　　　　　　　　　公博識明辨也　公　趙崇壽

復

見公之疑問數條可知

　　　　　　　　　　　　　　　　　　河長因

僕、竊寸蚊力且多病也大遠所教耳今接ニ紫、

眉辱承高教何ノ悦比焉

稟

公之食必因病然乎　僕意不平以侯焉　趙崇壽

　　　　　　　　　　　　　　　　　　河長因

平日所食元不多而今以病故愈減於前年

　　　　　　　　　　　　　　　　　　河長因

稟

8

復

僕適有小疾委痛者已多日而今幸歇私幸々々
　　　　　趙崇壽

復

蒙公致問良感々々
　　　　　河長因

稟

僕先拜馬金聲玉振字々飛動非所筆舌之及
矣附與於元卓則其欲躍猶見其貌也
　　　　　趙崇壽

僕昧々於序跋文字而重違其所托勉強呈副
而已公已先見之耶元卓公高明之士其可
無呵責否僕方以是為慎也
　　　　　趙崇壽

稟

野呂公有今日相奉之約何無聲息也
　　　　　河長因

復

聞呂生今來舘下僕今日不相伴以故不知其
集也

稟

橘公近日無恙耶

趙崇壽

橘生無恙今日不來

稟

河長因

公疑問以病之故尚不得論列以呈可歎方在

趙崇壽

艸蕘不能謄出

復

懃三教諭勤悲曩所呈之疑問不要今日淹留

河長因

有一日他日出命

票

公瑓作今始奉和文辭荒陋表寸愧而已勿怒

趙崇壽

為也　前會和詩此日成

奉復

河公瓊韻

經來皎窘與龍宮多少光陰萬里中遠客覊愁

趙崇壽

10

而不決者因呈問目數條冀俟他日閒暇而賜

海涵之意幸甚又呈蕪詞一律

呈

良醫活菴案下

復

一夜星軺入桂宮龍門隹會驗壇中四方專對

姓名著三折現成職事雖裁賦嘗知工繡亮後

毫却愧名彫蟲軒岐聖業君全在試得東醫許

後風

趙崇壽

復

瓊作看來不覺欽數疑目眩俟暇日寓目而但

僕素乏辯解之術恐負所教也

和未成日己愆矣幼他日而去

河長因

稟

貴邦所專用之方書爲何耶

趙崇壽

貴邦之醫亦各有所尚之不同而但僕平世無

蕪邦之醫亦各有所尚之不同而但

所主一之論見內傷用東垣法見外感用仲景
法其辨從其病而試之不必泥於一書也

　　　　　　　　　　　　　　　　趙崇壽

君筆箚常好讀何書耶亦有君尊大人耶
　　復
　　　　　　　　　　　　　　　　河長因

僕年二十七矣去歲失父父
前朝公主之侍醫任法眼位且僕亦不泥一書如
公言
　　此日投問日

　　　　　　　　　　　　　　　　趙崇壽

六月三日
　　稟

竊接光儀辱承清歡以遂鄙思奚不任踴躍矣
　　復
　　　　　　　　　　　　　　　　河長因

昨拜甚忦忦不無慚恨矣今幸足十狂顧陋
所感悅何可量
　　稟

聞有小恙時炎暑自愛之

　　　　　　　　　　　　　　　　河長因

12

想不忍父座之勞冀坐毛莚上不要怚情
　　復

方待客豈敢自取便易耶　公休慮也
　　稟
　　　　　　　　　　　　　　　趙崇壽

辛卯巳亥年間良醫筆談或有可見者耶
未盡見也如奇斗文實知博覽後才也因其論
得効驗者甚多矣今有其孫耶　河長因
　　復
　　　　　　　　　　　　　　　趙崇壽

奇公之孫方仕於朝餘慶不隆
　　稟
　　　　　　　　　　　　　　　河長因

僕先人之弟子有因元立者藐岱菴者請拜謁
國禁不許憑僕奉書及詩願他日賜尊和
　　復
　　　　　　　　　　　　　　　趙崇壽

聞有邦禁不得相見識可歎投書詩作當待小
假當和呈耳

禀

一舌疸之症萬古難治　河長因

復　公有金方則示之　趙崇壽

舌疸即君火所生病也君火為崇則治亦難矣

其大法神其水使虛火下行則愈然後或烙之

或刺之付以生肥之藥然不愈莫可行　趙崇壽

禀

蘇公岱菴曾祖蘇茂者朝鮮人耶　河長因

復

貴國之產也曾孫今忤北方諸侯以醫承寵
蘇岱菴所鬻之書中云朝鮮人故有此問
趙崇壽

禀

蘇茂者朝鮮他地之人云耶　河長圍

復

僕不審之他日報耳　趙崇壽

14

其居趾及來歷一二。詳示之意、傳於蘇公也。

謹承命諾ヒ後

　　　　　稟

　　　　　　　　　　　河長囚

我國出ス一種人参ノ莖ノ葉華實不異本艸所説其
根形貴國所謂與竹節参者根類其味甚苦不
假世俗以其艸洗汁蜜水製之雖苦味去非
本然之甘味僕先人得一之製而製之甚可也
不假他藥之味而苦味生僕先人每眼

人参疼中見一日眼所製人参亦疼中有血
由是觀之其功相類。貴國所産之人参子

　　　　　　　　　　　　　　趙崇壽

貴國産参之説曾於大坂已聞之且見其莖葉
雖或彷彿其其味寮其形果非真也雖百般變
幻而成其味將焉用之我人参本ト無製法因其
自然而用之公無惑焉

示論足破疑惑然貴國所來之人参数斤之中

或有焦黄色者則何非製之乎

雖者傳僕祖之茅亭壺紙脱簡未詳僕畧

記之耳強請示教

正德中寄生

河長囧

後

趙崇壽

謂魚製法者説不聞甘艸煎汁蜜水等耳弊邦

所産之参亦新出土中者苦味存在而但取出

之後以新薹煎汁盛釜中一薫之耳無焙炒之

製也一薫之則苦味流釜底僕未知其詳者不

自ラ製也

後

河長囧

凡古方令人吐用鹽湯我東方俗多以鹽湯

不吐却得甘味吐貴邦亦然乎

趙崇壽

吐劑之峻者瓜蒂藜芦之屬其輕者為鹽湯而

甘味之能吐僕未聞之

稟

大醫院中如公者有幾人其他名時醫世醫　趙崇壽

者僕不辨負數

復

凡仕朝者二三百人中侍醫者二十人強其　河長因

他徒四方諸候者旦居止於市中者不知其負

數矣

稟

河長因

何

曰昨入

復

城上有可見者耶宮室之美惡亦如　河長因

宮闕之美麗武昌之大觀雖漢宮亦有加之乎　李栢齡

哉金鉤餘色玉欄彫工錦繡雜見無一點瑕可

謂東方君子國也市陌之榮繁雖中國無如焉　李栢齡

稟

執院梵宇如此舍者　江戸所構幾屋
河長因

江戸如此賓館者多而不記之如此者不足勝
論也諸候之第宅並士大夫之屋宅其大者倍
之以二三其他不可枚擧也
手柏齡軍官也在旁問之

復

旅途有腸痛者至今數日無藥驗公有奇劑耶
趙崇壽
河長因僕

公所嘗知也公用
趙崇壽

腸痛雖有諸因大抵屬所者多

用吳茱萸製黄連加小柴胡有驗者多
此方乎
稟

嘗用小柴胡未加吳茱萸製黄連
即出藥篋合劑包紙上書方名使小童投
之其旅窓後不問愈否
稟
河長因

18

筆語數迴不知日暮亦不忍別

難慰他日復來而拜光儀從請　公雖然煩勞

復

半日相語情誼已歡矣若賜更臨何喜　　趙崇壽

別後思君明月懸霄裁賦情中傳警欸一一　河長因

鳥珠玉只見難酬白雪篇

奉酬　　　　　　　　　　　　　　　趙崇壽

河公贈韻

一天皓月雨雲懸別後信音歸雁傳裁得心中

多少意賀君爲我賜詩篇　　　　　　　河長因

稟

絢五日當來謁未知　公許之乎　　　　趙崇壽

復五日絢

幸勿違五日絢

六月五日

稟

僕自獲光儀退則無須史不公左右而十一日之

河長因

懷僕菲劣不圖獲公之意杯酒談笑無不如平

生之誼者慕藺戀之何以令僕至于此也顧夫

千百里之外千百年之間亦唯一時之遇而己

日用易消方臨公西歸則如之何僕何日忘之

悲喜交至听千百里者迢兵千百年者夂兵亦

唯一時之遇以為素則不亦悲乎然為一時之

遇僕天幸亦莫大焉賦一絕鄙情而己

夜夜望明月幽幽千里思平安情裏事別後又

誰傳之

復

公之恨即余之恨也一別之後各天一方消息

難憑念厚情至此令人悵黯贈來詩篇尤極感

幸

趙崇壽

朝鮮國楊州趙敬老活菴

20

奉復

日本國大醫河春恒公元東以別

扶桑一別，後雲水長，相思異國，心中爻除君更

是誰　　　　　　　　　　　河長因

稟

奉呈燕詞辱賜和深情江海難謝何日忘之償　　趙崇壽

為別恨之種也　　　　　　　河長因

稟

爻字知之乎　　　　　　　　趙崇壽

友字之古字乎　　　　　　　河長因

後　　　　　　　　　　　　趙崇壽

稟

然也友友之字義公熟思焉　　趙崇壽

席上再用前韻奉謝　　　河長因

活菴趙君案下

欲運十萬里應使我相思胸裏情多少從來又　　河長冏

對誰

疊韻贈　河公元東

千里復萬里相思復相思相思唯是君君今更
向誰
　稟　　　　　　　　　　　　趙崇壽

　復　　　　　　　　　　　　趙崇壽
公何盡剃頭髮耶

　　　　　　　　　　　　　　河長因
我東方習俗使醫剃頭髮以備且多之急速

　問　　　　　　　　　　　　趙崇壽
習俗所然可如何也

　　　　　　　　　　　　　　河長因
野呂公何不來

不知有何故也

　稟
公之疑問昨因客擾未書呈可歎　趙崇壽

22

復

示論惘幅拜勿労公慮今日擾々　他日更命ニ

　　　　　　　　　　河長因

公昨、先君春辰、公著書一冊附於趙松齋又以
公醫案、付金探玄求序文矣今日何不請來相
見

　　　　　　　　　　趙崇壽

當如教

　　　復

票

　　　　　　　　　　河長因

固日、擾雜、二公佳作未見耳
〔二公者蕓岱芝山也〕

　　　　　　　　　　趙崇壽

示教極懇、他日賜公和

復

票

　　　　　　　　　　河長因

嚮所命之蘇茂之事僕詳扣之則書其來歷如
是也

　　　由始閭、䕶岱䕋之祖朝鮮人請其輿之
　　　圖使攷岱之䕋割來歷以輿之

復

　　　　　　　　　　趙崇壽

貴也此人或可得見耶〔恨〕
　稟

國禁不能相見彼亦甚焉
　後
　稟
　　　　　　　　　　　　　河長因

兩國相好一人之往來有何關重良可歎也
　稟
　　　　　　　　　　趙崇壽

彼者陪臣也所其徃之尹不許也恐待諸君有

過失也我
　稟

大君之非不許也
　稟

日之前所請之一方以閒暇書賜焉

當如教
　後
　稟

頭風雖有諸因而年冬者難治公有金方則書

賜之ヲ

僕
有三方及神灸法當傳為僕秘公之念我可
謂至矣謝以家秘勿輕卒焉　一方藥灸法別記

後

嚮所呈之書見之乎

稟　趙德祚

所贈之君先府君論集奉覽而序文則呈作文
尚未正此故不呈明日送呈其金探玄有病不
能來赴也
此日館伴大守出墓食於序上
僕為筆語使兩醫食之

趙崇壽

河長因

趙德祚

君今持來鍼乎冀見公之鍼

即持去何有難乎　貴邦之鍼品好故欲使工

作鍼看鍼本則可易　即出九鍼而示之

河長因

趙德祚

大腫鍼　其形似三稜鍼大
　　　　五分強長廿一寸一釜

中腫鍼　似大腫鍼小者也

咽喉鋼鍼　其形如筆頭

經絡鋼鍼　其形短小

小史鋼鍼　其形細小而長

三稜鍼　大小各四品

貴邦用此鍼耶
　　復
　　　　河長因

瘡癰家多用之各有異同耳專行鍼治者大抵
用毫鍼多以金銀作之間有鐵鍼
　　　　河長因

公見積聚痞塊而直刺之乎見腹痛等用何鍼
耶
　　復

腹中之積非鍼則豈可治之乎積痛臂如岩上
　　　　趙德祚

26

之苦ヲ以テ藥ヲ治スルコト如水ヲ洗岩ノ上ニ苦ヲ以レ鍼治スルコト如以

釘削出也故我臨積痛以大綱鍼治之兵以經

絡法論之秋冬深刺春復淺刺多以委中穴論

之不刺此穴則痛難瘳兵

　　　　　　　　　河長因

問　尊年幾

答

三十九

　　　　　　　　　趙德祚

　　　　　　　　　河長因

六月七日

酷炎蒸人以候問　　公疑問尚在州中未

復

　　　　　　　　　趙崇壽

君有信不變絢良感之

　　　　　　　　　河長因

正書草稿先看如何
稟

僕不顧巨多之煩勞呈疑問數條示論已具而

今拜州也不要正書也先見二三條而今日擾

不能褻視若有疑則他日可呈 重賜示教

　　票

教意勤悉而以艸書投人事涉輕忽奈何 對客　趙崇壽

餘日炎酷尚未下手多愧々々　復

曾承懇之意以艸投僕又何有乎　河長因

　　票

此物弊邦簡紙也以裹寸愧々　趙崇壽

　　復

辱惠簡紙數葉唯恨以此簡紙無可候平安遺

恨々々　河長因

　　票　趙崇壽

二詩僅次以 送爲僕傳予曨-㕵-菴 眄-元-立-之和也

　　復　河長因

謹諾々々　河長因

　　票　河長因

28

痔久而爲瘻者難治公有金方示之，

痔瘻無竒方有灸法及付藥之法別書呈之姑
趙崇壽

俟來日

稟

後

實意慣呈幸容焉

參代渉參服百貼可以永瘳唯當慎起攝生

日昨所命公眼藥四物湯根本方合生脈散人
趙崇壽

稟

至懇何日忘焉

後

時疫之症疑似不爲少即疑目袖來唯亦似不

顧煩勞肰良緣千歲難期冀書賜可否約十日

而可来僕無官暇從今難頻来遺恨
趙崇壽

河長冏

河長冏

從今以後難頻訪云可歎十日之約幸勿違也

29

問條敢不仰副耶

稟

日昨惠投之書封復幸公來以自呈

謹覆

趙德祚

河公案下

兩三蒙先顧聞耶不聞萬里萍水此緣不偶日
間興居佳適冠卷之文重違盛意敢此構呈愚
陋之見豈有萬一之發揮只今佛頭鋪糞諸恐
諸幸不一日異離雨散未前答更接清範則何幸
如之姑此不備

戊辰流月上澣趙聖哉松齋拜

清心九二九　　蘇合元三錢
紫金丁三錢　　玉樞丹三圓

滄洲小言序

余少而業醫其用力亦已久矣凡世所傳藥餌
鍼焫之書靡不畢覽而顧其編帙汗漫難讀軒
岐之書尚多和扁以下唐漢宋明之際以術名
者指不可屈而俱有所論著紛紛籍籍同有故
趣北若滄海千重涯涘莫下終南萬疊蹊徑易
錯余常病衆言之難撮疑晦欲就當世有道
之君子而稽疑賀其會要者又矣今者隨
使槎至東武之越數日有世醫　河生春恒甫
者踵門請見遂延而上之與之語其言也雅
其言正而詳不問其淵源也往返數四袖一書
來示曰是吾先君子滄洲公所自著而先君子
平生精力盡在此矣顧得君一言弁以資之不
朽之傳則存沒俱有榮矣余乃受而讀之蓋本
之性命之正語絅而旨遠究之理氣之源義奧
而辯詳所論不越于四五條而千方萬法靡不

31

實徽所編不盈平數十板而諸家衆說無所不
固其於神鴻虛實之剜增減升降之法實有前
人所未發之妙余乃俯而讀仰而歎曰是豈非
向所謂有道君子余所欲就正而聽其會要者
耶噫吾之來晚矣雖不及聽公之論而其書
存焉則向所疑晦者可得以證而正矣向所汗
漫者可得以撮而會矣然則子雖不言余不
句以無一辭況子之言既懇旦切則余安得而
終嘿而已乎於是乎忘其拙而略焉之說若
其言外之旨不傳之妙生必有得之　家庭訓
誨之際而非余曾莽者所敢逆道云再

歲戊辰流月上澣朝鮮國醫官趙德祚松齋識

　　序

　　筆語

先府君之著書氣味清勝非所筆舌之及也序
文公懇請之故不避拙搆篇塞責心甚不安人

　　　趙德祚

32

蒙過獎尤不勝愧慚

復　　　　　　　　　　　　河長因

懇教勤懇日昨所請之序文成而入鄙掌不任
蹟躍語之金壱言之玉圉風雅非所凡之及也
以冠書而托不朽實先人之大幸也旦承惠諸
藥徒來可退二豎子多謝

六月十日　　　　　　　　　　　河長因

別來三日無恙否以候問

復　　　　　　　　　　　　趙崇壽

往駕旅窓蒙寵過分良感之　　　河長因

癲癇之一症萬古難治有金方則賜之

有二一方即別副耳　　　　　　趙崇壽

復　　　　　　　　　　　　河長因

公亘寬坐�33崇壽有少
　　庚故云

趙崇壽

河長因

嚮所賜序文還家而讀之意味絕妙一筆之力
九鼎可扛一字之價千金可値非常僕幸先人
之幸也非所筆舌之及多謝

復　　趙德祚

先府君術業之精美文中之雄偉呈可講美而
僕之文字短拙書不盡心自愧慚

趙德祚

聞
賣國之
僧官醫官最多親近於　趙崇壽
大君時常出入近侍而各州大守之請見於
大君也僧官亦屋間導達偕與出入云此言然否

僧徒何親近於　河長因
後
公休憲言
復
大君而冒瀆乎無此事矣

稟

若公何不常侍也耶

　　　後　　　　　　趙崇壽

非所僕知也。

稟　　　　　　　河長因

向所賜之示論有未明者再論列而請示教

　　　後　　　　　　趙崇壽

勤悉當如教

此日別學士書記其他六七人來

趙崇壽旅窻唱酬筆語著干略之

不記也

送

洮菴趙公　還朝鮮

送客杯擲驪別筵　多情異域轉堪憐　富山雲隔
千重嶺滄海槎浮八月天　數去猶餘秦鵲翼　愁
東條見鄆人篇　江南縱賦梅花發　驛使鴻書不
可傳

稟

河長丙

良緣相逢千歲難復一別雙淚滿把

復

趙崇壽

萍水相逢惜誼頻懇不日之間將還尋舊路別
後消息雲山唯見明月而情相通耳心悶

河長丙

送

松齋醫伯還朝鮮

滄海杳無際離亭斗酒香愁心明月色萬里三
秋長

稟

河長丙

今日一別雙淚悵々

復

永作平世之別不勝悵贊明日別章必送呈矣
可答韻出送明明期迫故未以行

趙德祚

送別席上

諸君

諸君還萬里一寸白雲孤總向西流水日南但
泣珠

稟諸君

翻手會覆手別心中悵悶々々

河長因

復書記海皐代席上之人各

李海皐

一別萬里離會蚊蛇一過無可通信也天上明
月意々相照悵然々々薄暮一別辞去

河長因

六月十二日此日甲伯求至賓館
乃通書於趙崇壽

呈

活菴趙君案下

昨握二手草一、遺恨如レ岳令舎令田伯求レ為二使价一他
事傳二語松齋一無レ恙為レ僕致レ意膠涙數行艸不
備

濃州白紙數葉照レ心 一面雖レ物 不レ足レ論表二寸心一
咲而留

六月十二日元東河長因拜

副呈下從筆賦二一絶一ノ

偃人天上去二玉笛一落二梅苍一明月三珠樹偏思二八
月椊一

奉　　後

日本國大醫河公案下

即者雨中忽荷二貴門生一適二狂一兼承二 問書一怅
喜區區曷以レ形喻二僕行期隔レ霄事多擾惱愁悶
問更不レ得レ與二公握別一此心帳缺如何可レ言海山

一別音信永隔瞻望歸雲依々耿々范將蕪詞
以寓別懷

惠來紙與鏡深感厚意如無以爲報也
逢塲草々又離莚異域論交亦可憐別意蒼茫
雲帶樹歸愁寒落海連天襄中參木無神術一世
外烟霞有拙篇從此音容便長隔欲問消息更
誰傳
東南氣候早六月芙蓉花歸路杳如夢秋風可
迟樣
　戊辰季夏
朝鮮國活菴趙崇壽

滄州小言序
醫之道大矣其將以司人命順物通于三才之理也
是以古人云不作相頭爲醫豈非以所濟者博耶
余嘗粗醫此術然十短識淺不足以得前人萬一

蓋抱書迷方者、吾今歳之東遊也、非直為萬里山
海之觀而已、意以為異方之君子必有神解妙悟
者一質平生之疑則是吾藝成之日也、然自馬州
五千餘里東得其人焉私自以為恨及至東都
得與滄洲公過聽其言而叩其術嘗所謂神解
妙悟者果在是數已而又得其所為滄洲小言
蓋辨古人已證之病命之齊矣以己意増損得宜
未發之秘援引有攄不至於務新孟浪歸嗟呼苟
非積有功驗深於自得者其焉能與于期醫者意
也余嘗病後之人固守死法不識通變顧迷甚卒
不能以一辭闡發今於滄洲之書既嘆而繼之以
愧也然古人積驗已試之方亦不可以惟意紛更
是故欲免膝柱之譏而終犯人費之誚者多矣可
不戒乎然以滄洲深見博識豈有是哉顧公益
篤其術使其言可信於後則其於司个命順物性
方可以無媿頼其所濟豈不博哉送余之歸也固

40

已

諸弁卷ノ之辭ヲ以テヤ余ヲ同ニ其ノ術ノ也遂ニ為ニ之説ヲ其レ亦忝也

朝鮮國大醫金德益探玄拜

謹テ問フ日ヨリ来雨ノ中

動靜凡ソ百益後佳安仰ニ溯ス　僕隨棲萬里ヨリ来棲ニ

孤舘誰與語者幸蒙ス

是下ノ之不棄累獲

顧問診論終日此喜ヒ何極留舘百日發程陶冩ヲ

還切悲愴男子之別雖萬里或可有更ニ逢フ之道ニ

而此別則不然情魂亦難通矣豈不悲且恋哉

只冀

供職多福退齡無恙而已拙詩數句仰呈萬望

和次ス耳不宣

戊辰六月十二日趙德祚松齋拜

與君担對席無語口先ツ杳ニ天地杯樽老襟懷去テ

長┄┄┄┄┄┄┄┄┄┄┄┄┄┄┄

松齋謹稿

奉呈

正使澹窩洪公臺下啓

伏以八埏布和善隣長修同好之盟四海輯寧

兩朝均蒙太平之化茶惟

正使澹窩洪公臺下邦後士　天下偉才金相

恨微命賤工真無條暢之功庸流末伎實非知

玉質尚餘秋月之明氣儀喜徽共如春雲之潤

駒之手叨請登龍切頋附驥式修尺素茶伸寸

丹統願台覽不備

日本

延享五年戊辰夏、

醫官河春恒頓首再拜

奉呈

正使澹窩洪公臺下

冠盖迢臨積水東、仙槎萬里武溪通、坐天鵬翼
橐濟海映日龍旌拂碧空、欽漢代箕邦
禮樂仰商風極知能誦詩三百專對寸名獨自
雄

奉呈

副使竹裏南公啓

伏以乾坤一緯航轄忽通日出之邦風波萬里
雄旗新入海頭之域江山有助跋涉是安恭惟
副使竹裏南公臺下鸞鳳玉姿蕙蘭芳賀英名
出群風擢執圭之使德業超衆遂貞擁節之寸

43

恒叩仰光輝敬申愚衷臨啓不勝愧悚之至

進享五年戊辰復

日本　醫官河春恒子升頓首拜

奉呈

副使竹裏南公臺下

雪漢星旋滄海邊翩翩征旆自

朝鮮堰河遊矚迴波濶富嶽題詩積雪懸雄劍

寒光衝斗起凌雲奇氣傍天連喜因君有圖南翼

六月扶搖見俊賢

奉呈

從事蘭谷曹公啓

伏以彩鷁浮海上萬里之狂風不揚波葉驄通

原程九折之曲途未必險大夫跋涉獻臣忠誠

候人喜迎國士爭望恭惟

從事蘭谷曹公臺下學勤三餘功敷五典成績
頴紀三千大常功名蛩座干竹帛禮曰樂云自習
風干三代之際惟詩惟賦全取調于六朝之間
恒杏林陋手欂櫟散手蜩鴬微翼漫羡盤鵬之
大翔駑蹇弱蹄常抱登龍之切思大川能容何
擺汚溽明月借光普照腐谷遂揮七寸之管戒
脩半尺之蠹伏乞盛亮不備

日本

延享五年戊辰夏

醫官河春恒子升頓首拜

奉呈

從事蘭谷曹公臺下

桑瀛東大潮廻錦纜牙檣向日開馬島霞從
龍旆起仙臺月傍鷗舟催連城長抱斗和韓繡
亮並驚曹植才正識歌詩觀國俗唯今誰又數
州來

六月十日憑上、官呈啓及詩以期歸廻故不贈後

上、官亦以此言傳復、亦強不求後

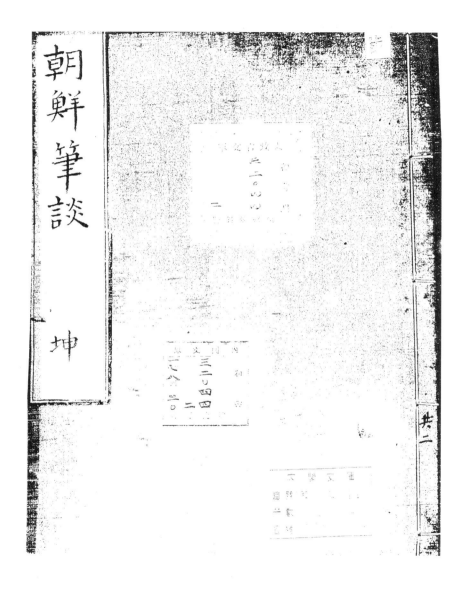

朝鮮筆談　坤

積之用鍼候豈不知也韋見以鍼治積者未易見效
徒煩真氣而已是以肝積之外皆不可用也
以鍼開讀讃之論因是也刺積塊者無其説也僕是
以言其不可也

　　　再答

　　　　　　河長岡

再得高論解惑

　　答

飲食之初入也其不由過于肺手飲食之精液自胃
後上湊於肺自肺復傳布於諸臟故曰相傳也以治
鍼二掌解之以相傳則不可相者奉今而行者也治

　　　　　　趙崇壽

節之令相何以主之也素問註論議多端或曰相傳

或曰相傳至今紛と者此也相傳者輔佐君主之謂

也金肺何得以輔佐君主耶火見金則起而克之反

損其気豈有輔相之意哉

河長因

再答

高論謹悉若公之言則所謂治節出者因何于肺金

出治節之說請示教

答

趙崇壽

治節者言分布諸気之謂也

稟

河長因

4

一夜再換洗以五枝湯内服藥則用益元湯苡塩水
炒一錢當歸酒洗一錢白芍藥一錢人參一錢或代
沙參然用个參為可槐再一錢川芎炒去油一錢枳
殼去穰七分其草節五分作一貼水二大盞煎半空
心服三五十貼

再問　筆語

承高教昔日之惑一旦氷解散再問其難會得公議
僕樂毫鍼而已此是我　東方之醫用毫鍼多奏効
也非限毫鍼小大今有異醫固所好而用之雖有間
用三稜鍼者甚多矣是公所謂有利於東方者也
來論曰肝積則借金之氣制木之盛僕竊為足下不取

夫以鍼開積欝者全擾于經絡俞穴豈有借鍼之金
气而制肝木之義哉五行生尅之理固有焉是則不
關又謂國尺者鍼之長短也命穴遠近則用同身寸
固然矣

公論肺而非相傳爲相傳此說固有焉僕不取夫心
肺者佐於膈上心者君也肺者相也搁肁相相傳然
也故主行榮衛所以謂治節出也經曰食气入胃濁
气歸心淫精於脉飮入胃遊溢精气上輸於脾七氣
散精上歸於肺通調水道下輸膀胱水精四布五經
並行未聞飮食不入胃之前肺先受之傳傳之義再
諸高論耳

答

不治者也

喜混湯不喜冷者熱未實也症尚在表膈上有寒云

者言其在表已尚未解也

時疫及熱病熱入腑者亦多有之又何必傷寒之熱

獨入於陽明而時熱夏熱之熱豈不犯陽明乎

蹻卧固爲凶症而伸卧亦忌之

小便閉有易難之別熱爍水竭者難也熱蓄於下而

腎水傷者易耳

時疫之治多誤者以其不究運氣之變遷加臨盛衰

故也若難憑於運氣則厚樸正傳之論斯可矣

七八日熱重舌黃者牛黃一二分月經水磨服一二

次最易得汗而解

八九日熱甚重舌黑者甚危人糞和眞黃土作泥灸
於火上乾菖蘇葉煎湯浸之取其淸汁頓一二盞壯
實者或三四盞自然得汗而鮮虛弱人卒難用人糞
涼膈散合益元散磨午黃膏二三丸服二三貼最好
老人亦難用涼膈之屬丹溪方中人中黃丸畫便磨
眼三十九五十九三五次爲好
此數方於古方所無不可忽也而其餘隨症變通屢
實補瀉難以言傳可歎

治漏痔方　雲母散　露蜂房灸盡五錢穿山甲
炊焦三錢龍骨人牙一錢或五分雲母一錢輕
粉五分麝香三分乳香五分蟾酥二分枯白礬五分
虫蚛灸乾三分同爲細末每將少許納于瘡口一日

8

至於疫癘无難試之也

時疫與感冒不同時疫是運氣變遷不正之氣所觸

也感冒是四時風寒暑濕正气之所傷也不可混而

論之也

大熱之症用苦寒藥正是對待之治何為不可然熱

盛而真氣弱者苦寒與熱邪相爭頁夫判之除无

气不能抵當因而自盡實非苦寒之藥不宜於熱病

而肤也是以大熱之病反取以凉藥者其意可知經

曰真氣實者易於用藥誠哉是言也

六味湯加童便治者甚善然清熱凉血之藥惟或可

矢而至於熱芎山藥之屬泥滯膈胃辛難益水而制

熱雖有童硬清降終難試之於熱病也

冬月夏月之論大不然矣霧露之中上焦者其病也

淺人虛而中三下焦其病也深只以人之虛實病之輕

重而有上下之別又不可同論於時疫中也伏陰伏

陽之說尤不可論也其症有欝而成熱者有虛而直

中者與傷寒直中相似溫熱之劑何可闘乎熟極而

成下痢者固不可用熱藥若中寒脾腎虛而下痢而何

小便清臍下冷脉沉微者不用溫熱藥而何

以脉辨陰陽症不但以尺脉爲驗也

初發惡寒者或挾外邪也

以榮衛胸膈分表裡則榮衛爲表胸膈爲裡舌上白

胎滑者有二焉邪未入裡而白者易治陰陽�023隔症

白胎滑而下痢頬不能食心下痞者此正仲景所謂

不ㇾ更ㇾ衣爲ㇾ譫語所ニ以テ津液拈竭大腸之燥也故雖十

數日不ㇾ便亦無所ㇾ苦也

耳聾一証似ㇾ乎少陽病而無寒熱徃來所ㇾ以從表入之

寒也經脉篇曰三焦之動耳聾渾渾淳ㇳ嗌腫喉瘴

是也況テ三焦腎肝之火逆上盛乎踤卧之一証傷寒

家爲少陰藏寒之証也時疫入ㇾ於鼻之邪注于腦下

莽襲腎以腦通腎也凡踤卧在於傷寒家爲ㇻ山候時

疫亦然矣

齗津血凝結如漆者陽明経血爲燥熱所ニ煎熬成

也宜涼血生津之藥

日久而下ㇾ瘀血如脉肝者不ㇾ治

小便閉者因腎陰已亡也多不ㇾ治

右件之一症我　國甚多而能治者亦甚少矣僕不
顧不才呈愚見伏冀高教唯亦雖仁人不顧萬緒之賢
芳以實良緣難常也先生明諒之賜金匱之敎方多
幸何比

答

古之病與今之病何異也時疫者四時運氣變遷不正
之氣所感也癘氣者一方之氣所觸無所傳染水土
之疾專王胛胃不可論於時疫等病也運氣加臨變
遷而爲時疫則四時同然其不傳染者非時気也不
過爲感冒之重者
刺熱之法在善鍼者論不善者徒損真気熱病轉加

冬月得病十二日有下痢者陰邪下奔而出於下竅

也誤爲陰症斃者甚多其冬月或有見傷寒三陰之

寒証者冬月令氣之寒勝而下焦之陽頁是摘傷寒

論中扶陽頁於少陰之類也令氣之寒盛而直入腸

胃腎間之陽不能拒之故見溏泄或手足指頭微冷

等証治法用姜桂附子治之者多或外寒入裏而腎

間之陽無所客而上乘于心包絡口舌乾燥心昬卋

語雖似陽証泳如陽明胃實譫語者僕先人治其証

一鄉户户皆同病焉僕亦相共診治之醫以爲陽症

施治盡死僕先人爲三陰溏泄之症以四逆湯附子

理中滿得悉愈矣其口舌乾燥等陰盛隔陽之証也

此証所希有冬月寒熱嶷似之間須以脉別陰陽陽

症得病之初右尺脉有力陰症脉雖數右尺無力可
以爲明徵矣

時疫諸証大概

初症必發熱頭痛似大陽病而無惡寒也反有便亦
口渴等裡証假令有微惡寒亦肺畏外入之寒故然
矣其惡寒不過一二時乃止矣所以邪不在于榮衛
在于胸膈也

初得病時診脉有于擡者所以三焦之火盛爍肝風
得病二三日有舌上白胎滑者非胃熱仲景辨脉法
曰舌上白胎滑者胸中有寒丹田有熱是也
口燥身熱大便不通似陽明病非陽明故無邪入腑
之証其渴亦喜混渴不喜冷飲所以膈上有寒也其

是也熱盛而為傳經乃言之熱病素問熱病論曰人
之傷於寒也則為病熱熱雖甚不死若時疫有熱
甚而不死者乎哉時疫無有傳經矣凡熱病之治法
内經有刺法尤詳也如刺熱篇是也其中有一條治
法云治諸熱以飲之寒水乃刺必寒衣之居止寒處
身寒而止矣時疫用此法可愈否哉柳所以時疫熱
病相似者熱之所由生同而病之所由發不同也時
疫温病之熱同生於三焦鬱火也然而時疫因外邪
之襲而病發温病因春陽發動而病自發故温病不
挾外邪時疫挾外邪是所以為其異也
時疫與感冒同一源唯有輕重之分耳輕則為感冒
重則為時疫也時疫之邪中于上焦又及中下二焦

15

大槩一身為火獄也醫誤用苦寒之藥斃者多矣苦
寒之藥非所能治焉返逍炎火之勢苦辛散之藥助
其熱燥所以難治也僕先人用六味地黃湯加童便
而治之者甚多
此病夏月與冬月有相異者夏月伏陰在內上焦外
入之陰邪下奔則三焦之火咸邪遂作上寒下熱之
証也仲景辨脉法所謂清邪中於上焦名曰潔之証
也乃所以伏陰在內也冬月伏陽在內上焦外入之
陰邪下奔則亦三焦之火逆於中焦燥熱薰薰於胸
膈而外入之陰邪為欝火所化遂作焉有所以伏陽
在內也故曰乾舌焦津液涸全成大熱症治法曰
苦寒和解也醫誤用温散温補為害多矣不論夏月

下無爲醫俗所染快祛無瘳之謬方豈惟足下之一
身而已哉　貴國生靈遍受其賜惟足下念之也

　　問

方書所論之時疫與後世之時疫異也今稱時疫者非
疫矣疫者山嵐之瘴氣水土之穢氣人感之病其氣
必行春夏之間矣相傳染而動至匕門焉今稱時疫
者不肤也無相傳染者其病不必春夏之間雖秋冬
亦病焉由是觀之非疫也明年雖然償寡陋不能敢
更正其名故依倍仍稱時疫
時疫與傷寒相類矣然而類中有不類者傷寒者風
寒循毫毛而入於營衛營衛受邪故惡寒營衛爲風

17

寒所閉塞而表陽欝而作熱故發熱也麻黄桂枝之
二湯踈表和表而邪與汗俱出而愈矣若時疫者發
汗所大禁也若誤汗則亡津液病勢益盛此症多無
惡寒也所以不闗于營衛也矣又與温病相類矣然
而類中有不類者大温病者金匱真言論所謂冬不
藏精春病温是也冬不藏精者眞陰先虧陽擅用事
遂成陰虗火旺之軀陰陽應象論生気通天論亦云
冬傷于寒春必温病是則冬時寒令傷人之表気則
三焦欝火不能發越而欝火生熱熱旺則陰衰此亦
咸陰屋火旺之軀雖然未發病者冬時寒水之令助
之也至于春令陽条之時則陽熱從裡出表遂作春
温之病仲景曰大陽病發熱而渇不惡寒者爲温病

18

寒暑之交必灸焉膏肓俞胛俞膽俞小兒則身柱
天樞二七壯以是為養生之一大法矣小兒最虚弱
則恐痾疾不待期而常灸焉雖然無病之曰預為此
培養惟國俗所為夫聞木於何書以僕觀之小兒痛
叫至極却使為之動心発驚乎僕於此一法未知孰
是亘借先生之見決焉伏請示教

答

灸背之法未知何人所授而行之至今耶使無故之人
公肤灼其背其行之者甚無謂其當之者寧不苦予
古人曰飲食擿教化藥石擿刑罰鍼藥之不可妄用
於無病亦擿形罰之不可妄施於無罰者也虞氏曰

19

無病服藥譬裾添柱經曰藥不具五味四氣久服之
必有偏傾之患服藥尚然況鍼灸乎有是病灸是穴
可乎無是病灸是穴可乎妄灸陽虛之人搐或可矣陰虛血燥者寧免
豈可妄灸子陽虛之人搐或可矣陰虛血燥者寧免
拓涸之患也況小兒純陽之氣助之以火非徒無益
者灸痕遍背無一完膚心頗異之矣今聞足下之言
諸熱之病從無而生焉可不慎欤僕於路上見裸體
固其蕭而若陰虛火燥者反害其生膝脚痺者通
其關導其滯而如血液裹乏者反致孿壁而況不問
虛實不審可否見人必灸必遍背傳於一鄉舉國
從之曠煎瞋然視若常規令人聽此不勝哀憫望足

20

而獨昧於陽有餘陰不足陰精所奉壽陽精下降夭
之理也易曰乾實坤虛地之外面雖似堅實而天之
気流行於地之中雖金石亦能透過其乾實之象可
知也陰精所奉即高之地也高之地即西北方也西
北方即陰也以不足之陰處於陰而補之與陽平得
其壽焉譬於臭在水中無一息之靜動即陽之気
也狀無水則不能動者乾健之用無所依附故也譬若
於草木雨水時降濕潤根核然後鼓陽気而生発若
久旱天熱水液乾涸雖百陽外之気而其不焦燥者
鮮矣陽生之說其可擅行乎惟人之生也非草木卑
臭之可比色慾耗其精思慮焦其心先天之気未斲
而後天之気先斲當此之時補其陽而愈斲其陰可

21

手拓米補其陰帝使無偏傾之患可乎經曰天食人

以五氣地食人以五味水即陰也補陰之物也假使

無病陽實之人絕水數日則其可以陽實而能全乎

吾子是故陰氣實陽亦實擢陽之所以夫鮮者此也幸

重補其陽而重虛其陰子僕之所以夫鮮者此也幸

倒用參附者爲氣虛者設腎病用附子者爲下寒者

設於風於火固不足論也蓋中風爲病外中者甚小

皆因内傷而襲之經所謂邪乘其虛者是也　貴國

與弊邦何有間焉

問

我國大人小児老弱相通而平生無病之日春分秋節

也哉因気虚中風者徒知祛風而不知補気則風不
自退因火盛中風者徒知驅風而不知瀉火則病何
由安是以病有標本治有先後若絕無因火困濕内
傷等症而外中於風而有六經傳變中臓中腑之別
者又何待於三子之說哉但風之傷人必乘其虚故
彼三子之論著矣醫者但當気虚而中風也則可從
東垣之論而河澗丹溪吾不知矣火盛而中風也則
可從河澗之論而丹溪東垣吾不知矣無内傷等症
而但外中於風也則東垣丹溪河澗吾皆不知而一
從予外治又何必拘泥而不容活法也哉其曰食厥
痰厥中暑中寒等症又非類中之可論足下言與風
不相干者誠是也近世張景岳非風之說僕以為是

言世之論也医曰伏而中屈者是内傷中屈無内傷

而中風者是但中外邪彼食厥痰厥中暑中寒因濕

因火而絶無風邪者便是谷自為他病亦何論於中

風那景岳未出之前人皆不知非風而混而無別耶

是亦可知也三子之論治法首先列續命等湯者有

何疑子曰火因気因濕者言其因也不廢續命者論

其風治也雖各明其所因而不廢外中之意尤可見

矢附桂補火之説自景岳以後大行于世惑之甚者

不論其虚實寒熱先主桂附排成藥方春夏秋冬戊

年午年無藥不入無日不服横夭者相續而莫之悟

筭良可悲夫僕雖愚昧無所見聞試為足下高之彼

景岳補陽之説主於陽生陰殺天行健地不墜之義

24

而非後世中風矣朱丹溪曰西北二方有真為風所
中者但極少耳東南之人多是濕生痰生熱中者經
風也其言亦摘不分症焉西北二方為風所中者經
所謂真中風而非類中風矣又濕生痰以生熱以生
風者是經云子能令母實之謂也然而痰之動因火
之熾也非痰生熱矣凡三氏所說皆知後世中風非
外來中風邪而及其治法則於木門首先列續命湯
防風通聖散三化湯等何也智羌活防風女佐之而
流通經脉踈散肝邪可也麻黃大黃亘可施諸內傷
卒倒痰喘壅盛者亘以人參竹瀝薑汁等開焉待稍
甦而後或參芪以補氣或歸地以補陰退風火焉是
其法也近世命門補火之說蔣行而見桂附摘茶飯

其蔘連撥蛇蝎中風卒倒則又用蔘附湯人蔘撥不
可闕焉如附子不可無取舍焉腎陰虛衰心火暴甚
者非所宜矣中風論症使設治法混雜不明皆是
由真風類虛不別病門矣豈不可不慎哉愚見如是
貴國赤類風者居多而真中風者爲少否治療大方
如是子冀聞明教

答

中風所謂真中類中之辨虞搏之論詳矣僕以虞說爲
是雖欲更陳無以加矣東垣之因氣虛中風河澗之
因火盛中風丹溪之因濕壅中風皆谷言其所因而
已豈可曰三子者止知因火因濕因氣而不知外中

26

經而演迤越人以前之書壹可謂之出於漢代也内
經之衍文錯簡憂固不可強而解之也近世斥運氣
者是不明運氣者之說也足下無爲所惑也

問

敢問内經所謂中風與後世所謂中風不同矣後世中
風係内傷而内經中風係外感焉仲景傷寒論所謂
中風者亦難經傷寒有五之一症而外感之疾也要
略所謂中風雖似後世中風亦以外邪論之則非内
傷也明矣迨至巢氏病源候論孫氏千金方昉所云
者乃後世中風也於是乎後人遂立眞中風類中風
之名而以尸厥食厥疾厥或中暑中寒等凡至昏憒

卒倒者惣名曰類中風而以類中風別後世中風焉
殊不知後世中風亦是類中風也凡瞥憤卒倒不省
人事者不問其所因皆經所云厥症也與風不相渉
矢如後世中風者劉河澗曰將息矢宜而心火暴甚
腎水虛衰不能制之則陰虛陽實而熱氣怫鬱心神
昏冒而卒倒也其言實是也李東垣亦曰中風非外
來風邪乃本氣自病也凡人年逾四旬氣衰之際或
憂喜忿怒傷其氣多有此疾壯歲之時無有焉若肥
盛者則間而有之亦是形盛氣衰而有此耳其言得
之矣是河澗所未言及者盡焉然而二氏以論中腑
中臟六経之見症非也中腑中臟六経見症者外邪

論於運氣耶譬諸易上古只有河洛之數而其後文
王演八卦周公述彖象孔子作十翼然後後之人得
以談論而如非上智之才又不能究竟焉運氣之於
易也名雖別而理則一也陰陽而生五運五運而化
六氣運氣即天地間流行之氣也人肖天地捨運氣
其將何求哉仲景之論傷寒士安之撰甲乙亦未嘗
不本於運氣何必曰加臨司天在泉厭後始謂之運
氣也王氷之後無擇安道東垣守真諸子推而衍之
傳之至今而蘊奧之意人多不曉是以謗者起作者
裵咸以為非所可法此皆誣聖經毀先賢之甚者也
五運六氣有主有客主運主氣言其常也客運客氣

賜之

後

僕有二方及神灸ノ法當傳爲僕秘公之念我可
謂至矣謝以家秘勿輕卒焉　一方藥灸法別ニ記
　　　　　　　　　　　　　　　　趙崇壽

嚮所呈之書見之乎
僕復　　　　　　　　　　　　　　趙德祚
　　　　　　　　　　　　　　　　河長因

所贈之君先府君論集奉覽而序文則呈作文
尚未正此故不呈明日送呈其金探玄有病不
能來赴也　此日館伴大宇出共菓食於序上
僕為筆語使兩醫食之　　　　　　　趙德祚

君今持來鍼乎冀見公之鍼
稟　　　　　　　　　　　　　　　　河長因

即持去何有難乎貴邦之鐵品好故欲使工
作鍼看鍼本則可易即出九鍼而示之　趙德祚

義之書也並無五運之說也張分賓善醫者也然旨
於五運之妄説可嘆之甚也夫経者語常而使人知
變之書也與五運六氣之迂遠妄説豈可同日而論
焉此乃以冠以履將綵剛麻方柄圓鑿其可可乎或
曰内経出於漢儒之手假令成於後世論陰陽變化
経絡臟腑非尋常之言蓋其人則後之為黄帝者也
故醫之大経宗法也論陰陽變化経絡臟腑非尋常
之言句句字字小大悉聖人之言也物疑則疑不疑
則無疑也有可疑者有不可疑者内経古書也衍文
錯簡甚多有可解者有不可解者不可強
解此讀古書之大法也成醫内経而廃経壁之蠹生

於木還食禾非其義也夫素問靈樞語常而便人知

變之書也愚見如此五運六氣之說甚有害於治貴

國有仃五運六氣之說者乎君用此說子欲得示教

耳

答

先儒論素問出於戰國時非古経也後之人何由知其

不然也然求醫家之準的則舍素問而不可非素問

吾何所適從子第七以失之論于氷等補之說無可

稽考已是陳言不必強辯而至於運氣之說雖是王

氷自撰之辭固可法而不可忽也元氣論等篇有運

氣加臨盛衰之說則辞雖畧而理實備豈可謂之不

32

如枝指動如辜索将何以得其彷彿也較叔和傷寒

例之非者不知是何人如其駁之則必有正論之可

以為證者可得以一覧歟僕之愚鹵豈有正見然非

素難無以尋其源非叔和無以廣其意足下之意以

為如何

問

素問靈樞謂之内経黄帝與六臣平素問答之書也幸

秦不焚之而傳後世醫大経宗法也靈樞之名起唐

王冰漢志云内経十八巻漢張仲景分内経十八巻

以九巻素問九巻無名目也以九巻為名再至唐

王冰有靈樞之名也而失素問第七於戦國之時甲

33

乙経隋志皆載亡失之言也全元起初註素問而無
第七巻王永詐言得素問第七失之巻而便於壹自
已邪說物有可疑者有不可疑者也晉其露至唐寶
應其問相去六百有余歲無有得亡失之巻王永特
得之可疑甚也非疑得之疑於殊聖経即假陰陽大
論之文妄補七篇也凡物虛則邪乘焉若無之
亡失則不能為運氣之邪說也経本無五運六氣之
言其言始見天元氣論而終至真要論経說四時五
行以及人殊無五運六氣之說也経以心為君主肺
為相傳殊無君相二火之說也越人難経仲景傷寒
論金匱要略叔和脉経皇甫謐甲乙経等書悉發経

何足傷内經尺有尺寸之名未有關之名越人分作
寸關尺云者特未之思耳内經曰三部九候三部非
尺關寸乎獨取寸口以決臟腑死生吉凶云者亦無
關尺而言也旦寸口曰脉口者亦一也難經曰寸口
脉中手長者足脛痛於此可見其穏該三部也足下
言叔和不知配經直配臟腑經與臟腑其異乎配臟
腑即配經也何謂叔和不知也命門即包絡也配命
門即所以配胞絡也其曰遺有經包絡反配無經命
門云者殆試我也三焦一經配左右六腑之說抑有
何可據僕未嘗聞其說不能以仰荅也素問所謂尺
内兩傍上下即尺診之法而足下言後人誤為脉路

之左右上下也又曰左右上下豈可施諸一線ノ脉
路哉若如是則大悖経旨僕不容不辨之也夫尺脉
内以候腎外以候外腎上以候腹下以候足此非脉
路而何尺寸之内不審脉路將何所據子経曰上竟
上者胸喉中事下竟下者腰足中事上竟上者脉路
之溢於奥際者下竟下者脉路之覆於尺澤者此非
脉路而何又曰横於内者心腹積也縦於外者足有
痺也其縦與横非脉路子経又有尺膚熱尺膚寒診
法足下或錯認之歟脉雖一線之微方其大實也滿
于指衝于肥強如鐵索方其沈細也潜于裡伏于骨
弱如蛛絲然在善診者亦足以別焉至於庸工雖大

三部左右合為六部每部配二經而二六十二經皆
配于氣口焉故二難曰十二經皆有動脉獨取寸口
以決五臟六腑死生吉凶之法何謂也以內經所未
言之診法故也王叔和不知配經直配臟腑是迺諸
家妄說所由起也難經曰脉有三部部有四經所謂
脉有三部者謂分氣口一部以中寸關尺三部上部
有四經者謂一部各配臟與腑二經左右合有四經
也後人不知配經反配命門遺有經包絡或以
三焦一經配左右六部其佗謬妄混淆不可勝數焉
凡欲取氣口以診五臟六腑者宜擾難經叔和疑是
不擾難經誤擾于素問脉要精微論所謂尺內兩傍

或尺外尺裏或尺之左右上下皆是尺膚之診法而
後人誤為脉路之左右上下也左右上下內外兩傍
等字豈可施諸一線之脉路哉叔和之脉經千百年
来以為診脉之軌範故後人不敢疑焉以訛傳訛愈
久愈甚焉說其脉狀亦牽强附會不可勝論焉近世
有駁叔和之傷寒例之非者未有繩脉經之惑者皆
不師古之謬也愚見如此然疑惑有其中君以何說
為是哉幸正愚見冀示教耳

　　答

脉部位之說内経以来越人詳矣而叔和之論一擾乎
　素難其所推衍未嘗有背経旨者後人紛紛之論亦

滿而熱則氣壅血濁脾胃不運諸痾之疾生焉其治
多端或消其積磨其塊清其熱補其不足隨其虛實
審其父新谷有攸宜難以枚論而足下所論數條小
方其能盡治法于窈見貴國之人味尚其食飲之
外無非其物小兒之一倍聰嗜想可知矣此所以痾
病之最多者也痾字從病從耳其字義可知也以足
下之高明必無不知之理何不令病痾之家禁其耳
味也古語曰醫者為人之司命足下以司命之主處
太醫院何不使國中小損其耳味也昔越人過秦聞
愛小兒為小兒醫足下若悦而行之則是亦今世之
越人必將舉一國而受禄足下之功豈淺淺也哉所

敎秘方償以為所人之書皆謂之秘方而獨恨無知

識不能探其秘常以是為病焉豈有他秘方可以奉

副者哉

問

氣口脉部位之說諸賢所論絲緒紛然不分皆不師古

故也夫靈素所說之診脉法多端而其一法乃五臟

五腑三焦包絡候之於手足十二經之動脉手足十

二經以各屬于五臟五腑三焦包絡故也至于難經

肇以手足十二經約于手大陰肺之一經氣口氣口

所以為百脉朝會之地也氣口在于寸口經只有尺寸

之名未有關之名越人昉以氣口一部分作寸關尺

三陰交合谷即大腸之原而大腸盤據于臍下即腎
之邪也胎雖繋於腎而其漸長也満于腸侵于胃補
合谷者引大腸之氣而舉之也瀉三陰交者推三陰
之氣而降之也瀉少陰之氣搖其蒂瀉厥陰之氣破
其血瀉太陰之氣撼其腹補大腸之氣舉而撅之
之撼之破之撅之胎安得以不墜也哉然善鍼者即
有應焉又非庸工所可為也鍼之道其大矣哉古人
已難摹吾東有許任者善焉有金公中白者継之今
也則亡可悲也夫

　　問

嘗聞治十婦人勿治一小児蓋古諺也啞科之難自古

然我

邦亦小兒痳疾、其症居多焉其治所行則連

錢艸仙人艸合歡霜等單服乃以一二之殺哭之藥

出入增減為之用又今鰻鱺臭食之甚者則以毫鍼

刺腹部積塊所在以輸瀉滯及灸章門其灸大如大

拇指多得効此類又有絶不治者経一二年而後斃

矣請此症足下所秘金方示賜焉則幸甚夫醫以仁

為教救民之一術亦非仁乎

荅

小兒之病誠難矣然審其所旨察其顕症猶有可擬而

論治者不可全然委之於啞科也小兒之疾痳病居

多者以其不節食飲故也肥其過節則中滿而熱中

42

淺深而間、有權變者不過肥瘦之別而腹部之穴為
二寸深者方一二寸深者方一二寸足之穴為二三分者居多
貴國之刺腹部深一二寸刺手足者深五六分何其
過也古經之外別有他可據之說乎　貴國之人此何
古人反有加厚耶既曰考之内經則刺甚深矣而何
強為之也穴之遠近刺之淺深皆用同身寸而國尺
之說又未可曉也王壽論鍼所謂不能治先人云者
僕亦以為過焉足下之教誠是矣

　　　　　　　問

先所問鍼治之說有未盡其言者再述焉昔人熱入血
室之症小柴胡湯已遲則應刺期門此症則鍼治之

尤者也又補三陰交瀉合谷則墜胎等說鍼術之即

功皆大書於經蓋謂鍼者越人邈矣至宋元之間亦

不乏其人足下所見如何

答

熱入血室之症刺肝募期門者通其經瀉其勢血其藥

勢非有深意也墜胎之法瀉三陰交補合谷之論於

經無之自徐文伯始文伯亦無註釋故後之人雖按

而行之莫由知其意也償有愚見可論而未知足下

能領可之否也夫胞胎繫於腎腎即少陰也肝血養

其胎肝即厥陰也腹屬胛胛即大陰也太陰為三陰

之主而養胎之本也是宄為三陰交會之地故名曰

考之古經則刺甚深矣王壽論鍼曰不能活死人者

一偏之見虞博之論當矣足下所慮與貴邦所行之

鍼法詳示之幸甚

　　答

古之明醫何嘗有藥醫鍼醫之別哉近世以来才分漸

下多不能專焉而術業之寢微更無餘地良可歎也

善於湯液者豈不知鍼而昧於鍼者亦何由而知湯

液之理也鍼之不及治之以藥藥之不及治之以鍼

二者相須不可相離未嘗聞塞於此而通於彼者也

且鍼之類非止一二而獨擧毫鍼何也抑有以偏利

於東方而肤耶四方之治雖各不同而只有微甚

而已其可癈圜鍼歟人有強弱病有淺深究有大小

其能以尖細之鍼通而行之于百病皆可刺之說當

活看不可泥也蓋曰無刺大勞人大飢人大汗人大

熱人靈曰無刺形不足氣不足新産下血於此可見

其不敢用於內傷虛損而只可宜於壅遏實症李氏

所謂鍼雖有補瀉之法而瀉者固可迎而奪之補者

未必按而留之此誠確論也譬如甘草註曰解百藥

毒云而服砒飲菌者亦可以甘草一味能解其毒子

積之用鍼惟肝積而已借金之氣制木之盛鬱積得

開時暫見愈亦不永癒小兒癧塊多刺之者亦此意

而至於一切積聚未聞有刺法也刺之淺深隨究之

國有此疾否

答

黄胖之疾岷廣所謂砂病秦氏所謂青筋之類而實非
黄胖也黄胖即脾胃濕熱之所生脾胃濕熱之病飲
食其能如常予因其症而推詳則是肝肺相薄之候
也心下痞者肝邪欝也步遠喘息者肺氣逆也爪者
肝之應而面色青白者肝肺之色飲食如常者病不
在脾也治以鐵粉之屬下黒物而愈者隆下其惡血
頑涎而肺氣以之而順肝欝以之而伸病自解矣狀
非獨鐵粉之屬為可一切重隆之藥皆可採用是皆
甲下嵐瘴之鄉觸冒不正之氣而先干於肺氣滯血

雍肝氣欝而痞痛前所謂肝肺相薄者此也弊邦海邑

亦間間有之依此治之而或有效

　問

我國湯液家之外有針醫者其法即用素問所謂毫鍼

者癩疝癖疲血積頭痛胸背手足凡百病皆刺之爲

運榮衛通經脉之事矣原夫鍼法者出於靈樞難經

及甲乙經等諸家附註委詳矣然見今奏功者歷麼

堅積疎動痞塞之外至于手足之疾及內傷外熱等症

則有試其驗者最所罕見也異古經所說矣貴國此

等症用鍼也否亦或尋其堅積之所在而直刺之歟

我國用鍼者腹部刺深一二寸尺 用國 手足亦刺五六分

問

日本　醫官　河長因

敢問正德中貴國之諸賢來聘焉濃州大垣之醫有春

圃者見奇斗文醫伯於濃州賓館因呈問目數條内

及勞瘵傳尸奇生答以中古多有而今無有僕意去

正德壬辰三十年于今矣病有變化藥亦萬變傳尸

之症貴國今有邪猶無邪治法以何等事為大法

答

朝鮮　楊州　趙崇壽

勞瘵之疾弊國鄉曲間或有之而大抵遇斯疾者未嘗

問于醫醫者亦厭避之故病者不得見治而醫者未

能試治勢固然矣盍染此疾者皆酒色過度心腎虧

損之人自虚而損自損而勞勞而瘵瘵父而成虫極而

49

死死而傳染曰傳尸曰飛尸曰遁尸者也同氣連枝
以氣相染甚至於滅門者有之而傳染之理昧者惑
焉夫孰知癘疫之氣大則徧行天下以氣相染也行
于天地則天下染之行于室中則一家染之氣之相
感無或怪矣若論治法則殺其虫以絶其後患而已
丹溪登夫尚以爲難焉況不及於登夫丹溪者子

　　　問

又問有一疾其症畵色青白而浮腫心下常痞爪色變
飲食行步如常步遠則呼吸短息田野早賤者最多
矣醫爲黃胖治以巖粉爲君加鐵粉硫黃等藥多得
効輕者七八日重者十餘日愈大便下黑物爲證貴

一得明教疑惑永鮮然人心如面各有所趣也若運
気之説僕未伏有一議論存焉然行期迫不忍煩勞
假令萬後千答亦有益邪實堅白異同何有爭心乎
哉

　　　後

論之則江海不盡筆之則九岳不高也於其治療萬
緒在意中而含蓄焉雖諸先輩亦何異乎論與治各
有所趣而不可縣論公明諒豈不闇焉乎

　　　　　　　趙崇壽

51

조선후기 통신사 필담창화집 번역총서를 간행하면서

20세기 초까지 한자(漢字)는 동아시아 사회의 공동문자였다. 국경의 벽이 높아서 사신 외에는 국제적인 교류가 불가능했지만, 문자를 통한 교류는 활발했다. 중국에서 간행된 한문 전적이 이천년 동안 계속 한국과 일본을 비롯한 주변 나라에 전파되었으며, 사신의 수행원들은 상대방 나라의 말을 못해도 상대방 문인들에게 한시(漢詩)를 창화(唱和)하여 감정을 전달하거나 필담(筆談)을 하며 의사를 소통했다.

동아시아 삼국이 얽혀 싸웠던 임진왜란이 7년 만에 끝난 뒤, 조선에 군대를 파견하였던 중국과 일본은 각기 왕조와 정권이 바뀌었다. 중국에는 이민족인 청나라가 건국되고 일본에는 도쿠가와 막부가 세워졌다. 조선과 일본은 강화회담이 결실을 맺어 포로도 쇄환하고 장군이 계승할 때마다 통신사를 파견하여 외교를 회복했지만, 청나라와에도 막부는 끝내 외교를 회복하지 못하고 단절상태가 계속되었다. 일본은 조선을 통해서 대륙문화를 받아들일 수밖에 없었고, 그 방법 중 하나가 바로 통신사를 초청할 때 시인, 화가, 의원 등의 각 분야 전문가를 초청하는 것이었다.

오백 명 규모의 문화사절단 통신사

연암 박지원은 천재시인 이언진(李彦瑱, 1740~1766)이 11차 통신사 수행원으로 일본에 다녀온 지 2년 만에 세상을 뜨자, 이를 애석히 여겨「우상전」을 지었다. 그 첫머리에 일본이 조선에 다양한 전문가들로 구성된 문화사절단을 파견해 달라고 요청한 사연이 실려 있다.

일본의 관백(關白)이 새로 정권을 잡자, 그는 저축을 늘리고 건물을 수리했으며, 선박을 손질하고 속국의 각 섬들에서 기재(奇才)·검객(劍客)·궤기(詭技)·음교(淫巧)·서화(書畫)·여러 분야의 인물들을 샅샅이 긁어내어, 서울로 모아들여 훈련시키고 계획을 갖추었다. 그런 지 몇 달 뒤에야 우리나라에 사신을 파견해 달라고 요청하였는데, 마치 상국(上國)의 조명(詔命)을 기다리는 것처럼 공손하였다.

그러자 우리 조정에서는 문신 가운데 3품 이하를 골라 뽑아서 삼사(三使)를 갖추어 보냈다. 이들을 수행하는 사람들도 모두 말 잘하고 많이 아는 자들이었다. 천문·지리·산수·점술·의술·관상·무력으로부터 퉁소 잘 부는 사람, 술 잘 마시는 사람, 장기나 바둑 잘 두는 사람, 말을 잘 타거나 활을 잘 쏘는 사람에 이르기까지, 한 가지 기술로 나라 안에서 이름난 사람들은 모두 함께 따라가게 되었다. 그런데 이들 가운데서도 문장과 서화를 가장 중요하게 여기지 않을 수가 없었다. 왜냐하면 그들은 조선 사람의 작품 가운데 한 글자만 얻어도 양식을 싸지 않고 천 리 길을 갈 수 있기 때문이었다.

도쿠가와 이에하루(德川家治)가 쇼군을 계승하자 일본 각 분야의 대표적인 인물들을 에도로 불러들여 조선 사절단 맞을 준비를 시킨 뒤, "마치 상국의 조서를 기다리는 것처럼 공손하게" 조선에 통신사를 요

청하였다. 중국과 공식적인 외교가 단절되었으므로, 대륙문화를 받아들이기 위해 조선을 상국같이 모신 것이다. 사무라이 국가 일본에는 과거제도가 없기 때문에 한문학을 직업삼아 평생 파고든 지식인들이 적어서, 일본인들은 조선 문인의 문장과 서화를 보물같이 여겼다.

조선에서도 국위를 선양하기 위해 여러 분야의 문화 전문가들을 선발하여 파견했는데,『계림창화집(鷄林唱和集)』이 출판된 8차 통신사(1711년) 때에는 500명을 파견했다. 당시 쓰시마에서 에도까지 왕복하는 동안 일본인들이 숙소마다 찾아와 필담을 나누거나 한시를 주고받았는데, 필담집이나 창화집은 곧바로 출판되어 널리 읽혔다. 필담 창화에 참여한 일본 지식인은 대륙의 새로운 지식을 얻었을 뿐만 아니라, 일본 사회에서 전문가로서의 위상도 획득하였다.

8차 통신사 때에 출판된 필담 창화집은 현재 9종이 확인되었으며, 필담 창화에 참여한 일본 문인은 250여 명이나 된다. 이는 7차까지 출판된 필담 창화집을 모두 합한 것보다 훨씬 많은 수인데, 통신사 파견이 100년 가까이 되자 일본에서도 한문학 지식인 계층이 두터워졌음을 알 수 있다. 8차 통신사에 참여한 일행 가운데 2명은 기행문을 남겼는데, 부사 임수간(任守幹)이 기록한『동사록(東槎錄)』이나 역관 김현문(金顯門)이 기록한 또 하나의『동사록』이 조선에 돌아와 남에게 보여주기 위해 일방적으로 쓴 글이라면, 필담 창화집은 일본에서 조선과 일본의 지식인들이 마주앉아 함께 기록한 글이다. 그러기에 타인의 눈을 통해 자신의 모습을 객관적으로 볼 수 있다.

16권 16책의 방대한 분량으로 다양한 주제를 정리한 『계림창화집』

에도막부 초기의 일본 지식인은 주로 승려였기에, 당연히 승려들이 통신사를 접대하고, 필담에 참여하였다. 그 다음으로 유자(儒者)들이 있었는데, 로널드 토비는 이들을 조선의 유학자와 비교해 "일본의 유학자는 국가에 이용가치를 인정받은 일종의 전문 지식인에 지나지 않았다"고 규정하였다. 그 가운데 상당수는 의원이었으므로 흔히 유의(儒醫)라고 하는데, 한문으로 된 의서를 읽다보니 유학에도 관심을 가지게 된 것이다. 이노 작스이(稲生若水)가 물고기 한 마리를 가지고 제술관 이현과 서기 홍순연 일행을 찾아가서 필담을 나눈 기록이 『계림창화집』 권5에 실려 있다.

> 이　현 : 이 물고기는 우리나라의 송어입니다. 조령의 동남 지방에 많이 있어, 아주 귀하지는 않습니다.
> 홍순연 : 이 물고기는 우리나라의 농어와 매우 닮았습니다. 귀국에도 농어가 있는지 모르겠지만, 이것과 같지 않습니까? 농어가 아니라면 내가 아는 물고기가 아닙니다.
> 남성중 : 이 물고기는 우리나라 송어입니다. 연어와 성질이 같으나 몸집이 작으며, 우리나라 동해에서 납니다. 7~8월 사이에 바다에서 떼를 지어 강으로 올라가는데, 몸이 바위에 갈려 비늘이 다 떨어져 나가 죽기까지 하니 그 성질을 모르겠습니다.

그는 일본산 물고기의 습성을 자세히 설명하고 조선에도 있는지 물었지만, 조선 문인들은 이 방면의 전문가들이 아니어서 이름 정도나

추정했을 뿐이다. 홍순연은 농어라고 엉뚱하게 대답하기까지 하였다. 조선 문인이라면 모든 것을 알 수 있을 것이라고 기대했기에 생긴 결과인데, 아직 의학필담으로 분화되기 이전의 형태다. 이 필담 말미에 이노 작스이는 이런 기록을 덧붙여 마무리했다.

『동의보감』을 살펴보니 "송어는 성질이 태평하고 맛이 달며 독이 없다. 맛이 진기하고 살지다. 색은 붉으면서 선명하다. 소나무 마디 같아서 이름이 송어이다. 동북쪽 바다에서 난다"고 하였다. 지금 남성중의 대답에 『동의보감』의 설명을 참고하니, '鮭'은 송어와 같은 것이다. 그러나 '송어'라는 이름은 조선의 방언이지, 중화에서 부르는 이름이 아니다. 『팔민통지(八閩通志)』(줄임)『해징현지(海澄縣志)』 등의 책에 모두 송어가 실려 있으나, 모습이 이것과 매우 다르다. 다른 종류인데, 이름이 같을 뿐이다.

기록에서 보듯, 이노 작스이는 다수의 의견에 따라 이 물고기를 '송어'라고 추정한 후, 비교적 자세한 남성중의 대답과 『동의보감』의 기록을 비교하여 '송어'로 결론 내렸다. 그런 뒤에 조선의 '송어'가 중국의 송어와 같은 것인지 확인하기 위해 중국의 여러 지방지를 조사한 후, '송어'는 정확한 명칭이 아니라 그저 조선의 방언인 것으로 결론지었다. 양의(良醫) 기두문(奇斗文)에게는 약초를 가지고 가서 필담을 시도하였다.

稻生若水 : 이 나뭇잎은 세 개의 뾰족한 끝이 있고 겨울에 시들지 않으며, 봄에 가느다란 꽃이 핍니다. 열매의 크기는 대두만하고, 모여서 둥글게 공처럼 되며, 생길 때는 파랗고, 익으면 자흑색이 됩니다. 나무

에 진액이 있어 엉기면 향이 나고, 색이 붉습니다. 이름은 선인장 나무입니다. (줄임)

    기두문 : 이것이 진짜 백부자(白附子)입니다.

제술관이나 서기들이 경험에 의존해 대답한 것과 달리, 기두문은 의원이었으므로 자신의 지식을 바탕으로 확실하게 대답하였다. 구지현박사의 연구에 의하면 이노 작스이는 『서물류찬(庶物類纂)』이라는 박물지를 편찬하기 위해 방대한 자료를 수집·고증하고 있었는데, 문화 선진국 조선의 문인에게 서문을 부탁하여, 제술관 이현이 써 주었다. 1,054권이나 되는 일본 최대의 백과사전에 조선 문인이 서문을 써 주어 권위를 얻게 된 것이다.

출판사 주인이 상업적인 출판을 위해 직접 필담에 참여하다

초기의 필담 창화집은 일본의 시인, 유학자, 의원 등 전문 지식인이 번주(藩主)의 명령이나 자신의 정보욕, 명예욕에 따라 필담에 나선 결과물이지만, 『계림창화집』 16권 16책은 출판사 주인이 직접 전국 각 지역에서 발생한 필담 창화 원고들을 수집하여 출판한 것이다. 따라서 필담 창화 인원도 수십 명에 이르며, 많은 자본을 들여서 출판하였다. 막부(幕府)의 어용 서적을 공급하던 게이분칸(奎文館) 주인 세오겐베이(瀬尾源兵衛, 1691~1728)가 21세 청년의 몸으로 교토지역 필담에 참여해 『계림창화집』 권6을 편집하고, 다른 지역의 필담 창화 원고까지 모두 수집해 16권 16책을 출판했을 뿐 아니라, 여기에 빠진 원고들까

지 수집해『칠가창화집(七家唱和集)』10권 10책을 출판하였다.

　『칠가창화집』은『계림창화속집』이라고도 불렸는데, 7차 사행 때의 최대 필담 창화집인『화한창수집(和韓唱酬集)』4권 7책의 갑절 규모에 해당한다. 규모가 이러하니 자본 또한 막대하게 소요되어, 고쇼모노도 코로(御書物所)인 이즈모지 이즈미노조(出雲寺 和泉掾) 쇼하쿠도(松栢堂)와 공동 투자하여 출판하였다. 게이분칸(奎文館)에서는 9차 사행 때에도『상한창화훈지집(桑韓唱和塤篪集)』11권 11책을 출판하여, 세오겐베이(瀨尾源兵衛)는 29세에 이미 대표적인 출판업자로 자리매김하게 되었다. 그러나 안타깝게도 38세에 세상을 떠나, 더 이상의 거질 필담 창화집은 간행되지 못했다.

필담창화집 178책을 수집하여 원문을 입력하고 번역한 결과물

　나는 조선시대 한문학 연구가 조선 국경 안의 한문학만이 아니라 국경 너머를 오가며 외국인들과 주고받은 한자 기록물까지 연구해야 한다는 생각으로, 첫 번째 박사논문을 지도하면서 '통신사 필담창화집'을 과제로 주었다. 구지현 선생은 1763년에 파견된 11차 통신사 구성원들이 기록한 사행록 9종과 필담창화집 30종을 수집하여 분석했는데, 박사학위를 받은 뒤에도 필담창화집을 계속 수집하여 2008년 한국학술진흥재단의 토대연구에『조선후기 통신사 필담창수집의 수집, 번역 및 데이터베이스 구축』이라는 과제를 신청하였다. 이 과제를 진행하면서 우리 팀에서 수집한 필담창화집 178책의 목록과, 우리가 예상

한 작업진도 및 번역 분량은 다음과 같다.

1) 1차년도(2008. 7.~2009. 6.) : 1607년(1차 사행)에서 1711년(8차 사행)까지

연번	필담창화집 책 제목	면 수	1면 당 행수	1행 당 글자 수	예상되는 원문 글자 수
001	朝鮮筆談集	44	8	15	5,280
002	朝鮮三官使酬和	24	23	9	4,968
003	和韓唱酬集首	74	10	14	10,360
004	和韓唱酬集一	152	10	14	21,280
005	和韓唱酬集二	130	10	14	18,200
006	和韓唱酬集三	90	10	14	12,600
007	和韓唱酬集四	53	10	14	7,420
008	和韓唱酬集(결본)				
009	韓使手口錄	94	10	21	19,740
010	朝鮮人筆談幷贈答詩(國圖本)	24	10	19	4,560
011	朝鮮人筆談幷贈答詩(東京都立本)	78	10	18	14,040
012	任處士筆語	55	10	19	10,450
013	水戶公朝鮮人贈答集	65	9	20	11,700
014	西山遺事附朝鮮使書簡	48	9	16	6,912
015	木下順菴稿	59	7	10	4,130
016	鶏林唱和集1	96	9	18	15,552
017	鶏林唱和集2	102	9	18	16,524
018	鶏林唱和集3	128	9	18	20,736
019	鶏林唱和集4	122	9	18	19,764
020	鶏林唱和集5	110	9	18	17,820
021	鶏林唱和集6	115	9	18	18,630
022	鶏林唱和集7	104	9	18	16,848
023	鶏林唱和集8	129	9	18	20,898
024	觀樂筆談	49	9	16	7,056
025	廣陵問槎錄上	72	7	20	10,080
026	廣陵問槎錄下	64	7	19	8,512
027	問槎二種上	84	7	19	11,172

028	問槎二種中	50	7	19	6,650
029	問槎二種下	73	7	19	9,709
030	尾陽倡和錄	50	8	14	5,600
031	槎客通筒集	140	10	17	23,800
032	桑韓醫談	88	9	18	14,256
033	辛卯唱酬詩	26	7	11	2,002
034	辛卯韓客贈答	118	8	16	15,104
035	辛卯和韓唱酬	70	10	20	14,000
036	兩東唱和錄上	56	10	20	11,200
037	兩東唱和錄下	60	10	20	12,000
038	兩東唱和後錄	42	10	20	8,400
039	正德韓槎諭禮	16	10	18	2,880
040	朝鮮客館詩文稿(내용 중복)	0	0	0	0
041	坐間筆語附江關筆談	44	10	20	8,800
042	七家唱和集-班荊集	74	9	18	11,988
043	七家唱和集-正德和韓集	89	9	18	14,418
044	七家唱和集-支機閒談	74	9	18	11,988
045	七家唱和集-朝鮮客館詩文稿	48	9	18	7,776
046	七家唱和集-桑韓唱酬集	20	9	18	3,240
047	七家唱和集-桑韓唱和集	54	9	18	8,748
048	七家唱和集-賓館縞紵集	83	9	18	13,446
049	韓客贈答別集	222	9	19	37,962
예상 총 글자수					589,839
1차년도 예상 번역 매수 (200자원고지)					약 8,900매

2) 2차년도(2009. 7.~2010. 6.) : 1719년(9차 사행)에서 1748년(10차 사행)까지

연번	필담창화집 책 제목	면수	1면 당 행수	1행 당 글자 수	예상되는 원문 글자 수
050	客館璀璨集	50	9	18	8,100
051	蓬島遺珠	54	9	18	8,748
052	三林韓客唱和集	140	9	19	23,940
053	桑韓星槎餘響	47	9	18	7,614

054	桑韓星槎答響	106	9	18	17,172
055	桑韓唱酬集1권	43	9	20	7,740
056	桑韓唱酬集2권	38	9	20	6,840
057	桑韓唱酬集3권	46	9	20	8,280
058	桑韓唱和塤篪集1권	42	10	20	8,400
059	桑韓唱和塤篪集2권	62	10	20	12,400
060	桑韓唱和塤篪集3권	49	10	20	9,800
061	桑韓唱和塤篪集4권	42	10	20	8,400
062	桑韓唱和塤篪集5권	52	10	20	10,400
063	桑韓唱和塤篪集6권	83	10	20	16,600
064	桑韓唱和塤篪集7권	66	10	20	13,200
065	桑韓唱和塤篪集8권	52	10	20	10,400
066	桑韓唱和塤篪集9권	63	10	20	12,600
067	桑韓唱和塤篪集10권	56	10	20	11,200
068	桑韓唱和塤篪集11권	35	10	20	7,000
069	信陽山人韓館倡和稿	40	9	19	6,840
070	兩關唱和集1권	44	9	20	7,920
071	兩關唱和集2권	56	9	20	10,080
072	朝鮮人對詩集1권	160	8	19	24,320
073	朝鮮人對詩集2권	186	8	19	28,272
074	韓客唱和/浪華唱和合章	86	6	12	6,192
075	和韓唱和	100	9	20	18,000
076	來庭集	77	10	20	15,400
077	對麗筆語	34	10	20	6,800
078	鳴海驛唱和	96	7	18	12,096
079	蓬左賓館集	14	10	18	2,520
080	蓬左賓館唱和	10	10	18	1,800
081	桑韓醫問答	84	9	17	12,852
082	桑韓鏘鏗錄1권	40	10	20	8,000
083	桑韓鏘鏗錄2권	43	10	20	8,600
084	桑韓鏘鏗錄3권	36	10	20	7,200
085	桑韓萍梗錄	30	8	17	4,080
086	善隣風雅1권	80	10	20	16,000
087	善隣風雅2권	74	10	20	14,800
088	善隣風雅後篇1권	80	9	20	14,400

089	善隣風雅後篇2권	74	9	20	13,320
090	星軺餘轟	42	9	16	6,048
091	兩東筆語1권	70	9	20	12,600
092	兩東筆語2권	51	9	20	9,180
093	兩東筆語3권	49	9	20	8,820
094	延享五年韓人唱和集1권	10	10	18	1,800
095	延享五年韓人唱和集2권	10	10	18	1,800
096	延享五年韓人唱和集3권	22	10	18	3,960
097	延享韓使唱和	46	8	14	5,152
098	牛窓錄	22	10	21	4,620
099	林家韓館贈答1권	38	10	20	7,600
100	林家韓館贈答2권	32	10	20	6,400
101	長門戊辰問槎상권	50	10	20	10,000
102	長門戊辰問槎중권	51	10	20	10,200
103	長門戊辰問槎하권	20	10	20	4,000
104	丁卯酬和集	50	20	30	30,000
105	朝鮮筆談(元丈)	127	10	18	22,860
106	朝鮮筆談1권(河村春恒)	44	12	20	10,560
107	朝鮮筆談1권(河村春恒)	49	12	20	11,760
108	韓客對話贈答	44	10	16	7,040
109	韓客筆譚	91	8	18	13,104
110	韓人唱和詩	16	14	21	4,704
111	韓人唱和詩集1권	14	7	18	1,764
112	韓人唱和詩集1권	12	7	18	1,512
113	和韓文會	86	9	20	15,480
114	和韓唱和錄1권	68	9	20	12,240
115	和韓唱和錄2권	52	9	20	9,360
116	和韓唱和附錄	80	9	20	14,400
117	和韓筆談薰風編1권	78	9	20	14,040
118	和韓筆談薰風編2권	52	9	20	9,360
119	鴻臚傾蓋集	28	9	20	5,040
예상 총 글자수					723,730
2차년도 예상 번역 매수 (200자원고지)					약 10,850매

3) 3차년도(2010. 7.~ 2011. 6.) : 1763년(11차 사행)에서 1811년(12차 사행)까지

연번	필담창화집 책 제목	면수	1면당 행수	1행당 글자수	예상되는 원문 글자수
120	歌芝照乘	26	10	20	5,200
121	甲申槎客萍水集	210	9	18	34,020
122	甲申接槎錄	56	9	14	7,056
123	甲申韓人唱和歸國1권	72	8	20	11,520
124	甲申韓人唱和歸國2권	47	8	20	7,520
125	客館唱和	58	10	18	10,440
126	鷄壇嚶鳴 간본 부분	62	10	20	12,400
127	鷄壇嚶鳴 필사부분	82	8	16	10,496
128	奇事風聞	12	10	18	2,160
129	南宮先生講餘獨覽	50	9	20	9,000
130	東渡筆談	80	10	20	16,000
131	東槎餘談	104	10	21	21,840
132	東游篇	102	10	20	20,400
133	問槎餘響1권	60	9	20	10,800
134	問槎餘響2권	46	9	20	8,280
135	問佩集	54	9	20	9,720
136	賓館唱和集	42	7	13	3,822
137	三世唱和	23	15	17	5,865
138	桑韓筆語	78	11	22	18,876
139	松菴筆語	50	11	24	13,200
140	殊服同調集	62	10	20	12,400
141	怏怏餘響	136	8	22	23,936
142	兩東鬪語乾	59	10	20	11,800
143	兩東鬪語坤	121	10	20	24,200
144	兩好餘話상권	62	9	22	12,276
145	兩好餘話하권	50	9	22	9,900
146	倭韓醫談(刊本)	96	9	16	13,824
147	倭韓醫談(寫本)	63	12	20	15,120
148	栗齋探勝草1권	48	9	17	7,344
149	栗齋探勝草2권	50	9	17	7,650
150	長門癸甲問槎1권	66	11	22	15,972

151	長門癸甲問槎2권	62	11	22	15,004
152	長門癸甲問槎3권	80	11	22	19,360
153	長門癸甲問槎4권	54	11	22	13,068
154	萍遇錄	68	12	17	13,872
155	品川一燈	41	10	20	8,200
156	表海英華	54	10	20	10,800
157	河梁雅契	38	10	20	7,600
158	和韓醫談	60	10	20	12,000
159	韓客人相筆話	80	10	20	16,000
160	韓館應酬錄	45	10	20	9,000
161	韓館唱和1권	92	8	14	10,304
162	韓館唱和2권	78	8	14	8,736
163	韓館唱和3권	67	8	14	7,504
164	韓館唱和續集1권	180	8	14	20,160
165	韓館唱和續集2권	182	8	14	20,384
166	韓館唱和續集3권	110	8	14	12,320
167	韓館唱和別集	56	8	14	6,272
168	鴻臚摭華	112	10	12	13,440
169	鷄林情盟	63	10	20	12,600
170	對禮餘藻	90	10	20	18,000
171	對禮餘藻(明遠館叢書 57)	123	10	20	24,600
172	對禮餘藻(明遠館叢書 58)	132	10	20	26,400
173	三劉先生詩文	58	10	20	11,600
174	辛未和韓唱酬錄	80	13	19	19,760
175	接鮮瘖語(寫本)1	102	10	20	20,400
176	接鮮瘖語(寫本)2	110	11	21	25,410
177	精里筆談	17	10	20	3,400
178	中興五侯詠	42	9	20	7,560
예상 총 글자수					786,791
3차년도 예상 번역 매수 (200자원고지)					약 11,800매

1차년도에는 하우봉(전북대) 교수와 유경미(일본 나가사키국립대학) 교수를 공동연구원으로 하여 고운기, 구지현, 김형태, 허은주, 김용흠 박

사가 전임연구원으로 번역에 참여하였다. 3년 동안 기태완, 이지양, 진영미, 김유경, 김정신, 강지희 박사가 연구원으로 교체되어, 결국 35,000매나 되는 번역원고를 마무리하였다.

일본식 한문이 중국식 한문과 달라서 특히 인명이나 지명 번역이 힘들었는데, 번역문에서는 독자들이 읽기 쉽도록 한국식 한자음으로 표기하고, 첫 번째 각주에서만 일본식 한자음을 표기하였다. 원문을 표점 입력하는 방법은 고전번역원에서 채택한 방법을 권장했지만, 번역자마다 한문을 교육받고 번역해온 과정이 다르기 때문에 재량을 인정하였다. 원본 상태를 확인하려는 연구자를 위해 영인본을 뒤에 편집하였는데, 모두 국내외 소장처의 사용 승인을 받았다.

원문과 번역문을 합하여 200자원고지 5만 매 분량의『조선후기 통신사 필담창화집 번역총서』를 12,000면의 이미지와 함께 편집하고 4차에 나누어 10책씩 출판하는 과정이 복잡하고 힘들었기에, 연세대학교 정갑영 총장에게 편집비 지원을 신청하였다.『조선후기 통신사 필담창수집 번역본 30권 편집』정책연구비(2012-1-0332)를 지원해주신 정갑영 총장에게 감사드린다.

『조선후기 통신사 필담창화집 번역총서』를 편집하는 과정에 문화재청으로부터『통신사기록 조사 및 번역, 데이터베이스 구축』연구용역을 발주받게 되어, 필담창화집을 비롯한 통신사 관련 기록을 세계기록유산으로 등재하는 작업에 참여하게 된 것도 기쁜 일이다. 통신사 관련 기록들이 모두 데이터베이스로 구축되어 국내외 학자들이 한일문화교류, 나아가서는 동아시아문화교류 연구에 손쉽게 참여하게 된다면『통신사 필담창화집 번역총서』의 사명을 다하는 것이라고 생각한다.

　조선후기 통신사가 동아시아 문화교류 연구에 중요한 이유는 임진왜란 이후에 중국(청나라)과 일본의 단절된 외교를 통신사가 간접적으로 이어주었기 때문이다. 통신사 필담창화집 번역총서 60권 출판이 마무리되면 조선후기에 한국(조선)과 중국(청나라) 지식인들이 주고받은 척독집 40여 권도 데이터베이스로 구축하여, 일본에서 조선을 거쳐 청나라로 이어지는 '동아시아 문화교류의 길' 데이터베이스를 국내외 학자들에게 제공하고자 한다.

▌ 김형태(金亨泰)

연세대학교 국어국문학과, 연세대학교 대학원 국어국문학과 졸업. 문학박사
연세대학교 국학연구원 연구교수 역임
현재 경남대학교 문과대학 국어국문학과 조교수
저서로는 『대화체 가사의 유형과 역사적 전개』(소명출판, 2009),
『통신사 의학 관련 필담창화집 연구』(보고사, 2011) 등이 있다.

조선후기 통신사 필담창화집 번역총서 28
朝鮮人筆談 · 朝鮮筆談

2014년 8월 28일 초판 1쇄 펴냄

역　자 김형태
발행인 김흥국
발행처 도서출판 보고사

등록 1990년 12월 13일 제6-0429호
주소 서울특별시 성북구 보문동7가 11번지 2층
전화 922-5120~1(편집), 922-2246(영업)
팩스 922-6990
메일 kanapub3@naver.com
http://www.bogosabooks.co.kr

ISBN 979-11-5516-303-0 94810
　　　979-11-5516-055-8 (세트)
ⓒ 김형태, 2014

정가 40,000원
사전 동의 없는 무단 전재 및 복제를 금합니다.
잘못 만들어진 책은 바꾸어 드립니다.

이 도서의 국립중앙도서관 출판예정도서목록(CIP)은 서지정보유통지원시스템 홈페이지
(http://seoji.nl.go.kr)와 국가자료공동목록시스템(http://www.nl.go.kr/kolisnet)에
서 이용하실 수 있습니다.(CIP제어번호 : CIP2014024683)